Das Menschenleben ist seltsam eingerichtet:
Nach den Jahren der Last hat man die Last der
Jahre.

Johann Wolfgang von Goethe

FÜR MEINE KINDER

Herstellung und Verlag:
BoD – Books on Demand

ISBN 978-3-7407-3588-3

Friedrich Milbradt

WERDEN UND SEIN

Wie Bodo OSSI wurde

Prolog

Mit fünf unterschiedlichen politischen Systemen, kann man Deutschland als einmalig in der Geschichtsschreibung des 20. Jahrhundert ansehen.

Das Kaiserreich endete im Ergebnis eines Eroberungskrieges. Der Kaiser floh nach Holland und die Weimarer Republik wurde ausgerufen. Nach den Krisenjahren von 1919 bis 1923 mit dem sogenannte Kohlrüben- oder Hungerwinter und einer Inflation, nannte man die Jahre von 1924 bis 1929 die "Goldenen Zwanziger", weil sich Deutschland wirtschaftlich erholte und international wieder Anerkennung und Wertschätzung erfuhr.

Mit der Weltwirtschaftskrise 1929 und dem Versagen der "Weimarer Republik", endete der Versuch, Deutschland aus einer Monarchie in eine parlamentarische Demokratie umzuwandeln.

Die Nationalsozialisten übernahmen die Macht. Nach einem grausamen Vernichtungskrieg, der mit der Zerschlagung des faschistischen "Dritten Reiches" endete, sind Deutschland durch die Siegermächte in vier Zonen und Berlin in vier Sektoren aufgeteilt worden.

Unter der Ägide der westlichen Alliierten, USA, England und Frankreich, wurden in ihren Besatzungszonen demokratische Regeln eingeführt und die Bundesrepublik Deutschland gegründet.

Die Deutschen im sowjetisch besetzten Teil Deutschlands hingegen, wurden nach dem Vorbild der stalinistischen Sowjetunion in eine neue, andere Form der Willkür gezwängt. Sie mussten sich der "Diktatur des Proletariats" unterwerfen und lebten in der 1949 gegründeten Deutschen Demokratischen Republik (DDR).

Eine Sonderstellung nahmen dabei die drei Sektoren der Westmächte in Berlin ein. Umgeben von den diktatorischen Strukturen der DDR, lebten hier die Menschen nach den Regeln der Demokratie, mit der D-Mark als Währung, aber ohne direkter Bestandteil der Bundesrepublik zu sein.

Westberlin wurde im "Kalten Krieg" zum "Pfahl im Fleische der DDR". Über die offenen Sektorengrenzen verließen die Menschen massenhaft den Machtbereich des "Arbeiter- und Bauern-Staates", um der staatlichen Gängelei zu entgehen und ein Leben mit demokratischen Freiheiten zu führen.

Um einen ökonomischen Kollaps zu vermeiden, mauerte die DDR auf eigenen Wunsch und auf Geheiß der Sowjetunion "Westberlin" am 13.

August 1961 ein. Aus einer Stadt mit ihren engen familiären Bindungen und Beziehungen, sowie die sich über die Jahre entwickelten Verhältnisse gegenseitiger Vorteilsnahme, wurden jäh unterbunden.

Über Nacht entstanden zwei Städte mit diametral entgegenstehenden Weltanschauungen.

Von nun an galten auch für alle Ostberliner die Regeln des "real existierenden Sozialismus", denen sich, schon seit Gründung der DDR, alle außerhalb Ostberlins lebenden DDR-Bürger unterordnen mussten.

Im November 1989 verlor die Berliner Mauer, nach einer friedlichen Revolution, ihre Funktion und wurde später abgerissen.

Mit dem Ende der politischen, ökonomischen und kulturellen Zwangsteilung des deutschen Volkes durch die Wiedervereinigung, wurden die Unterschiede, die sich in den Jahrzehnten der Trennung auch zwischen der Berliner Bevölkerung entwickelt hatten, schlagartig deutlich.

Während sich für die Menschen in den alten Bundesländern relativ wenig änderte, merkten der überwiegende Teil der Bewohner der ehemaligen DDR und in besonderem Maße die "Ostberliner", dass ihre privaten und beruflichen Biografien plötzlich ganz anders bewertet wurden.

Zur qualitativen Unterscheidung gab es nun die Begriffe "Wessi" und "Ossi".

Im Mittelpunkt der Erzählung steht die Entwicklung von Bodo, dem Spross einer normalen Berliner Familie. Mit seinen Wahrnehmungen und Lebenserfahrungen werden die wesentlichen Alltagsabläufe während der unterschiedlichen politischen Zustände in der deutschen Hauptstadt, Berlin, deutlich gemacht.

Kapitel 1

Es war zur Zeit der kaiserlichen Mobilmachung 1914, als Hedwig nach über einem Jahr wieder das Haus betrat, in dem ihre Eltern wohnten.

Sie hatte sich damals in einen zehn Jahre älteren Österreicher verliebt und war von zu Hause fortgelaufen. Vielleicht war es wirklich nur wegen der Generalmobilmachung Österreich/Ungarns, dass ihr Partner mit der Begründung für Kaiser und Vaterland ins Feld ziehen zu müssen, überstürzt in seine Heimat zurückkehrte. Er ließ Hedwig hochschwanger zurück, die nun auf sich allein gestellt, kurz darauf von einer Tochter entbunden wurde.

Den Wochentag und die Uhrzeit hatte sie ganz bewusst gewählt, weil nur ihre Mutter zu Hause sein konnte. Ihr Vater und ihr Bruder arbeiteten beide bei der Bahn. Ihr Vater in leitender Stellung und Walter in der Ausbildung zum Lokomotivführer

In der 1. Etage des Vorderhauses verharrte sie mit klopfendem Herzen vor der Wohnungstür. Die 20-jährige starrte auf das protzige Holzbrett mit dem Namensschild **Amelang**.

Unwillkürlich presste sie ihre drei Wochen alte Tochter an sich und stellte die Reisetasche, die sie in der anderen Hand trug, ab. Dann betätigte sie den kunstvoll gearbeiteten Türklopfer und wartete.

Nach kurzer Zeit öffnete ihre Mutter die Tür und starrte ihre Tochter an, wie einen Geist. Sie wollte die Tür sofort wieder schließen, doch da hörte sie ein leises Babyweinen aus dem Wickeltuch, das ihre Tochter im Arm hielt.

»Auch das noch, du bringst nur Schande über die Familie. Was werden nur die Leute sagen?«

»Bitte, Mutter…«

»Na, gut, komm 'rein.«

Hedwig stellte die Reisetasche auf dem Korridor ab und legte das kleine Bündel auf das elterliche Ehebett. Ihre Mutter schlug das Tuch zur Seite und sah auf ein sehr kleines Baby mit dichten schwarzen Haaren, ihre Enkeltochter.

Hedwig hielt Abstand, ging dann in die Küche und legte dort ein Kuvert auf den Tisch.

»Ich habe sie schon ins Geburtenregister eintragen lassen.« sagte sie, als ihre Mutter hereinkam. »Sie heißt Herta.«

Mutter und Tochter standen sich wortlos gegenüber und weinten. Dann aber umarmten sie sich. Berta, Hedwigs Mutter, wollte nun Einzelheiten erfragen. Doch bevor sie dazu kam, verließ Hedwig, mit den Worten »Ich muss erst mal auf die Toilette.«, die Küche.

Nach einer Weile ging Berta ins Schlafzimmer. »Hedwig?« Hedwig war nicht da. Berta ging zur Toilettentür und klopfte. Keine Antwort. Sie öffnete die Tür, die Toilette war leer. »Hedwig, wo bist du?« Keine Antwort. Berta ging durch die ganze Wohnung und sah die Reisetasche, die Hedwig auf dem Korridor abgestellt hatte.

Dann kam der Schock... Hedwig war nur gekommen um ihre Tochter loszuwerden und war wieder gegangen.

Sie saß wie gelähmt am Küchentisch. Wie würden ihr Mann Arthur und ihr Sohn Walter reagieren? Mechanisch öffnete sie das Kuvert, dass auf dem Küchentisch lag und entnahm die Geburtsurkunde. Vater: unbekannt. Natürlich! Dann entdeckte sie den Brief, der noch in dem Kuvert war. Hedwig schilderte darin die Umstände ihres Tuns, bat ihre Eltern um Verzeihung und darum, Herta bei sich aufzunehmen.

Im Schlafzimmer fing Herta an zu weinen. Berta holte die Reisetasche. Wie sie vermutet hatte, war darin alles zur Erstversorgung für die Kleine. Der Entschluss von Berta stand nun fest, egal wie das Gespräch mit ihrem Mann heute Abend verlaufen würde. Sie würde ihr Enkelkind aufziehen und so geschah es auch. Herta wuchs bei ihren Großeltern auf.

Den Familienzuwachs nahm in der Nachbarschaft kaum jemand war. Es war in den gehobenen Bürgerhäusern zu der Zeit nicht üblich, sich um die Nachbarschaft zu kümmern. Es sei denn, die späte Geburt erregte hier und da zurückhaltendes Unverständnis, denn Berta und Arthur hatten die 40 schon weit überschritten.

Walter war für Herta der große Bruder und ihre Großeltern nannte sie Mama und Vater, weil Walter seine Eltern auch so ansprach. Sie wuchs wohlbehütet heran. Die berufliche Stellung von Arthur sicherte der Familie auch in den schweren Jahren nach dem Ende des I. Weltkrieges ein, für die damaligen Verhältnisse, gutes Leben.

Hedwig arbeitete als Verkäuferin in einem großen Fachgeschäft für Teppiche, Gardinen und Stoffe an der Leipziger Straße. Von ihrer kleinen Wohnung in der Poststraße, konnte sie das Geschäft bequem zu Fuß erreichen.

In regelmäßigen Abständen besuchte sie die evangelische Kirche im Wohnbereich ihrer Eltern. In einem verglasten Schaukasten neben dem Eingangsportal waren die Ereignisse der jeweils nächsten Tage angekündigt. Auf den ersehnten Namen ihrer Tochter und das Taufdatum, musste sie über ein Jahr warten, denn die kleine Herta war in den ersten Lebensmonaten sehr schwach und anfällig. Aber im September 1915 war es soweit. Hedwig wartete bis ihre Familie mit dem weißen Kissen die Kirche betreten hatte und sah der Taufe ihrer Tochter von der weit entfernten Kirchentür zu. Die Tränen waren stärker. Sie musste die Kirche verlassen, um nicht aufzufallen.

Ein Verhältnis, das sie mit dem erheblich älteren Geschäftsinhaber eingegangen war, sicherte Hedwig die Arbeitsstelle über das Kriegsende und die folgenden Krisenjahre hinaus.

Die vielen Briefe, in denen sie ihre Eltern bat, ihre Tochter sehen zu dürfen, wurden nicht beantwortet.

Inzwischen waren sechs Jahre vergangen. Herta würde in diesem Jahr eingeschult werden. Da fasste Hedwig den Entschluss, sich an ihren Bruder Walter zu wenden. Aber wie? Als Lok-Führer, zu der Zeit war er noch Anwärter, arbeitete Walter unregelmäßig, so wie der Fahreinsatzplan es vorgab. Sie wusste aber, wo der beste Freund von Walter wohnte. Dem gab sie ihre Adresse und einen Brief, mit der Bitte ihn Walter zu übergeben und alles vertraulich zu behandeln.

Die Wochen vergingen. Aber dann, an einem Sonntag, klingelte es und ihr Bruder Walter stand vor ihr. Es war eine merkwürdige Situation. Ihr kleiner Bruder war in der Zeit zum Mann geworden. Sie bat ihn herein und es dauerte eine ganze Zeit, bis sich die beiderseitige Beklemmung löste. Hedwig rannen die Tränen über die Wangen und Walter nahm ihre Hand. Das Eis war gebrochen.

Nach seinem Treffen und der Aussprache mit Hedwig, quälte Walter das Problem, wie er den Eltern den Vorschlag seiner Schwester nahebringen konnte. Eines Abends, nachdem Herta schon schlief, sagte er so ganz nebenbei: »Ich habe mit Hedwig gesprochen«, und sah seine Eltern dabei aufmerksam an. Keine Reaktion. Eisiges Schweigen,

»Ich habe Hedwig getroffen und wir haben uns unterhalten. Dabei hat sie mir einen Vorschlag unterbreitet, den ich euch mitteilen wollte.«

»Wir haben keine Tochter mehr.«

»Ach, und was ist Hedwig dann?«

»Was willst du? Ich habe versucht das alles zu vergessen und nun bringst du Unfrieden, wegen einer Frau, die ihr Kind im Stich gelassen hat.« Arthur war sehr erregt und zündete sich mit zitternden Händen seine Pfeife an.

»Und warum nennst du deine Tochter nicht beim Namen? Nur weil sie in ihrer Not einen Fehler gemacht hat?«

Berta hatte bis jetzt reglos vor sich hin gestarrt, aber nun quoll es aus ihr heraus.

»Jetzt, wo Herta aus dem gröbsten ʹraus ist, kommt die gnädige Frau und erhebt Anspruch auf ihr Kind. Nie und nimmer.«

»Aber sie will doch Herta gar nicht aus ihrem jetzigen Leben herausreißen, sie will doch nur Kontakt zu ihrer Familie und ihrem Kind.«, rief Walter und musterte seine Eltern wieder aufmerksam, aber er konnte aus ihrer Körpersprache nur Ablehnung erkennen.

Arthur klopfte seine Pfeife aus. »Ich möchte jetzt nichts mehr davon hören.«

»…und ich auch nicht.« stimmte ihm Berta bei, legte das Nähzeug aus der Hand und verließ das Zimmer. Arthur folgte ihr. Walter blieb allein zurück und hatte das Gefühl, alles falsch gemacht zu haben.

Es war vielleicht eine Woche vergangen, als Berta ihren Sohn unvermittelt fragte: »Was hat sie denn gesagt?«

»Wer?«

»Na, deine Schwester und wie habt ihr euch denn getroffen?«

Walter erzählte seiner Mutter wie das Treffen mit Hedwig zustande gekommen war.

»Und, wie wohnt sie so?«

Walter merkte, dass seine Mutter einen Weg suchte, um die verfahrene Situation zu retten. Er berichtete wo Hedwig wohnte und wo sie angestellt war.

»Wie denkt sie sich denn das mit Herta, habt ihr darüber auch gesprochen?«

»Ja, das war doch die Hauptsache. Hedwig meint, vielleicht könnte sie als entfernte Verwandte zu Hertas Einschulung eingeladen werden.«

»Was? Wie soll das denn gehen?«

»Weiß ich auch nicht.…«

»Ich weiß auch nicht, wie dein Vater darauf reagiert, aber ich werde nachher, wenn er von der Arbeit kommt, mit ihm darüber reden. Du musst ja jetzt zum Dienst.«

»Ja, und ich hoffe, dass es einen Weg gibt, der die Familie wieder zu-sammenführt.« Walter gab seiner Mutter einen Kuss auf die Wange und verließ die Wohnung.

Der Tag war gekommen. Herta wurde eingeschult. Stolz trug sie ihre Schultüte und wurde von den anderen Mädchen, die keine oder nur eine kleine Schultüte hatten, mit neidischen Blicken bedacht. Neben ihren Eltern und ihrem Bruder Walter, war noch eine Frau gekommen, die ihr als Tante Hedwig vorgestellt wurde. Herta war viel zu aufgeregt, sich darüber zu wundern, dass diese Frau sie zur Begrüßung ganz fest an sich drückte und sie küsste.

In den folgenden Jahren, kam Tante Hedwig regelmäßig zu den Geburts-tagen, an den Feiertagen und ab an auch am Sonntag zu Besuch. Für Herta war das immer spannend, weil Tante Hedwig ihr immer etwas ganz Be-sonderes mitbrachte.

Nach der Einsegnung und Beendigung der Volksschule, begann Herta eine Lehre als Kontoristin.

Die Lehrstelle hatte ihr Hedwig besorgt, die in dem zum Kleinkaufhaus angewachsenen Geschäft an der Leipziger Straße, in leitender Stellung tätig war. Während dieser Zeit, in der sie sich häufig begegneten, baute sich ein festes Vertrauensverhältnis auf.

Kapitel 2

Gegen Ende ihrer Lehrzeit wird Herta von dem Handelsvertreter Rudolf Riemer umworben. Einige Monate später ist sie schwanger. Da sie die Moralvorstellungen ihrer Eltern kennt, wendet sie sich in ihrer Not an Hedwig.

»Hast du denn Rudolf schon gesagt, dass du schwanger bist?«

»Nein, er ist ja viel unterwegs und es ist mir peinlich und ich habe Angst, wie ich es den Eltern sagen soll.«

»Herta, Rudolf muss es schnellstens erfahren. Ihr müsst heiraten.«

»WAS…??? Was sollen denn die Eltern dazu sagen?«

»Ich habe doch eben gesagt, was du tun sollst.«

»Du, ja, aber Mama und Vater…?«

»Vertraue mir, rede mit Rudolf und zwar schnell.«

In der Woche darauf, trafen sie sich wieder.

»Ich habe mit Rudolf gesprochen. Er freut sich auf das Baby und wird alles für die Hochzeit vorbereiten, aber dazu brauche ich einen Ahnenpass.«

»Ahnenpass, warum das denn?«

»Das habe ich auch gefragt. Rudolf sagt, ohne Ahnenpass würde seine Dienststelle einer Eheschließung nicht zustimmen.«

»Ich denke Rudolf ist Handelsvertreter? Wozu braucht er denn da eine Zustimmung zum heiraten?«

»Er hat gesagt, ich solle ihm vertrauen, dann würde alles gut werden.«

»Na gut, das ist ja alles ziemlich merkwürdig, aber er scheint es ja ehrlich zu meinen. Ich glaube, Walter hat sich einen Ahnenpass besorgt. Er wollte sicher sein, dass unsere Familie reinrassigen Ursprungs ist.«

»Dann werde ich mit Walter reden, vielleicht kann man eine Kopie beantragen, denn da sind ja alle Familienangehörigen aufgeführt, bis zu mir und du stehst bestimmt auch drin.«

Hedwig zögerte, aber dann nahm sie die Hand von Herta und fuhr ihr mit der anderen zärtlich über die Bubikopf-Frisur.

»Herta ich muss dir jetzt etwas sagen, was dein Lebensbild verändern wird…«, sie zögerte wieder.

»Was ist denn so wichtig?«

»Mein Kind«, sie machte eine Pause, »ich bin deine Mutter und Mama und Vater, sind meine Eltern und deine Großeltern…«, so jetzt war es raus und nicht mehr zu ändern.

Während Hedwig ein Gefühl von Erleichterung und Stolz empfand, war Herta völlig verwirrt. Sie versuchte alles zu verstehen, aber es gelang ihr nicht. Tränen stiegen ihr in die Augen.

»Großeltern?...Mama und Vater?... dann ist Walter ja auch nicht mein Bruder...was ist er denn dann?«

»Walter ist mein Bruder und dein Onkel.«, versuchte Hedwig mit tränenerstickter Stimme zu erklären.

Ihre Erleichterung wandelte sich in Mitleid und Sorge, als sie sah, wie Herta versuchte, das eben gehörte zu verarbeiten. Darum rief sie ihre Mutter an und teilte ihr mit, dass Herta heute bei ihr übernachten würde.

Für Berta war das nicht ungewöhnlich, denn das war in der letzten Zeit schon des Öfteren vorgekommen.

Das Gespräch zwischen Mutter und Tochter dauerte bis spät in die Nacht.

Walter war mit seiner Jugendliebe Käthe Brandt verheiratet. Sie wohnten jetzt mit ihrem fünfjährigen Sohn Kurt, im Seitenflügel eines großen Miethauses in der Warschauer Straße.

Hedwig hatte Walter über ihr Gespräch mit Herta informiert und er war ebenso erleichtert darüber, dass die Heimlichkeiten nunmehr ausgeräumt werden konnten. Walter kümmerte sich auch um eine Kopie vom Ahnenpass der Familie. Weil in der Geburtsurkunde von Herta "Vater: unbekannt" stand, musste Hedwig nun an Eides statt erklären, wie der Vater hieß und dass er Österreicher war.

Der Hochzeit stand nun, bis auf ein Problem, nichts mehr im Wege. Berta und Arthur waren über die Sachlage noch nicht informiert worden. Bis jetzt hatte man diese Unannehmlichkeit vor sich her geschoben, weil alle ahnten oder wussten, dass ein Eklat drohte.

Doch es kam anders. Am Sonntag nach Neujahr 1932 gingen Berta und Arthur im Park spazieren. Berta erzählte den neuesten Klatsch aus der Nachbarschaft. Plötzlich bemerkte sie, dass Arthur nicht mehr neben ihr war. Sie drehte sich um und sah Arthur auf dem Weg liegen. Andere Passanten kümmerten sich schon um ihn und wollten ihm helfen.

Noch bevor Berta dort angekommen war, schrie eine Frau auf. Arthur war tot.

Nach der Beisetzung hatte Walter in seiner Nähe eine kleinere Wohnung für Berta besorgt. Die Berta zustehende Witwenpension reichte nicht mehr für die Wohnungsmiete, zumal die Wohnung ohnehin zu groß war. Aber ehe noch darüber befunden werden musste, welches Mobiliar für den Umzug in die engere Wahl kam, erkrankte Berta schwer und verstarb kurz darauf.

Die standesamtliche Trauung von Herta fand in engstem Kreis statt. Rudolf und sein Freund Alfred, der auch einer der Trauzeugen war, trugen SA-Uniform.

Daran nahm niemand Anstoß und Walter nahm das sogar wohlwollend zur Kenntnis, denn er war schon seit einigen Jahren Mitglied der NSDAP.

Für die kleine Feier war in der Nähe des Standesamtes in einem Restaurant ein Tisch reserviert worden.

»Sag' mal Rudolf, warum ist denn deine Familie nicht hier?«, fragte Hedwig.

Rudolf zögerte, dann spannte sich sein Körper und er sah in die Runde.

»Irgendwann werdet es ja doch erfahren. Meine ganze Familie gehört diesem roten Gesockse an, der SPD und ein Onkel ist sogar Funktionär in der KPD. Das ist beschämend. Ich aber habe mich der Bewegung des Führers angeschlossen, weil nur er uns wieder zu alter Größe führen kann.«

Walter nickte zustimmend und fragte: »Bist du denn nicht in diesem bolschewistischen Geist erzogen worden?«

»Ja, aber dann habe ich mit Alfred an einer Kundgebung der NSDAP teilgenommen um zu stören. Je länger wir der Rede des Führers zuhörten, umso klarer wurde uns aber, dass wir uns auf einem Irrweg befanden. Wir haben dann den Kontakt gesucht und sind der Partei und später der SA beigetreten.«

»Das habt ihr richtig gemacht.«

»Jawohl Walter und ich freue mich, jetzt in einer Familie zu leben, die dem Zeitgeist entspricht.«

Rudolf stand auf und erhob sein Glas.

»Ich weihe mein ungeborenes Kind dem Führer und bin froh, dass es im Geist des Nationalsozialismus aufwachsen wird. Heil Hitler!«

»Heil Hitler!«, toastete die Runde zurück.

Von den anderen Tischen aus, beobachteten die Gäste die Zeremonie mit einer Mischung aus zustimmender Aufmerksamkeit und peinlicher Zurückhaltung.

Herta wohnte mit Rudolf in Lichtenberg, in einer Zwei-Zimmerwohnung Was Rudolf tatsächlich beruflich machte, wusste Herta nicht und interessierte sie auch nicht. Sie hatte ihre Stellung aufgegeben und war nun Hausfrau.

Ende August 1932 wurde dann ihre Tochter Ursula geboren. Sie erzog die Kleine fast alleine, denn durch seine Vertretertätigkeit war Rudolf nur unregelmäßig zu Hause.

Doch unbeschadet von all dem, führten sie eine harmonische und glückliche Ehe.

Kurz nach dem dritten Geburtstag von Ursula kam Rudolf eines Tages ganz aufgeregt nach Hause und teilte Herta mit, dass er endlich als Freiwilliger in eine Spezialeinheit der Deutschen Wehrmacht aufgenommen worden ist und ihn das mit Stolz und Freude erfüllt.

»Alfred auch?«, fragte Herta.

»Nein, Alfred übernimmt wichtige Aufgaben in der Heimat.« Herta wunderte sich über den Begriff „Heimat" und wollte nachfragen, aber dann wurde sie durch Ursula abgelenkt.

Weihnachten 1935 hatte Rudolf Urlaub und Heiligabend traf sich die Familie. Als die kleine Feier vorbei war, sagte Herta zu Rudolf: »Ich habe noch ein Geschenk für dich!«

»Ja? Was denn?«

»Ich glaube, wir kriegen ein Baby.«

Rudolf nahm sie in den Arm und küsste sie.

»Vielleicht wird es diesmal ein Junge, gib dir etwas Mühe.«, sagte er scherzhaft.

Der Sommer kam und der Geburtstermin rückte immer näher.

»Vielleicht wird es ein Olympiakind, dann bekommen wir eine Ehrenurkunde vom Führer«, sagte Rudolf, als Herta in den Wehen lag.

Das war am 01. August 1936, einem Sonnabend, der Tag an dem die XI. Olympischen Sommerspiele eröffnet wurden. In der Geburtsurkunde stand als Geburtszeit 1:18 Uhr am 02. August 1936.

Ihr Sohn, der den Namen Bodo bekam, war kein Olympiakind geworden, dafür aber ein Sonntagskind und dem Volksglauben nach, sollte das Glück bringen.

Zum Weihnachtsfest 1936 war die Familie wieder zusammen. Nebenbei erzählte Rudolf von einem Auftrag des Führers, zu dem er in vier Wochen abkommandiert werden würde. Die erstaunten Fragen dazu, beantwortete er nicht. »Strengste Geheimhaltung!«, wie er sich ausdrückte.

Mitte Januar war sein Urlaub beendet.

»Wann kommst du denn wieder?«, fragte Herta, als sie seine Sachen zusammenpackte.

»Ach, das dauert nicht lange.«

»Trotzdem wirst du mir schreiben und wehe nicht.«, sagte sie lächelnd.

»Papa, mir musst du aber auch schreiben.«, sagte Ursula, als sich Rudolf von ihr mit einem Kuss verabschiedete.

»Aber selbstverständlich, mein Mädel.«

Er nahm seinen Sohn auf den Arm, umarmte Herta und drückte sie fest an sich. Ursula hielt sein Bein umklammert. Dann verließ Rudolf die Wohnung.

Anfang Februar bekam Herta Post, aber nicht von Rudolf, wie sie gehofft hatte, sondern vom Reichsluftfahrtministerium. Darin wurde der „Volksgenossin Riemer", im Auftrag des Oberbefehlshabers der Luftwaffe, Hermann Göring, mitgeteilt, dass Oberfeldwebel Rudolf Riemer, in treuer Pflichterfüllung für Führer, Volk und Vaterland, auf dem Feld der Ehre gefallen und auch dort bestattet ist. Unterzeichnet war der Brief vom Stabschef der Legion Condor, Wolfram v. Richthofen. Dem Brief waren noch Hinweise zur Antragstellung für die Hinterbliebenenversorgung beigefügt.

Herta hielt das Schreiben in der Hand und las den Inhalt zum wiederholten Male, ohne zu verstehen, was er bedeute.

Im Nebenzimmer fing Bodo an zu weinen. Mechanisch versorgte sie ihn. Was war mit Rudolf? Das muss ein Irrtum sein.

»Mutti, was ist denn?«, fragte Ursula, als sie sah, wie ihrer Mutter die Tränen über das Gesicht liefen. Herta antwortete nicht, sondern nahm sie nur in den Arm und weinte weiter. Nun fing auch Ursula an zu weinen, nur Bodo krähte satt und vergnügt aus seinem Bettchen.

Es klingelte an der Wohnungstür. Es war Alfred. Die Sekunden, die sie wortlos voreinander standen, kamen Herta wie Minuten vor. Alfred kam herein, schloss die Tür und nahm sie in den Arm. Dann sagte er ihr leise ins Ohr: »Ich weiß…ich habe es eben im Amt erfahren. Ich werde mich um dich kümmern, Rudolf hat mir das Versprechen abgenommen. Du kannst also auf mich zählen.«

Er legte seine schwarze SS-Mütze auf der Garderobe ab und ging mit Herta ins Wohnzimmer.

Die deutsche Wehrmacht hatte Polen überfallen.

Bodo hatte seinen dritten Geburtstag hinter sich und Ursula war in die 2. Klasse versetzt worden.

Onkel Alfred, wie ihn die Kinder nannten, war jetzt Obersturmführer. Das erzählte er an einem Sonntag am Kaffeetisch und ergänzte: »Endlich bin ich einer Kampfeinheit zugeordnet worden und rücke übermorgen aus. Wir sehen uns also für ein Weilchen nicht. Ihr seid artig und hört darauf, was eure Mutter sagt. Das versprecht ihr mir jetzt.« Die Kinder nickten.

»Lauter!«, rief Alfred und die beiden schrien lachend «Jaaa…!«

Wenn Post von Alfred kam, las Herta den Kindern manchmal einige Passagen daraus vor.

Dann kam keine Post mehr, nie mehr. Herta hatte eine Pappschachtel, in der sie die persönlichen Sachen von Rudolf, auch die, die man ihr zuletzt zugeschickt hatte, aufbewahrte. Sie legte die Briefe von Alfred und den Ahnenpass dazu, verschloss die Schachtel mit einer Schnur und stellte sie unten in den Schrank.

Kapitel 3

In den Monaten nach der Pogromnacht vom 9. November 1938, hatte sich die Beziehung zwischen Herrmann Marschner, dem Chef des Kaufhauses, und Hedwig mmer mehr gelockert. Eines Abends kam es aber zu einer Aussprache.

»Was gibt es denn so Wichtiges, das du mich zu dieser Zeit aufsuchst? Ist deine Frau dahinter gekommen, Herrmann?«

»Die Situation ist viel zu ernst, als dass Ironie angebracht wäre«, entgegnete er. »Auf Grund der Ereignisse werde ich das Kaufhaus verkaufen und in die USA zu gehen. Du weißt ja, Gerti hat da …«

»…aber das ist doch kein Grund alles zu verkaufen und das Weite zu suchen.«, unterbrach in Hedwig.

»Lass' mich bitte ausreden. Sie hat nicht nur deutsche, sondern auch jüdische Wurzeln. Verstehst du nun?«

»Ach, das wusste ich ja gar nicht.«

Dann herrschte eine Weile betretenes Schweigen. Hedwig nestelte nervös an ihrem Taschentuch und Herrmann zündete sich eine Zigarre an.

»Hast du denn schon einen Käufer?«

»Ja, schon seit einiger Zeit. Einen großen Kaufhauskonzern. Ich hoffe, dass das Geschäft reibungslos abläuft. Die Anwälte sind ja optimistisch. Gerti ist gestern nach Schweden abgereist, das ist unauffällig, weil wir jedes Jahr dort ihre Verwandten besucht haben. Ich hole sie dann ab, sobald hier alles geklärt ist.«

»Und wann reist du ab?«

»Wenn alles gut geht, bin ich Pfingsten schon in Schweden.«

»Und die Villa?«

»Die habe ich schon vor einiger Zeit meinem Neffen, Adalbert, überschrieben… «, er streifte die Asche von seiner Zigarre ab, »… und noch etwas. Im Kaufvertrag ist vereinbart, dass du als Direktrice übernommen wirst.«

»Als Direktrice? Herrmann wirklich?«

»Das ist doch das Mindeste, was ich für dich tun konnte.«

Herrmann verließ die Wohnung von Hedwig erst am nächsten Morgen.

Hedwig informierte ihre Tochter telefonisch kurz über die Neuigkeiten und sie verabredeten, dass Herta am Wochenende mit den Kindern zum Kaffee zu ihr kommt.

Kurz nach diesem Telefonat brachte Bodo seiner Mutter einen Brief, der durch den Briefschlitz der Wohnungstür gesteckt worden war. Diesmal war es ein Schreiben vom Oberkommando der Wehrmacht, in der Herta mitgeteilt wurde, dass der Führer, Adolf Hitler, zur Erinnerung an die heldenhaften Leistungen bei der Niederwerfung des Bolschewismus im spanischen Freiheitskampf ein Ehrenkreuz für Hinterbliebene deutscher Spanienkämpfer gestiftet hat. Über die Modalitäten für die Antragstellung, sollte sie sich an die im Schreiben genannte Adresse wenden.

Wunden, die langsam vernarbten, brachen plötzlich wieder auf. Was sollte sie mit einem Ehrenkreuz?

Sie nahm sich vor, Hedwig am Wochenende um Rat zu fragen und legte das Schreiben in die Kennkarte, die man neuerdings immer bei sich tragen musste, denn sie beinhaltete Angaben zur Person und neben einem Passbild auch die Abdrücke beider Zeigefinger.

Am Sonntagnachmittag fuhren sie bis zum U-Bahnhof Klosterstraße. Von da waren es keine zehn Minuten Fußweg bis zur Poststraße, wo Hedwig schon seit Jahren wohnte.

Auf der Straße dorthin standen einige LKW und darum herum, herrschte Menschengewirr mit weinenden Frauen und Kindern und Gebrüll von Männern in SA-Uniform, die mit Gummiknüppeln herumfuchtelten. Herta wollte mit den Kindern schnell an dem Auflauf vorbei, als sie von einem sehr korpulenten SA-Mann angerempelt wurde. Durch den Stoß kam Bodo zu Fall.

»Passen Sie doch auf, wo Sie hinlaufen.«, schimpfte Herta ihn an und hob den weinenden Bodo hoch.

Der Mann in der braunen Uniform blieb ruckartig stehen und musterte die Gruppe. Herta hatte fast schwarze Haare und dunkelbraune Augen und Bodo kam im Aussehen, anders als Ursula, nach seiner Mutter.

»Was willst du...du Zigeunerschickse mit deinen Bastarden? Du kannst gleich mit auf den Wagen.«, brüllte er.

Herta war derart erschrocken, dass sie kein Wort herausbrachte. Doch dann kam ihr das Wissen aus ihrer Zeit mit Rudolf zu Hilfe. Sie sah an den Kragenspiegeln, dass sie einen Rottenführer vor sich hatte.

»Ich werde mich bei Ihrem Sturmführer beschweren, Rottenführer! Holen Sie ihn bitte her!«, sagte sie in scharfem Ton.

»Nun mal langsam, erst zeigen Sie mir mal Ihre Kennkarte.«

Herta holte die Kennkarte aus ihrer Handtasche und gab sie dem SA-Mann. Dann umfasste sie schützend ihre ängstlichen Kinder.

Der SA-Mann klappte die Kennkarte auf, in der das zusammengefaltete Schreiben vom Oberkommando der Wehrmacht lag, er machte es auf, las und wurde blass, verglich noch auf Namensgleichheit und ohne weiter den Inhalt der Kennkarte zu prüfen, nahm er Haltung an und entschuldigte sich bei Herta.

»Das konnte ich ja nicht ahnen, Volksgenossin. Wir haben hier einen Befehl auszuführen. Wenn Sie darauf bestehen, dass ich den Sturmführer herhole, dann werde ich das tun, Ich bitte Sie aber, davon abzusehen.«

Herta nickte und nahm ihre Papiere zurück und verstaute sie wieder in ihrer Handtasche.

Als sie aufblickte, stand der SA-Mann mit erhobenem Arm vor ihr und grüßte »Heil Hitler!«

»Heil Hitler«, grüßten Herta und auch die Kinder mit erhobenen Armen zurück.

Der Rottenführer entfernte sich und die drei gingen weiter. Als sie das Haus von Hedwig erreicht hatten, stürmten die Kinder voraus. Hedwig hatte sie kommen sehen und stand schon mit ausgebreiteten Armen an der geöffneten Wohnungstür um Ursula aufzufangen.

»Mutsch, weißt du, was uns eben passiert ist…«

»Langsam, langsam meine Kleine, erst gibst du mir ein Küsschen und du mir auch.«, sagte sie zu Bodo, der auch ganz aufgeregt angerannt kam. Die Kinder nannten ihre Großmutter Mutsch, weil Hedwig noch nicht Oma sein wollte und von Herta wurde sie mit Hete angesprochen. Erst viel später wurden den Kindern die familiären Zusammenhänge klar.

Als Herta die Wohnung betrat, schlug ihr ein angenehmer Geruch von Kaffee, Kakao und frischgebackenem Kuchen entgegen.

»Was war denn los?«, fragte Hedwig. Noch beim Ablegen der Mäntel begann Herta über das eben Erlebte zu berichten und auch als sie schon am Kaffeetisch saßen, wurde Herta von den Kindern immer wieder auf Details hingewiesen, die ihr unwichtig erschienen.

»Mutsch, dürfen wir uns die Bilderbücher ansehen?«, fragte Ursula.

»Aber ja doch, ihr wisst ja, wo alles liegt.«

Als die Kinder ins andere Zimmer gegangen waren, kam Herta direkt auf ihr Anliegen zu sprechen.

»Hete, ich kann die Wohnung von Rudolfs Rente nicht mehr lange halten. Ich muss mir eine Arbeit suchen und eine Aufsicht für die Kinder finden.«

»Da kommt ja einiges auf uns zu.«, erwiderte Hedwig und berichtete über ihre letzte Zusammenkunft mit Herrmann Marschner.

»Wir stehen jetzt beide vor neuen Situationen und sind alleine auf uns gestellt. Wollen wir nicht zusammenziehen?«

Herta war froh, dass sie nicht den Vorschlag machen musste, denn insgeheim hatte sie auch schon an eine solche Lösung gedacht. In dem nun folgenden Gespräch über Planung und Termine, vergaß Herta vollkommen den Antrag für das Ehrenkreuz und so blieb es auch.

Der Umzug von Hedwig nach Lichtenberg, wurde gefeiert.

Walter, Käthe und Kurt waren gekommen und die Eltern von Käthe, Oskar und Erna Brandt. Man hatte sich lange nicht gesehen, denn Brandt's wohnten in einer Arbeitersiedlung in Eichwalde.

Sie bestaunten die Wohnung. Zentralheizung, Warmwasser, Balkon.

»Sind denn hier noch Wohnungen frei?«, fragte Oskar.

»Wieso, wollt ihr nach Berlin ziehen?«

»Das ist natürlich ein Traum. Ich muss ja immer zur AEG bis Treptow, da wäre es von hier aus schon bequemer.«

»Das können wir uns doch gar nicht leisten, Oskar.«, warf Erna ein.

»Ich kann mich ja 'mal erkundigen, hier in der Umgebung wurde viel gebaut aber ich glaube Zentralheizung gibt es nicht überall, denn wir haben hier ein Heizhaus auf dem Hof.«

»Herta, das wäre aber sehr nett von dir, ob nun mit oder ohne Zentralheizung.«

Während der Unterhaltung der Erwachsenen, waren die Kinder im Nebenzimmer.

Kurt war Fähnleinführer beim Jungvolk gewesen und vor kurzem in die Hitlerjugend übernommen worden. Stolz war er in der neuen Uniform gekommen. Braunes Hemd, Schulterriemen, schwarzes Dreiecktuch mit Lederknoten um den Hals, die Schulterkordel, die seinen Rang bezeichnete und am Ledergürtel einen Dolch in einer Metallscheide, das Fahrtenmesser.

Gespannt hörten Ursula und Bodo zu, was Kurt über die Hitlerjugend berichtete. Es ging um Heldentum und Kriegserfolge der Wehrmacht, die einzig dem Führer zu verdanken waren. Bodo fragte Kurt, ob die roten Hakenkreuzfahnen, die überall aus den Fenstern hingen, wie die von ihrem Balkon, für den Führer waren, zu dem man »Heil Hitler« sagte und dabei den Arm hoch ausstreckte.

Kapitel 4

Zu den Familien der früheren Kameraden von Rudolf und Alfred pflegte Herta immer noch lockeren Kontakt. Die Kameradschaft hielten die Mitglieder von SA und SS für eine ihrer herausragenden Tugenden. Sie wusste das und machte sich diesen Umstand zunutze. Sie rief einen dieser Bekannten an und erklärte ihm ihr Problem. Für die Betreuung der Kinder brauchte sie für Oskar und Erna eine Wohnung in der Nähe und bat um Unterstützung.

Nach einigen Tagen klingelte das Telefon. Bodo flitzte wie immer als erster auf den Korridor, wo das Telefon auf der Flurgarderobe neben einem Parfümflakon stand. Beide Dinge fand er aufregend. Den Flakon, weil er noch nicht heraus bekommen hatte, woher Mutsch und seine Mutter wussten, dass er wieder einmal den Gummiball gedrückt hatte, um zu sehen wie aus der Düse eine Parfümwolke spritzt und das Telefon, weil unter der Wählscheibe eine Vorrichtung angebracht war, in die zwei 10-Pfennig-Stücke gelegt wurden wenn man anrufen wollte. Meldete sich der Angerufene, dann mussten zwei glänzende Metallstäbe gegeneinander geschoben werden, es machte "klick-klack" und die Münzen waren verschwunden.

Nach dem zweiten Klingeln kam Herta aus der Küche und musste lächeln, als sie Bodo vor dem Telefon stehen sah. Sie nahm den Hörer von der Gabel und meldete sich: »Riemer.«

»Herta Riemer persönlich?«

»Ja.«

»Volksgenossin, ich rufe vom Wohnungsamt an und bin beauftragt Ihnen mitzuteilen, dass in Kürze eine Wohnung in der Metastraße, ganz in Ihrer Nähe, geräumt werden wird. Bitte geben Sie mir die Anschrift der Leute durch, die dort einziehen sollen, damit ich sie benachrichtigen kann.«

»Das ist ja Prima. Einen Moment bitte, ich hole nur mein Notizbuch.«

Herta gab die geforderten Angaben durch, der Anrufer bedankte sich und man verabschiedete sich mit: »Heil Hitler!«

Der erste Schritt war getan. Wenn Brandt's in die Wohnung umziehen würden, hatte Herta mit Erna eine Tagesaufsicht für Bodo. Sie strich Bodo über den Kopf und fragte ihn: »Wie gefallen dir denn Tante Erna und Onkel Oskar?«

»Hmmm…«, Bodo war schon wieder mit seinen Spielsachen beschäftigt.

Oskar und Erna waren umgezogen und hatten die Familie zur Einweihung in ihre neue Erdgeschoßwohnung eingeladen.
»Stellt euch vor, wir haben jetzt ein Bad mit Badewanne und durch die Gasdurchlauferhitzer oder Boiler oder wie die heißen, auch Warmwasser. Aber jetzt kommt's, als wir die Wohnung besichtigten, hat man uns gefragt, ob wir Einrichtungsgegenstände übernehmen wollen. Einfach so, und ganz ohne Bezahlung. Die Vorhänge, Gardinen und die Verdunkelungsrollos haben wir genommen und auch den Teppich im Wohnzimmer.«, erzählte Erna und fragte naiv weiter: »Warum lässt man denn seine Sachen zurück, wenn man auszieht?«
Oskar und Walter tauschten einen beziehungsvollen Blick und Herta die ahnte, dass das hier eine Wohnung war, deren Vormieter man deportiert hatte, wechselte das Thema.
Während der Unterhaltung, ließ sie durchblicken, dass sie sich eine Stelle als Kontoristin suchen würde, aber zurzeit noch nicht wüsste wo sie Bodo unterbringen sollte. Ursula war ja nach der Schule in der Horteinrichtung der Nationalsozialistischen Volkswohlfahrt, kurz NSV genannt, untergebracht.
Der Versuch hatte Erfolg.
»Herta,« sagte Erna, »du kannst doch Bodo tagsüber zu uns bringen, nicht wahr, Oskar? Dann habe ich eine Beschäftigung und wir könnten bei Herta etwas gut machen.«
»Ich habe nichts dagegen, wenn denn Bodo auch damit einverstanden ist.« antwortete Oskar und sah zu Bodo, der auf dem Fußboden saß. Der war aber so mit seinem Spielzeug beschäftigt, dass er von dem Gespräch keine Notiz nahm.
Nachdem Herta diese wichtige Hürde genommen hatte, konnte sie sich nun eine Arbeitstelle suchen.

Das kleine Kino hieß "Lichtspiele" und war nur um die Ecke.
Wenn es schnell genug ging, dann wurde man schon eingelassen, noch während die letzten Besucher der vorangegangenen Vorstellung das Kino verließen. Aus den weit geöffneten Ausgangstüren strömte dann frische Luft herein, die aber nicht ausreichte, die schweißig-stickige Luft aus dem kleinen Raum zu verdängen. Während die Platzanweiserin die Türen

schloss und anschließend mit einer Vorrichtung durch den Hauptgang lief, mit der sie Fichtennadelduft zur Luftverbesserung versprühte, gab es die üblichen Balgereien um die Plätze in der ersten Reihe, von wo man am besten sehen konnte.

Am spannensten für Bodo war die "Deutsche Wochenschau", die vor dem Hauptfilm lief. Da wurde über die Siege und Heldentaten der deutschen Soldaten berichtet.

Noch kurz vor seiner Einschulung wurde Bodo in einer evangelischen Kirche getauft. Er hatte sich geweigert, aber umsonst. Er meinte, getauft würden nur Babys und er schämte sich, weil vielleicht auch fremde Menschen in der Kirche waren.

Dann, am Tag der Einschulung aber, war das alles vergessen. Schultüte, Schulranzen mit der Schiefertafel und dem Schwamm, waren wichtiger.

Am darauffolgenden Sonntag besuchten Hete und Herta mit den Kindern das Brandenburger Tor und spazierten in Richtung Schloss. Es herrschte, trotz Sonnenschein, ein eigenartig gedämpftes Licht. Die Straße Unter den Linden war, wegen der zunehmenden Bombenangriffe, mit gelbgrünen Tarnnetzen überspannt.

In Höhe der Friedrichstraße hörte Bodo auf einmal Marschmusik. Dann kamen sie, die "langen Kerls" Friedrich des Großen, in ihren historischen Uniformen an ihnen vorbeimarschiert. Bodo wollte mit ihnen Schritt halten und versuchte sich von der Hand seiner Mutter loszureißen. Herta aber hielt ihn fest, weil die Straße voller Menschen war, die dem Schauspiel begeistert applaudierten. Als sie etwas später an der Neuen Wache, die neben dem Zeughaus lag, angekommen waren, sahen sie gerade noch die letzten Rituale der Parade.

Auf ihrem Weg zum Alexanderplatz besuchten sie auch eine Freiluftausstellung im Lustgarten. Auf dem Platz vor dem Dom waren Nachbauten der Hütten aufstellt, in denen die Juden in Russland angeblich hausten. Die dazugehörigen Figuren, die teilweise von lebenden Menschen dargestellt wurden, sollten zeigen, wie man im russischen Bolschewismus lebt. Herta merkte, dass die Kinder immer stiller wurden und sich dicht an sie drängten. Sie gab Hete ein Zeichen und sie verließen diesen grauenhaften Ort.

Dieses Erlebnis, die Erzählungen von Kurt und die Bilder in den Wochenschauen, formten Bodos Phantasie und Denken über Heldentum und Heldentod für den Führer und das Vaterland.

Kapitel 5

Herrmann Marschner hatte sich nach dem Verkauf nicht mehr bei Hedwig gemeldet. Die Geschäftsübernahme verlief allerdings anders, als sie es sich nach seinen Worten vorgestellt hatte.

Das Kaufhaus bekam nicht nur einen neuen Namen, sondern auch einen neuen Direktor. Ein drahtiger Mann mit einem großen Parteiabzeichen am Revers.

»Volksgenossin Amelang, mein Name ist Rödel. Gemäß der vertraglichen Festlegungen verbleiben sie in ihrer jetzigen, leitenden Tätigkeit in der Gardinenabteilung und auf Grund ihrer gezeigten Leistungen, werden ihre Bezüge erhöht.«, sagte er zackig und fuhr dann fort, »Wir werden uns bestimmt gut verstehen und ich hoffe auf eine gute Zusammenarbeit.«

Hedwig musste sich erst sammeln. Man hatte sie überrumpelt und sie konnte sich nicht dagegen wehren, denn sie konnte doch nicht zugeben, dass sie von der zugesagten Stellung als Direktrice wusste. Sie kannte Herrmann viel zu gut, als dass sie ihm eine solche Lüge zugetraut hätte.

»Na, Sie sagen ja gar nichts?«

»Ich... ich muss das alles erst verarbeiten... ich behalte die Stellung bei höherem Gehalt?«

»Na, aber ja, was denken Sie denn von uns?«, antwortete er in jovialem Ton und lachte.

Die Kinder schliefen schon. Hedwig und Herta saßen im Wohnzimmer und hörten Musik aus dem Radio.

»Ich werde noch wahnsinnig. Ich könnte diesen Rödel umbringen.«

Herta sah Hedwig verwundert an. »Was ist denn los?«

Hedwig erzählte nun von den zunehmenden Schikanen des Direktors ihr gegenüber und ihrer Annahme, dass von irgendwoher ihr Verhältnis zu Marschner an die Geschäftsführung herangetragen worden war.

»Was willst du denn jetzt tun?«

»Gar nichts, dagegen kann ich nichts tun, außer vielleicht...«, Hedwig zögerte nachdenklich.

»...und was vielleicht?«, fragte Herta nach.

»Du kennst doch Karl Börner«

»Natürlich, warum?«

»Als ich letztes Wochenende bei ihm in Wriezen war, hat er mich gefragt, ob wir heiraten wollen. Er ist nun schon fünf Jahre Witwer und möchte den letzten Lebensabschnitt mit mir verbringen. Herta, ich gehe auf die 50 zu und das ist meine letzte Chance, glaube ich.«

»Ich habe ihn allerdings erst ein paar Mal gesehen, aber er machte einen ruhigen und sympathischen Eindruck auf mich und ein attraktiver Mann ist er auch.«, und nach einer kurzen Pause fuhr Herta fort, »Aber Wriezen? Eine Kleinstadt, hast du gesagt, und du kennst nur die Großstadt...«

»...das hat aber auch seine Vorteile. Man hat kurze Wege und Karl hat in seinem großen Haus das Geschäft und gehört zu den Honoratioren des gepflegten Städtchens.«, unterbrach Hedwig, »Und außerdem gibt es da keine Luftangriffe.«

»Das ist wahr...und wann?«

»Noch in diesem Jahr. Ich werde Ultimo kündigen und würde ja sofort hinziehen...aber die Leute, sagt Karl.« Hedwig lächelte. »Darum werden wir in aller Stille in Wriezen heiraten. Karl hat ja keine Angehörigen, dann ziehe ich um und in der Weihnachtswoche kommen wir nach Berlin und machen eine kleine Feier. Ich habe mir das auch einmal alles ganz anders vorgestellt, aber das Zeitgeschehen lässt keinen Spielraum.«

»Na, für so einen einfachen Heiratsantrag sind die Planungen aber schon sehr weit fortgeschritten.«, lachte Herta und umarmte ihre Mutter. »Ich wünsche dir alles Gute und eine glückliche Ehe.«

Sie lagen sich in den Armen und weinten plötzlich.

Wie angekündigt, fand die kleine Feier im Dezember bei Herta statt.

Ein Lokalbesuch war, wegen der Lebensmittelrationierung nicht möglich, denn jeder hätte für seine Essenbestellung die Marken von seiner Lebensmittelkarte "opfern" müssen. In den Lokalen trug die Bedienung sichtbar eine Schere mit sich, mit der sie die auf den Speisekarten angegebenen Abschnitte für Fett, Fleisch, Kartoffeln, Mehl etc, abtrennten.

Deshalb war Hedwig zweimal nach Berlin gekommen und hatte Eingewecktes, Kartoffeln und Zutaten für Kuchen, den Herta backen würde, herangeschafft.

»Wo hast du denn all die Sachen her?« fragte Herta.

»Das sind eben die Vorteile einer Kleinstadt mit Geschäftsbeziehungen, Bauern in der Nähe, und nicht zu vergessen, der große Keller für die Lagerung.«, und übergab Herta eine Tüte mit Röstkaffee.

Beim Mitagessen drehten sich die Gespräche im Wesentlichen um all die Köstlichkeiten, die Hedwig herangeschafft hatte.

Bei Kaffee und Kuchen fragte Herta über den Tisch: »Sag' mal Walter, kennst du bei euch in der Warschauer Straße eine Firma Heine, die sollen Propeller für Flugzeuge herstellen?«

»Ja, natürlich. Gegenüber von uns ist vorne das große Firmenschild und hinten auf dem Hof, ist das große Fabrikgebäude. Ich habe mir das 'mal angesehen. Warum fragst du?«

Langsam stellte Herta die Sammeltasse ab und blickte in die Runde, die ihre Gespräche unterbrochen hatten und neugierig in ihre Richtung guckten.

»Ich habe da vor einiger Zeit jemanden kennengelernt, der bei Heine beschäftigt ist. Weil die wohl für die Rüstungsproduktion wichtig sind, ist er bis jetzt noch nicht eingezogen worden. Das ist das eine und das andere.....wir wollen im Sommer heiraten.«

»Na, das ist doch 'mal eine Überraschung.«, sagte Hedwig und legte nach, »Und warum wird er uns nicht vorgestellt?«

»Das ist ja die nächste Überraschung, er wollte so gegen 16 Uhr hier sein.«

Alle sahen auf die Standuhr, die in diesem Moment vier dumpfe Laute von sich gab. Kurz darauf klingelte es. Herta lief aus dem Zimmer und schloss die Tür hinter sich. Am Kaffeetisch lauschten alle gespannt auf das Gemurmel auf dem Korridor. Dann ging die Tür auf und ein gutaussehender junger Mann kam, an der Hand von Herta, ins Zimmer.

»Das ist mein Verlobter, Theo Klann«, stellte sie ihn vor und dann jeden Einzelnen.

Bodo fragte danach seine Schwester: »Ist das unser neuer Vati?«

»Du wirst schon sehen, ich weiß das auch nicht.«

»Bestimmt.«, sagte Kurt.

Noch bevor Hedwig von Karl darauf aufmerksam gemacht wurde, dass sie den Zug zurück nach Wriezen nicht verpassen durften, setzte sich Herta zu Walter und Käthe. »Sagt mal, wollt ihr nicht hier einziehen? Die Kinder werden größer und wir brauchen eine größere Wohnung. Wir wollen doch zu den Sommerferien heiraten und dann umziehen, damit die Kinder nicht mitten im Schuljahr umgeschult werden müssen. Diese Wohnung hier, ist doch besser als eure, da in der Warschauer.«

»Na, aber gerne und sofort, nicht wahr, Walter?«, rief Käthe begeistert.

Walter nickte zustimmend und sagte dann zweifelnd: »Wer weiß ob wir eine Genehmigung vom Wohnungsamt bekommen und...«

»...das lasst mal meine Sorge sein.«, unterbrach ihn Herta.

Kapitel 6

Ein Glückskind war Theo nicht. Er war 32 Jahre alt und schon Witwer. Seine Frau war an Leukämie gestorben und im Januar 1943 gehörte er mit zu den ersten, die ihre Wohnung durch einen Bombenangriff verloren hatten. Durch Vermittlung seines Chefs, bezog er ein möbliertes Zimmer in der Revaler Straße, in unmittelbarer Nähe zur Propellerfabrik Heine. Wegen seiner Ausbildung als Motorenschlosser, war er dort als Kraftfahrer angestellt. Das Mietverhältnis dauerte allerdings nicht lange, denn Theo erhielt im Februar seinen Einberufungsbefehl.

Als Konsequenz aus dieser Situation, entschieden sich Herta und Theo für eine Kriegstrauung. So wurden die bürokratischen Wege kurz, zumal Theo im Einvernehmen mit Herta, die Kinder adoptieren wollte. Das führte dazu, dass die Kinder nun auch den Nachnamen Klann trugen.

Zu Hause angekommen, sagte Herta zu den Kindern, dass es doch schön wäre, wenn sie Theo nun Vati nennen würden, weil sie zu ihr ja auch Mutti sagten und sie alle vier nun eine Familie wären.

Als erste ging Ursula zu Theo, gab ihm einen Kuss und sagte: »Vati, schade, dass du jetzt schon wieder weg musst, in den Krieg.«, und Bodo lief danach auf Theo zu, gab ihm auch einen Kuss auf die Wange und rief: »Du bist jetzt mein Vati!«.

Herta liefen die Tränen über die Wangen und auch Theo musste mit der Rührung des Augenblicks kämpfen.

Max Klann war ein despotischer Typ. Er hatte mit seiner Frau Josefine jahrelang eine Eckkneipe in der Bornholmerstraße betrieben. Als Rentner gaben sie das Lokal auf und zogen in eine Nebenstraße, wo sie in der Nähe der Bösebrücke, am Ende der Bornholmerstraße, einen kleinen Garten hatten.

Theo war der einzige Sohn und hatte vier Schwestern, die alle älter als er waren.

Dass sie Herta als Schwiegertochter ablehnten, daraus machten Theos Eltern keinen Hehl. Das war für Herta fasst körperlich spürbar, als Theo sie seinen Eltern vorstellte.

»Vielleicht schaffst du es, zu den beiden Kindern von deiner Frau, auch ein eigenes, zu Stande zu bringen.«, bemerkte sein Vater, wenig taktvoll, später zum Abschied.

Die großen Ferien hatten begonnen und Max hatte die Familie zu seinem 65. Geburtstag in den Garten eingeladen. Theo hatte aus diesem Anlass Kurzurlaub bekommen. Er hatte es nicht weit, denn er war zu einer Flakstellung in Velten bei Berlin abkommandiert worden.

Es waren noch drei Kinder anwesend. Lothar, der Sohn von Herta und die zwei Mädchen von Gertrud, Karin und Claudia. Ihre Väter waren an der Front. Wally war Witwe, ihr Mann war 1941 gefallen und Else war ledig.

Ursula und Bodo sahen ihre angeheiratete Verwandtschaft das erste Mal und sie spürten auch die Ablehnung, die ihnen entgegen gebracht wurde. Die eigenen Enkel bekamen von ihrer Großmutter Josefine Obst, das sie vorher gepflückt und abgewaschen hatte. Zu Ursula und Bodo sagte sie, dass sie sich das herabgefallene Obst unter den Bäumen nehmen könnten. Ursula, mit ihren 11 Jahren, die älteste der anwesenden Kinder, hielt Bodo zurück, als er sich bückte, um Obst aufzusammeln.

»Alle Kinder zu mir in die Laube!«, rief Josefine mit einem Mal laut in den Garten.

Am Tisch, an dem sie hinter der Laube im Schatten saßen, guckten die Schwestern amüsiert, wie die Kinder zur Laube stürmten. Nur Theo sah betreten nach unten und suchte die Hand von Herta.

Als die Kinder in der Laube waren, schloss Josefine die Tür und gab einen gewaltigen Furz von sich und sagte: »Jetzt alle tief einatmen.«, dann lachte sie schallend und entließ die Kinder wieder nach draußen.

»Mutti, da gehe ich nie wieder hin.«, sagte Ursula auf dem Heimweg und Bodo rief: »Ich will da auch nicht mehr hin. Oder muss ich, Vati?«

»Nein, das müsst ihr nicht.«, antwortete Theo.

Herta hatte wieder ihre Beziehungen genutzt. Fast zeitgleich bekamen Walter und sie die Zuweisungen für ihre neuen Wohnungen.

Ab Oktober 1943 hatten beide dann eine neue Adresse. Walter für die Wohnung in Lichtenberg und Herta für eine 3-Raum-Wohnung in der sogenannten "Grünen Stadt". Das war ein Neubaugebiet zwischen Greifswalder Straße und Kniprodestraße. Oberhalb der Pregelstraße jedoch, waren die Wohnblocks wegen dem Kriegsbeginn nicht mehr fertig gestellt worden.

Durch die Briefe von Herta, war Theo immer auf dem neuesten Stand der Ereignisse. Eines Tages hielt es Theo nicht jedoch mehr aus. Er verließ ohne Genehmigung die Flakstellung in Velten, wo er immer noch stationiert war und fuhr mit der S-Bahn zur neuen Wohnung. Zu seinem Glück gab es während seiner Abwesenheit keinen Alarm, sonst hätte es für ihn, wegen Verdacht auf Fahnenflucht, wahrscheinlich sehr unangenehme Konsequenzen gehabt.

Kurze Zeit darauf, wurde Theo an die Westfront versetzt und sie sahen sich erst nach Jahren wieder.

Wegen der zunehmenden Bombenangriffe sollte Bodo die Ferien schon in Wriezen verbringen und auch nach dort in die 2. Volksschulklasse umgeschult werden.

Ursula wurde mit Beginn der Sommerferien für unbegrenzte Zeit durch die Kinderlandverschickung in ein, für diese Zwecke eingerichtetes Lager, nach Thüringen verschickt.

Der Zug mit dem Ursula abfahren würde, stand schon auf dem Schlesischen Bahnhof bereit. Es waren überwiegend Mütter, die sich von ihren Kindern auf dem Bahnsteig verabschiedeten. Bodo war stolz auf seine große Schwester, die in der Jungmädel-Tracht des BDM schon ganz aufgeregt darauf wartete, dass es endlich losging.

Als sich der Zug in Bewegung setzte, war Herta nicht die einzige, der die Tränen über die Wangen liefen.

Als sie den Bahnhof verließen, sagte Herta: »Gucke mal, Bodolein, da drüben auf der anderen Straßenseite, da ist der Wriezener Bahnhof. Von da fahren wir morgen zu Mutsch. Vorher verabschiedest du dich aber noch von Tante Erna und Onkel Oskar.«

Bodo nickte und war beeindruckt von der Tatsache, dass Mutsch an einem Ort wohnte, für den es einen eigenen Bahnhof gab.

Kapitel 7

Die Fahrt nach Wriezen dauerte knapp anderthalb Stunden und war langweilig, fand Bodo. Das einzig aufregende war der Flugplatz Werneuchen. Vom Zug aus, konnte er die Flugzeuge mit dem Hakenkreuz am Rumpf bestaunen.

Der Platz vor dem Bahnhof in Wriezen hatte eine, mit Bäumen gesäumte Mittelpromenade, die links und rechts durch Wohnhäuser begrenzt war. Gegenüber vom Bahnhof, am Ende der Promenade, stand eine große Kirche.

Das interessierte Bodo alles nicht. Sein Interesse galt vielmehr einer Tanksäule, die vor einem Wirtshaus stand und wo zum betanken seines Autos, der Fahrer durch das hin und her bewegen eines hölzernen Hebels, gerade das Benzin in den Tank pumpte.

Vor der Kirche ging rechts die Wilhelmstraße ab, das war die Einkaufsmeile des Städtchens.

Hier stand auch das Haus mit dem Geschäft "ELEKTRO BÖRNER". Neben dem großen Schaufenster, gelangte man durch einen Flur und über einen großen Hof, zum Eingang des Wohnhauses. Auf dem Hof standen Obstbäume auf einer Wiese, die in einen Garten überging,

Bodo hatte sein eigenes Zimmer auf dem Dachboden. Die Mansarde hatte eine kleine Dachluke, von der man eine gute Aussicht über die Dächer hatte. In der Ferne konnte Bodo sogar die Bäume sehen, die an den Ufern der "Alten Oder" standen.

Im Laufe der Zeit lernte Bodo auch Frau Hartmann kennen. Erwin, ihr Mann, war bei Karl normalerweise als Radiomechaniker angestellt, aber jetzt war er als Soldat eingezogen worden. Hartmanns bewohnten eine Einliegerwohnung, die durch einen Nebeneingang zu erreichen war.

Und dann war da noch Käte, die Hausgehilfin, oder das "Mädchen", wie sie Hedwig im internen Kreis nannte. Käte war von sehr einfachem Naturell, ledig und wohnte mit ihrem Vater in einer kleinen Mansardenwohnung, ein paar Gassen weiter.

An seinem 7. Geburtstag machte Bodo in der Küche eine Entdeckung, die ihn beschäftigte und später noch von Bedeutung sein sollte.

Bodo durfte immer, wenn es zu besonderen Anlässen Pudding gab, den Topf auslecken. Wenn Käte den Pudding fertig hatte und zum abkühlen in drei kleine Schälchen füllte, kam der Rest in eine größere Schüssel, die Käte separat, ganz nach oben, auf den Küchenschrank stellte.

»Für wen ist der denn?«, wollte Bodo wissen.

»Na, dat ist der Rest, nu' schleck' du man den Topp aus.«, entgegnete ihm Käte. Das machte Bodo umgehend, aber er verglich dabei immer wieder die Größe der Puddingschalen, die nachher auf dem gedeckten Mittagstisch stehen würden, mit der Schüssel auf dem Schrank.

Die Mahlzeiten wurden immer in dem großen Zimmer eingenommen, das gleichzeitig auch das Arbeitszimmer war. Es lag zwischen dem Geschäftsraum, zu dem drei Stufen herab führten, und der Küche. Zum Mittagessen fragte Bodo: »Mutsch, warum muss Käte denn immer allein in der Küche essen?«

»Das gehört sich so, mein Kleiner.«

Als das Essen vorbei war, guckte Bodo in den Abwasch. Er sah ihre kleinen Puddingschalen und die große Schüssel, die nun auch leer war. "Käte!", dachte er und empfand das als sehr ungerecht.

Kurz vor Ende der Ferien gab es eine freudige Überraschung für Bodo. Seine Mutter war mit Ursula gekommen. Die Freude war groß, weil sie sich ja eine Weile nicht gesehen hatten. Ursula erzählte ihm über das Leben im KLV-Lager und Bodo hoffte, dass er auch einmal in ein solches Lager kommen würde.

Wegen der Umschulung von Bodo, hatte Hedwig mit dem Schuldirektor einen Termin ausgemacht. Gemeinsam mit Herta, als Erziehungsberechtigte, wurden die erforderlichen Formulare ausgefüllt und unterschrieben.

Am nächsten Tag kam die Stunde des Abschieds. Herta musste Bodo trösten, weil er anfing zu weinen und auch Ursula hatte Tränen in den Augen, als sie sich von ihrem kleinen Bruder auf dem Bahnsteig verabschiedet hatte und ihm bei der Abfahrt des Personenzuges, aus dem Abteilfenster zuwinkte.

Kurz vor Schulbeginn verabredete sich Hedwig mit dem Schuldirektor und ging danach mit Bodo zur Schule. Die war nicht allzu weit entfernt und sicher zu erreichen. Der Direktor zeigte Hedwig den Klassenraum und stellte Bodo's neuen Klassenlehrer vor.

Herr Brettschneider war ein kleiner, fülliger Mann, mit kurzgeschnittener Scheitelfrisur und einem Oberlippenbärtchen. Am Revers seiner Jacke trug er, wie auch der Direktor, das Parteiabzeichen der

NSDAP. Das gleiche Abzeichen hatte Bodo auch bei Onkel Karl und Onkel Walter gesehen und sich erklären lassen.

Dann kam der erste Schultag in der 2.Klasse der Volksschule Wriezen.

Bodo wurde, wie auch noch drei andere Jungen, von Herrn Brettschneider vorgestellt. Neben ihm saß ein Junge, den er schon gesehen hatte. Er hieß Manfred und gehörte zur Gastwirtschaft, neben ihrem Haus.

Nach der Schule gingen sie gemeinsam nach Hause. Die Gärten der anliegenden Häuser waren durch einen Zaun getrennt.

Die Stelle, wo der Maschendraht lose war und man auf das jeweils andere Grundstück kam, kannte nur Manfred ganz alleine und das war sein Geheimnis. Bodo musste ihm schwören, nichts zu verraten.

Von nun an trafen sie sich morgens zum Schulweg immer an der Gartenpforte, hinten am Grundstück von Bodo. Von da aus war es der kürzeste Weg zur Schule.

Eines Tages geschah etwas Aufregendes. Herr Brettschneider rief zu Beginn des Unterrichts: »Horscht Krampe, zu mir!«

Horst sprang auf und lief nach vorn. Der Lehrer stellte ihn vor sich auf, legte ihm beide Hände auf die Schultern und verkündigte mit seiner akzentbelasteten Stimme: »Jung's, an Horscht könnt'er euch'n Beispiel nähm. Der hatt sein Vaader als Faarräder ertappt. Sein Vaader hat den Feindsänder jehört und er hat es uns jemäldet, so wie äss unser Führer, Adolf Hitler, befohln hat. Horscht bekommt dafür 'ne Bälobjung. Sätzen Horscht.«

Horst ging stolz zu seinem Platz zurück und bemerkte die Bewunderung seiner Klassenkameraden genau.

Nach der Schule, auf dem Nachhauseweg, sagte Bodo zu Manfred:

»Bei uns dürfen auch keine Verräter hingestellt werden.«

»Woher weißt du denn das?«

»Zeige ich dir gleich.«

An der Gartenpforte war ein Schild angebracht.

DAS ABSTELLEN VON FAHRRÄDERN
IST STRENG UNTERSAGT.
Der Eigentümer

»Kannst du das lesen?«, fragte Bodo. Manfred reihte mit seinem Buchstabenverständnis die Worte zusammen und kam, wie Bodo, zu dem gleichen Ergebnis. "Faarräder", wie ihr Lehrer gesagt hatte. Bodo erzählte

Hedwig das Ereignis aus der Schule und sagte: »Aber wir haben ja ein Schild angemacht, dass Verräter bei uns nicht hingestellt werden dürfen.«

»Was für ein Schild?«

»Na, das hinten am Gartenausgang, wo ich immer zur Schule gehe.«

»Das musst du mir zeigen.«, sagte Hedwig und nahm ihn an die Hand.

Als sie vor dem Schild stand, begriff sie und musste lachen. Sie strich Bodo über den Kopf und klärte ihn über den Unterschied von Fahrrädern und Verrätern auf.

Noch am selben Tag wurde Manfred von Bodo darüber informiert, was wirklich auf dem Schild stand.

Kapitel 8

Bodo hatte von der neuen Wohnung gehört und wollte sie sehen, gab er vor, denn insgeheim dachte er an den spannenden Anblick, wenn sie mit dem Zug am Flugplatz Werneuchen vorbeikommen würden. An einem Wochenende war es dann soweit. Seine Mutter holte ihn ab und Bodo fuhr nach Berlin.

Am Wriezener Bahnhof angekommen, gingen sie über die Straße zum Schlesischen Bahnhof, fuhren mit der S-Bahn zum Ostkreuz und stiegen dort in die Ringbahn um. Kurz vor dem Bahnhof Weißensee, der später in Greifswalder Straße umbenannt wurde, unterquerten sie eine Brücke.

»Guck mal Bodo, dort drüben die Häuser, da wohnen wir jetzt.«, Herta zeigte auf eine Reihe von Neubauhäusern in einiger Entfernung. Bodo interessierten jedoch mehr die vielen Güterwagen, die auf den Gleisen rangiert wurden. Aber alles war viel zu schnell vorbei.

Vom Ausgang des Bahnhofs mussten sie die dunkle Bahnunterführung der Greifswalder Straße passieren. Es war eine breite Straße mit Straßenbahngleisen in der Mitte. Die Linie 74 fuhr hier von der Rennbahnstraße in Weißensee, bis nach Steglitz in die Schloßstraße.

Auf der gegenüberliegenden Straßenseite war eine Mauer, die zum Gaswerk gehörte. Das Gelände zog sich bis zur Danziger Straße hin, wo die riesigen Gasometer standen.

Auf ihrer Seite war die Straße durch einen hohen Holzzaun, zum Bahngelände hin, abgegrenzt.

Sie überquerten die einspurige Fahrbahn der Gumbinner Straße und gingen auf dem Bürgersteig in Richtung Kniprodestraße. Nach einigen Metern wurde der Holzzaun auf der anderen Straßenseite durch einen Drahtzaun ersetzt, der oben mit Stacheldraht abgesichert war.

An der Wehlauer Straße blieb Herta stehen und zeigte auf ein rotes Backsteingebäude. »Da ist die Schule für die Kinder, die hier wohnen.«

»Ich wohne ja bei Mutsch und gehe da zur Schule.«

»Aber doch nicht für immer. Ulla ist ja auch nicht für immer im KLV-Lager und ich will euch doch bald wieder bei mir haben…«

»…und Vati auch.«

»Vati auch. Bald sind wir alle wieder zusammen.«,

Hinter der Bötzowstraße, waren es nur noch wenige Meter bis zur Hausnummer 46. Die Wohnung lag in der 3. Etage. Herta zeigte Bodo das Kinderzimmer. Alles war fremd. Er ging zum Fenster und schaute hinaus.

Hinter dem Zaun gegenüber, war ein großer Lagerplatz. Der Stacheldrahtzaun, der den Platz zum Bahngelände hin, bis zur Brücke absicherte, nahm ihm etwas die Sicht. Trotzdem konnte er die Bewegungen der Güterwagen auf dem Rangierbahnhof gut beobachten. Das machte alles schon wieder interessanter

Er blickte nach rechts und konnte Baracken und kleine Steinhäuser erkennen. Dahinter war wieder der hohe Zaun, der das Gelände zur Kniprodestraße hin abgrenzte.

»Kann ich mal runter, mir alles ansehen?«

»Aber bleibe hier auf der Straße, ich rufe, wenn das Essen fertig ist.«

»Mach ich.«, rief Bodo und sauste die Treppen runter.

Unten musste er sich erst einmal orientieren, dann lief er nach rechts. Er kam nicht weit. Ein Zaun, der bis an die Hauswand eines anderen, noch nicht fertig gestellten Häuserblocks reichte, versperrte den Weg.

Das war aber nicht alles. Der Zaun hatte ein Tor. Hinter dem Tor war ein Wachhäuschen und vor dem Tor stand ein Posten mit aufgepflanztem Bajonett. Noch bevor Bodo seine Ehrfurcht vor der Wache richtig verarbeitet hatte, hörte er hinter sich eine Stimme.

»Wat' machst du'en hier?«

Bodo drehte sich um und sah einen Jungen vor sich, mit krausen roten Haaren und nicht größer als er.

»Und wer bist du?«

»Ick hab' zuerst jefracht.«

Bodo erzählte und man machte sich bekannt. Der Junge hieß Jürgen Pruck, wohnte im Parterre der Hausnummer 44 und sie sollten Freunde werden.

»Warum steht denn der Soldat da?«, wollte Bodo wissen.

»Mein großer Bruder hat jesacht, da sind Pollacken oder Russkis drin, in Gefangenschaft.«

Bodo hätte gern noch mehr gewusst, aber da rief ihn seine Mutter und sie verabschiedeten sich mit Handschlag.

Als Herta und Bodo am nächsten Nachmittag wieder zum Bahnhof gingen, stand Jürgen auf der Straße und die Jungs winkten sich zu.

»Da hast du aber schnell einen Freund gefunden.«

»Ja, er heißt Jürgen Pruck und er hat einen großen Bruder. Sind das die einzigen Kinder hier?«

»Ich weiß nicht. In diesem Block wohnen erst wenige Leute. Wenn du das nächste Mal kommst, dann sind bestimmt mehr Kinder hier.«

Kapitel 9

Eine ereignisreiche und folgenschwere Woche brach an.

Auf dem Weg zur Schule berichtete Bodo von seinem Berlinbesuch. Manfred hörte gespannt zu und war ein bisschen neidisch, denn er war noch nie in Berlin, er kannte nur Wriezen und war einmal mit seinen Eltern in Eberswalde gewesen.

»Kannst du nicht deine Mutter fragen, ob ich das nächste Mal mitkommen darf?«

»Mach ich«, sagte Bodo.

Nach den Schularbeiten, machte Bodo das, was er sehr gerne machte. Er stöberte in Schränken, Truhen und Schubladen. Immer auf der Hut, dass er nicht erwischt wurde.

In dem Zimmer, das zwischen Küche und Laden lag, stand auch der große Schreibtisch am Fenster. Darauf lag, fertig gestopft, die Bruyère-Pfeife von Karl in einem Aschenbecher. Der Stiel war schwarz und der Kopf hellbraun.

Karl rauchte die Pfeife nur am Sonntag, nach dem Mittagessen. Auch Bodo hatte die Pfeife schon öfter in den Mund genommen und so getan, als wenn er rauchen würde.

Die Schreibtischschublade war, wie immer, verschlossen. Bodo machte heute aber eine entscheidende Entdeckung. Er zog den Schlüssel von der Seitentür ab und steckte ihn ins Schloss der Schublade. Der Schlüssel passte und er konnte sie aufschließen. Dann sah er die Pistole. Er nahm sie heraus und musste sie mit beiden Händen halten um sie in Anschlag zu bringen. Ein heldenhaftes Gefühl überkam ihn. Unter diesem Eindruck stehend, nahm er mit der linken Hand die Pfeife und steckte sie in den Mund.

Da war ihm, als wenn er ein Geräusch gehört hätte. Er wollte die Pfeife aus dem Mund nehmen, aber in der Hektik schlug er mit der Pistole gegen die Pfeife, die ihm aus dem Mund und auf den Boden fiel.

Bodo war in Panik. Er legte schnell die Pistole zurück, schloss die Schublade ab und steckte den Schlüssel wieder in die Seitentür. Es kam niemand. Er hatte sich verhört.

Nun blickte er nach unten und sah die Pfeife auf dem Teppich liegen. Sie war ganz geblieben und es lag auch kein Tabak auf dem Teppich.

Er bückte sich, hob die Pfeife auf und legte sie vorsichtig wieder auf den Aschenbecher. Da passierte es. Das schwarze Mundstück fiel ab, es war abgebrochen. Bodo machte etwas Spucke an die gezackte Bruchstelle, steckte beide Teile wieder zusammen, legte die Pfeife ganz vorsichtig zurück und wartete gespannt. Nichts passierte. Nun hatte er keine Schuld mehr, nahm er an.

Die Stufen, zum Laden hin, knarrten. Bodo sauste aus dem Zimmer. Es war Hedwig, die in die Küche wollte. Käte war nicht mehr da, sie ging meistens schon immer nach dem Abwasch.

Bodo kam wie zufällig in die Küche.

»Ach, da bist du ja, Bodolein. Komm, ich stelle dir Herrn Hartmann vor, der ist heute für ein paar Tage auf Urlaub gekommen und hat sich eben im Laden gemeldet.«

Hedwig nahm Bodo an die Hand und ging mit ihm, zurück durch das Zimmer, in den Laden. Bodo schielte auf den Aschenbecher. Die Pfeife lag noch genauso da, wie vorhin.

»So Erwin, dass ist unser Bodo. Der wohnt hier bei uns, bis alles vorüber ist. Bodo, das ist Herr Hartmann, der Mann von Frau Hartmann, die du ja kennst.«

Erwin Hartmann reichte Bodo die Hand »Tach, Bodo.«

»Guten Tag, Herr Hartmann, Sie haben ja gelbe Achselklappen an ihrer Uniform, die habe ich noch nie gesehen.«

»Ich bin bei einer Nachrichtenkompanie in Werneuchen.«

»Werneuchen? Kenne ich, da bin ich schon ein paar Mal mit dem Zug vorbeigefahren.«

Da bimmelte die Glocke über der Ladentür laut und heftig. Es war Frau Hartmann, die mit den Worten: »Erwin, du hast nur ein paar Tage Urlaub und wir haben uns eine Weile nicht gesehen.«, den Laden betrat und an Hedwig gewandt, »Entschuldigen Sie, Frau Börner, aber ich hoffe, Sie haben Verständnis.«

»Aber selbstverständlich, wie gedankenlos von uns.«

Erwin sprang auf und lief mit den Worten, »Ich bin doch ein blöder Hund, meine Kleene, komm.«, auf seine Frau zu und nahm sie in den Arm. Hartmanns verließen eng umschlungen den Laden.

»Na, hoffentlich klappt das, Karl«

»Was...?«

»Er wollte doch schon beim letzten Urlaub den Toilettendeckel im Gästebad streichen. Ich habe alles besorgt. Hoffentlich ist der weiße Lack noch nicht eingetrocknet.«

»Der Lack ist Ölfarbe, der trocknet nicht so schnell. Mache dir mal keine Sorgen, Erwin macht das schon.«

Als Bodo am nächsten Tag aus der Schule kam, roch es nach Farbe. Er ging durch das Gästezimmer zur hinteren Diele. Dort gab es eine Garderobe und daneben, genau gegenüber der Zimmertür einen Spiegel, der fast bis zum Fußboden reichte. Neben dem Spiegel führte eine Treppe in den Vorratskeller von Hedwig. Die Kellertür war, zum Verdruss von Bodo, aber immer verschlossen. Links, neben dem Spiegel, ging es ins Bad.

Bodo öffnete die Tür zur Diele und sah Herrn Hartmann, der gerade seine Malerutensilien zusammenpackte.

Die Toilettenbrille glänzte weiß lackiert. Der Deckel war hochgeklappt und zum lackieren vorgestrichen.

»Guten Tag, Herr Hartmann.«

»Tach'schen Bodo.«

»Streichen Sie den Deckel nicht?«

»Doch, mein Kleener, aber erst muss der Lack auf der Brille trocknen. Das dauert etwas, bis die Ölfarbe ausgehärtet ist.«

Am nächsten Morgen stellte Käte ihm die Schulbrote hin und verließ die Küche.

Bodo trank seinen Kakao, lief zum Laden, in dem Hedwig und Karl schon tätig waren, rief wie jeden Tag »Tschüss« und wollte zur Schule. Auf dem Flur hörte er aus Richtung der geöffneten Gästezimmertür merkwürdige Geräusche. In der Annahme, dass Herr Hartmann schon an der Arbeit war, wollte er nachsehen wie die Arbeit voranging.

Er lief durch das Gästezimmer und riss die Tür zur Diele auf und blieb vor Schreck stocksteif stehen.

Erst wusste er gar nicht was los war, dann erkannte er Käte, die rückwärts gebückt vor dem Spiel stand. Eine gewaltige Unterhose hing an ihrer linken Fußfessel. Den Rock hochgehalten, schaute sie zwischen ihren gespreizten Beinen hindurch in den Spiegel und erkannte Bodo.

»Ach, du bist dat Jungchen, ick hab doch nich mehr an die Farbe jedacht. Nu kuck dich dat an, wie soll ich denn dat weiße Zeuch bloß wieder runterkriegen?«

Bodo sah im Spiegel nicht nur den weißen Balken, der von einem Oberschenkel, über das Gesäß, zum anderen ging, sondern auch das behaarte, was innerhalb des weißen Ringes zu sehen war.

Panik erfasste ihn und wie von Hunden gehetzt, raste er zurück und aus dem Haus.

Manfred wartete schon. Bodo erzählte von seinem Erlebnis und Manfred wollte das unbedingt auch sehen. Aber sie mussten sich beeilen, um nicht zu spät zum Unterricht zu erscheinen

Wenn er nach der Schule nach Hause kam, guckte Bodo zuerst in die Küche ob es Pudding gab. Heute gab es Pudding und die Schüssel von Käte stand oben, auf dem Schrank.

Vielleicht lag es daran, dass er durch die Geschichte mit der Farbe, den ihm anerzogenen Respekt vor Erwachsenen verloren hatte, auf jeden Fall forderte er von Käte die große Schüssel Pudding.

»Aber Jungchen, dat hab ick dir doch nun schon erklärt. Dat jeht nich...«

»Das wollen wir doch erstmal sehen, du alte Schieleule.«

Bodo bezog sich dabei auf eine leichte Fehlstellung ihrer Augen. Er warf die Schultasche zu Boden, lief ins Zimmer, öffnete die Schreibtischschublade, holte die Pistole heraus, rannte wieder zurück in die Küche und hielt sie mit beiden Händen in Richtung Käte. »Los, hole die Schüssel vom Schrank.«

Nach einer Schrecksekunde schrie Käte laut: »Hiiilfe!«, und wollte aus der Küche fliehen. Aber ehe sie die Tür erreicht hatte, wurde sie aufgestoßen und Karl, der den Hilferuf gehört hatte, stürzte herein. Er übersah blitzschnell die Situation, war mit zwei Schritten bei Bodo, der vor Schreck wie versteinert dastand und entriss ihm die Pistole, die zum Glück gesichert war.

»Was hast du dir denn dabei gedacht, du Lausebengel?«, schimpfte Karl ihn an.

In dem Moment hatte auch Hedwig die Küche erreicht.

»Was ist denn los, Karl?«

»Ein Glück, dass wir nicht noch länger in der Stadt waren. Hier, der Lümmel ist auf irgendeine Weise an meine Pistole gekommen und hat auf Käte gezielt, als ich 'reinkam.«

Hedwig ging auf Bodo zu, drehte ihn um und versetzte ihm einige Schläge aufs Hinterteil.

»Ab, nach oben in dein Zimmer und schäme dich, Bodo. Das hätte ich nicht von dir gedacht.«

Bodo nahm seine Schultasche und rannte laut weinend die Treppe hoch. Das hatte er noch nie erlebt. Mutsch hatte ihn geschlagen. Irgendwie fühlte er sich aber, dass er etwas Unrechtes getan hatte.

Hedwig schickte Käte nach Hause und rief Bodo zum Mittagessen nach unten. Zur Strafe musste er alleine in der Küche essen. Ohne Pudding.

Danach folgte eine Strafpredigt mit Hinweisen darauf, was alles hätte passieren können und dem strikten Verbot, sich auch nur dem Schreibtisch zu nähern. Bodo schaute zum Schreibtisch und stellte fest, dass kein Schlüssel mehr steckte.

Die Tabakpfeife lag auch noch wie unbeschädigt im Aschenbecher.

Dann kam der Sonntag. Der Ärger über sein Tun war noch nicht vorüber, das hatte Bodo in den letzten Tagen gespürt.

Nach dem Essen ging Karl an den Schreibtisch und steckte sich die Pfeife in den Mund. Bodo hielt den Atem an. Als Karl ein brennendes Streichholz an den Pfeifenkopf hielt, fiel dieser herunter.

Karl stand kurze Zeit reglos und guckte verdutzt nach unten, dabei hätte er sich beinahe die Finger an dem Streichholz verbrannt. Mit dem kurzen, schwarzen Pfeifenstiel im Mund, sah er etwas ulkig aus.

Aber das spielte jetzt keine Rolle. Karl und Hedwig blickten beide in Richtung Bodo, der sich aus dem Staub machen wollte, aber von Hedwig festgehalten wurde.

»Das war ich nicht!«, schrie er und zappelte wild, um sich loszureißen.

»Jetzt ist der Bock fett.«, sagte Karl in gefährlich ruhigem Ton.

Und wieder gab es Schläge von Mutsch, diesmal aber heftiger.

»Ich werde mit deiner Mutter telefonieren, so geht das nicht weiter. Ab sofort hast du Stubenarrest und wehe, wenn du dein Zimmer ohne unsere Erlaubnis verlässt. Geh' mir bloß aus den Augen. Ich, nein wir, sind sehr enttäuscht von dir.«

Für Bodo war eine heile Welt zusammengebrochen. Mit der Zeit sah er ein, dass er sich das selber eingebrockt hatte. Durch artiges Verhalten, versuchte er, sich bei Mutsch und Onkel Karl zu entschuldigen.

Einen Monat später war alles wieder so, wie vorher und Bodo hatte seine Lektion gelernt.

Kapitel 10

Ostern 1944 stand vor der Tür.

»Bodo, Karfreitag fahre ich nach Berlin und besuche Tante Käthe und Onkel Walter. Willst du mitkommen?«

»Gehen wir auch nach Hause zu Mutti?«

»Nein, die kommt mit uns zurück und bleibt über Ostern hier.«

»Juhuuu…!«

Karl brachte sie zum Bahnhof und trug die große schwere Tasche. Darin hatte Hedwig Butter, Eier, Wurst und Eingewecktes verstaut.

In Werneuchen wurde Bodo enttäuscht. Es waren nur noch wenige Flugzeuge zu sehen.

»Wo sind denn die ganzen Flieger hin?«

»Im Krieg.«

Diesmal stiegen sie schon in Lichtenberg aus dem Zug. Am Bahnhofsausgang empfing sie, zur Verwunderung von Hedwig, Käthe. Nach dem obligatorischen Abdrücken und Küssen, was Bodo überhaupt nicht leiden konnte, fragte Hedwig: »Wo ist denn Walter, er wollte doch kommen? Hat er Dienst?«

»Ach, es ist schlimm. Walter und Kurt…na, du wirst ja sehen.«

Käthe fasste den zweiten Henkel der Tasche. »Man ist die schwer, was hast du denn wieder alles mitgebracht?«

»Lass' man gut sein, Käthchen. Ihr habt doch hier nichts und bei den Bauern, bei uns in der Gegend, ist noch reichlich vorhanden. Wer weiß wie lange das noch geht.«

»Sag' das bloß nicht zu Hause.«

Als Bodo den Hausflur betrat, schlug ihm der Geruch entgegen der ihm noch so vertraut war.

Die Mischung aus dem Duft, der einer Apotheke eigen ist und dem würzigen Geruch einer Fleischerei. Die Geschäfte säumten links und rechts den Hauseingang. Die Privatausgänge waren im Hausflur, der die Form eines Atriums hatte. Der Boden war mit roten und weißen Fliesen ausgelegt. Die Treppe lief rings an der Wand entlang nach oben. Die Wohnungen, drei auf jeder Etage, konnte man wie über einen Korridor erreichen. Das war Bodo noch alles wohl bekannt und er rannte voraus in die 1. Etage, dann links den Gang entlang, bis zur letzten Wohnung.

Hinter der Tür hörte er laute Stimmen. Darum klingelte er nicht, sondern wartete, bis Käthe die Wohnungstür aufgeschlossen hatte.

Walter und Kurt waren in der Küche und sahen sehr erregt aus. Bodo vergaß beinahe seinen Onkel zu begrüßen, weil er nur Augen für Kurt hatte. Der stand da, in einer schwarzen Uniform der Panzer-SS.

Der Kaffeetisch war gedeckt und Bodo dachte, dass es jetzt Kuchen geben würde, aber man schickte ihn mit seinem Bilderbuch ins Wohnzimmer.

»Was ist denn hier los? Was hast du denn da an, Kurtchen?«, fragte Hedwig.

»Er hat sich freiwillig an die Front gemeldet und will nun kneifen«, antwortete Walter für ihn.

»Was heißt hier kneifen.«, ereiferte sich Kurt, »Ich habe einfach nicht alles bedacht. Ich habe dir doch eben erzählt, dass mein Kamerad Hans Fellner, der erst vor einer Woche an die Front gekommen ist, jetzt ohne Beine und nur noch einem halben linken Arm im Lazarett liegt.«

»Mein Gott, der arme Junge, der war doch auch erst 18 Jahre, wie du, Kurtchen.«, sagte Hedwig.

»Was heißt hier armer Junge, so ist das nun mal, wenn die Heimat verteidigt werden muss.«, hörte Bodo aus dem Nebenzimmer seinen Onkel sagen.

»Das musst du gerade sagen, du bist ja hier zu Hause, ich muss aber heute Abend an die Front. Vielleicht wärst du noch froh, wenn du Dienst hättest und mich hinbringen könntest.«

»Wenn du nicht in Uniform wärst, würde ich dir jetzt eine auf's Maul hauen.«

Käthe fing an zu weinen.

»Walter, Kurt, beruhigt euch doch bitte.«, versuchte Hedwig zu schlichten.

»Ich kann mich nicht beruhigen. Warum gehen denn die Bonzen nicht an die Front? Allen voran dein geliebter Führer«, schrie Kurt seinen Vater an.

»Noch ein solches Wort und ich vergesse mich«, brüllte Walter zurück.

Bodo sah über den Rand seines Bilderbuches gerade auf die Büste von Adolf Hitler, die auf einem Sockel am Fenster des Zimmer stand, als die Tür aufflog und Kurt hereinstürzte, hinter ihm sein Vater, seine weinende Mutter und Hedwig.

Kurt nahm die Hitlerbüste schleuderte sie auf den Boden und brüllte seinem Vater ins Gesicht: »Das sollten alle mit diesem Arschloch tun!«

So hatte Bodo seinen Onkel noch nie gesehen. Er fing an zu zittern und war leichenblass, dann drehte er sich um und verließ wortlos das Zimmer. Bevor sie ihm folgten, sagte Käthe mit tränenerstickter Stimme: »Kurt, das hättest du nicht tun sollen.« und Hedwig nickte zustimmend.

Kurt setzte sich neben den völlig verwirrten Bodo und legte seinen Arm um ihn.

»Ich habe dir noch etwas mitgebracht, was ich dir schenken möchte. Halte es immer in Ehren.«

Er wischte sich die Tränen ab und verließ kurz das Zimmer. Als er wieder kam, hatte er einen schwarzen Stoffbeutel in der Hand, den er neben Bodo auf das Sofa legte. Als Bodo den Beutel öffnete, entdeckte er darin die HJ-Utensilien von Kurt. Den Ledergürtel mit Koppelschloss, Schulterriemen, die Fähnleinkordel und den Dolch.

Bodo war vor Freude wie im Rausch. Er sprang auf, umarmte Kurt und versprach ihm, die Sachen zu hüten, wie sein Lieblingsspielzeug. Kurt streichelte Bodo noch einmal über den Kopf und verließ danach grußlos die Wohnung. Bodo hat ihn nie wieder gesehen.

Bodo beschäftigte sich sofort mit dem Anprobieren der Gegenstände aus dem Beutel. Alles war viel zu groß. Der breite Ledergürtel wurde vom Schulterriemen gehalten und hing weit unterhalb der Taille, sodass der Dolch fast die Erde berührte. Er konnte sich in der Glasscheibe der Vitrine sehen und fand alles sehr aufregend, auch weil er aufpassen musste, nicht in die Bruchstücke der zum Teil zerstörten Büste zu treten, die am Boden verstreut waren.

Eine Seite des Hitlerkopfes war zerbrochen und Bodo sah, dass er innen weiß und hohl war.

Es war merkwürdig still in der Wohnung und gerade als er daran dachte, ob sie nun bald gehen würden, weil er sich nach seiner Mutter sehnte, kam Mutsch ins Zimmer.

»Packe deine Sachen zusammen, Bodolein, wir müssen gehen, damit wir noch den Nachmittagszug kriegen. Ich habe eben mit deiner Mutti telefoniert.«

Wie er dieses "Bodolein" hasste. Die Freude, bald seine Mutter wieder zu sehen, ließen ihn das aber schnell wieder vergessen.

Bodo verabschiedete sich von Onkel Walter, der wie abwesend, in der Küche auf einem Stuhl saß.

Tante Käthe weinte, bedankte sich noch einmal bei Hedwig für das Mitgebrachte und streichelte Bodo zum Abschied nur leicht über den Kopf.

Am Bahnhof wartete Herta schon auf sie. Mit einem lauten: »Mutti, Mutti…«, lief Bodo auf sie zu und wurde von ihren ausgebreiteten Armen aufgefangen.

Sie hatten ein leeres Abteil in der 1. Klasse erwischt.

Die beiden Frauen unterhielten sich lebhaft über die Ereignisse, die sich bei Walter abgespielt hatten. Bodo guckte aus dem Fenster und wartete auf Werneuchen.

Als die rege Unterhaltung plötzlich abbrach, drehte er sich um und sah, dass ein Fahrgast in schwarzer SS-Uniform zugestiegen war.

»Heil Hitler!«, grüßte der zackig mit erhobenem Arm.

»Heil Hitler!«, antworteten die drei.

Zu Hause angekommen begrüßte Bodo kurz Onkel Karl und ging mit der Ausrüstung von Kurt, sofort nach oben in seine Mansarde.

Von der erregten Debatte, die den ganzen Abend unten im Wohnzimmer geführt wurde, bekam er nichts mit.

Kapitel 11

Onkel Karl war der oberste Luftschutzwart von Wriezen. Das hatte Bodo bis dahin noch nicht gewusst, Eines Tages kam er die Treppe herunter und da sah er an der Flurgarderobe einen dunklen Overall hängen und auf der Hutablage einen Feuerwehrhelm. An der Wand war ein Blechschild angebracht, auf dem "LUTSCHUTZRAUM" stand mit einem Pfeil darunter, der auf den Kellerabgang unter der Flurtreppe zeigte.

Am Nachmittag des gleichen Tages, führte Karl allen den umgestalteten Kellerraum vor. Er war für maximal zehn Personen ausgestattet. Anwesend waren neben der Familie, Frau Hartmann, bei der Anzeichen einer Schwangerschaft zu sehen waren und die beiden Schwestern Groth, die mit Karl und Hedwig befreundet waren.

Bodo war hochgradig gespannt und wurde enttäuscht. Onkel Karl hatte im Keller nur etwas Platz geschaffen, für zwei Bänke, die sich an den Wänden gegenüber standen. An der Wand über der einen Bank hing ein Schränkchen, auf dem ein rotes Kreuz gemalt war. Die Tür auf der gegenüberliegenden Seite des Raumes war der andere Eingang zum Vorratskeller von Hedwig und ebenso verschlossen, wie die Tür auf der Diele, hinter dem Gästezimmer, das wusste Bodo.

»Hoffen wir mal, dass dies das letzte Mal ist, dass wir uns hier zusammenfinden.«, sagte Karl und verlas danach noch einige Vorschriften, die zu beachten waren, wenn Luftalarm ausgelöst werden sollte.

Nachdem ihr Vater vor zwei Jahren verstorben war, führten seine beiden Töchter den Laden weiter. "MÖBELGESCHÄFT GROTH" stand über der Eingangstür des Eckladens, zu der drei Stufen nach oben führten.

Von Manfreds Garten aus, gelangte man durch ein loses Stück Gartenzaun auf das Groth'sche Grundstück. Unmittelbar dahinter stand der große rote Backsteinspeicher, in dem Möbel eingelagert waren. Eine Treppe führte hinunter zu einer Tür, die nicht verschlossen war. Das alles hatte Manfred ausspioniert. So gelangten sie in den Speicher, in dem es schaurig düster war und ihre Phantasie beim Spielen anregte. Als sie an einem Sommertag aus einer Fensterluke in den Garten schauten, sahen sie, wie beide Schwestern, völlig nackt, auf Liegestühlen lagen und sich sonnten. Von nun an schlichen sie sich an jedem warmen Sonnentag in den Speicher, aber das erregende Schauspiel bekamen sie nicht mehr zu sehen.

»Bodolein, Fräulein Groth ist erkrankt und muss im Bett liegen. Bringe ihr doch den Blumenstrauß ´rüber und sage ihr gute Besserung von uns.«, sagte Hedwig zu Bodo, als er aus der Schule gekommen war.

Weil er beide Schwestern "Fräulein Groth", nannte fragte er: »Welche denn?«

»Die Jüngere, die mit den kurzen Haaren, sie heißt Gerda.«

»Aha...«.

Bodo nahm den Blumenstrauß und machte sich auf den Weg. In dem Laden war er noch nie gewesen. Als er die Ladentür öffnete, läutete eine große Glocke. Nach kurzer Zeit betrat das ältere Fräulein Groth den Laden. »Ach Bodo, du bist das... und Blumen?«

» Ja, für Ihre kranke Schwester und ich soll sagen....«.

»...aber das kannst du ihr doch selber sagen. Da freut sie sich bestimmt. Na, dann komm.«, sagte sie lächelnd. Bodo sah dabei ihren goldenen Eckzahn blitzen und ihm fiel ein, dass er sie ja auch schon völlig nackt gesehen hatte.

»Gerda, hier ist Besuch für dich, der Kleine von Börner.«, rief sie im Flur die Treppe nach oben und zu Bodo gewandt, »Die Treppe hoch und die Tür gerade zu, sie ist nur angelehnt. Ich muss hier unten im Laden bleiben.«

Bodo nickte, ging nach oben und klopfte an die angelehnte Tür.

»Komm doch ´rein und mach die Tür zu.«, hörte er von drinnen sagen.

Bodo machte was ihm gesagt wurde.

»Das ist aber nett, da freue ich mich sehr. Lege die Blumen einfach dort auf den Tisch«.

Bodo nickt, legte die Blumen ab und wandte sich zur Tür, um zu gehen.

»Bodo du kannst doch jetzt nicht gleich wieder gehen und mich hier allein lassen. Komm, setz' dich.«, und dabei klopfte sie mit der Hand auf die Bettkante. Bodo setzte sich widerwillig.

»Ich soll Gelbsucht haben, sagt der Arzt. Guck' mal, ist das hier gelb?« und zog dabei mit der linken Hand die Bettdecke zur Seite und Bodo sah auf ihre breiten Brüste mit großen dunkelbraunen Brustwarzen, die wie zwei Stifte nach oben standen. Ihr rechter Arm blieb unter der Decke. Sie nahm Bodo's Hand und führte sie über ihre Brüste, dabei zog sie ihre gespreizten Knie an. Sie rieb seine Hand immer wieder über ihre Brustwarzen. Bodo war eingeschüchtert und wusste nicht, was er machen sollte. Er sah, dass sich die Bettdecke zwischen den Knien bewegte und als

Gerda sagte, dass er doch auch noch ihren Bauch betrachten sollte und dazu weitere Teile ihres nackten Körpers freimachte, riss sich Bodo los.

»Ich muss jetzt gehen.«, rief er und rannte die Treppe hinunter. Unten im Laden stieß er beinahe mit dem anderen Fräulein Groth zusammen.

»Na, du hast es aber eilig. Warum willst du denn schon wieder gehen?«

»Ich muss noch Schularbeiten machen.«

Er war völlig durcheinander und überlegte, ob er das, was er eben erlebt hatte, Manfred erzählen sollte. Weil er aber nicht wusste wie und was, ließ er es.

Nach einigen Tagen hatten andere Ereignisse das Erlebte überlagert. Als Bodo seine Hausaufgaben erledigt hatte, wollte er rüber zu Manfred in den Garten. In dem Moment, als er die Treppe herunter gerannt kam, ging die Haustür auf. Gerda Groth war gekommen, um sich bei Hedwig für die Blumen zu bedanken.

Bodo blieb auf der vorletzten Stufe stehen. Gerda kam lächelnd näher. Während sie »Guten Tag Bodo. Ich bin wieder gesund.« sagte, griff sie Bodo durch das linke Hosenbein seiner kurzen Hose. Bodo fühlte wie ihre warme Hand sein Geschlechtsteil umschloss. Ein bis dahin unbekanntes Gefühl durchströmte seinen Körper. Dann sprang er wie in Panik zurück und mit den Worten, »Das sag ich...«, rannte er wieder nach oben. Er hörte noch das, »Wehe dir...« und wie Gerda dann Hedwig freundlich begrüßte, die aus der Küche gekommen war, weil sie Stimmen gehört hatte.

Kapitel 12

Bodo war in die 3. Klasse versetzt worden und hatte jetzt Ferien.

Es war ein warmer Sommertag. Hedwig hatte Hartmann's zum Kaffee eingeladen und sie saßen im Garten. Frau Hartmann war von einem Mädchen entbunden worden und ihr Mann hatte aus diesem Grund Sonderurlaub bekommen.

Die Unterhaltung wurde in zunehmendem Maße von einem immer intensiver werdenden Brummen unterbrochen. Keiner wusste so recht, woher das Geräusch kam. Bodo blickte nach oben und da sah er am wolkenlosen Himmel etwas glitzern.

»Da ist was…«, er zeigte nach oben und nun sahen es alle. Es waren Flugzeuge, die aussahen wie ein Schwarm glitzernder Mücken.

»Das sind bestimmt Tommys«, sagte Erwin.

Eine tiefer fliegende Formation Bomber kam ins Blickfeld. Jetzt konnte man die Propeller der großen Flugzeuge erkennen. Dann sah Bodo einen kleinen Punkt, der immer größer wurde. Er zeigte mit dem Finger in die Richtung nach oben.

»Was ist das denn da?«, rief er aufgeregt.

Eine Bombe eierte auf sie zu.

»Luftalarm!«, brüllte Erwin, griff den Kinderwagen und lief in Richtung Luftschutzraum und rief über die Schulter, »Schnell Kleene, komm!«

Für Bodo brach ein Weltbild zusammen. Ein deutscher Soldat in Uniform rannte vor einer Bombe davon.

»Wir sollten jetzt auch machen, dass wir wegkommen. Das kann ganz schön bumsen. Macht den Mund auf und haltet die Ohren zu.«, sagte Karl noch und dann war die Bombe hinter den Bäumen verschwunden. Er lief gebückt in Richtung Haus. Hedwig folgte ihm, wobei sie Bodo fest an sich gedrückt hielt. Sie erwarteten eine Explosion, doch nichts passierte.

»Blindgänger. Gott sei Dank!«, sagte Karl, als sie im Haus waren. Er zog sich die Kombination als Luftschutzwart an, setzte den Helm auf, ging ins Zimmer und telefonierte.

Als er das Haus verließ, rief ihm Hedwig nach: »Sei bloß vorsichtig, Karl.« Karl winkte kurz und verschwand. Er berichtete später, dass der Blindgänger in einem Acker steckte.

Das schöne Wetter hielt sich. Doch von Ferne hörte man ein dumpfes Grollen. Bodo guckte zum Himmel. Keine Wolke war zu sehen, auch keine Flieger.

53

»Gibt es Gewitter, Käte?«, fragte Bodo.

»Nee, Jungchen, dat sind die Russkis. Die schießen da mit ihre Kanonen uff unsere.«

Bodo rannte in den Laden. »Mutsch, schießen die Russen jetzt auf uns?« Hedwig ging mit ihm ins Zimmer und versuchte es mit anderen Worten zu erklären. »Und da wir gerade dabei sind, Bodolein, Mutti kommt am Wochenende und holt dich wieder nach Berlin.«

»Für immer? «

»Ja, mein Kleiner.«

»Dann gehe ich da zur Schule? Mutti hat mir die Schule schon gezeigt.«

»Hat es dir denn bei uns gefallen?« Bodo sah, wie sich die Augen von Hedwig mit Tränen füllten. Er setzte sich auf ihren Schoß und lehnte seinen Kopf an ihre Brust. Er atmete den bekannten Duft des Parfums ein, den er noch aus Lichtenberg kannte.

»Es hat mir prima gefallen und wenn alles vorbei ist, komme ich wieder, ja?«

»Ja, mein kleiner Liebling.«

Am Sonnabend kam seine Mutter und brachte eine Überraschung mit. Ursula war aus dem KLV-Lager nach Hause entlassen worden. Auf der Rückfahrt nach Berlin wollte Bodo seiner Schwester in Werneuchen die wenigen Flugzeuge zeigen, aber nun waren überhaupt keine mehr da.

Als sie in Berlin aus dem Zug stiegen, begannen die Luftschutzsirenen an zu heulen. Über Lautsprecher wurden sie aufgefordert den Schildern zu folgen, die den Weg zu den Schutzräumen wiesen. In dem Raum standen einfache Holzbänke. Sie suchten sich einen Platz. Es gab Geschiebe, Gedränge und auch Beschimpfungen, wenn es jemandem nicht schnell genug ging. Dann wurden die Türen geschlossen. Auf einmal wurde es ganz ruhig im Raum. Nach einer Weile erfolgte ein dumpfes Krachen und es war, als ob der Raum wackelte. Es folgte Einschlag auf Einschlag und dabei schrien nicht nur Frauen hysterisch auf. Kinder weinten. Jeder wünschte sich, dass das endlich aufhören sollte…

Die drei saßen fest aneinander geschmiegt und zuckten gemeinsam zusammen, wenn die Bombeneinschläge den Raum erzittern ließen und die elektrische Beleuchtung aus- und wieder anging.

Und dann war wieder alles ruhig und es blieb ruhig. Die Türen wurden geöffnet und man konnte das Entwarnungssignal der Sirenen, bis in den Keller hören. Die gleiche nervöse Hektik, wie vor dem Angriff, erfasste die Leute. Sie drängelten, stießen und beschimpften sich, um möglichst schnell nach draußen zu kommen.

Wieder im Freien, kam es Bodo vor, als wäre es spät am Abend. Rauchwolken zogen über die Straße, dazwischen konnte man aber ab und zu die Sonne blitzen sehen. Brandgeruch lag in der Luft. Bodo sah die zerstörten, brennenden Häuser in der Nähe. Die Straße war voller Schutt. Herta musste sich erst orientieren, dann wandte sie sich nach rechts, in Richtung Frankfurter Allee. Sie liefen in der Straßenmitte, denn wenn man in die Nähe der brennenden Häuser kam, wurde die dort herrschende Hitze unerträglich. Bodo hörte auch Hilfeschreie, aber er war viel zu verängstigt, um in die Richtung zu schauen.

Herta holte ihr Taschentuch aus der Handtasche und forderte die Kinder auf, dass sie sich ihre Taschentücher vor Nase und Mund halten sollten.

Die Frankfurter Allee war ein einziges Feuermeer. Sie liefen auf dem Mittelstreifen in Richtung Warschauer Straße und bogen dann an der Kreuzung nach links in die Petersburger Straße ab. Am Petersburger Platz hörte das Inferno urplötzlich auf. Es wurde heller und die Luft wieder klarer. Alle drei waren rußgeschwärzt. Ursula und Bodo sahen sich an und mussten lachen. Als die Kinder sahen, dass ihre Mutter weinte und ihre Tränen weiße Striche auf den Wangen hinterließen, hörten sie sofort auf.

»Was ist denn, Mutti?«, fragte Ursula.

»Ich hatte ja solche Angst, dass auch unsere Wohnung zerbombt wurde. Aber wir sind ja noch nicht zu Hause, wer weiß…?«.

Je näher sie der Kniprodestraße kamen, umso ruhiger wurde Herta. In ihrer Gegend war alles heil geblieben. Sie waren zusammen und sie waren zu Hause. Wie zur Belohnung war ein Feldpostbrief durch den Briefschlitz eingeworfen worden und lag auf dem Korridor.

»Vati geht es gut. Er ist bei Nürnberg, ich soll euch ganz herzlich von ihm grüßen und ihr sollt artig sein.«, sagte sie lächelnd.

»Das sind wir doch.«, riefen beide wie aus einem Mund.

Kapitel 13

Jürgen hatte Bodo mit den Worten:»Na, da biste ja endlich wieder. Bleib'ste jetzt immer hier?«, begrüßt, als sie sich wiedersahen. Die letzten Ferientage verbrachten sie gemeinsam.

Ursula und Bodo sahen dem Ende der Sommerferien mit gemischten Gefühlen entgegen. Wieder mussten sie sich an eine neue Schule in einer neuen Umgebung gewöhnen und vielen anderen Kindern ging es ähnlich. Herta war berufstätig und musste, so weit es ging, für einen organisierten Tagesablauf sorgen. Dazu kamen die Sorgen wegen der immer häufiger werdenden Luftalarme tagsüber. Bodo bekam die strikte Order, sich an die Anweisungen von Ursula zu halten. Beide trugen die Wohnungsschlüssel, wie die meisten anderen Kinder, an einer Kordel um den Hals.

Vom zuständigen Luftschutzwart, Herrn Schmiedehaus, wurden die Bewohner über das Verhalten bei Luftalarm belehrt. Vieles davon hatte Bodo noch von Onkel Karl in Erinnerung. Für je zwei Hausaufgänge stand ein Schutzraum zur Verfügung. Ihr Zugang war durch Schilder, mit den jeweiligen Hausnummern gekennzeichnet und durch eine Stahltür verschlossen. Hinter der Tür war ein kleiner quadratischer Raum, von dem zwei weitere Stahltüren abgingen. Ihr Luftschutzkeller war der mit der Hausnummer 46 an Tür. Durch einen Gang waren alle Häuser miteinander verbunden. Vom Hof aus, konnte man die Lage der Schutzräume an den außen angebrachten Stahlklappen erkennen, die bei Fliegeralarm vom Luftschutzwart zugeklappt und dann von innen verriegelt wurden.

Auch in der Schule wurden die Kinder über das Verhalten bei Luftalarm informiert. Bei Fliegeralarm während des Unterrichts, gingen die Kinder aus der Mädchen- und der Jungenschule gemeinsam in die dafür hergerichteten Schutzräume.

Herta hatte Vorkehrungen getroffen, damit sich die Kinder, bei Fliegeralarm schnell in Sicherheit bringen konnten.

Für Bodo hatte sie seinen kleinen Rucksack und für Ursula ihren kleinen Koffer gepackt, die im Kinderzimmer parat standen. Herta hatte ihren gepackten Koffer im Schlafzimmer zu stehen.

Im Küchenschrank lag eine Brieftasche, mit ihren Lebensmittelkarten und den Bezugscheinen für Bekleidung, Brennholz und Kohlen.

Bei nächtlichem Fliegeralarm nahm jeder sein Gepäck und Herta noch zu-sätzlich die lebenswichtige Brieftasche aus dem Küchenschrank.

Bodo war manchmal so schlaftrunken, dass er im Gehen weiterschlief.

Bei Tagesalarm nach der Schule, durfte Ursula nicht vergessen, die Brieftasche mitzunehmen. Sie nahm ihre Aufgabe so ernst, dass sie auch noch den Koffer von Herta, mit in den Luftschutzkeller schleppte.

Eines Tages waren Bodo und Ursula gerade mit ihren Hausaufgaben beschäftigt, als die Sirenen heulten. Das eingeübte Prozedere lief wie am Schnürchen ab. Sie standen schon im Keller, als Herr Schmiedehaus gerade dabei war, die Stahltüren zu öffnen.

Diesmal sollte es auch sie treffen. Nachdem die Stahltüren geschlossen waren, hörte man längere Zeit gar nichts. Dann vernahmen sie dumpfe Einschlaggeräusche und das leichte Beben unter den Füßen wurde immer stärker. Nun verstummten auch die letzten Gespräche. Dann krachte es gewaltig. Bodo dachte sofort an die Hinweise von Onkel Karl. Er riss den Mund weit auf und hielt sich die Ohren zu. Doch es war zu spät. In seinen Ohren klingelte es und er hatte das Gefühl, als würde er durch die Wand hinter ihm gepresst. Er sah, wie der Stützpfeiler in der Mitte des Raumes in Schlangenlinien wackelte. Unwillkürlich suchten beide Kinder die Hand des anderen und hielten sich fest.

Erst allmählich hörte Bodo wieder richtig. Der Raum war von Unruhe erfüllt und nach einer, gefühlt endlos langen Zeit, öffnete Herr Schmiedehaus die Tür und rief in den Raum: »Die 52 hat es stark erwischt. Es gibt aber keine Verletzten.«,

Noch bevor er die letzten Worte ausgesprochen hatte, waren die ersten Frauen mit ihren Kindern schon auf dem Weg nach draußen und stießen drängelnd auf die, die aus dem Nebenkeller kamen. Ursula und Bodo blieben sitzen.

»Die 52? Das ist doch das Eckhaus, wo der Hauseingang vom Hof aus ist. Stimmt's Ulla?«

»Ja, hast recht. Da wohnt Familie Blank, die mit den vielen Kindern.«

Sie brachten die Sachen zurück in die Wohnung und rannten dann auf die Straße. Merkwürdigerweise war nur ein Teil des Eckhauses zerstört. Ab der dritten Etage konnte man von außen in die Räume einsehen.

»Da haben wir aber Schwein gehabt. Die Bombe hat nur das Dach gestreift und ist da drüben eingeschlagen und explodiert.« und dabei zeigte der Mann mit seinem Krückstock auf einen noch rauchenden Bombentrichter hinter dem Zaun auf der anderen Straßenseite.

»Schwein gehabt? Meine Wohnung ist zerstört, ich weiß nicht wohin und was aus uns werden soll.«, schrie ihn eine weinende Frau, mit einem Kind auf dem Arm, an.

»Frau Moldenhauer, Sie kommen erst mal zu uns.«, versuchte eine andere Frau sie zu beruhigen.

Bodo lief zum Zaun und starrte auf den rauchenden Bombenkrater im Boden. Er dachte an den Blindgänger in Wriezen.

Als ihre Mutter nach Hause kam, gab es viel zu erzählen und Herta lobte sie, weil sie sich so diszipliniert verhalten hatten.

Mit Beginn der Weihnachtsferien wurde der Schulbetrieb wegen der stetig zunehmenden Luftangriffe eingestellt. Die Kinder nahmen die Nachricht mit Jubel zur Kenntnis.

Kapitel 14

Trotz der Fahrplaneinschränkungen fuhren sie zu Weihnachten nach Wriezen. Herta hatte erst Bedenken, aber dann waren die Argumente von Hedwig stärker, kein Fliegeralarm, die Kinder konnten durchschlafen, wenn eine Bombe das Haus treffen sollte, dann wäre auch nichts mehr zu retten und der Luftschutzraum würde keinen sichereren Schutz bieten.

Es gab einen Weihnachtsbaum und eine kleine Bescherung. Am besten fanden die Kinder jedoch die bunten Teller, mit Schokolade, Marzipan und anderen Leckereien. Wo Hedwig das aufgetrieben hatte, blieb ihr Geheimnis.

Als die Kinder im Bett waren und sie bei einem Glas Wein, in der Sesselecke am Ofen saßen, sagte Karl zu Herta: »Ich weiß nicht, ob es dir bei eurer Ankunft aufgefallen ist, aber es kommen immer mehr Menschen über die Oder hier bei uns durch, die in Richtung Berlin wollen. Die Schulzendorfer Straße ist manchmal schon wie zugestaut.«

»Ja, jetzt wo du es sagst. Es kam mir vorhin so vor, als ob mehr Menschen im Ort waren, aber ich dachte es wäre wegen der Festtage.«

»Nein, das sind Flüchtlinge. Die Russen rücken ständig vor. Die Leute fliehen, sie haben Angst. Sie geben alles auf, alles was sie sich über die Jahre, durch ihrer Hände Arbeit, geschaffen haben. Ich habe mit einem gesprochen, der hier durch die Wilhelmstraße gekommen ist. Er kam in den Laden und hat um Wasser gebeten und ob seine Frau das Baby bei uns wickeln könnte.«

»Ach, so ein kleines Ding, vier Monate alt. Sie sind aus der Nähe von Königsberg bis hierher gekommen und wollten noch weiter. Sie mussten alles zurücklassen, schrecklich.«, sagte Hedwig.

»Wer hätte das noch vor vier Jahren für möglich gehalten, als unser großer Feldherr in Paris vor dem Eiffelturm stand.«

Hedwig und Herta sahen erst sich und dann Karl überrascht an. Solche Worte aus seinem Mund, der immer für die Bewegung gewesen war.

»Aber Karl, was ist denn mit dir los?«, fragte Hedwig.

»Vielleicht schneller als wir denken, sind die Russen hier, Hete. Und was dann? Wollen wir auch fliehen? Wohin denn?«

»Ich gehe hier nicht weg, niemals!«

»All die jungen Menschen, die in diesem blöden Krieg gefallen sind. Denke nur an Kurt. Als du mir von dem Streit mit Walter erzählt hast, habe ich angefangen darüber nachzudenken, wie sich das alles zum Schlechten entwickelt hat.«

»Wie kommst du denn darauf, dass mit Kurtchen etwas passiert ist?«

»Hat er sich bis jetzt gemeldet? Und wenn er überlebt hat, wird ihn das sein Leben lang begleiten. Ich habe das vom Weltkrieg 14/18 auch noch nicht vergessen. Diesmal ist es anders, habe ich gedacht. Nun weiß ich aber, dass es noch schlimmer ist. Man muss den Krieg erlebt haben, um ihn zu hassen.«

»Karl, so habe ich dich ja noch nie reden gehört.«

Herta hatte das Gespräch schweigend und interessiert verfolgt. Wenn Karl so etwas sagte, was würde ihr dann die Zukunft bringen und den Kindern und Theo? Darüber hatte sie bis jetzt noch nie Gedanken gemacht, trotz der Einschnitte, die der Krieg in ihr Leben gebracht hatte.

Wegen der Sonderfahrpläne hatte sich Karl mit dem Bahnhofsvorsteher in Verbindung gesetzt. Am 2. Feiertag brachten Hedwig und Karl die drei zum Bahnhof. Der Zug schien überfüllt zu sein, aber der Zugschaffner an den sich Karl wandte, wusste Bescheid und die drei wurden im Dienstabteil untergebracht. Als sie sich verabschiedeten, ahnte keiner, dass es das letzte Mal sein sollte.

Herta hatte ständig die Luftlagemeldungen im Radio abgehört und wusste, dass Berlin nicht betroffen war. Doch richtig beruhigt war sie erst, als sie von der S-Bahn über die Gleise vom Güterbahnhof Weißensee sah, dass die Wohnblocks noch standen.

An die Flüchtlingsströme hatte man sich in Wriezen gewöhnt, was aber keineswegs dazu beitrug, den Glauben an den propagierten Endsieg zu festigen. Im Gegenteil. Frau Hartmann war mit dem Baby zu Verwandten ins Rheinland gefahren. Eines Tages erschien auch Käthe nicht mehr. Karl wurde zum Volkssturm abkommandiert und sollte an der Alten Oder die Panzer der Russen aufhalten.

Man hatte Wriezen zur Festung erklärt. Mitte April begann der Beschuss durch die russische Artillerie. Das Haus der Schwestern Groth wurde als erstes getroffen und fast völlig zerstört, dabei wurde die ältere der beiden schwer verletzt.

Am selben Tag kam Karl mit einer Panzerfaust nach Hause. Er stellte sie im Hausflur ab und verschloss die Haustür. Den Stahlhelm warf er im Hof auf den Boden.

Dann ertönte ein pfeifendes Geräusch und eine Granate zerstörte die Vorderfront des Hauses. Karl rannte ins Haus, wo ihn Hedwig zitternd und völlig verängstigt erwartete und nahm sie in den Arm.

»Hete, es ist soweit, gehe schon mal vor in den Keller, ich komme gleich nach.«

Karl ging ins Zimmer, nahm die Pistole und folgte seiner Frau in den Luftschutzraum. Kurz darauf zerstörte eine zweite Granate weitere Teile des Hauses.

Was das Bombardement der russischen Artillerie nicht geschafft hatte, erledigten SS-Einheiten die wenig später beim Rückzug mit Flammenwerfern ein Inferno entfachten. Wriezen wurde fast völlig zerstört.

Herta hat nach Kriegsende versucht, etwas über das Schicksal ihrer Mutter und Karl in Erfahrung zu bringen. Sie galten amtlich als vermisst.

Kapitel 15

Im Nebenhaus wohnte Herr Ruhmland. Der trug immer die SS-Uniform und eine Lederknute am Handgelenk, mit der er an die Stiefelschäfte klopfte, wenn er die Straße in Richtung Gefangenenlager entlangging. Bodo hatte Angst, ihm zu begegnen. Kürzlich hatte er aus sicherer Entfernung mit angesehen, was mit Horst Haffner passiert war. Da kam der SS-Sturmbannführer aus Richtung Gefangenenlager und als sie sich begegneten, grüßte Horst höflich mit: »Guten Tag.« Ruhmland blieb ruckartig stehen. »Was soll das denn? Du willst ein deutscher Junge sein?«, und dabei fuchtelte er bedenklich nahe mit der Lederknute vor dem Gesicht von Horst herum.

»Wie grüßt man sich in Deutschland? Na, na…?«

»Heil Hitler!« antwortete Horst verschüchtert.

»Etwas lauter, wenn ich bitten darf!!«

»HEIL HITLER!!«

»Was bist du bloß für ein Weichei. Mit dir sollte man 'mal richtig Schlitten fahren. Wie heißt du denn? Wohnst du hier? Da muss ich 'mal mit deinen Eltern reden. Name?«

»Horst Haffner.«

»Hau' bloß ab, du Lümmel.«, schnauzte er und versetzte Horst, als der sich umdrehte um wegzurennen, mit der Knute einen Schlag auf die Hose. Das sprach sich 'rum unter den Kindern und alle gingen Ruhmland von nun an aus dem Weg.

Eines Tages war das Gefangenenlager geräumt. Jürgen erzählte, dass sein großer Bruder schon auf dem Gelände war. Bodo schloss sich einer Gruppe Jungen an, die das Lager nun auch erkunden wollten. Die Türen der leeren Baracken standen offen und auch das Gebäude für die Wachmannschaft konnten sie ungehindert betreten. Auf dem Rückweg hörten sie auf einmal ein unbekanntes Geräusch, das den fernen Geschützdonner übertönte. Das Geräusch kam schnell näher und schwoll zu einem ohrenbetäubenden Getöse an.

»Tieffflieger, hinschmeißen.«, schrie Jürgen.

Bodo warf sich dicht neben einer Garage auf den Boden. Als er hochsah, konnte er, nicht weit von ihm, die Einschlagspur der Geschosse im Boden erkennen. Der Jäger hatte einen roten Stern am Rumpf und entfernte sich über die Dächer der Rohbauten. Bodo blickte in die offene Garage und sah, übereinander gestapelt, tote Menschen. Eine Leiche blickte ihn mit leeren Augen und geöffnetem Mund direkt an Das war zuviel. In Panik sprang er mit einem Schrei auf und rannte so schnell er konnte in Richtung Lagerausgang. Die anderen Jungs folgten. Es war keine Sekunde zu spät, denn der Tiefflieger kam zurück, aber da waren sie schon alle im Schutz der Häuser und sahen, wie sich das Flugzeug entfernte.

Der Geschützdonner kam immer näher. Eines Tages gab es eine gewaltige, alles übertönende Detonation. Die SS hatte die S-Bahnbrücke an der Kniprodestraße gesprengt. Bodo rannte ans Fenster. Die Fensterscheiben zitterten noch leicht von der Druckwelle. Über den Gleisen hing eine riesige Rauchwolke. Dann sah er, wie deutsche Panzer auf das Gelände des Gefangenenlagers fuhren. In diesem spannenden Moment, kam seine Mutter ins Zimmer und sagte: »Bodo, nimm deine Sachen und komm, wir müssen in den Keller.«
Im Luftschutzraum hörte man gedämpft, dass draußen geschossen wurde. SS-Mann Ruhmland hatte seinen Privatkeller mit Panzerfäusten, Handgranaten und Maschinenpistolen zur Festung ausgebaut. Von seinem Kellerfenster aus, konnte er das gegenüberliegende Lagergelände beobachten. Die deutschen Panzer versuchten, den russischen Angriff aufzuhalten. Die T34 der Russen waren aber überlegen. Vom Kellerfenster aus, schoss der SS-Mann drei Panzerfäuste ab. Als die russischen Soldaten, zum Teil brennend, von den getroffenen Panzern absprangen, wurden sie von Ruhmland mit einer Maschinenpistole beschossen.
Danach war Ruhmland verschwunden.

Es ging alles sehr schnell. Die Tür wurde aufgerissen, ein russischer Soldat stürmte herein und schoss sofort in die beiden Drahtglasfenster, die innen im Keller angebracht waren.
»Soldati, Soldati…???« rief er dabei und blickte in die Runde.
Bodo hörte, wie die Geschosse mit einem metallenen Klang, gegen die äußeren Stahlklappen schlugen. Alle saßen wie erstarrt.
»Jetzt sind also die Russen da.« hörte Bodo Herrn Pohl sagen, der ebenso wie Herr Marschner aus dem Nebenkeller, wegen ihrer beruflichen Tätigkeit nicht eingezogen worden waren. Die anderen drei Männer waren alt und Herr Bauer ging an Krücken.
Dann betraten ein mongolisch aussehender Russe und einer mit silbernen Schneidezähnen den Raum. Bodo sah die Zähne blitzen, als er » Uhri,

Uhr!…« rief. Dabei fuchtelte mit seiner Maschinenpistole herum. Einige wurden ihre Uhren los. Herta hatte ihre Uhr hinter dem Rücken abgenommen, sich darauf gesetzt und die Ärmel ihres Kleides bis zu den Ellenbogen hochgeschoben. Bodo konnte sehen, dass der Mongole mehrere Uhren an seinem linken Arm trug.

Ein Offizier betrat den Keller, musterte die Leute und sagte dann zu Herrn Pohl in gebrochenem Deutsch:»Du…Mann…mitkommen.«

Frau Pohl klammerte sich an ihren Mann und schrie:»Er hat doch niemandem etwas getan.«

Der Offizier fasste an seine Pistolentasche und sagte nochmals:»Du, mitkommen.«

Herr Pohl befreite sich von seiner Frau.»Es ist gut Sophie, ich bin bestimmt gleich wieder da, wer weiß, was die wollen.«

Im Vorkeller wartete ein Soldat mit Herrn Marschner auf den Offizier und gemeinsam verließen sie dann den Keller. Die Russen hatten versucht ihre verwundeten Kameraden in Sicherheit zu bringen, aber von irgendwoher wurden sie gezielt beschossen. Nun sollten Pohl und Marschner die Verletzten bergen.

Nachdem sie die Verwundeten von dem immer noch umkämpften Lagergelände geborgen hatten, sollten sie auch noch die Toten heranholen. Auf dem Weg zu den brennenden Panzern wurden sie durch MP-Salven niedergestreckt. Pohl wurde durch Schüsse in den Kopf tödlich verletzt und Marschner wurde mehrmals an den Beinen getroffen.

Die Kampfhandlungen hatten sich weiter in Richtung Bötzowstraße verlagert und die Frauen der beiden verließen den Keller, um nach ihren Männern zu sehen. Als sie aus dem Hausflur vorsichtig auf die Straße schaute, sah Frau Pohl ihren Mann nicht weit entfernt liegen. Sie rannte los und zerrte ihn in Richtung Haus.

Die Schreie drangen bis nach unten in den Keller, als sie realisiert hatte, dass ihr Mann nicht mehr lebte.

Frau Marschner sah durch die Rauchschwaden, dass sich etwas bewegte. Ihr Mann versuchte, auf den Ellbogen, zurück zum Haus zu kriechen. Sie lief los und schleifte ihn ins Haus.

Herta und einige der anderen Frauen, halfen Frau Marschner, ihren verwundeten Mann in den Keller zu tragen. Sie legten ihn auf das untere, eines der Doppelstockbetten, die in den Schutzräumen standen.

Plötzlich war auch Herr Schmiedehaus wieder da, der vorher wie vom

Erdboden verschwunden schien. Er versorgte Herrn Marschner mit Hilfe der Bestände aus dem Erste-Hilfe-Kasten, der im Vorraum an der Wand hing. Dann holte er alle Vorräte aus den anderen Kellern und aus seiner eigenen Reserve und übergab sie Frau Marschner.

Noch am selben Tag erschien, in Begleitung eines russischen Offiziers, ein Zivilist, der eine Armbinde mit der Aufschrift "Freies Deutschland" trug. Er sagte, er hätte gemeinsam mit der Roten Armee gegen den Faschismus gekämpft und das nun eine neue Zeit anbrechen würde.

Zur eigenen Sicherheit sollten sich die Einwohner in Richtung Weißensee zurückziehen, bis die Kampfhandlungen eine Rückkehr ins Wohngebiet zuließen.

Nachdem alle informiert worden waren, bekam Frau Groß, die russisch sprach, von dem Offizier ein Legitimationsschreiben, sowie die Marschroute, das Ziel und den Zeitpunkt der Rückkehr genannt. Der Zug formierte sich und setzte sich in Richtung Storkower Straße in Bewegung.

Die Reste, der vor kurzem gesprengten Brücke an der Kniprodestraße, lagen überall herum und es war für alle sehr beschwerlich die Gleisanlagen zu überqueren. Auf dem Weg nach Weißensee und von dort wieder zurück, sah Bodo verbrannte Menschenleiber, von Panzern überrollte, breitgequetschte Soldaten und alte Männer, die verendete Pferde ausweideten.

Der Mann von Frau Groß war an der Ostfront gefallen. Sie hatte auch zwei Kinder, Klaus und Rita. Herta und Erna Groß fanden Kontakt und die Familien wohnten die erste Zeit, nach ihrer Rückkehr aus Weißensee, in der Parterrewohnung von Frau Groß. Dieser Umstand und besonders die Russischkenntnisse von Erna Groß, brachten Herta optimale Sicherheit vor Vergewaltigung.

Frau Marschner, die damals bei ihrem Mann im Keller zurückgeblieben war, hatte das Glück nicht. Es sprach sich unter den russischen Soldaten der Nachhut schnell herum, dass in einem der Keller, eine Frau war.

Am 8. Mai 1945 hatten die Schrecken ein Ende. Der Krieg war vorbei.

Kapitel 16

Wenige Tage nach der Kapitulation wurden Walter und Käthe eines Morgens in aller Frühe durch harte Schläge an die Wohnungstür geweckt. Bis ins Schlafzimmer hörten sie das Gebrülle im Treppenhaus: »Aufmachen, du Schwein! Aufmachen, sonst treten wir die Tür ein!«

Dazwischen auch Rufe in russischer Sprache. Walter versuchte noch kurz, seine völlig verängstigte Frau zu beruhigen und beeilte sich dann, die Wohnungstür zu öffnen.

Vor ihm standen zwei Zivilisten. Walter sah, dass sie rote Armbinden mit der Aufschrift "Nationalkomitee Freies Deutschland" trugen. Dahinter standen drei russische Soldaten mit angelegten Maschinenpistolen.

»Walter Amelang?«, fragte einer der beiden in schroffem Ton.

»Ja.«

»Bist du Parteigenosse?«

»Jawohl!«

»Das hört sich ja noch richtig stolz an, du Verbrecher.«

Er bekam einen harten Schlag ins Gesicht und dann zogen sie ihn am Nachthemd aus der Wohnung. Walter schmeckte das Blut, das ihm aus der Nase schoss und er hörte Käthe aus dem Schlafzimmer rufen: »Walter, was ist denn los?«, worauf einer der russischen Soldaten in die Wohnung ging. Kurz danach hörte er die Schreie von Käthe. Er wollte instinktiv in die Wohnung zurück, um Käthe zu schützen, da traf ihn der Kolben einer Maschinepistole am Kopf und er fiel zu Boden.

Zur Besinnung kam er wieder, durch Tritte in die Rippen und ins Gesäß.

»Wach auf, du Faschistenschwein!«, hörte er wie durch einen Wattebausch und konnte sehen, dass die anderen beiden Russen in die Wohnung gingen, während der erste aus der Wohnung kam und grinsend auf Walter herab sah.

Einer der beiden Deutschen zerrte ihn hoch.

»Wenn du noch etwas leben und wieder zu deiner Frau zurück willst, dann nenne uns Namen und Adressen von wenigstens drei deiner faschistischen Parteischweine«, herrschte ihn der andere an.

Aus der Wohnung hörte Walter, wie Käthes Schreien in wimmerndes Weinen überging.

»Die Schweine seid ihr. Ich war, bin und bleibe Nationalsozialist«, schrie Walter und Blut spritzte nach den nächsten harten Schlägen aus seinem Mund.

Einer der beiden Deutschen übersetzte dem anwesenden Russen, auf dessen Nachfrage, Walters Antwort. Der rief dann etwas in die Wohnung und kurz darauf erschienen die anderen beiden an der Wohnungstür.

Ein kurzer Wortwechsel und dann stießen sie Walter über das Treppengeländer. Er schlug unten hart auf und der rot-weiße Fliesenboden nahm um ihn herum, die Farbe seines Blutes an.

Walter ist im ehemaligen KZ Sachsenhausen, das von der Sowjetischen Militäradministration (SMAD) als "Speziallager Nr.7" Verwendung fand, 1947 zu Tode gekommen.

Käthe hat den Verlust ihres Sohnes Kurt, und den ihres Mannes, nicht verkraftet. Nach der Mitteilung über Walters Tod verschlimmerte sich ihr Zustand. Sie kam in die Nervenklinik Herzberge, wo sie Ende 1948 verstarb.

Kapitel 17

Bevor sie nach Weißensee aufgebrochen waren, hatte Herta die Badewanne mit Wasser gefüllt. Den Riegel vom Sicherheitsschloss hatte sie herausgedreht, sodass die Wohnungstür nur angelehnt war. Das hatte Herr Schmiedehaus allen geraten. Es sollte verhindern, dass die Tür eingetreten wurde, wenn die nachrückenden Kampfverbände der Russen, die Wohnungen nach deutschen Soldaten durchsuchten.

Nun waren sie aus Weißensee zurück. Die Mieter waren sich einig, dass alle Haustüren verschlossen wurden. Über den Kellergang hatte man Verbindung zu den einzelnen Hausaufgängen. Herta sorgte sich um den Zustand ihrer Wohnung. Die Wohnungstür stand weit offen und auf den ersten Blick, sah alles normal aus. Auch in der Badewanne war noch Wasser. Herta verschloss die Wohnungstür und begab sich wieder zurück in die Wohnung von Erna Groß. Die Frauen hatten ja vereinbart, dass sie bis zum Abzug der russischen Soldaten zusammenbleiben wollten.

Der Frieden begann, wie der Krieg aufgehört hatte, mit Hunger.

Auf dem ehemaligen Gefangenenlager lagerte eine russische Armeeeinheit. Das Gelände war von den Panzerketten zerwühlt, die Reste der Baracken waren verkohlt und von den Steingebäuden waren nur noch die Fundamente erhalten geblieben. Dazwischen standen ausgebrannte Panzer und anderes unbrauchbares Kriegsgerät.

Im Kellergang traf Bodo auf Jürgen.

»Kommste mit?«

»Wohin?«, fragte Bodo.

»Na, zu den Russkis.«

»Was? Zu den Russen? Was wollen wir denn da?«

»Die haben zu essen, Mensch.«

Mehr war nicht zu sagen. Bodo war dabei. »Aber wie kommen wir raus?«

»Ick hab doch'n Hausschlüssel.« Bodo bewunderte Jürgen immer mehr.

Sie gingen zum Lager. Die russischen Soldaten lachten und tanzten nach Akkordeonmusik. Das Fundament eines ehemaligen Steinhauses diente wohl als Küche. Ein Soldat mit freiem Oberkörper, rührte in einer großen Wanne. Darin schwammen im Fett, Kartoffelscheiben, Fleisch und Gemüse.

Schon von dem Geruch krampfte sich Bodos Magen zusammen. Die beiden Jungs standen nur da und starrten das Essen an.

Der Soldat bemerkte sie und sagte etwas zu ihnen, was sie nicht verstanden. Er winkte sie zu sich heran. Zögerlich gingen sie zu ihm. Er lächelte fröhlich, streichelte ihnen über die Köpfe und sprach wieder zu ihnen. Dabei machte er eine typische Handbewegung zum Mund und nickte dabei fragend mit dem Kopf. Beide nickten eifrig zurück. Er blickte zu ihnen herunter, als wollte er sehen, ob sie etwas bei sich hätten. Dann holte er zwei Metallbehälter und füllte sie mit der Speise aus der Pfanne. Kaum hatten sie die Löffel in der Hand, die er ihnen reichte, da fingen sie auch schon an zu essen. Der Soldat sah ihnen zu und sagte wieder etwas, was sie nicht verstanden. Als sie gegessen hatten, zeigte der Soldat auf die Essnäpfe und dann in Richtung ihrer Häuser und tippte mit dem Zeigefinger auf seine Brust.

Jürgen verstand als Erster.

»Wir soll'n Töppe von zu Hause holen und wiedakommen. Los komm.«

»Ja, aber erst müssen wir uns bedanken.«

»Dit könn wa nachher machen, wenn wa noch wat jekricht haben.«

Beide nickten dem Soldaten zu und rannten los.

Erst war Herta misstrauisch, aber Erna beruhigte sie und gab Bodo eine große Milchkanne.

Als wenn sie es verabredet hätten, denn auch Jürgen hatte eine Milchkanne in der Hand und wartete schon ungeduldig.

»Wat dauert denn bei dir immer so lange?«

»Meine Mutter…«, Jürgen unterbrach ihn, »… ach so, los komm.«

Wieder am Lager angekommen, sahen sie, dass der Koch nicht mehr allein war. Er unterhielt sich mit einem Kameraden.

Die Jungs sahen erstaunt zu, wie beide von einer zusammengefalteten Zeitung ein Stück abrissen und aus ihren Hosentaschen etwas Krümeliges holten und in die Papierstücke einrollten. Dann drehten sie die Papierenden zusammen, bissen ein Ende ab, steckten diese Seite in den Mund, zündeten die Zigaretten an und rauchten. Der Rauch, der zu den Jungen herüberwehte, roch eigenartig. Das war der krümelige Machorka, wie sie später gelernt haben.

Der Koch bemerkte die beiden, sagte etwas zu seinem Kameraden und kam mit einem freundlichen Gesicht auf sie zu, guckte auf die Milchkannen, lachte und machte eine Geste, die ausdrückte, dass er die Milchkannen für zu klein hielt.

Bevor sie sich mit den gefüllten Kannen auf den Rückweg machten, reichten Bodo und Jürgen dem Koch die Hand und bedankten sich, mit einem Diener. Der russische Soldat schien sichtlich gerührt und drückte beide an sich. Dabei sagte er über die Schulter etwas zu seinem Kameraden. Bodo hätte bei dem Gefühlsausbruch beinahe seine Kanne fallen lassen. Dann liefen beide Jungs schnell nach Hause.

Am Vormittag des nächsten Tages rückten die Russen ab. Bodo war ebenso enttäuscht darüber, wie Jürgen. Beide hatten sich getroffen, um wieder den Koch zu besuchen. Nun beobachteten sie, wie die Fahrzeuge abfuhren.

Gerne hätten sie ihrem Gönner zum Abschied zugewinkt, aber sie konnten ihn nicht ausmachen.

Nach dem Abzug der Russen wurden die noch nicht fertig gestellten vier Häuserkomplexe, die bis an die Kniprodestraße reichten, zu einem gewaltigen Abenteuerspielplatz, der allgemein "Bauten" genannt wurde.

An die Verbote der Eltern, wegen der Gefahren nicht in den "Bauten" zu spielen, hielt sich kein Kind.

Nach einem Streifzug durch die "Bauten" liefen Jürgen und Bodo eines Tages über das ehemalige Lagergelände und plötzlich ging es nicht mehr weiter. Sie standen oben an der Kniprodestraße neben der gesprengten Brücke auf einer hohen Mauer und guckten auf das Bahngelände herab. Auf den Gleisen standen mehrer Güterzüge.

Sie sahen, wie sich Leute an den Waggons zu schaffen machten. Von hier konnten sie nicht auf die Gleisanlagen, aber von der Brücke weg, in Richtung Bötzowstraße, wurde die Mauer immer niedriger. Sie liefen in diese Richtung. Die Mauer ging in eine Böschung über und von da, war es kein Problem an die Waggons zu gelangen.

Als sie vor einem Güterwagen standen, hatten sie ein Problem. Sie waren viel zu klein, um in einen Waggon klettern zu können.

Da sah Bodo, wie aus einem Waggon Kisten auf den Boden krachten. Aus einer rollten Konservendosen.

»Guck' mal da...«

»Nischt, wie hin«, rief Jürgen.

Was in den Dosen war, wussten sie nicht, aber sie klemmten sich zwei unter die Arme, pressten je eine mit der Hand an den Körper und liefen nach Hause.

Kapitel 18

In der Nähe der ausgebrannten russischen T34 standen zwei völlig unbeschädigte deutsche Panzer. Hier herrschte Martin Schlegel, der Älteste aus der Straßenclique. Er nahm es seiner Mutter immer noch übel, dass sie ihn vor drei Wochen daran gehindert hatte, sich freiwillig als Flakhelfer für den Einsatz, auf den Fliegerbunkern im Friedrichshain, zu melden.

Martin hatte Granaten in den Panzern entdeckt. Die Jungs holten die Munition aus den Panzern und Martin legte sie auf zwei Steine. Dann sprang er solange auf die Granate, bis sich die Geschossspitze von der Hülse gelöst hatte. Aus der Hülse entnahm er die Treibsätze. Das waren kleine Beutel, aus denen graue, spaghettiähnliche Stangen heraus ragten. Mit einem Brennglas entzündete er die Stangen, die wie Wunderkerzen brannten, dann drückte er die Flamme aus und ließ die Stange los. Die zischte dann im Zick-Zack-Kurs durch die Luft. Die Kinder hatten einen großen Spaß, weil man aufpassen musste, nicht getroffen zu werden.

Beim Herumstöbern in den Panzern, fanden sie in einer Kiste eine Signalpistole und Schachteln mit der dazugehörenden Munition.

Als Bodo die Pistole in die Hand bekam fühlte er, dass sie noch schwerer war, als die von Onkel Karl, die er damals in Wriezen in der Hand gehabt hatte. Diese hier sah auch ganz anders aus. Sie hatte einen kurzen dicken Lauf, den man abknicken musste, um die Patrone einzuschieben.

Das alles wusste Martin. Er lud die Pistole und drückte ab, aber nichts passierte.

»Die musste erst entsichern, jib ma her.«, sagte Jürgens Bruder. Er fummelte an der geladenen Pistole herum und nach einer Weile gab er sie Martin zurück.

»So, jetzt kannstet noch mal vasuchen, aba halt dit Ding inne Luft.«

Martin hielt die Waffe nach oben und drückte ab. Es gab einen fürchterlichen Knall, dann war ein Zischen zu hören und hoch über der Kniprodestraße explodierte ein roter Ball, wie bei einem Feuerwerk.

Jetzt wollte jeder mal. Bodo musste die Waffe mit beiden Händen halten. Sein Finger war zu kurz um den Abzug zu betätigen. Da drückte Martin für ihn ab. Der Rückstoß war so stark, dass Bodo den Halt verlor und sich auf den Boden setzte. Alle lachten.

»Seid ihr denn von allen guten Geistern verlassen, ihr Rotzlümmel?«, wurde das Gelächter durch eine laute, scharfe Stimme unterbrochen. Sie drehten sich erschrocken um. Vor ihnen standen zwei Männer, die das Feuerwerk vom Güterbahnhof aus bemerkt hatten.

»Gib die Pistole her«, sagte der eine und nahm sie Jürgen aus der Hand, der auch gerade schießen wollte.

»Hoffentlich haben das die Russen nicht gesehen. Wenn die euch erwischen, dann Gnade euch Gott!«, danach gingen die Männer wieder zum Güterbahnhof.

Es dauerte auch nicht lange und aus Richtung Kniprodestraße kamen zwei Armee-Jeeps und ein Mannschaftswagen auf das Lagergelände gefahren. Ein Jeep kam langsam auf die Jungen zugefahren. Bodo sah, dass die vier Insassen unterschiedliche Uniformen anhatten. Sie musterten die Jungs, aber die standen nur da und guckten interessiert.

»Dit sind Russkis, Amis, Tommys und Franzmänner«, sagte Jürgens Bruder, der bestimmt auch wusste, zu wem welche Uniform gehörte. Da man anscheinend nichts Auffälliges entdecken konnte, fuhr der Jeep zurück in Richtung des Schrebergartengeländes, auf der anderen Seite der Kniprodestraße, von wo aus sie damals auf dem Weg nach Weißensee die Bahngleise überquert hatten.

Man hatte ihnen zwar die Pistole weggenommen, aber sie hatten ja noch einige Patronen.

»Ick weeß wat. Wir machen Feuer und schmeißen die Patronen rin, dann explodieren die ooch.«, sagte Jürgens Bruder plötzlich,

»Dann kommen doch die Russkis wieder.«

»Wir jehen inne Bauten, da unten im Keller sieht dit doch keener. «

Der Vorschlag wurde begeistert aufgenommen. Sie sammelten Brennbares, schichteten es in einem Keller des ersten Hauses auf und legten die Patronen dazwischen. Martin entzündete mit seinem Brennglas die beiden übriggeblieben Stangen aus den Panzergranaten, kam in den Keller gerannt und steckte sie in den Reisighaufen.

Nun warteten alle gespannt am Eingang zu dem Kellerraum. Die Flammen loderten, aber es passierte gar nichts. Da ging Wolfgang Haberland mit einem Stock zum Feuer und stocherte darin herum. In dem Augenblick entzündete sich mit einem lauten Knall die erste Patrone. Mit dem bekannten Zischen schlug der Feuerball an die gegenüber liegende Wand, prallte ab und zischte kreuz und quer durch den Raum.

Das wiederholte sich nun, im Sekundentakt, auch mit den anderen Patronen. Der Raum war erfüllt von einem grellen, bunten Licht und weißem, beißenden Rauch. Wolfgang rannte in Panik auf den Ausgang zu, von wo die anderen gespannt auf das Schauspiel starrten.

Ehe er jedoch den Ausgang erreichte, streifte eine Feuerkugel seine Hose am Hinterteil. Er schrie auf und setzte sich sofort auf den Boden, um das Feuer an seiner Hose zu ersticken. So einfach war das wohl nicht, denn als er aufstand, kohlte die Hose immer noch. Er rannte, vor Schreck und Schmerz laut weinend, nach Hause.

Die anderen konnten sich nicht halten vor Lachen, weil man durch das große Loch in der Hose, das an den Rändern noch glimmte, das blanke Hinterteil von Wolfgang sehen konnte.

Wer das Lied gedichtet oder erdacht hatte kam nie heraus, aber am nächsten Tag sangen die Kinder auf der Straße

»Wolf – gang Ha – ber - land,
hat sich den Arsch verbrannt.
Alle beide Bak – ken.
Nun kann er nicht mehr kak – ken.«

Dann passierte etwas Schreckliches. Die Kinder spielten wie immer in den Bauten. Plötzlich gab es eine Detonation. Sie liefen in die Richtung der Staubwolke, die aus der Straße am Ende des Häuserblocks hervorquoll. Da lag jemand. Mit den anderen gingen Jürgen und Bodo zaghaft näher. Es war Martin. Sein Bauch war aufgerissen. Überall war Blut. Er stöhnte und zitterte am ganzen Körper. Der rechte Fuß drehte sich zur Seite und dann lag er ganz still da. Martin war tot. In Panik rannten alle zurück nach Hause.

Jürgen erzählte es seiner Mutter. Nachdem die sich einigermaßen beruhigt hatte, ging sie eine Etage nach oben und klingelte bei Frau Schlegel. Bodo und Jürgen hörten die Schreie von Martins Mutter bis unten.

Von der Clique nahm nun keiner, jemals wieder gefundene Munition in die Hand und das "Haberland-Lied" wurde auch nicht mehr gesungen.

Kapitel 19

Die nächste Zeit war geprägt vom Überlebenskampf.

Herta hatte das Eingeweckte aus Wriezen, das im Keller versteckt gelagert war, nach oben in die Wohnung geholt. Auch die geringen Reste an Kohlen und Holz. Sie achtet streng darauf, dass ein Minimum an Körperpflege eingehalten wurde. Zähneputzen war Pflicht, auch ohne Zahnpasta und so war der Wasservorrat aus der Badewanne war schnell verbraucht.

Neues Wasser gab es in der näheren Umgebung nur in der Bötzowstraße. Da standen die Anwohner täglich in einer langen Schlange an einer Pumpe. Es dauerte oft über eine Stunde, ehe man dran war und seine Eimer füllen konnte. Das Warten war für Bodo eine Qual, aber wenn er den schweren Pumphebel bedienen konnte, dann war er voll bei der Sache.

In den "Bauten" herrschte reger Betrieb. Ehe der Baubetrieb damals eingestellt wurde, waren hier schon hölzerne Deckenbalken, Schalbretter und Fußbodendielen eingebaut worden.

Überall wurde gesägt und gestemmt. Das war nicht ungefährlich, denn Treppenaufgänge gab es nicht in jedem Haus. Auf kleinen Leiterwagen wurde das Holz dann abtransportiert.

Wie die Leute in die oberen Geschosse gekommen sind, haben die Kinder nicht herausbekommen. Sie selber schafften es, unter Mühen, nur bis in die zweite Etage.

Bei ihren Streifzügen durch die "Bauten", entdeckten Bodo und Jürgen eines Tages in einem abgelegenen Kellertrakt einen Raum, mit einer Holztür davor. Die Tür war nur angelehnt. Vorsichtig betraten sie den Keller. Er war leer, nur in einer Ecke standen ein paar Pappkisten. Bodo wollte schon wieder gehen, da rief Jürgen: »Kieck mal hier. Dit sind Bunkalichte. Die ham wa im Luftschutzkeller auch gehabt, weeßte noch?«

»Ach, die Dinger!« Bodo guckte auf die, mit einer festen Masse gefüllten runden Pappformen, die in der Mitte einen Docht hatten.

»Die nehm wa mit. Und keinem wat sagen, vastehste?« Bodo nickte. Jeder konnte nur einen, der schweren Kartons tragen. Damit war das abendliche Beleuchtungsproblem, wenn es Stromsperre gab, für die nächste Zeit gelöst.

Als sie am nächsten Tag wieder zu ihrem Versteck kamen, war die Holztür weg und die restlichen Kartons Bunkerlichte auch.

»Haste etwa einem etwa wat gesagt?«

»Neiiin!«

»Da hat uns eener beobachtet. So ein gemeiner Kerl und nu beklau'n wa die ooch.«, rief Jürgen entrüstet.

Sie suchten nach einem unbeaufsichtigten Leiterwagen, griffen sich einige darauf zurechtgelegte Holzteile und rannten damit nach Hause. Bodo fand das überaus spannend.

Einige Tage später bemerkte Bodo, dass seine Schwester weinte.

»Hat dir jemand 'was getan?«

Ursula schüttelte den Kopf. »Nein, aber Mutti hat mir gesagt, dass sie meine große Babypuppe verkaufen muss.«

»Wirklich?«

»Ja, sie hat gesagt, wir haben kein Geld und nichts zu essen, da muss jeder Opfer bringen. Wenn es uns wieder besser geht, will sie mir eine neue kaufen. Aber ich habe ihr gesagt, dass sie das nicht braucht. Ich spiele sowieso nicht mehr mit ihr. Ich bin nur traurig, weil ich sie so lieb habe.«

»Hätte sie denn nicht etwas anderes verkaufen können?«

»Das hat sie doch. Sie hat mir gesagt, dass sie schon alle Sachen von unserem richtigen Papa und den großen Koffer, wo sie drin waren, verkauft hat.«

Nach dem Abendbrot übergab Bodo seiner Mutter sein rotes, aufziehbares Spielzeugauto.

»Mutti, ich will auch etwas opfern. Hier…« Herta schossen die Tränen in die Augen. Sie nahm beide Kinder in die Arme und sagte leise: »Was habe ich doch für liebe Kinder…«

Es gab keinen Strom, kein Wasser, keine Post, keine Seife, keine Streichhölzer, keine Müllabfuhr …es gab nur Hunger.

Wie auf Absprache brachten die Mieter ihre Asche zum ehemaligen Gefangenenlager und schütteten sie in das Fundament der zerstörten Steinbaracke. Das lockte keine Ratten an, denn außer Asche hatte niemand etwas zum Wegwerfen. Wenn Bodo den Eimer entleerte, dann musste er immer an den russischen Koch und das leckere Essen denken und das Hungergefühl nahm zu.

Als es wieder Zeitungen gab, wurden sie nach dem Lesen als Toilettenpapier oder Fidibus benutzt. Wenn das Feuer im Küchenherd ausgegangen und auch keine Glut mehr vorhanden war, drehte man Zeitungspapier zu einem Fidibus zusammen und holte sich von einem Nachbarn Feuer.

Die Versorgung der Bevölkerung erfolgte, im wöchentlichen Wechsel, durch die vier Besatzungsmächte. Bei den Amerikanern gab es immer Besonderes. Milchpulver, rote Trockenkartoffeln und Weißbrot. Bodo war immer froh, wenn die Wochen der Franzosen und Russen vorbei waren, denn bei denen war es noch schlimmer, als bei den Engländern.

Dann kam die Hiobsbotschaft. Am 1. Oktober war Schulbeginn. Die Ein-schulung war verbunden mit dem Nachweis über eine durchgeführte Ent-lausung. Das war durch Papieraufkleber an den Häuserwänden bekannt-gemacht worden.

»Wir müssen da aber nicht hin, Mutti? Du kämmst doch unsere Haare jeden Abend mit dem Läusekamm und hast nichts gefunden.«

»Doch, Ulla, das ist so angeordnet worden und wegen der Bescheinigung für die Schule, müssen wir da hin.«

»Aber die Abgabe der Radioapparate ist auch angeordnet worden und du hast unseren im Kleiderschrank versteckt.« Bodo nickte zustimmend.

»Das war etwas anderes, das erkläre ich dir später.«

Zu der Erklärung, dass sie ihren teuren Graetz Rundfunkempfänger nicht abgegeben hatte, ist es nie gekommen. Herta hatte damals richtiger Weise vermutet, dass die Anordnung der russischen Militäradministration nur zu dem Zweck erlassen wurde, um Versorgungsengpässe in der Sowjetunion zu lösen.

»Und wann gehen wir da hin…?«

»Ich werde mich noch erkundigen. Bestimmt aber nächste Woche.«

Sie mussten zur Fröbelstraße, an den riesigen Gasometern des Gaswerkes an der Danziger Straße vorbei, zu einem Komplex roter Backsteingebäude, in Nähe der Prenzlauer Allee.

Auf dem Weg dorthin, kamen ihnen Frauen mit ihren Kindern entgegen, die aussahen als wären sie gepudert worden.

Nach Angabe der Personalien, reihten sie sich in die Schlange der Wartenden ein. Das Prozedere war unspektakulär. Mehrere Frauen in wießem Kittel und mit Mundschutz, hielten große Holzspritzen in der Hand, aus denen sie die Haare mit einem weißen Pulver einnebelten. Bodo sah, wie bei den Erwachsenen das Pulver von vorn und hinten in den Kragenausschnitt und in die Unterhosen geblasen wurde.

So eingepudert, gingen sie nach Hause und wurden von den ihnen Entgegenkommenden erstaunt gemustert.

Kapitel 20

Die Mädchen versammelten sich in der Turnhalle und die Jungen auf dem Schulhof.

Der Lehrkörper der 33. Volksschule für Knaben stand am Schulaufgang. Als man annahm, dass alle Schüler anwesend waren, trat ein großer, dünner Mann nach vorn und läutete mit einer Glocke.

Augenblicklich trat Ruhe ein.

»Guten Morgen Jungs. Ich bin euer Rektor und heiße Herr Weber. Eine neue Zeit ist angebrochen, der Krieg ist vorbei und wir beginnen nun nach langer Zeit wieder mit dem Unterricht. Frau Wagner, die Sekretärin der Schulleitung, ruft nun die Namen der Schüler in alphabetischer Reihenfolge auf und nennt die Klassennummer. Die Klassennummern sind dort an der Hauswand groß mit Kreide angeschrieben. Der betreffende Schüler stellt sich dann dort, vor der zugeteilten Klassennummer auf. Bitte, Frau Wagner.«

Während Frau Wagner die Namen verlas, begaben sich die Klassenlehrer zu den Schülern, die sich vor den Nummern der Schulklassen aufstellten, denen sie zugeteilt worden waren.

»....Golzow, Dieter 6B...Klann, Bodo 3A...« Bodo lief los und hoffte, dass er und Jürgen in eine Klasse kommen würden, wie sie sich das vorher beide gewünscht hatten, aber es dauerte, bis der Buchstabe "P" dran war. Doch dann kam das erlösende »...Pruck, Jürgen 3A...«.

»Na, siehste.«, grinste Jürgen, als er neben Bodo stand

Ihr Lehrer stellte sich als Herr Nowack vor. Er führte die 34 Schüler in ihr Klassenzimmer. Die Fenster waren teilweise mit Pappe vernagelt. Das gab dem Raum etwas Bedrückendes.

»Sucht euch eure Plätze selber aus. Nur wenn es Streit gibt, dann entscheide ich.«, sagte Herr Nowack und stellte sich hinter das Lehrerpult. Bodo und Jürgen stellten sich ziemlich weit hinten in der Mittelreihe der zweisitzigen Schulbänke auf. Als alle einen Platz gefunden hatten, nickte Herr Nowack befriedigt.

»Setzen! Ich sehe schon, wir werden uns gut verstehen. Damit ich weiß, mit wem ich es zu tun habe, werde ich mir jetzt eure Namen hier in die Liste eintragen und zwar so, wie ihr jetzt sitzt.«

Es dauerte nicht allzu lange bis die Liste fertig war und es war auch nicht langweilig, denn auf diese Weise lernten sich die Jungs auch dem Namen nach kennen.

»So, für heute war das alles. Morgen bringt jeder einen Essnapf und einen Löffel mit. Ab morgen gibt es Schulspeisung, aber erst nach dem Unterricht. Auf Wiedersehen, Jungs.«

Alle sprangen von ihren Sitzen hoch.

»Auf Wiedersehen, Herr Nowack.«, schallte es im Chor zurück.

Herr Nowack hatte graues Haar, trug immer eine bayerische Trachtenjacke, dazu passende Hosen und einen grünen Hut mit Gamsbart. Im Winter hatte er einen grünen Lodenmantel mit großen, merkwürdigen Knöpfen an. Alle aus der 3A fanden das gut, denn kein anderer Lehrer, war so gekleidet, wie ihrer.

Kurz nach Bodo kam auch Ursula aus der Schule nach Hause.

»Mutti, haben wir noch mein Essgeschirr vom KLV-Lager? Wir sollen nämlich…«.

»Ja, ich weiß, Bodo hat mir schon erzählt.«

Der Schulalltag begann. Zur Freude der Kinder, musste er im Winter sehr oft unterbrochen werden, weil wegen fehlender Heizung ein Unterricht nicht zumutbar war.

Es wurde Frühling und Bodo war froh, dass er zu den kurzen Hosen nicht mehr die langen Strickstrümpfe tragen musste. Er krempelte sie einfach bis über den Rand der Winterstiefel herunter.

Nun waren auch die Gummibänder, die die Strümpfe hielten, nicht mehr notwendig. Herta hatte innen an jede Seite des Hosenbundes Knöpfe genäht, weil die sogenannten Leibchen, die er sonst extra dafür anhatte, schon lange zu klein geworden waren.

Kurz vor den Sommerferien kam Bodo nach Hause und Ursula öffnete ihm die Tür. Sie hatte ihr verschmitztes Lächeln im Gesicht. Bodo wurde misstrauisch.

»Was ist denn los?«

»Wirst schon sehen.«

Bodo stellte seine Schultasche ab und wollte sein Essgeschirr in die Küche bringen, da sah er durch die Wohnzimmertür Theo im Sessel sitzen. Der Blechtopf fiel scheppernd auf den Boden.

»Vati…Vati ist wieder da.«, schrie er und rannte ins Zimmer. Theo fing ihn auf.

»Langsam, mein Junge. Ich bleibe ja jetzt hier. Du bist aber ordentlich gewachsen.«

Herta und Ursula standen daneben und waren ebenso glücklich wie Bodo.

Theo hatte für die Kinder Süßigkeiten mitgebracht, über die sich sofort hermachten. Den Kaugummi musste er ihnen erst erklären, denn so etwas hatten sie zum ersten Mal in ihrem Leben im Mund.

Am Abend, als die Kinder im Bett waren, erzählte Theo, wie es ihm ergangen war. Herta saß dicht an ihn geschmiegt und hörte nur zu.

Theo war zuletzt in Bayern stationiert gewesen und als die Amerikaner vorrückten, ist er übergelaufen. Er kam in der Nähe von Miesbach in Kriegsgefangenschaft.

Ein Master Sergeant suchte Autoschlosser. Neben Theo meldeten sich noch vier weitere Gefangene. Der Sergeant hieß Singer und sprach deutsch. Nach einem Gespräch, wählte er Theo aus und nahm ihn mit zum Standort des Fahrzeugparks. Am Tage arbeitete er nun dort und wurde abends wieder zurück ins Lager gebracht.

Singer schätzte die Arbeit von Theo und sie kamen öfter ins Gespräch. Er war nach der Machtergreifung der Nazis mit seiner Frau in die USA ausgewandert. Singer erzählte, dass seine Eltern und andere Verwandte, in Deutschland geblieben sind, weil sie sich entweder nicht von ihren Besitztümern trennen wollten, oder weil sie als ehemalige Offiziere im I. Weltkrieg, politisch deutsch-national eingestellt waren. Als sie dann die Tragweite des Geschehens erkannten, war es zu spät. Singers gesamte jüdische Verwandtschaft ist in den Konzentrationslagern der Nazis zu Tode gekommen.

Im Laufe der Zeit baute sich ein Vertrauensverhältnis zwischen ihnen auf. Theo hatte durchblicken lassen, dass er im Lager zunehmend Anfeindungen ausgesetzt war, weil er es besser hatte, als die anderen. Daraufhin setzte Singer durch, dass Theo ein Quartier im Fahrzeugpark bezog.

Nur das "PW" auf dem Rücken seiner Jacke, unterschied ihn von den einfachen US-Soldaten.

Es dauerte nicht lange und Theo wurde klar, dass Singer mit Armee-eigentum einen regen Handel betrieb.

Singer sicherte sich ab. Die Zuwendungen, die Theo von ihm erhielt, bekam er überwiegend in Alliiertengeld ausgezahlt.

Über die Monate kamen, in kleinen Scheinen, jedoch auch zusätzlich mehr als 100 US-Dollar zusammen.

Singers Transporteinheit sollte nach Berlin verlegt werden. Das war für ihn ein Problem, denn er konnte Theo, mit dem Wissen über die Schiebereien, nicht zurücklassen. Also erwirkte er, mit Hinweis auf die erbrachten Leistungen für die U.S. Army, die Entlassung von Theo.

Als der Transport nach Berlin abging, saß Theo neben Singer im Jeep. Theo war wahrscheinlich der einzige deutsche Kriegsgefangene, den man nach Hause gebracht hat.

Er war bei seiner Familie und die weitere Zukunft würden sie nun wieder gemeinsam gestalten.

Dabei sollten auch das Geld, die drei Stangen Camel-Zigaretten und die zwei Büchsen Pulverkaffee, die Theo mitgebracht hatte, für den Einstieg in die Schwarzmarktgeschäfte sehr hilfreich sein.

Kapitel 21

»Bodo, meine Mutta hat gesacht, ick soll dir ma fraren, ob dein Vata inne Sommafrische war.« Der das sagte, war Wolfgang, einer von den sieben Kindern der Familie Blank.

»Nee, der war bei den Amis in Gefangenschaft.«

»Da hatta aber Glück gehabt, meiner war bei den Franzmännern. Der ist ja ne richtige Zaunlatte jegen deinen, hat meine Mutta jesacht.«, erregte sich Jürgen.

»Kann ich etwa was dafür?«, schnauzte Bodo zurück.

»Nee, is ja jut...«

Die Leute hatten natürlich bemerkt, dass sich Theo wohlgenährt in krasser Weise von den anderen unterschied.

Der aufkeimende Neid bei einigen wurde noch dadurch gestützt, dass sich Familie Klann Sachen leisten konnte, von denen sie nur träumen konnten, denn Theos Schwarzmarktgeschäfte gingen gut.

Manchmal duftete das ganze Haus nach frisch geröstetem Kaffee, den Herta in einer speziellen Kupferkasserolle aus Rohkaffee auf dem Herdfeuer herstellte.

Bodo hatte sich zu seinem 10. Geburtstag "Klapperlatschen" gewünscht, weil Jürgen auch welche trug. Das waren zweiteilige Holzsohlen, die auf der Innenseite mit Stoff beklebt waren, damit sie zusammenhielten und beim Laufen beweglich waren. An den Seiten waren Stoffstreifen angenagelt, die über dem Spann und vom Hacken um das Fußgelenk zusammengebunden wurden.

Theo hatte für Bodo jedoch Sandalen mit Lederstreifen und Metallverschlüssen anfertigen lassen. Bodo hätte lieber solche gehabt, die auch die anderen Kinder anhatten. Eines aber hatten alle gemeinsam, nämlich dicken Schorf an den Knöcheln, weil beim Laufen die Holzsohlen häufig dagegen schlugen.

Nur die Kinder der Familie Blank kannten diese Probleme nicht, sie liefen barfuss.

In einem der zwei Hausaufgänge, in denen die Wohnungen mit Balkonen ausgestattet waren, wohnte Herr Bauer. Auf seinem Balkon hatte er mehrere Kaninchenställe aufgestellt, die man mieten konnte.

Die Eltern von Bodo und Jürgen hatten bei Herrn Bauer auch Ställe gemietet. Bodo nannte ihr Kaninchen Felix, der seinen Stall gleich neben dem Kaninchen von Jürgen hatte, der es Pauline nannte.

Im Sommer hatten Bodo und Jürgen Grünzeug gezupft und dann Herrn Bauer gefragt, ob sie die Kaninchen damit füttern dürfen. Der verband das mit dem Auftrag, dass die Jungen die angefallenen Kaninchenrückstände zu einer Gärtnerei in die Kniprodestraße bringen sollten. Das Kleinholz, das sie dafür bekamen, übergaben sie dann Herrn Bauer.

Schneidermeister Schwoch wohnte mit seiner Schwester, die auch Schneiderin war, in der Wohnung über ihnen. Die beiden reparierten für die Nachbarschaft Altes und nähten Neues.

In Vorbereitung auf Weihnachten hatte Herta bei dem Geschwisterpaar Stoffe und die Körpermaße von Ursula und Bodo abgegeben.

Ehe die Bescherung am Heiligabend begann, mussten Ursula und Bodo vor dem geschmückten Tannenbaum ihre Weihnachtsgedichte aufsagen. Für jeden gab es einen kleinen bunten Teller und die Geschenke.

Ursula bekam einen roten Wintermantel, Bodo einen Skianzug und für beide gab es Winterschuhe.

Der Skianzug erinnerte Bodo stark an die HJ-Winterausrüstung, die er damals bei Kurt gesehen hatte und er war froh, dass er nun nicht mehr mit diesen peinlichen Winterstrümpfen rumlaufen musste.

An den Feiertagen gab es richtige Kartoffeln und nicht die matschigen Trockenkartoffeln. Der Braten war ein Kaninchen. Bodo hatte den Verdacht, dass es Felix war und er aß nur wenig von dem Fleisch.

Am Nachmittag traf er Jürgen und der Verdacht wurde Gewissheit. Auch bei ihm hatte es Kaninchenbraten gegeben.

»Ick weiß es von meinem Bruder. Der Bauer zieht weg, zu seinen Kindern. Dit hat aba auch sein Jutet, nu brauchen wir nich mehr den Mist von den Karnickeln wegschleppen.«

Kapitel 22

Nachdem man Frau Schmidt aus der Nachbarschaft wegen Schieberei verhaftet hatte, kamen Bedenken. Ihre Eltern gaben die illegale Geschäftstätigkeit auf und gingen wieder einer legalen Beschäftigung nach.

Herta hatte eine Stellung bei einer Baufirma angenommen und Theo arbeitete wieder in der Warschauer Straße.

Der Eigentümer der ehemaligen Propellerfabrik Heine, war nach Kriegsende ersatzlos enteignet worden. Jetzt stellte man dort Möbel her.

Ursula und Bodo waren wieder Schlüsselkinder, wie damals im Krieg.

Die Freundin von Ursula, hieß Henny, und wohnte mit ihrer Mutter und ihren beiden Brüdern im Parterre.

Ursula hatte Henny vor kurzem auf dem Weg zum Konfirmationsunterricht gefragt, ob sie auch viel Besuch zur Einsegnung bekommen würden.

»Nein, wir haben keine Verwandten. Meine Eltern haben sich nach dem 1. Weltkrieg, als Kinder in einem Militärwaisenhaus in Potsdam kennengelernt und dann später geheiratet. Du weißt ja, dass mein Papa im Krieg gefallen ist. Nun hat meine Mama nur noch meine Brüder und mich.«, erzählte sie Ursula.

»Aber, das ist ja furchtbar. Die arme Frau, das wusste ich ja gar nicht.«, bemerkte Herta, sichtlich erschüttert, nachdem ihr Ursula davon berichtet hatte.

Herta hatte ja auch keine direkten Verwandten mehr oder sie waren ihr nicht bekannt. Zur Einsegnung von Ursula, im Mai 1947, konnte deshalb nur die Familie von Theo eingeladen werden.

Seine Eltern verweigerten sich allerdings weiterhin kategorisch.

»Meine Kinder sind keine Bastarde. Deine Eltern sind unmöglich.«, hörte Bodo aus dem Kinderzimmer, seine Mutter erregt sagen.

»Ja, ja, ich weiß, aber was soll ich denn tun?«

Bodo fragte Ursula, was Bastarde sind, aber sie wusste es auch nicht und er vergaß es.

Ihnen war anerzogen worden, auch Freunde und Bekannte der Eltern mit Onkel und Tante anzusprechen.

Tante Trudchen war mit Karin und Claudia gekommen und Tante Herta mit ihrem "Lotharchen". Die Tanten Wally und Else waren mit ihren Partnern da, die beide Erich hießen.

Das letzte Mal hatte Bodo sie vor drei Jahren im Garten von Theos Eltern gesehen. Während sich die Erwachsenen unterhielten und feierten, musste Bodo mit Lothar und den beiden Mädchen im Kinderzimmer spielen. Ursula durfte zu ihrer Freundin Henny.

»Wo geht denn das Fräulein jetzt hin?«, fragte Trudchen etwas spitz. Herta hatte schon eine passende Antwort auf der Zunge, aber dann besann sie sich und erzählte das Familiendrama der Familie Siebert.

Für kurze Zeit war es still und Herta bemerkte befriedigt, dass es Trudchen peinlich war. Danach entspann sich eine lebhafte Debatte über die eigenen Schicksale und dass, was man über andere erfahren hatte.

Die Unterhaltung wurde mehrmals von dem heulenden Lothar unterbrochen, der sich darüber beschwerte, dass Bodo nicht mit ihm spielte.

Bodo kam aus der Schule und war allein zu Hause.

Sein erster Gang führte ihn dann immer zur Speisekammer. Vielleicht konnte man etwas zu naschen finden, ohne entdeckt zu werden. Da sah er die braune Flasche. Die stand zu Ursulas Einsegnung auf dem Tisch und er hatte gesehen, wie sich die Männer daraus etwas in ihre Gläser gossen und mit Wasser auffüllten.

Bodo stellte die Flasche auf den Küchentisch. Sie war schwer und sah anders aus, als die Flaschen, die er kannte. Auf der Flasche war ein weißes Schild mit der Aufschrift

- reiner Alkohol 96% vol -

Den Sinn verstand Bodo nicht. Er nahm den Glasstöpsel von der Flasche und roch daran. Es war ein unbekannter scharfer Geruch.

Bodo holte sich ein Glas und goss etwas aus der Flasche hinein, aber nur soviel, dass es nicht bemerkt werden konnte, wie er annahm, denn er hatte die Striche auf dem Etikett nicht beachtet und wenn, hätte er ihre Bedeutung nicht erkannt.

Dann stellte er die Flasche wieder so zurück, wie er sie gefunden hatte. Er wollte trinken, aber da fiel ihm ein, dass die Männer Wasser dazugegossen hatten.

Bodo füllte das Glas etwas mit Wasser auf und trank das Glas, wie er es gesehen hatte, mit einem Zug aus. Es brannte derart im Hals, dass er nur einen gurgelnden Laut herausbrachte, obwohl er schreien wollte.

Er konnte gerade noch das Glas in den Ausguss stellen, als ihm ganz komisch wurde. Er lief taumelig ins Wohnzimmer, legte sich auf die Couch und fiel sofort in einen komaähnlichen Schlaf.

Kapitel 23

In den Sommerferien entstand für die Kinder ein Problem.

In den Bauten konnten sie nicht mehr ungestört spielen. Tagsüber arbeiteten nämlich dort jetzt sogenannte Trümmerfrauen, die Ziegelsteine mit einem Hammer vom alten Putz befreiten und aufstapelten.

Es wurden Schienen gelegt um den Schutt mit Kipploren auf das Gelände des ehemaligen Lagers zu befördern. Erst wenn die Arbeiterinnen am Nachmittag das Gelände verlassen hatten, konnten die Kinder mit den leeren Arbeitswagen die Schienen entlang fahren.

Als ein Junge der Familie Blank abrutschte und sich verletzte, weil er von der Lore mitgeschleift wurde, änderte sich einiges. Ein zu ebener Erde liegender Raum wurde ausgebaut und mit einer Aufsicht besetzt. Die Loren, die in einer Reihe davor standen, waren so gesichert, dass man nicht mehr mit ihnen fahren konnte. Das war Anlass genug um den Wächter, durch vielfältige Aktionen, zu ärgern.

Man suchte sich nun andere Gegenden, um Abenteuer zu erleben. Bei ihren Streifzügen bemerkten sie, dass auch weitere Straßen in der näheren Umgebung mit Schienen für die "Trümmerbahn" ausgestattet worden waren, die bis zum ehemaligen Lager führten. Nach zwei Jahren war dort ein 15 Meter hoher Berg vor den Häusern aufgeschüttet worden, der sich von der Kniprode- bis zur Bötzowstraße hinzog. Die Ruinen der Blocks wurden schrittweise ausgebaut und teilweise wieder bewohnt.

»Woll'n wa mal zu den Bunkan im Friedrichshain, die die Russkis gesprengt haben?«, fragte Jürgen.

Bodo war dabei. Es war nicht weit. Die Kniprodestraße hoch und kurz hinter der Gärtnerei, wo sie damals die Hinterlassenschaften der Kaninchen abgeliefert hatten, sahen sie schon von weitem den großen und den kleinen Bunker, deren Außenwände wie aufgeplatzt schräg in den Himmel ragten. Durch die Schräglage entstand, wenn man innen die Gänge entlanglief, der Eindruck, als wenn man sich schief auf dem Fußboden bewegte.

Obwohl sie wussten, dass es gefährlich war und schon mehrere Unfälle gegeben hatte, kletterten sie bis ganz nach oben. Von dort konnte man weit über die Trümmerwüste der Umgebung sehen, bis hin zu den Gasometern an der Danziger Straße.

»Dahinten war'n wir zur Entlausung, weißte noch?«

»Hmm…«, machte Jürgen, der das auch noch in schlechter Erinnerung hatte.

In der nächsten Zeit weiteten sie ihre Streifzüge aus. Sie erkundeten den verwüsteten Park bis zum Märchenbrunnen und machten auch einen Abstecher zum Frauengefängnis in der Barnimstraße, von dem man ihnen erzählt hatte. Da sollte man hinter den vergitterten Fenster Frauen sehen können. Sie hatten aber kein Glück.

Eines Tages gingen sie vom Königstor die Neue Königstraße herunter in Richtung Alexanderplatz. Je näher sie dem Alex kamen, umso mehr Leute liefen scheinbar planlos umher und boten den anderen Passanten Waren und Gegenstände jeglicher Art an. Auf dem Bürgersteig des Alexanderplatzes herrschte ein richtiges Gedränge von Handel treibenden Menschen.

»Dit is bestimmt der Schwarzmarkt, von dem mein Bruder erzählt hat.«, bemerkte Jürgen.

»Schwarzmarkt…?«

»Da vakloppen die Leute ihre Sachen, damit se leben können, hat meine Atze gesagt.«

Die beiden beobachteten gespannt das Treiben. Bodo wollte Jürgen fragen, wo sie denn überhaupt hin wollten, da schrie jemand: »Polente!!!«.

Chaotisch rannten alle auseinander. Bodo sah, wie eine Frau über den kreisrunden Mittelteil des Platzes lief und beinahe von einer Straßenbahn erfasst wurde.

Die beiden flitzten in Richtung Bahnhof, unterquerten die S-Bahnbrücke, liefen die Königstraße hinauf, am Roten Rathaus vorbei und standen plötzlich vor einer zerstörten Brücke.

»Da drüben ist das Schloss, siehste, aber wie kommen wir denn hier 'rüber?«.

Kaum hatte Jürgen das ausgesprochen, als eine Frau an ihnen vorbei ging und über die Brückenreste ans andere Ufer der Spree kletterte. Die beiden nahmen den gleichen Weg und waren kurz danach auf der anderen Seite. Vor dem Schloss lag nur Schutt. Die Fassade war zerbombt. Sie suchten einen Eingang. Schließlich kletterten sie durch ein Fenster. Innen war zwar alles groß, aber verrußt und voller Schutt. Sie durchstreiften zwei Säle und kehrten enttäuscht um. Unter einem Schloss hatten sie sich etwas ganz anderes vorgestellt, darin waren sie sich einig.

Als sie auf dem Rückweg den Alex überquerten, herrschte dort schon wieder die gleiche Schwarzmarkthektik, wie vor der Razzia.

Kapitel 24

Ursula hatte eine Lehre als Uhrmacherin begonnen.

Bodo war, wie der Rest der Klasse, versetzt worden. Sie waren jetzt in der 5A, aber es gab einen Neuen, Werner Krampe. Der war schon das zweite Mal sitzengeblieben und würde wohl auch aus der 5. Klasse von der Schule gehen.

Werner roch etwas streng und war im Gegensatz zu den anderen, ziemlich beleibt. Er legte sich, zur Belustigung der Klasse, mit allen Lehrern an.

An einem ganz normalen Schultag, die Gedanken waren schon in Richtung Ferien ausgerichtet, da kam es zum Eklat.

Werner Krampe pfiff mit, wenn Musiklehrer Zeller etwas auf seiner Geige vorspielte. Dieses Verhalten endete damit, dass Herr Zeller die Fassung verlor und Werner mit dem Geigenstock eins überzog. Dabei zerbrach der Geigenstock. Das brachte Herrn Zeller dermaßen aus der Fassung, dass er den Unterricht abbrach.

Während die Klasse jubelnd das Weite suchte, blieb der Musiklehrer mit seinem Problem, wo er nun einen neuen Bogen für seine Geige herbekam, im Musikraum zurück.

Werner und ein paar andere Jungs besorgten sich aus dem Nebenraum, der gerade renoviert wurde, ein Stück Bauholz und klemmten es von außen unter die Türklinke.

Wie und wann Herr Zeller aus dem Musikzimmer befreit wurde, kam nie heraus.

Im anschließenden Erdkundeunterricht reizte Werner dann, den schon immer cholerisch reagierenden Lehrer Lauschke derartig durch sein Benehmen, dass Lauschke den hölzernen Federkasten von Klaus Erdmann ergriff und in Richtung Krampe warf. Der Federkasten prallte aber zum Glück nur gegen die Wand und zerbrach.

»Mach, dass du rauskommst, ehe ich mich ganz vergesse, du Strolch.«, brüllte Lehrer Lauschke in Richtung Krampe.

Als der grinsend den Raum verlassen wollte, wurde die Tür aufgerissen und Krampe stieß fast mit Direktor Weber zusammen, der ihn aus dem Unterricht holen wollte.

»Da bist du ja, du Lümmel.«, sagte er in ruhigem, aber drohenden Ton, fasste ihn am Kragen und schlug die Tür hinter sich zu.

In seinem Büro befragte er ihn, im Beisein von Lehrer Zeller, über die

Vorgänge im Musikunterricht.

Vor der Autorität des Direktors gab Werner alles zu und nannte die Namen seiner vier Helfer. Daraufhin wurde die Sekretärin, Frau Wagner, beauftragt die anderen umgehend herzuholen.

Die letzte Stunde hatten sie dann wieder bei ihrem Klassenlehrer, Herrn Nowack.

Am Ende der Stunde rief er die Namen der vier Mittäter auf, die sofort von ihren Sitzen aufsprangen und bedrückt nach unten guckten.

»Bevor ihr die Schule verlasst, könnt ihr euch für diese Heldentat im Sekretariat noch einen Brief an eure Eltern abholen. Denkt bloß nicht, wenn ihr den Brief nicht abholt oder zu Hause nicht abgebt, dass das eure Lage verbessert. Nun könnt ihr beweisen, dass ihr Kerle seid und keine Feiglinge. Krampe, du kannst nach Hause gehen, für dich ist das Papier für einen Brief zu schade.«

Als er mit Jürgen die Klasse verlassen wollte, hielt ihn Herr Nowack auf.

»Bodo, einen Moment noch. Für dich ist auch ein Brief an deine Eltern da, den solltest du gleich abholen.«

Bodo durchfuhr es eiskalt. Er hatte doch gar nichts getan. Jürgen beruhigte ihn auf dem Weg ins Sekretariat.

»Nu mach dir mal keene Jedanken, ick kann alles bezeugen. Du hast nischt jemacht.«

Am Abend, als seine Eltern den Brief gelesen hatten, kam die Erlösung, denn es war ein Antrag für die Aufnahme an eine Aufbauschule, den seine Eltern unterschreiben sollten.

»Wir sind richtig stolz auf dich, Junge. Hier steht, dass du auf Grund deiner Leistungen und Anlagen in eine weitergehende Lehreinrichtung wechseln sollst.«

»Weitergehende Lehreinrichtung? Was ist denn das?«

»Höhere Schule, Gymnasium, vermute ich 'mal.«, sagte seine Mutter.

»Ich soll schon wieder die Schule wechseln? Das will ich aber nicht. Meine Schulkameraden, vor allem Jürgen...«

»Aber es ist doch nur zu deinem Besten. Für später. Dann kannst du mal studieren.«

»Ich will aber nicht studieren.«

»Bodo, nun sei nicht bockig. Nächste Woche ist die schriftliche Prüfung. Enttäusche uns nicht.«

Die schriftlichen Prüfungen hatte er bestanden. Der Tag, an dem Bodo die Weichen für seine weitere Entwicklung stellte, war ein Donnerstag.

»Bodo, wenn du heute Nachmittag, nach der Schule, zum Aufnahmegespräch gehst, dann wasche dir vorher die Hände und kämme dir die Haare. Du musst einen guten Eindruck machen. Hast du gehört?«.

»Jaaha.«

Bodo hatte einen Plan. Er nahm an, wenn er nicht zum Aufnahmegespräch ging, dann würde er auch nicht in die neue Schule aufgenommen werden. Das stimmte zwar, aber die Logik hatte einen Mangel, er hatte die Folgen nicht bedacht.

Bodo stromerte also am Nachmittag durch die Gegend und spielte in der Nähe, auf einem noch nicht abgeholten, ausgebrannten Panzer.

Beim Abendbrot wurde er über das Gespräch befragt.

»Ach, die haben weiter nichts gesagt.«, war seine lakonische Antwort.

Seine Mutter wollte gerade noch einmal nachfragen, da redete Ursula dazwischen: »Bodo hat es gut. Ich würde auch gerne auf eine höhere Schule gehen.«

Das lenkte, zu Bodos Erleichterung, die Unterhaltung in eine andere Richtung. Ob denn Ursula Probleme mit Lehre hätte? Nein, hatte sie nicht, es machte ihr Spaß.

Am nächsten Tag wurde Bodo dann von der Realität eingeholt. Er spielte auf dem Rasen des Hofes mit den anderen Jungs Fußball, als er gerufen wurde.

»Bodo, komm nach oben, aber sofort!«

Die Stimme seiner Mutter klang nicht freundlich, auch ihr Gesicht war es nicht, als sie ihm die Wohnungstür öffnete.

Im Wohnzimmer saß Herr Nowack.

Was dann an Vorwürfen auf ihn einstürmte, nahm Bodo nur bedingt war, aber nachdem sein Klassenlehrer gegangen war, empfand er die Strafe, Stubenarrest auf unbestimmte Zeit, fast als gerecht.

Am nächsten Tag berichtete er Jürgen auf dem Schulweg über das Strafmaß. Nach dessen Bemerkung, dass doch alle arbeiten und nicht zu Hause waren, klärte ihn Bodo auf.

»Sie haben mir die Wohnungsschlüssel abgenommen und der Schwochen gegeben. Die Nähfrau, die über uns wohnt. Die kennst'e doch?«

Jürgen nickte, »Na und…?«

»Mensch, wenn ich aus der Schule komme, muss ich mich bei ihr melden und die schließt dann die Wohnung auf«.

»Ach, du Kacke. Schließt sie denn auch wieder ab?«.

»Nee, aber sie nimmt den Schlüssel wieder mit.«

»Na, dann kann ich dich doch besuchen und wir spielen Schach.«

»Machst'e das? Das wäre prima.«

Jürgens Vater war früher in einem Schachklub und hatte seinen Kindern die Grundregeln des Schachspiels beigebracht. Jürgen hatte Bodo dann später, in seine Kenntnisse über das Spiel eingeweiht.

Der Couchtisch in der Sesselecke, an dem Bodo und Jürgen in der nächsten Zeit nachmittags Schach spielten, hatte dem Zeitgeschmack entsprechend, eine Tischplatte mit einem Schachbrettmuster und auf der Ablageplatte darunter, stand ein Holzkasten mit den Figuren.

»Spielste mit deinem Vater auch Schach?«, fragte Jürgen eines Tages.

»Nein, ich weiß ja gar nicht, ob er überhaupt kann.«

»Na, dann frag ihn doch mal.«

»Das werd' ich machen. Willste nicht mehr kommen?«

»Na klar, dit war doch bloß 'ne Frage.«

Am darauffolgenden Wochenende fragte Bodo seinen Vater: »Vati, steht der Tisch im Wohnzimmer, weil du Schach spielen kannst?«,.

»Ja, ein bisschen.«

»Ich habe aber noch nie gesehen, dass du mit jemandem gespielt hast.«

»Hier kann doch keiner.«

»Doch. Ich.«

»Du kannst Schach spielen? Davon weiß ich ja gar nichts. Von wem hast du denn das gelernt?«

»Von Jürgen.«

»Der Junge von Pruck's aus dem Nebenhaus?«

»Ja, das ist mein bester Freund.«

»Na, dann spielen wir am Nachmittag mal eine Partie. Da bin ich ja gespannt.«

Bodo konnte die Zeit kaum abwarten. Dann war es so weit. Seine Mutter und Ursula saßen daneben und schauten zu.

Theo schüttete die Figuren auf den Tisch und sagte in jovialem Ton:

»Du bist jünger, nimm du die weißen Steine, mein Sohn.«

Bodo sah, wie Theo die Steine aufstellte und bemerkte korrigierend:

»Schwarze Dame, schwarzes Feld…weiße Dame, weißes Feld.«

»Ach ja, ich weiß…«

Insgeheim hatte Bodo sich gewünscht, die weißen Steine zu bekommen, um das Spiel eröffnen zu können.

Jürgen hatte ihm nämlich auch den Schäferzug beigebracht. Bodo setzte Theo nach vier Zügen matt. Auch die nächste Partie verlor Theo und als ihn Bodo dann auch noch belehrte, dass er durch eine Rochade die Niederlage hätte abwenden können, meinte Theo, er hätte ja lange nicht mehr gespielt und für heute wäre es dann genug.

Sie haben nie wieder Schach miteinander gespielt.

Vielleicht war es Zufall, aber irgendwann haben sich seine Eltern einen anderen Couchtisch angeschafft und Bodo bekam zum Geburtstag ein Reiseschachspiel geschenkt, dass ihn über lange Jahre begleitete.

Kapitel 25

In den Sommerferien fiel Bodo auf, dass zu den Wochenenden, abwechselnd mal Tante Wally mit ihrem Erich zu Besuch kam und dann Tante Else mit ihrem Erich.

Später kamen dann alle vier jeden Sonntag zum Mittagessen und nachmittags, nach dem Kaffee, spielten sie dann Karten.

Manchmal guckte Bodo zu, aber wenn der schmächtige Erich von Tante Else, jedes Mal nach einem verlorenen Stich: »Hurra, wir verblöden…«, johlte und das die anderen maßlos amüsierte, dann ging er lieber runter, um mit den anderen zu spielen.

»Du Jürgen, vorhin habe ich im RIAS gehört, dass die Amis 'ne Brücke bauen, nach Berlin. So' ne Luftbrücke haben sie gesagt, damit die Leute was zu essen haben und heizen können.«

»Wir ham doch zu essen, auf Marken. Und Kohlen können sie doch klauen, dit macht doch Werner Pohl ooch.«

»Die aber nicht und haste schon mal gehört, dass 'ne Brücke aus Luft ist? «

»Nee. Wo soll die denn sein?«

»In Tempelhof, wo der Flugplatz ist. Ich soll morgen zu meiner Tante fahren, die wohnt da in der Nähe. Da kann ich mir das ja mal ansehen.«

»Kann ick mitkomm?«

»Wenn du darfst und Fahrgeld nicht vergessen.«

Als Bodo am nächsten Tag aus der Schule kam, stand die alte Schulmappe seiner Schwester auf dem Korridor und auf dem Küchentisch lagen die 20 Pfennige Fahrgeld, für die S-Bahn. Die Schultasche war sehr schwer. Bodo machte sie auf und sah zu seiner Verblüffung, dass sie bis zum Rand mit Briketts gefüllt war.

Unten wartete Jürgen.

»Durftest du mit?«

»Hab janich jefracht.«

»Haste Fahrgeld?«

»Klar…man is dit schwer.«, bemerkte Jürgen, als ihn Bodo bat, mit anzufassen.

»Wat is denn da drinne, Steine?«

»Nee, Kohlen.«

»…und die bringste nach Tempelhof?«

92

»Ja, ich hab dir doch gesagt, dass die bei der Kälte nischt zu heizen haben. Darum gibt's doch die Brücke.«

Schon hinter Treptow hörten sie das Gebrumme von Flugzeugen. Sehen konnten sie aber nichts. Die Fenster waren aus Pappe mit einem runden Plexiglasteil in der Mitte, damit etwas Licht ins Innere des Abteils drang.

Als sie den S-Bahnhof Tempelhof verließen, war die Luft von andauerndem Flugzeuggedröhne und einem eigenartigen öligen Geruch erfüllt, den man auch auf der Zunge schmecken konnte.

»Dit is ja wie bei Fliegeralarm damals.«, sagte Jürgen. Bodo fand keine Worte. Die Maschinen flogen so tief, dass man die Piloten in der Kanzel sehen konnte. Sie liefen bis zur Ringbahnstraße, wo Tante Else wohnte. Es war kalt in der Wohnung. Sie packte schnell die Kohlen aus.

»Danke und Grüße deine Eltern.«, sagte sie und gab jedem 1 Mark.

Bodo nickte und bedankte sich. Dann rannten sie los, weil sie die Flugzeuge bei ihrem Landeanflug auf den nicht weit entfernten Tempelhofer Flughafen sehen wollten.

Sie kletterten auf einen Schuttberg, wo schon andere Kinder standen und staunten nur. Es wurde viel zu schnell dunkel und sie mussten nach Hause.

Jürgen bekam Ärger, weil keiner wusste, wo er gewesen war.

Als er eine große Tasche zu Verwandten nach Moabit bringen musste, begleitete ihn Bodo einmal, aber es war langweilig. Auch Jürgen begleitete Bodo nur einmal zum Wedding, wo Tante Wally wohnte. Wenn Bodo aber nach Tempelhof musste, dann war er jedes Mal dabei.

Es war nach Ostern, als Bodo aus dem Kinderzimmer hörte, wie sich seine Eltern unterhielten.

»Das halten wir nicht mehr lange durch. Wenn die Blockade der Russen nicht bald aufhört, dann können wir deine Schwestern nicht mehr unterstützen.«

»Ja, ich weiß, aber die werden es schon wieder gut machen.«

»Deine Eltern, Herta und Trudchen, könnten ja auch mal etwas mehr für ihre Verwandten tun.«

»Die haben doch selber nichts…«.

»Wir haben's aber…und deine Eltern? Was haben die denn mit dem Geld aus dem Verkauf der Kneipe gemacht?«

»Du kennst doch meinen Vater. Komm Hase, lass uns nicht streiten,.«

»Hat sich was, mit Hase…«, aber dann umarmten sie sich.

So standen sie noch, als Bodo in die Küche kam und sich dazu stellte.

Zwei Wochen später war die Blockade der Westsektoren beendet.

Kapitel 26

Werner Pohls Vater wurde damals erschossen, als er verwundete und tote russische Soldaten bergen musste.

Werner war nun in der 6. Klasse und Anführer einer Gruppe von Jungen aus der Strasse und der näheren Umgebung, die man die Pohl-Bande nannte.

Sie hatten sich darauf spezialisiert, Kohlen zu klauen. Das machten sie auf dem Güterbahnhof, noch während die Züge mit den Kohlen auf den Gleisanlagen in die richtigen Positionen rangiert wurden.

Oder sie kletterten auf die Last- oder Pferdewagen, wenn die vom Güterbahnhof aus, in die Greifswalder Straße einbogen, um die Kohlenhändler zu beliefern. Manchmal mussten sie ihre Beute auch gegen Erwachsene verteidigen, wenn die versuchten, die heruntergeworfenen Kohlen von der Straße aufzusammeln.

Den meisten Kindern war der Umgang mit der Pohl-Bande, von ihren Eltern, strengstens untersagt worden.

Der Reiz am Abenteuer war aber stärker. Manchmal standen Bodo und Jürgen am Bahndamm "Schmiere" und gaben Zeichen, wo die Wächter gerade waren oder lenkten deren Aufmerksamkeit auf sich.

Mit dem Ende der Blockade, die durch die Russen wegen der Einführung der D-Mark, als offizielle Währung in den Westsektoren, befohlen worden war, begann eine neue Zeit.

Im Sprachgebrauch war jetzt von West- und Ostgeld die Rede.

Auch die Aktivitäten der Pohl-Bande hatten sich, dem Trend der Zeit folgend, nun auf den illegalen Erwerb von Buntmetall verlagert, um an die begehrte West-Mark zu kommen.

Vor kurzem war eine hölzerne Fußgängerbrücke über die S-Bahngleise fertig gestellt worden. Nun konnte man wieder von der Kniprodestraße aus, die Storkower Straße erreichen. Von da erstreckten sich riesige Kleingartenanlagen, bis nach Weißensee und zur Landsberger Allee hin.

»Olle Werner hat jefracht, ob wa mal wieda Schmiere stehen wollen. Dafür kriegen wa Westjeld.«, sagte Jürgen eines Tages zu Bodo.

»Wo denn?«

»Na, da drüben, inne Lauben.«

»Was machen die denn da?«

»Die klauen Regenrinnen und Wasserrohre aus den Järten und vaklop-

94

pen sie bei einem Händler am Jesundbrunnen, für Westjeld. Wenn wa beede Schmiere stehen und tragen helfen, dann kriegen wir wat ab.«

»Wieviel denn?«

»Hatta nich jesacht.«

Es war ein trüber Novembertag, als sie von Werner Pohl den Auftrag erhielten, an einer bestimmten Weggabelung aufzupassen und Zeichen zu geben, wenn sich jemand nähern sollte.

»Kennste das noch? Als die Russen gekommen sind, sind wir hier nach Weißensee durchmarschiert.«, sagte Bodo zu Jürgen, als sie ihre Position bezogen hatten.

»Ja, aba damals war dit alles nich so ordentlich und ...«, der Satz von Jürgen wurde durch ein gewaltiges Krachen unterbrochen.

Sie gingen ein Stück in den Gartenweg hinein, um zu sehen, was passiert war. Werner und zwei andere Jungs hatten die Regenrinne von einer Laube abgerissen und dabei die halbe Dachhälfte zerstört.

»Manno, wenn die uns dabei kriegen, dann jibs aba Theater.«, bemerkte Jürgen.

Bodo konnte zwar die ganze Tragweite des Geschehens nicht überschauen, aber er reagierte spontan.

»Los komm, wir hauen ab.«, Jürgen nickte und sie rannten los.

»Ihr feijen Hunde, dit jibt Kloppe!«, rief Werner ihnen hinterher.

Die Ankündigung ließ auch nicht lange auf sich warten. Eines Tages wurden sie auf dem Heimweg von der Schule von einigen Jungs umringt und verhauen.

Kurze Zeit darauf, endete die Ära Pohl. Werner hatte mit älteren Jugendlichen Einbrüche verübt und war auf frischer Tat erwischt worden. Da ihm von der Schule kein guter Leumund bestätigt werden konnte, kam er in einen Jugendwerkhof.

Den Anzug zur Einsegnung nähte Herr Schwoch und das Oberhemd seine Schwester, die auch eine Krawatte von Theo in eine passende Form umarbeitete.

Bodo bestand auf Schuhen mit Kreppsohlen. Das war nämlich der letzte Schrei. Wer solche Schuhe trug, wurde von den anderen neidisch bestaunt.

Die Schuhe gab es am Gesundbrunnen, in der Badstraße, wo die Geschäfte wie Pilze aus dem Boden schossen.

Er begann zu begreifen, dass Geld einen unterschiedlichen Wert hatte. Es kam nicht darauf an, welche Zahl auf den Scheinen und Münzen stand, sondern was man dafür kaufen konnte.

Der Renner war eben Westgeld, weil es dafür Dinge gab, die man in der Gegend wo sie wohnten, nicht bekam.

Ostgeld brauchte man für Fahrgeld oder fürs Kino.

Bodo achtete von nun an auch auf die großen Holztafeln, auf denen stand, ob man den "Ostsektor" verließ oder betrat.

Der "Westen" begann für ihn am Gesundbrunnen

»Die können mir alle Geld schenken, aber Westgeld. Ich kaufe mir dann davon etwas Schönes am Gesundbrunnen.«, antwortete Bodo, als ihn seine Mutter fragte, was er sich denn zur bevorstehenden Einsegnung wünschen würde.

Es war Bodo egal, dass die Erwachsenen seine Einsegnung feierten, als wäre es ihr Ehrentag.

Er zählte das Geld, dass er geschenkt bekommen hatte.

Die Höhe der einzelnen Beträge war sehr unterschiedlich. Das lag aber nicht nur an der Großzügigkeit, sondern richtete sich auch nach dem Wohnort, denn wer im Ostteil wohnte, musste ein Vielfaches an Ostgeld in Westgeld umtauschen.

Die Freude dauerte aber nur bis zum nächsten Tag, dann übernahm seine Mutter die Kontrolle über das Geld und wie es verwendet wurde.

Bodo fand das äußerst ungerecht und es war ihm auch kein Trost, als Jürgen erzählte, es sei ihm genauso ergangen.

Kapitel 27

Nachdem Ursula ihre Lehre als Uhrmacherin beendet hatte, musste sie sich eine Arbeit suchen. Der Lehrherr konnte sie aus Kostengründen nicht übernehmen.

Sie begann ein Arbeitsverhältnis als Feinmechanikerin in einem ehemaligen AEG-Werk in Treptow, dass jetzt von der sowjetischen Besatzungsmacht betrieben wurde.

Bodo blieben die Spannungen, die sich zwischen Ursula und ihrer Mutter aufbauten, nicht verborgen, denn es gab immer häufiger Streit zwischen den beiden.

Ursula wehrte sich gegen die stetige Einflussnahme der Eltern auf ihre Lebensführung.

Dabei verhielt sich Theo nach außen neutral, aber Bodo hatte gelauscht und gehört, wie Theo auf Herta einwirkte und ihr Vorwürfe machte.

»Ich verstehe gar nicht, dass du dir nichts dabei denkst, wenn Ursel erst nach 22 Uhr nach Hause kommt.«

»Sie ist jetzt über 18 Jahre alt. Was soll ich denn tun?«

»Na, zumindest könntest du ja versuchen herauszubekommen, mit wem sie sich 'rumtreibt«

»Wieso treibt sie sich 'rum?«

»Wo ist sie denn und was macht sie bis spät in die Nacht?«

»Aber doch nur am Wochenende...«

»...ändert das etwas?«, unterbrach er sie.

»Dann sprich du doch mit ihr.«

»Erstens ist sie nicht meine Tochter und zweitens sind das Frauenangelegenheiten.«

»Ich werde es versuchen.«

»Tue das, denn solange sie ihre Füße unter unseren Tisch stellt, dulde ich ein solches Verhalten nicht.«

Eines Tages kam Ursula von der Arbeit nach Hause und erzählte, dass man munkelt, die Russen würden die Firma in deutsche Verwaltung zurückgeben. Ein Teil des Maschinenparks würde als Reparationsleistungen ausgegliedert werden. Für die Weiterführung der Produktion in der Sowjetunion benötigte man nun eingearbeitete Facharbeiter und Spezialisten. Die Kaderabteilung hatte den Auftrag erhalten, junge, geeignete Fachkräfte auszuwählen und sie durch Gespräche davon zu überzeugen, für einige Jahre in Russland zu arbeiten.

»Die haben gesagt, wenn sich nicht genug melden, dann werden die Russen entscheiden, wer mitgeht. Ich will da nicht hin.«

»Dann musst du kündigen.«, sagte Theo.

»Die nehmen sie zuerst, wird gesagt. Ich habe mit einem Kollegen gesprochen, der zieht in einen Westsektor, nach Kreuzberg.«

»Dann muss er doch auch kündigen.«

»Nee, muss er nicht, da gibt es ja eine andere Arbeitsverwaltung.«

»Also, ich weiß nicht...«, murmelte Theo, wie meistens, wenig hilfreich.

Ursula handelte.

Eine ehemalige Schulfreundin vermittelte ihr eine Arbeitsstelle bei der Firma in der sie auch beschäftigt war und bei einer Tante von ihr, konnte sich Ursula einmieten.

Der Schock saß tief bei Herta, als Ursula den Eltern ihre Entscheidung mitteilte, in Westberlin zu arbeiten und dort auch zu wohnen. Vor allem, weil alles so überraschend und kurzfristig kam.

Am Tag darauf packte sie ihre Sachen und zog aus.

Bodo war ihr behilflich, die wenigen Habseligkeiten nach Steglitz zu bringen. Er wollte aber auch sehen, wo und wie seine Schwester von nun an alleine, in einem möblierten Zimmer wohnte.

Einerseits war er stolz auf sie, weil sie sich gegen die Eltern behauptet hatte und auf der anderen Seite war er traurig, dass sie nicht mehr zu Hause wohnte. Das hatte aber auch einen Vorteil, denn nun hatte er das Zimmer ganz für sich alleine.

Ihre Eltern ließen eine geraume Weile verstreichen, ehe sie auf Drängen von Herta, Ursula endlich besuchten.

Bodo erfuhr später von Ursula, dass es mit dem Abtransport nach Russland so schlimm gar nicht war und sie die Situation bewusst dramatisiert hatte, um sich aus den auferlegten Reglementierungen zu befreien, ohne es zu einem Bruch mit dem Elternhaus kommen zu lassen.

Frau Siebert aus dem Parterre, erkrankte an Krebs und war nach einer Operation verstorben.

Henny musste sich nun um ihre beiden Brüder kümmern. Harry hatte seine Lehre schon beendet und Wolfgang war im letzten Lehrjahr.

Vielleicht hatte es auch mit dem Auszug von Ursula zu tun, dass sich Herta und Henny jetzt näher kamen.

Henny war so oft bei ihnen in der Wohnung, dass Bodo den Eindruck hatte, sie würde schon bei ihnen wohnen. Sie suchte Rat bei Herta, den sie auch bekam.

Eines Tages hörte er, wie Henny seine Mutter mit "Mutti" ansprach. Erst dachte er, er hätte sich verhört und fragte nach.

»Ja Bodo, Henny hat uns gefragt, ob sie zu uns 'Mutti' und 'Vati' sagen darf. Das würde ihr helfen, den Verlust ihrer Eltern zu ertragen. Hast du etwas dagegen oder stört dich das?«

»Ach, nee, nee…aber sie ist doch jetzt nicht meine Schwester, oder?«

»Aber nein, wo denkst du denn hin, mein Kleiner. Ursel und du, ihr seid und bleibt meine einzigen Kinder«, sagte Herta und nahm ihn in den Arm.

Die Freundschaft zwischen Ursula und Henny war beendet. Ob es der Umstand war, dass Ursula nicht mehr im gleichen Haus wohnte oder ob es sie störte, wie Henny ihre Eltern anredete, dazu hat sich Ursula nie geäußert.

Henny hatte später dann geheiratet und war zu ihrem Mann in die Nähe von Hannover, nach Barsinghausen, umgezogen. Den sehr persönlichen Kontakt zu Herta und Theo, behielt sie jedoch weiterhin aufrecht.

Kapitel 28

Am letzten Schultag vor den Sommerferien, einem Sonnabend, wurden die 9. Klassen für Mädchen und Jungen aus der Schule entlassen. Aus diesem Grund fand am Nachmittag in der Aula, ein kleiner Festakt statt.

Direktor Weber hielt eine zündende Rede über die Aufbauleistungen der Werktätigen in der DDR und die Erfüllung des ersten Zweijahrplanes. Er schwor die Schulabgänger auf eine hohe Einsatzbereitschaft beim wieteren Aufbau des Sozialismus, durch gute Ergebnisse in der Berufsausbildung, für die Erfüllung des nun laufenden Fünfjahrplanes, ein.

Den anwesenden Eltern teilte er mit, dass Lehrstellen in ausreichender Zahl vorhanden wären.

Eine Pioniergruppe der unteren Klassen sang das Lied vom "Kleinen Trompeter" und danach betätigte Herr Weber den Kofferplattenspieler und aus den Lautsprechern neben dem Rednerpult ertönte die Nationalhymne der DDR, "Auferstanden aus Ruinen", worauf sich alle von ihren Plätzen erhoben.

Theo war nicht mehr Arbeiter, sondern er war jetzt Angestellter. Obwohl sich das im Einkommen nicht niederschlug, gab es ihm das Gefühl zu den Bessergestellten zu gehören. Die Stelle als Sachbearbeiter hatte ihm Herta in ihrer Firma besorgt.

Nun bemühte sie sich auch um eine Lehrstelle für Bodo. Ohne Erfolg.

Als Herta mitbekam, dass die freien Ausbildungsplätze alle an Kinder höher gestellter Kader vergeben worden waren, kündigte sie, in der falschen Annahme, ihrer Firma damit zu schaden.

Nach kurzer Zeit fand sie eine neue Anstellung im "VEB Medizinische Geräte Fabrik" und dieser Umstand sollte für Bodo später noch sehr hilfreich werden.

Die Eltern suchten nach einer Lösung für die berufliche Zukunft von Bodo.

»Hätte dein Sohn nicht die Aufnahme in die Aufbauschule vermasselt, dann hätten wir jetzt das Problem nicht.«

»Ach, mein Sohn. Du trägst wohl keine Verantwortung?«

»Ich habe doch die Lehrstelle für Ursula, bei meinem Kriegskameraden besorgt oder nicht?«

»Ja, dafür bin ich auch sehr dankbar, aber wenn du ihn damals nicht zufällig am Bahnhof getroffen hättest, welche Lösung hättest du dann gehabt?« Theo blieb die Antwort schuldig.

Die Zeit wurde knapp. Herta fuhr mit Bodo zum Alexanderplatz. Dort sollte sich eine Lehrstellenvermittlung des Arbeitsamtes befinden.

Sie hatte sich auf eine längere Wartezeit eingestellt, aber nach kurzer Zeit saß sie mit Bodo im Zimmer des Vermittlers.

Der zählte lakonisch Lehrberufe auf, die Bodo alles nichts sagten. Auf die fragenden Blicke seiner Mutter reagierte er nur mit Achselzucken.

Dann fiel das Wort "Schiffbauer". Das erinnerte Bodo an Abenteuer auf See, von denen er gelesen hatte. Er stieß seine Mutter an und nickte.

»Was ist denn da zu tun?«, fragte sie nach.

»Das ist die letzte freie Lehrstelle in der "Yachtwerft Berlin". Das ist in Köpenick, in der Wendenschloßstraße. Die Berufsbezeichnung ist Stahlschiffbauer. Da es eine recht schwere Arbeit ist, beträgt die tägliche Arbeitszeit nur sieben Stunden, also 42 Stunden wöchentlich. Es gibt die Lebensmittelkarte I, die für Schwerarbeiter. Zusätzlich bekommen die Lehrlinge täglich ein kostenloses, warmes Mittagessen.«.

Diese Informationen ließen in Herta Zweifel aufkommen. Konnte sie es verantworten ihren Sohn den geschilderten Belastungen auszusetzen?

»Ja, das will ich werden, Mutti.«, rief Bodo, als er bemerkte, dass seine Mutter zögerte.

»Ihr Junge sieht doch ganz stabil aus, der schafft das.«, sagte der Vermittler und überreichte Herta den vorgefertigten Lehrvertrag zur Unterschrift.

Herta unterschrieb und damit war für Bodo der Einstieg in einen neuen Lebensabschnitt besiegelt.

»Machen wir am Sonntag beim Havelschwimmen nun die 3000 Meter oder nur die kurze Strecke?«. fragte Bodo, als die Gruppe auf dem Weg zu ihrem Westberliner Schwimmverein "PSV Delphin" war.

»Wat meinst du denn?«, fragte Jürgen zurück.

»Ich habe zuerst gefragt.«

»Also, wir schwimmen auf jeden Fall die drei Kilometer. Wa' Gisela?«, unterbrach Rita Groß den Dialog.

»Na, wir doch ooch Bodo?«

»Na klar doch.«

Die Mädchen blickten sich bedeutungsvoll an und Horst Haffner grinste nur.

Als sie nach dem Schwimmtraining auf dem Nachhauseweg waren, fragte Bodo: »Sag' mal Jürgen, hasste morgen Zeit und kannste mitkommen?«.

»Wohin denn?«

»Meine Lehrstelle ist doch da draußen in Köpenick und meine Mutter hat gesagt, damit ich nicht zu spät zur Arbeit komme, soll ich mir die Abfahrtzeiten aufschreiben und auch wie lange die Fahrt dauert.«

»Wie kommt man denn da hin?«

»S-Bahn bis Ostkreuz, Treppe runter, Richtung Erkner bis Köpenick und von da soll die Straßenbahn 83, bis zur Werft in der Wendenschloßstraße fahren.«

»Dat is ja ne halbe Weltreise. Klar, ick komme mit.«

»Prima. Du hast es ja einfacher. Dein Vater arbeitet ja im gleichen Betrieb. Was lernst du eigentlich noch mal?«.

»Na Maschinenschlosser, in Schöneweide bei TRO.«.

»TRO…?«.

»Transformatorenwerk Oberschöneweide und davor VEB, wie Volkseigener Betrieb…«

»… dankeschön ooch. «

»Na, willste nu wissen wo dit is oder nich? «

» Klaro. «

»Da muß ick auch mit der S-Bahn hin, aba dit is nich so weit. Ick war ja schon mit meinem Vata da, als se mich als Lehrling eingestellt haben.«

Die Tage der letzten Sommerferien gingen für die beiden dahin und Anfang September begann für sie der Einstieg ins Berufsleben.

Kapitel 29

»Boodo... Booodoo...«, hörte er von Ferne eine Stimme rufen. Er war auf einer Wiese und die Sonne schien ihm ins Gesicht.

»Bodo, ermuntere dich!«, rief die Stimme nun lauter. Er öffnete die Augen und blickte nicht in die Sonne, sondern in das kalte Licht der Korridorlampe, die durch den Türspalt auf sein Gesicht fiel. In der Tür stand seine Mutter.

»Was ist denn, was ist denn los...?«, fragte er verwirrt.

»Heute ist doch dein erster Arbeitstag.« Bodo wollte aufstehen.

»Nein, nein, du kannst noch ein halbes Stündchen liegenbleiben.«, und gerade als Bodo wieder eingedöst war, kam seine Mutter und machte das Licht an.

»So, jetzt ist es soweit. Beeile dich im Bad, sonst wird die Milchsuppe kalt. Deine Tasche ist gepackt. Hoffentlich reichen die Stullen. In der Feldflasche ist Malzkaffee und in dem Kuvert sind die Passbilder, für den Betriebsausweis.«

»Sind das die gleichen, wie für meinen Personalausweis? Muss ich den auch einstecken?«

»Natürlich, den musst du immer bei dir haben, aber das habe ich dir doch gesagt.«

Bodo guckte auf die Küchenuhr. Es wurde Zeit. Herta brachte ihn zur Wohnungstür und gab ihm einen Kuss. »Mein großer Junge geht zur Arbeit. Alles Gute und sei vorsichtig.«

Es war ein Sonnabend, als er um 5 Uhr morgens die Wohnung verließ. Für die nächsten Jahre würde dieser Zeitplan, täglich von Montag bis Sonnabend, seinen Lebensrhythmus bestimmen.

Pünktlich um 6:45 Uhr betrat Bodo, mit anderen Lehrlingen, den älteren und den neuen, wie er einer war, die Jugendwerft in Köpenick. Es war ein großes Gelände mit einer großen Werkhalle und einigen Nebengebäuden.

Während sich die schon in der Ausbildung befindlichen Lehrlinge in die Werkhalle begaben, wurden die Neuankömmlinge in die Kantine geleitet.

Es begrüßte sie der Ausbildungsleiter, Kollege Kurth. Nach ein paar einführenden Worten. stellte er die zuständigen Lehrausbilder, den Sekretär der FDJ, eine Vertreterin der Betriebsgewerkschaftsleitung, und den der Gesellschaft für Sport und Technik (GST) vor.

Als Vertreter der Betriebsparteiorganisation der SED ergriff dann der Genosse Koltermann das Wort. Er erzählte von Karl Liebknecht und Rosa

Luxemburg, dem Rot-Front-Kämpferbund, der Befreiung vom Faschismus und kam dann auf die gegenwärtige politische Lage zu sprechen.

»... auch solche Kriegstreiber in den USA, wie ein gewisser John Foster, der Beauftragte von Dalles, werden keine Chance haben unser revolutionäres Ziel aufzuhalten. Unter Führung der großen Sowjetunion, mit dem Genossen Stalin an der Spitze, lebt heute schon ein Sechstel der Menschheit im Sozialismus. Bald werden es ein Siebtel, ein Achtel und...«, aber ehe der Funktionär die sozialistische Welt auf ein Zehntel zurückschrumpfen konnte, wurde er von Ausbildungsleiter Kurth unterbrochen.

»...ich bedanke mich ganz herzlich beim Genossen Koltermann für seine eindrucksvolle Schilderung, aber wir müssen im Zeitrahmen bleiben.«

Dann riefen die Lehrausbilder die Namen der Lehrlinge auf, die ihrem Lehrkollektiv zugeordnet worden waren und führten sie in ihren Klassenraum in der Betriebsberufsschule, die unmittelbar an die Werkhalle grenzte.

Nachdem sich jeder vorgestellt hatte, gab der Lehrausbilder allgemeine Hinweise zur Organisation des Tagesablaufes im Lehrbetrieb. Danach wurden sie mit den weiteren Örtlichkeiten bekannt gemacht und jedem wurde sein Garderobenschrank zugewiesen.

Abschließend besichtigten sie die Yachtwerft, die nur eine Straßenbahnhaltestelle entfernt war. Damit war dann der erste Arbeitstag vorbei.

Obwohl Bodo seiner Mutter gesagt hatte, dass es ausreicht, wenn sie ihn morgens einmal zur rechten Zeit wecken würde, war sie der Meinung, dass es nur zu seinem Besten wäre, wenn er sich schon etwas früher auf das Aufstehen vorbereiten könnte. Also ging die Marter weiter.

In Bodo entwickelte sich aber ein natürliches Abwehrsystem, denn ehe seine Mutter morgens die Zimmertür ganz geöffnet hatte und das zermürbende: »Bodo, ermuntere dich.« zu Ende aussprechen konnte, antwortete Bodo noch im Schlaf: »Ja, ich bin schon wach.«.

Er hatte Ursula von dieser Tortur berichtet. Zu Weihnachten schenkte sie ihm einen modernen Wecker.

Von da an, wurde Bodo nicht mehr von seiner Mutter geweckt. Aber sie kontrollierte abends immer, ob der Wecker richtig gestellt und aufgezogen war. Erst nach längerer Zeit unterließ sie es auch, mit einem: »Aufstehen, Bodo, es ist Zeit«, die Zimmertür zu öffnen, obwohl der Wecker schon läutete.

Entgegen seiner Erwartung begann die Ausbildung in der Berufsschule mit Theorie.

Aber danach ging es los. In einer kleinen Nebenhalle wurde jedem der neuen Lehrlinge ein Schraubstock zugeteilt. Sägen, feilen, bohren. Die Aufgabe bestand darin, einen ganz normalen Hammer herzustellen.

Als er mit Jürgen und Horst Haffner auf dem Weg zum Schwimmverein war, erzählte Bodo davon.

»Wat denn, du auch? Hotte, du musst doch bei euch inne Bude auch nen Hamma bauen, wa?«

Horst nickte zustimmend.

»Und du?«, fragte Bodo.

»Na, ick doch auch. Dit is ja'n Ei.«

Sie verabredeten, wenn die Hämmer fertig waren, sie sich gegenseitig zu zeigen.

Bodo musste sich eingestehen, dass die anderen beiden besser gearbeitet hatten. Beim Härten hatte er einen Fehler gemacht und die Oberfläche seines Hammers sah dementsprechend unsauber aus.

Als die Grundausbildung beendet war, begann Bodo zu begreifen was der Berufsberater mit "schwerer Arbeit" gemeint hatte.

Nach den Konstruktionsvorlagen für den Schiffsrumpf, mussten Winkeleisen paarig in eine, auf einem Spantenriss vorgegebene Form gehämmert werden. Jedes Spantenpaar hatte eine andere Länge und Form. Wenn alle Spanten auf dem Kiel fixiert waren, konnte man die vom Konstrukteur vorgesehene Bootsform schon erkennen.

Grob zugeschnittene Stahlbleche wurden nun mit schweren Plattenhämmern bearbeitet und in eine solche Form getrieben, dass sie glatt an die Spanten angelegt werden konnten. Danach wurden sie auf das passende Maß zugeschnitten, am Kiel, an den Spanten und miteinander vernietet und der Rohkörper des Schiffes war fertig gestellt.

Die Formgebung der Spanten und der Bleche erfolgte ohne Materialerwärmung, sondern ausschließlich durch Muskelkraft. Die physische Belastung führte dazu, dass die Forderung von Bodo nach mehr Essen zunahm. In der Spitze hatte er es auf sechs Paar Stullen gebracht, ein warmes Essen auf der Arbeit und eines abends. Nach dem Abendessen ging er sofort ins Bett. Das ging über eine Woche so.

Am Sonntag sagte seine Mutter beim Frühstück: »Gestern war Jürgen hier und hat gefragt, ob du krank bist.«

»Was hast du denn gesagt?«

»Na, dass du schläfst, wegen der Arbeit.«

»Was denkt der denn jetzt von mir?«

»Was soll er denn denken?«

»…ach, Mensch. Nee…«, und noch am selben Tag berichtete er Jürgen, wie es ihn schlauchte.

»Ach, du meine Fresse, bei uns is dit alles viel ruhiger. Wenn de so ranjenommen wirst, dann kriegste ja bestimmt mal richtige Muckis anne Arme.«, sagte er grinsend. Damit war das Thema beendet.

Im darauffolgenden Jahr, wurde Bodo mit einigen anderen Lehrlingen in der Yachtwerft zur praktischen Arbeit eingesetzt. Dort lagen Minenräumschiffe für die Seestreitkräfte auf Stapel. Die Ausbildung erfolgte im Innenausbau und bei den Decksaufbauten. Für die Arbeitsanleitung und die Überwachung bei der Durchführung der Aufträge war der Brigadier des Arbeitskollektivs verantwortlich, dem sie zugeteilt worden waren. Der bemerkte einmal, so ganz nebenbei, dass man mit den Schiffen, nicht nur Minen räumen, sondern auch legen könnte.

Dann, Mitte Juni, entwickelte sich eine eigenartige Stimmung unter den Werftarbeitern. Es gab verlängerte Pausen und diskutierende Gruppen.

Der 17. Juni war ein regnerischer Tag. Auf dem Weg zum Arbeitsplatz kamen den Lehrlingen Gruppen von Schiffbauern entgegen.

»Wo wollt ihr denn hin? Heute wird nicht gearbeitet. Heute hau'n wir den Spitzbart Ulbricht und die ganzen anderen Bonzen vom Sockel.«

Keine Arbeit? Das hörte sich gut an. Als sie mit den anderen aus dem Werktor strömten, erkannte Bodo in einer Gruppe dort Ausharrender, den Genossen Kolterman, der fassungslos dem Geschehen zusah.

Am Ende der Straße schlossen sich Arbeiter aus dem Funkwerk an. Es wurden Parolen gerufen und die Stimmung heizte sich immer weiter auf.

Als der Protestzug in Richtung Schöneweide abbog, setzte sich Bodo mit drei weiteren Lehrlingen ab. Sie wollten nach Hause. Es wurde ihnen unheimlich. Sie begriffen auch gar nicht, um was es eigentlich ging.

Es war ein langer Fußmarsch. Als er zu Hause ankam, waren seine Eltern schon da. Sie saßen gespannt vor dem Radio im Wohnzimmer und machten Zeichen, dass er sich ruhig verhalten sollte und Bodo hörte, dass auf Befehl des Militärkommandanten des sowjetischen Sektors von Berlin, ab 13 Uhr des 17. Juni 1953, im sowjetischen Sektor von Berlin, der Ausnahmezustand verhängt wird.

Es war verboten von 9 Uhr abends bis 5 Uhr morgens, die Straße zu betreten. Die Fenster waren geschlossen zu halten. Zuwiderhandlungen würden nach den Kriegsgesetzen bestraft.

Hinter der Gardine stehend, sah Bodo am Abend einen russischen Mannschaftswagen durch ihre schmale Straße patrouillieren, das schwere MG auf die Häuserfront gerichtet.

Am übernächsten Tag kam Bodo verspätet zur Arbeit, weil die öffentlichen Verkehrsmittel noch nicht voll in Betrieb waren.

Auf der Werft war wenig Personal, auch ein paar Lehrlinge fehlten noch. Erst an den folgenden Tagen pendelte sich der Produktionsbetrieb wieder ein, unterbrochen von immer wieder aufflammenden Diskussionen und Streitereien.

Dann erfolgten mehrere Verhaftungen und es kehrte endgültig Ruhe ein.

Im September wurde Bodo und einigen anderen mitgeteilt, dass sie auf Grund ihrer Leistungen ihre Lehre, bei bestandener Facharbeiterprüfung, schon ein halbes Jahr früher beenden konnten.

Die Werfthalle für die Gesellenstücke war in Friedrichshagen. Je zwei Lehrlinge mussten den Stahlrumpf für einen acht Meter langen Jollenkreuzer bauen, dabei war jeder für eine Bootshälfte zuständig.

Bodo machte sein Gesellenstück mit Dieter Rau, mit dem er sich auch schon vorher immer gut verstanden hatte.

Am 1. März 1954 erhielten beide ihren Facharbeiterbrief als Stahlschiffbauer.

Kapitel 30

Als Jürgen von Bodo hörte, dass es bei ihm in der GST eine Seesport-gemeinschaft gab, stellte er auch einen Aufnahmeantrag. Von nun an waren sie mit vier anderen Jungs an den Wochenenden und bei jedem Wetter auf einem Segelkutter unterwegs.

Die Dahme auf- oder abwärts, zum Langen See, an den Müggel- und Seddinsee. Bei der großen Rundfahrt mussten sie dann durch den Gosener Kanal rudern oder wie man es seemännisch nannte, "pullen".

Sie bekamen Grundkenntnisse vermittelt, wie man Knoten bindet, sich über Flaggenzeichen auf See verständigt und lernten das Morse-ABC.

Es war eine abenteuerliche Zeit und es machte ihnen Spaß.

Für die Urlaubszeit wurde eine Fahrt nach Hiddensee angeboten.

»Da fahr'n wa mit, Bodo , ist doch klar, oder…?«

»Ja, aber ich muss erst mit meinen Eltern reden, ob sie was dagegen haben, aber es ist ja alles umsonst. Hast du schon mit deinen gesprochen?«

»Nee, aber wenn die wat dagegen haben, ist der Hund los, dit kann ick dir sagen.«

»Hiddensee ist 'ne Insel in der Ostsee, haben sie gesagt. Warst du schon mal an der Ostsee?«

»Nee, wann denn? Und Hiddensee is 'ne Insel? Wie kommt man denn da hin?"

»Das werden wir ja sehen.«

Erst mit der Eisenbahn nach Stralsund und dann mit der Fähre, bei ziem-lichem Seegang, wie Bodo fand, bis zum Hafen der Ortschaft Kloster auf Hiddensee.

Es wurde schon Abend als sie ankamen. Der Weg zum Zeltlager führte bergauf, Richtung Leuchtturm.

Die Zwei-Mann-Zelte standen auf einer Wiese am Waldrand und waren angeordnet wie ein offenes Quadrat. Durch zwei Fahnenmasten war der Zugang angedeutet. In der Mitte des Platzes brannte ein Lagerfeuer, das zugleich auch Kochstelle war und nicht ausgehen durfte.

Nach einer kurzen Begrüßung durch den Lagerleiter wurde ihnen ihr Zelt zugeteilt.

Bodo und Jürgen wollten endlich zur Ostsee, das Meer sehen. Doch kaum hatten sie ihr Gepäck abgestellt, da ertönte ein langgezogener Pfiff aus einer Trillerpfeife und der barsche Befehl: »Alles raustreten!«

Nachdem sich alle zwanglos um das Lagerfeuer gruppiert hatten, wurden sie über den Ablauf des Lagerlebens unterrichtet.

- Morgens und abends Fahnenappell
- Bewachung des Lagers rund um die Uhr in 4-Stunden-Schichten
- Bei Wachwechsel Magazinkontrolle des Kleinkalibergewehrs
- Wasserversorgung durch Kübeltransport aus dem Ort Kloster sichern
- Heranschaffen von Reisig und Holz für das Lagerfeuer
- Unterstützung bei der Zubereitung der Mahlzeiten
- Pfleglicher Umgang mit Kochgeschirren und Bestecken
- Einhaltung der vorgegebenen Hygienevorschriften.

Zum Letzten gehörte auch der Hinweis auf das Feldklosett. Da hing, außerhalb des Lagers, zwischen zwei Bäumen, eine Segeltuchplane als Sichtblende vor einer Grube.

In dem Sandhügel des Aushubs steckte eine Schaufel. Die ersetzt die Spülung, wie der Runde mitgeteilt wurde. Wenn das Loch voll und mit der letzten Lage Sand abgedeckt war, musste der Nächste eine neue Grube daneben ausheben.

Zu dem Zeitpunkt löste der Hinweis noch Gelächter aus. Aber schon wenig später überholte die Realität den Humor.

Die Tageseinsatzpläne waren in einem Glaskasten vor dem Zelt der Lagerleitung ausgehängt. Jede Zeltbesatzung musste sich seine Dienstzeiten merken und die Übergabe mit der Ablösung organisieren, so lernte man sich untereinander kennen.

»Kameraden, in Vorbereitung auf die Übernahme verantwortungsvoller Tätigkeiten in der Gesellschaft für Sport und Technik, hat unser Staat euch diesen kostenfreien Erholungsurlaub gewährt. Verbringt die nächsten zehn Tage bei Sport und Spiel. Sicherlich werdet ihr schon ungeduldig sein, auf ein Bad in der Ostsee. Ab morgen geht es los. Freundschaft!«

Dann wurden nach Gitarrenklängen "Freie Deutsche Jugend, bau auf..." und andere Lieder gesungen, die weder Bodo noch Jürgen kannten.

Zur Ostsee ging es, über einen Serpentinenweg, die Steilküste hinab.

Das Wetter entschädigte sie für den nicht gewohnten Drill des Lagerlebens und irgendwie fühlten sie sich fehl am Platz. Die anderen waren alle zwei, drei Jahre älter und unterhielten sich über Sachen, die weder Bodo noch Jürgen verstanden.

»Na, dann bis bald. Freundschaft!«, verabschiedete man sich dann am Bahnhof Stralsund. Für beide war aber klar, so etwas würden sie nicht noch einmal mitmachen.

Als sie wieder zu Hause waren, wurden sie bestaunt, weil sie so braungebrannt waren.

Auf die Fragen, wie es denn an der See war, antworteten sie stets mit einem überzeugenden: »Prima.«. Über die Unpässlichkeiten verloren sie jedoch kein Wort. Dieses Versprechen hatten sie sich auf der Rückfahrt gegenseitig abgenommen und sie hielten es konsequent ein.

»Ick mach da nich mehr mit. Die sind doch blöd bei der GST.«, sagte Jürgen, als sie an einem Wochenende zum Schwimmen in das "Friesen-Stadion", im Volkspark Friedrichshain, gingen.

»Wo du recht hast, da haste recht. Ick glaube, ich haue bei der Yachtwerft in' Sack. Die stundenlange Fahrerei und jetzt wolln sie auch noch in drei Schichten arbeiten. Da mach ick aber bestimmt nicht mit. Olle Hotte arbeitet ja jetzt als Monteur im Außendienst...«.

»...dit hatte mir ooch erzählt.«.

»Ja, und die suchen bei ihm Leute. Bis zur Chausseestraße ist es ja nicht so weit.«

»Aber du bist doch Schiffbauer.«

»Na, deswegen kann ich doch als Schlosser arbeiten, so was habe ich doch auch gelernt.«

»Man, wenn bloß erst September ist, dann hab ick meinen Facharbeiter ooch inna Tasche.«

»Na, dann mach mal hinne...«

Jürgen hatte seine Lehrzeit beendet. Im Frühjahr des darauffolgenden Jahres kam er mit der Botschaft: »Wir können wieder in Urlaub fahrn, Bodo. Im Juni.«

»Wohin denn?«

»Nach Thale, dit is im Harz. Zeltlager, aber nich wie bei der GST, sondern an ein Ferienheim von meine Bude angeschlossen.«

»Was kostet'n das?«

»Is nich teuer, haben sie vonne FDJ-Leitung jesacht. Kommste nu mit oder wat?«

»Ja, wenn ich Urlaub kriege...«

»...wenn se da Probleme machen, bei dir inne Bude, dann sag Bescheid. Meine FDJ-Leitung kümmert sich drum, denn die müssen dit Lager voll kriegen.«

Mitte Juni kamen sie in Thale an. Als sie aus dem Zug stiegen, dachte Bodo eine Gewitterfront zieht heran, aber das waren die Berge des Harzes. So etwas hatte er noch nie gesehen.

Begrüßt wurden sie vom Leiter des Ferienheimes, der in Personalunion auch der Lagerleiter war. Er wünschte ihnen einen angenehmen Aufenthalt und bat um Einhaltung der Hausordnung.

Die Zelte standen auf einer Wiese hinter dem Ferienheim, von dem sie auch verpflegt wurden und in einem Anbau gab es einen Waschraum mit Duschen und Toiletten.

Am nächsten Tag schlossen sie sich einer vom Heim angebotenen Wanderung durch das Bodetal an. Sie waren überwältigt von der Natur, denn ihr Umwelteindruck war durch die Berliner Ruinen geprägt.

Am Sonnabend war Tanz im Kulturhaus des Städtchens.

Jürgen machte Bodo auf zwei Mädchen aufmerksam, die alleine am Tisch saßen. Obwohl die beiden überaus attraktiv waren, wurde nur die Brünette ab und an zum Tanzen aufgefordert; meistens lehnte sie jedoch ab.

»Vielleicht hat die Blonde 'nen Gehfehler.«, bemerkte Jürgen grinsend.

Als beide Mädchen einmal zur Toilette gingen, stellte sich die Vermutung von Jürgen als falsch heraus.

»Los komm, die greifen wir uns.«, sagte Bodo und ging zum Tisch der Beiden. Die Blonde war sofort bereit und auch die Andere nahm Jürgens Tanzaufforderung an. Nach einigen Tänzen setzten sie sich zu den Mädchen an den Tisch.

Die Mädchen lehnten das Angebot von Jürgen ab, sie nach Hause zu bringen, aber sie verabredeten sich für den nächsten Tag.

An den nächsten Abenden trafen sie sich täglich. Bodo war verliebt in Waltraud und er empfand es als sehr hilfreich, dass sie eine Gegend für ihr Zusammensein ausgesucht hatte, wo ihnen kein Mensch begegnete.

»Sehen wir uns morgen im Kulturhaus?«, fragte Bodo zum Abschied.

»Ich bin morgen nicht da.«

»Warum das denn...?«

»Das ist Privat und ich hoffe, dass du mir treu bist und auch nicht hingehst, wir sehen uns am Montag wieder.«, sagte sie abschließend und verschwand im Haus.

Bodo war überrascht und enttäuscht. Er erzählte Jürgen davon.

»Ja, so sind die Weiber. Da musste dir nüscht draus machen. Vielleicht kommt meine ooch nich. Wir werden's ja sehen oder willste dir Vorschriften machen lassen?«

Als sie am nächsten Abend den Saal betraten, sah Bodo Waltraud auf der Tanzfläche mit einem Burschen tanzen.

Sie amüsierte sich anscheinend vorzüglich.

»Kieck mal, unsere Flammen tanzen da. Dit is ja'n Ding.«, sagte Jürgen zu Bodo, der wie erstarrt in Richtung Tanzfläche schaute.

Als die Musik zu Ende war, tat Bodo etwas, was er nicht hätte machen sollen. Er ging an den Tisch von Waltraud und sagte etwas Unhöfliches.

»Komm mal' einen Moment mit nach draußen.«, beendete Waltrauds Tanzpartner Bodos Auftritt.

»Aber gerne doch, du Pfeife.«

Im Gegensatz zu den anwesenden Einheimischen wusste Bodo nicht, dass er es mit dem Verlobten von Waltraud zu tun hatte. Der war Mittelgewichtsmeister im Boxen des Bezirks und hatte den, auch für boxunkundige, bedeutungsvollen Beinamen "Kofferkrause".

Vor der Tür gab es keinen Dialog, sondern eine ausgerenkte Kinnlade und ein, zu Größe und Farbe einer Bauernpflaume, anschwellendes Jochbein. Noch als Bodo auf dem Boden saß, renkte ihm Jürgen durch eine kräftige Backpfeife den Unterkiefer wieder ein.

Bodo blieb die nächsten Tage im Zeltlager. Die Aufmerksamkeit, die er durch sein "Veilchen" auf sich zog, war ihm unangenehm.

Als sie Thale wieder verließen, guckte Bodo aus dem Abteilfenster des Zuges und dachte mit einer Mischung aus Enttäuschung, Sehnsucht und Abschiedsschmerz an Waltraud.

Später musste er grinsen, als er daran zurückdachte, was er mit Waltraud erlebt hatte und was "Kofferkrause" nie erfahren würde.

Zu Hause erzählte Jürgen dann den anderen die Geschichte von einer fürchterlichen Keilerei mit der Dorfjugend, aus der sie trotz Bodos Blessuren als Sieger hervorgegangen waren.

So blieb Bodo die Peinlichkeit erspart, die Wahrheit zu berichten.

Kapitel 31

Es war Sonnabend.

Bodo hatte nach dem Essen etwas geschlafen, dann gebadet und wollte sich nun für den Abend fertig machen.

Sein Oberhemd mit dem modernen Kent-Kragen war nicht da. Seine Mutter legte es doch immer in den Schrank, wenn sie es gewaschen und gebügelt hatte.

Er machte den Kleiderschrank auf, vielleicht hing es auf einem Bügel. Auch da nicht. Dabei fiel ihm auf, dass der Schrank merkwürdig leer war. Wo waren sein Anzug und wo die Krawatte, die immer über einen Spanner gezogen war? Er sah sich in seinem Zimmer um und ahnte Schlimmes.

Wenn er am Wochenende nach Hause kam, hängte er die Hosen auf den Bügelfalten über den Stuhl, das Hemd, die Krawatte und das Jackett darüber. Eigentlich störte das niemanden, aber er sollte die Sachen im Schrank verstauen, was er regelmäßig auf den nächsten Tag verschob, bis seine Mutter die Sachen weghängte.

Er hörte, dass sie in der Küche beschäftigt war.

»Weißt du wo meine guten Sachen sind?«, fragte er.

Sie guckte nicht von der Arbeit auf. »Da musst du Vati fragen, der wollte sowieso mit dir über Ordnung halten reden.«

Bodo ging mit einem klammen Bauchgefühl zum Wohnzimmer und blieb in der halbgeöffneten Tür stehen. Theo saß im Sessel, rauchte eine Zigarre und machte den Eindruck, als wenn er ganz vertieft der Musik im Radio lauschte, dann drehte er den Kopf und sah ihn fragend an.

»Na, mein Sohn, gibt es ein Problem?«

»Ja, meine guten Sachen sind nicht da.«

»Doch, die sind da. Nur deine Mutter ärgert sich schon eine geraume Zeit darüber, dass du deine Sachen nicht in den Schrank tust.«

»Ach, das vergesse ich immer.«

»Das habe ich mir gedacht und darum habe ich sie zusammengelegt und weggetan.«

»Weggetan? Wohin denn?«

»Unter dein Bett.«

» ...unters Bett?«, fragte Bodo verständnislos und rannte aus dem Zimmer. »Ja und viel Spaß heute Abend.«, rief ihm Theo nach.

Bodo zog seine Sachen unter dem Bett hervor.

Hemd, Hose und Jackett waren gewendet. Die Ärmel und Hosenbeine waren mehrfach miteinander verknotet und hielten so seine guten Sachen wie einen Stoffklumpen zusammen. Die Krawatte, wie zur Zierde zu einer Schleife gebunden, obenauf.

Bodo stiegen die Tränen in die Augen. Hilflosigkeit und Wut machten ihn fast bewegungsunfähig.

Mit zitternden Händen löste er die Verknotungen, wendete die Sachen und stellte fest, dass wenigstens nichts entzwei gegangen war.

Die metallenen Stäbchen die in den Hemdkragenecken steckten, zog er heraus und bog sie wieder gerade.

Er legte die Sachen aufs Bett, setzte sich auf den Stuhl und betrachtete fassungslos das völlig zerknitterte Hemd, die Krawatte und den völlig zerknautschten Anzug.

Ihm war klar, auch wenn er sofort anfing zu bügeln, die Zeit reichte nicht aus.

Er verließ wortlos die Wohnung und ging zu Jürgen, um zu berichten. Der machte ein Gesicht, als könne er nicht glauben, was ihm Bodo da erzählte und gab sein Ehrenwort, dass er mit niemandem darüber reden würde.

»Wo warst du denn? Das Abendbrot steht auf dem Tisch«, rief seine Mutter aus der Küche, als er wieder die Wohnung betrat.

»Ich habe keinen Hunger.«

»Du kennst doch die Regeln Bodo. Die Mahlzeiten werden gemeinsam eingenommen. Also los, auch wenn es heute etwas schwer fällt.«, hörte er Theo sagen.

Ja, die Regeln. Die waren Bodo bestens bekannt und verhasst.

Pünktlich um halb acht war am Sonntag der Frühstückstisch gedeckt und seine Mutter weckte ihn.

In der letzten Zeit hielt er sich aber nicht mehr so an die Maßgabe, am Sonnabend vor Mitternacht zu Hause zu sein. Theo weckte ihn dann auf eine besondere Weise. Er riss die Tür auf, schlug mit der flachen Hand gegen den Türrahmen und rief mit lauter Stimme: »Aufstehen, der Herr, das Sonntagsfrühstück ist gerichtet.«

Nach dem Frühstück konnte sich Bodo wieder ins Bett legen und weiterschlafen. Das tat er auch regelmäßig.

Bodo holte alles, was er zum Bügeln brauchte, in sein Zimmer und begann seine Ausgehgarderobe wieder in Ordnung zu bringen.

Während er bügelte, dachte er daran, wie er eines Abends müde nach Hause kam und sich ins Bett legte, um im selben Augenblick erschreckt und hellwach wieder heraus zu springen. Als er das Laken beiseite schob, sah er, dass die mittlere Matratze entfernt worden und die entstandene Lücke kunstvoll mit den leeren, pfandpflichtigen Milchflaschen und Gemüsegläsern ausgefüllt war, die Bodo schon immer wegbringen sollte.

Als Bodo die Flaschen aus dem Bett entfernt hatte, suchte er die Matratze. Sie lag unter dem Bett. Nachdem er sein Bett wieder hergerichtet hatte, lag er lange wach und Gedanken zwischen Einsicht, Widerspruch und Unverständnis gingen ihm damals, wie jetzt auch, durch den Kopf.

Warum durfte er nicht die Musik hören, die er wollte und die auch Jürgen und die anderen hörten? Wenn Theo nach Hause kam und Bodo den Sender AFN hörte, dann schnauzte er: »Mach sofort die Negermusik aus, das ist ja furchtbar. Kannst du nicht etwas anderes hören, als diese Hotten-Totten-Musik?«

Auch der Haarschnitt wurde ihm vorgeschrieben. Er erinnerte sich noch ganz genau an den Tag an dem Theo zu ihm sagte: »Was hast du bloß für lange Loden? Und darauf rumkauen tust du auch, das ist ja eklig. Lass' dir bloß die Haare schneiden. Sagt denn euer Lehrer nichts dazu? Zustände sind das.«.

Einige Tage später ging Bodo zum Friseur. Der kannte ihn, weil er früher immer zusammen mit Theo gekommen war.

»So wie sonst, bitte.«, sagte Bodo, als er sich auf den Friseurstuhl setzte.

Doch der Friseur verpasste dem hilflosen Bodo dann einen Haarschnitt, von dem er nach getaner Arbeit sagte: »Wie damals beim Barras. Tut mir ja selber leid, Junge. Dein Vater wollte es aber so haben. Na, ja…«.

Noch jetzt schämte sich Bodo, als er daran dachte wie er damals aussah und welchen Spott er in der Schule ertragen musste.

Und dann die Sache mit seiner ersten Rasur.

Es war nach seiner Einsegnung und er begann täglich zu prüfen, ob und wie es mit der Körperbehaarung voranging. An einem Sonntagmorgen sah er, wie sich Theo rasierte und fragte, ob er sich auch schon rasieren müsste.

»Na ja, doll ist es nicht, aber du kannst es ja mal versuchen. Weißt du wie es geht?«

»Ja, ich weiß Bescheid.«

»Wenn es richtig glatt werden soll, dann musst du aber die Rasierklinge lose lassen.«, sagte Theo lächelnd beim rausgehen.

Bodo nahm den Ratschlag vertrauensvoll an. Nach den ersten Versuchen an der Oberlippe, verfärbte sich der Rasierschaum rot und Blut tropfte ins Waschbecken.

Hatte er die Klinge nicht lose genug gelassen? Er lockerte sie noch etwas und schnitt sich in die Wange.

So ging es auch nicht. Bodo zog die Klinge nun fest, weil er dachte, er hätte vorhin etwas falsch verstanden. Jetzt ging es und in ihm stieg der begründete Verdacht auf, dass sein Vater sich mit ihm einen schmerzhaften Spaß erlaubt hatte.

Die Ohnmacht nicht gegen die rigiden Erziehungsmethoden von Theo angehen zu können, hatte ihren Höhepunkt in dem heutigen, vermasselten Wochenende gefunden.

Aber genau dieser Umstand und die Erinnerungen, die ihm beim Bügeln durch den Kopf gegangen waren, schafften nun Platz für Widerstand und überlagerten das Gefühl der Hilflosigkeit.

Dieser Sonnabend war prägend für sein weiteres Leben.

Den Respekt vor der Institution Elternhaus behielt er bei. Die Ansichten aber, die seine Eltern vertraten und die Handlungen, mit denen sie diese auch gegenüber Verwandten und Bekannten durchsetzen wollten, bewertete er von nun an, kritischer und ablehnender.

»Bodo, willst du nicht kommen? Heute gibt es doch wieder im RIAS "Die Insulaner", das ist doch immer zum Lachen.«, hörte er seine Mutter sagen.

»Ach nee, heute nicht. Ich habe hier so ein spannendes Buch von Karl May.«

»Bist du etwa eingeschnappt?«.

»Nein, warum denn auch?«.

»Wie du willst.«, antwortete seine Mutter leicht verärgert, aber es war ihm völlig egal.

Kapitel 32

Immer noch beeindruckt davon, mit welcher Konsequenz seine Schwester die häuslichen Probleme durch ihren Auszug gelöst hatte, stellte Bodo die Vor- und Nachteile eines eigenen Auszugs ins Verhältnis.

Schließlich wählte er die für ihn effizientere Variante und blieb nach seinem 18. Geburtstag weiterhin zu Hause wohnen.

Dem Zwang der häuslichen Gegebenheiten entzog er sich weitestgehend durch stetige Kompromissbereitschaft. Dabei entwickelte er eine solche Präzision, mit der er das, was er wollte, durchsetzte ohne nennenswerte Konflikte zu erzeugen,

Bodo hatte sein Arbeitsverhältnis mit der Yachtwerft beendet.

Nachdem er durch Horst Haffner über das Wesentliche informiert worden war, hatte er sich beim VEB Aufzugsbau Berlin vorgestellt und war als Bauschlosser eingestellt worden.

Beim obligatorischen Sonntagsfrühstück informierte er dann seine Eltern darüber.

»Ab nächsten Montag kann ich morgens länger schlafen und du auch.«, bemerkte er so ganz nebenbei in Richtung seiner Mutter, aber innerlich erwartete er gespannt die Reaktion.

»Wieso das denn? Fangt ihr später an, morgen?«.

»Nein, nicht morgen. Nächsten Montag. Ich habe gekündigt und muss jetzt nur noch bis in die Chausseestraße.«

Theo sah ihn ungläubig an. »Du hast in der Yachtwerft gekündigt und deinen Beruf aufgegeben? Warum hast du uns nicht vorher davon unterrichtet, dann hätten wir das vielleicht noch …«

»…und das wollte ich eben verhindern. Die schwere Arbeit, die kommende Dreischichtarbeit und die lange Anfahrt. Das alles will ich nicht mehr. Hier habe ich auch die Lohngruppe 5.«

»Aber als deine Eltern haben wir doch wohl ein Recht vorher zu erfahren, was du vorhast?«

»Ich bin 18 und Volljährig und irgendwann muss ich ja anfangen, eigene Entscheidungen zu treffen. Und eben habt ihr es ja erfahren.«

Noch ehe Theo dazu kam, etwas Eskalierendes zu sagen, unterbrach Herta den heftiger werdenden Disput. »Lass' es gut sein Hase, der Junge hat seine Entscheidung getroffen und muss nun sehen, wie er damit zurechtkommt. Ändern können wir jetzt sowieso nichts mehr.«, und als Theo abermals ansetzte um etwas zu erwidern, beendete sie das Gespräch.

»Bitte Hase, tue mir den Gefallen, ja?«
Theo fügte sich widerwillig und sagte nichts mehr.

Alles war fremd. Die Leute, die mit ihm den Betrieb betraten, beachteten ihn nicht.
Beim Pförtner bekam Bodo einen Passierschein und eine Frau begleitete ihn in die 1. Etage, wo sich die Abteilung Arbeit befand. Hier informierte man ihn über seinen Arbeitsort. Er unterschrieb den Arbeitsvertrag und gab die Passbilder für den Betriebsausweis ab.
Jemand begleitete ihn zum Meisterbüro im Türenbau. Eine der beiden Frauen, die dort arbeiteten, verließ das Büro, um den Meister zu holen.
»Er kommt gleich.«, sagte sie, als sie wieder zurückgekommen war.
»Ja, danke.«
Nach geraumer Zeit betraten zwei Männer das Büro.
Der Meister hieß Klein, ganz im Gegensatz zu seiner vierschrötigen Figur. Der andere erinnerte Bodo etwas an den Genossen Koltermann, aus der Yachtwerft.
»Das hier ist Genosse Fröhlich, der leitet unsere erste sozialistische Brigade "Friedenswacht", der du zugeteilt wirst, Kollege Klann... oder bist du schon Genosse?«
»Nein, aber in der FDJ, DSF und GST.«
»In der Gewerkschaft nicht?«
»Doch, im FDGB bin ich auch.«
Genosse Fröhlich reichte Bodo die Hand. »Ich heiße Erich und du, wie ich hier sehe, Bodo. Dann auf gute Zusammenarbeit. Wir brauchen tüchtige Leute, denn wir wollen auch den Ehrentitel "Brigade der kollektiven Aktivistenarbeit" erringen. Na komm, ich stelle dich den anderen vor und dann ran an den Speck.«

Bodo war mit Abstand der Jüngste in der Brigade. Jeden Montag gab es eine kurze Brigadeversammlung, auf der Genosse Fröhlich die Arbeitsleistungen der vergangenen Woche, durch die Bekanntgabe der erreichten Normerfüllung für jeden Einzelnen begründete und die Zielstellung für die laufende Woche vorgab.
Nach vier Wochen war die Schonzeit für Bodo beendet.
»Bodo du musst noch 'ne Schippe drauflegen, sonst ist unsere Zielstellung in Gefahr.«

»Wie lange sollen wir denn noch für das Jüngelchen mitackern?«, hörte er das Murren der anderen.

Wie er sich auch anstrengte, er erreichte höchstens eine Normerfüllung von 105%. Das kam ihm merkwürdig vor, aber die Lohnscheine rechnete der Brigadier, Genosse Fröhlich, ab.

Die anfängliche Lust an der Arbeit wurde nun, durch die immer spürbar werdende, ablehnende Haltung einiger Kollegen, zunehmend zur Last.

Eines Tages wurde ihm mitgeteilt, dass er sich in der Kaderabteilung melden sollte. Bodo ging mit dem Gefühl, dass er nun entlassen werden würde, nach unten ins Erdgeschoß, wo das Büro der Kaderleitung war.

»Ich soll mich hier melden. Mein Name ist Klann.«

»Ach ja, Kollege Klann, der Genosse Krell erwartet sie schon. Hier entlang, bitte.«

Sie öffnete eine angrenzende Tür. »Der Kollege Klann ist da.«

»Gut, soll reinkommen.«

Bodo betrat das Büro des Kaderleiters. Neben einem alten Schreibtisch saßen zwei Männer an einem runden Tisch, einer in Zivil und der andere in einer blauen Polizeiuniform. Bodo ging in Gedanken die letzten Tage durch, ob er irgendetwas angestellt hatte, was die Anwesenheit der Polizei erforderlich machte. Er war sich keiner Schuld bewusst. Durch das freundliche Händeschütteln und die Aufforderung des Kaderleiters, doch Platz zu nehmen, wandelte sich Bodos Besorgnis in Neugier.

»Kollege Klann, aus deiner Kaderakte hier kann ich entnehmen, dass du aktiv in der Seesportgemeinschaft der GST tätig warst. Wir alle sind gefordert den Kriegstreibern in Westdeutschland zu zeigen, dass ihrem Bestreben dem aggressiven NATO-Pakt beizutreten, der unerschütterliche Friedenswille der sozialistischen Jugend des ersten Arbeiter- und Bauernstaates auf deutschem Boden, entgegensteht. Darum ist auch der Genosse Erfurt von der Kasernierten Volkspolizei hier, der dir jetzt das Notwendige mitteilen wird.«

Nun versuchte der Genosse Erfurt, Bodo von den Vorzügen des Dienstes bei der Seepolizei zu überzeugen. Nach einer Grundausbildung würde er als Offizierschüler an die Seepolizeischule Stralsund-Parow versetzt werden.

»Wie lange dauert das denn?«, fragte Bodo misstrauisch.

»Du würdest dich für mindestens 15 Jahre Dienst verpflichten müssen. Das hört sich lange an, aber wenn man bedenkt, dass man im Auftrag der

Partei der Arbeiterklasse, die friedliebende Bevölkerung beim Aufbau des Sozialismus in der DDR, gegen innere und äußere Feinde beschützt, dann ist das keine vertane Zeit, sondern eine ehrenvolle Entscheidung.«

Nach einer knappen Stunde war das sehr einseitige Gespräch beendet. Nachdem er dem Kaderleiter zugesichert hatte, alles zu überdenken und ihm seine Entscheidung umgehend mitzuteilen, verließ Bodo das Büro.

Am Abend berichtete er zu Hause über das Gespräch.

»Das kommt überhaupt nicht in Frage, dass du für so lange Zeit weg bist.«, ereiferte sich seine Mutter.

»Geht denn das schon wieder los? Irgendeiner hat doch gesagt, dass dem Deutschen die Hand abfaulen soll, der je wieder eine Waffe anfasst.«, schimpfte Theo.

»Ja, davon haben sie auch gesprochen. Das soll einer aus dem Westen gesagt haben. Der treibt jetzt drüben wieder die Aufrüstung voran und darum ist es wichtig, dass wir uns verteidigen.«

Theo schüttelte den Kopf und sagte zu Herta: »Irgendwie kommt mir das bekannt vor. Dir auch?« und dann in Richtung Bodo, »Was willst du denn nun tun? Du bist doch jetzt volljährig und kannst deine Entscheidungen allein treffen?«

»Muss das jetzt sein? Ich verstehe dich nicht. Der Junge braucht unsere Hilfe.«

Bodo blickte seine Mutter dankbar an. »Ich will das nicht.«.

»Na, dann brauchst du es auch nicht tun. Keiner kann dich dazu zwingen.«

Später sprach Bodo auch mit Jürgen darüber.

»Habe ick dir doch damals erzählt, dasse dit mit meiner Keule ooch versucht haben und jetzt wohnta mit seiner Braut in Hamburg. Die wollen heiraten. Da fahren wir übermorgen hin. Mit einem Interzonenzug, der heißt "Fliegender Hamburger".«

»Mit was für'n Flieger?«.

»Quatsch. Dit is so ein kurzer, roter Schnellzug, da ist man eins-fix-drei in Hamburg.«

»Wie lange biste denn weg?«

»Keene Ahnung, aba ick melde mich.«

»Is gut, aber nicht vergessen.«

»Nee, ick will doch wissen, obde zur Polente gehst.«

Damit verabschiedeten sich beide lachend.

Bodo dachte, wenn er sich nicht meldete, würde sich die Sache von selber erledigen. Doch eines Tages erschien Kaderleiter Krell bei ihm am Arbeitsplatz.

»Na, Kollege Klann, hast du dich entschieden?«, fragte er freundlich lächelnd und reichte ihm die Hand. Bodo druckste herum und antwortete ausweichend, dass er noch etwas Zeit bräuchte.

Das Lächeln von Kaderleiter Krell fror ein und im Weggehen sagte er über die Schulter hinweg zu Bodo, dass er ja wissen würde, wo sein Büro ist.

Bodo sah im hinterher. Krell ging ins Meisterbüro. Irgendwie fühlte er sich erleichtert. Beim Abendbrot informierte er seine Eltern.

»Hoffentlich kommt da nichts nach, Junge. Ich traue diesem Frieden nicht.«, bemerkte Theo und er sollte recht behalten.

Am nächsten Tag teilte ihm Brigadier Fröhlich mit, dass er sich sofort im Materialzuschnitt melden sollte. Wegen fehlender Arbeitskräfte müsste man sozialistische Hilfe leisten.

»Für wie lange denn?«, fragte Bodo nicht gerade erfreut.

»Das kann ich dir jetzt noch nicht sagen. Also los, die Zeit ist kostbar.«

Bodo bekam einen Arbeitsplatz an einer kleinen Schlagschere zugeteilt. Der allgemeine Arbeitsauftrag bestand darin, aus Abschnittresten Blechstreifen zuzuschneiden und wirkte sich spürbar negativ auf seinen Lohn aus.

In der Frühstückspause wurde er eines Tages von einem der Kollegen gefragt, wo er denn vorher gearbeitet hätte. Man kam ins Gespräch und Bodo berichtete.

»Haste jehört Erwin, der kommt von den Irren da oben.«, sagte ein älterer Kollege zu seinem Nebenmann. Der nickte und fragte Bodo, was er denn angestellt hätte.

»Eigentlich nichts.«

»Irgendwat musste gemacht haben, sonst wärste nich hier.«

»Wieso?«

»Na, weil alle aus der Superbrigade "Fröhlich" vom Türenbau hier landen, wenn se wat jegen den Sozialismus gemacht haben.«

Nun erzählte Bodo vom Gespräch mit dem Kaderleiter.

»Na, da ham wat doch.«, beendete Erwin die Frühstückspause.

Bodo ging nachdenklich an seinen Arbeitsplatz zurück und sah sich seine Arbeitsaufträge an. Da bemerkte er einen, dem im Gegensatz zu den

121

anderen, ein Materialentnahmeschein beigefügt war. Er sah sich den dazugehörigen Lohnschein an. Für den Auftrag konnte er über zehn Stunden abrechnen. Er überprüfte ob die Auftragsnummer auch die Gleiche war. Ein Irrtum war ausgeschlossen. Da hatte jemand einen Fehler gemacht.

Einem ersten Impuls folgend, wollte er sich im Meisterbüro über die Richtigkeit des Auftrags erkundigen. Doch dann entschied er sich anders.

Bodo holte sich aus dem Materiallager gemäß Materialschein die Bleche, richtete die Schere ein und war mit dem Auftrag in weniger als einer Stunde fertig. Danach ging er zur Gütekontrolle um den Auftrag abrechnen zu können. Kurz nach der Mittagspause hatte der Gütekontrolleur den Auftrag geprüft und den Lohnschein abgestempelt.

Bodo sagte dem Transportarbeiter Bescheid, dass er die Zuschnitte ins Fertigwarenlager bringen sollte, er hatte es eilig. Er wollte nämlich schon mit der Frühschicht um 14 Uhr unbemerkt das Werk verlassen, denn sein Geld hatte er ja verdient.

Hinter dem "Walter-Ulbricht-Stadion", wegen des Bartes von Ulbricht auch "Zickenwiese" genannt, war er nach hundert Metern über die Sektorengrenze im Wedding.

Von da war es nicht mehr weit, zum Tageskino "POLO". Die spielten jeden Tag einen anderen Film. Gegen Vorlage des Personalausweises ging er für eine Ostmark ins Kino und sah sich einen amerikanischen Western an.

Am nächsten Tag dann, gab er den Lohnschein im Meisterbüro zur Abrechnung ab.

»Gut, dass Sie kommen, Kollege Klann. Eben kam ein Anruf von der Allgemeinen Verwaltung. Sie sollen sich da melden.«

»Was soll ich denn da?«

»Das weiß ich nicht.«

Nachdem ihm die Meisterhilfe erklärt hatte wo er hin musste, machte sich Bodo auf den Weg.

Dass er von der Kaderabteilung, im Rahmen sozialistischer Hilfe, für die Ausführung dringender Hofarbeiten abgestellt worden war, erfuhr er dann vom zuständigen Vorarbeiter.

»Ich soll hier den Hof fegen?«

»Ja auch, aber es gibt noch weitere Aufgaben im Transportbereich...«

»...aber nicht mit mir. Wer hat das angeordnet, die Kaderabteilung? Dürfen die denn das?«

Bodo sprach laut und war außer sich vor Wut.

»Nu, reg dich doch mal ab, ich kann doch auch nichts dafür.«

Die letzten Worte hörte Bodo schon nicht mehr, denn er rannte in Richtung Kaderabteilung.

Dort angekommen riss er die Tür auf, die gegen die Wand knallte und lief durch das Vorzimmer in das Büro des Kaderleiters. Der blickte erschreckt auf, als Bodo ins Zimmer stürmte.

»Eigentlich müsste ich dir sofort aufs Maul hauen, du Wicht. Das lasse ich mit mir nicht machen.«, und als Bodo, mit diesen Worten, auf den Schreibtisch des Kaderleiters zustürmte, sprang der auf und rief mit überschnappender Stimme: » Hiiilfe…«

Bodo besann sich noch rechtzeitig, aber es war zu spät.

Die Sekretärin hatte schon den Betriebsschutz alarmiert.

Der Kaderleiter stand verschüchtert an der Wand, während Bodo immer wieder von ihm wissen wollte, warum man ihn so behandelte.

Der Kaderleiter stammelte, dass er unter diesen Bedingungen gar nichts sagen würde.

Dann betraten zwei Angehörige vom Betriebsschutz den Raum.

Im gleichen Moment löste sich Genosse Krell von der Wand und nahm wieder hinter dem Schreibtisch Platz.

»So etwas ist mir ja im ganzen Leben noch nicht vorgekommen. Aber ich hatte gleich kein gutes Gefühl mit Ihnen, Herr Klann. Kollege zu sagen, wäre eine Verhöhnung unserer Arbeiter. Das hat natürlich Konsequenzen. Sie sind fristlos entlassen.« und an die beiden Wachmänner gerichtet, »Begleitet ihn zur Umkleide und lasst ihn nicht aus den Augen, Genossen. Danach verbleibt er unter Aufsicht bei euch im Pförtnerbereich, bis die Arbeits- und Lohnunterlagen fertig sind.«

Bodo nahm das alles wie im Traum zur Kenntnis.

Als ihn einer der Männer anfasste, um ihn aus dem Raum zu führen, riss er sich los, »Nimm bloß deine Pfoten weg!«

Knapp zwei Stunden später, stand Bodo mit seinen Sachen auf der Straße.

Kapitel 33

Bodo ging wie im Traum in Richtung U-Bahnhof Schwartzkopfstraße, der noch im Ostsektor gegenüber von der "Zickenwiese" lag.

Von da waren es zwei Stationen bis zum S-Bahnhof Wedding, im französischen Sektor. Mit seiner Rückfahrkarte konnte er dann die Ringbahn bis zur Greifswalder Straße, für Ostgeld benutzen.

Die Gedanken wirbelten durch seinen Kopf.

Sein Vater würde ihm die Schuld geben, weil er in der Yachtwerft gekündigt hatte.

Seine Mutter würde ihm Vorwürfe machen, weil nun die Leute erfahren würden, dass man ihn entlassen hatte.

Er hörte im Geiste förmlich ihre Worte.

Nur dem spärlichen Autoverkehr war es verdanken, dass nichts passierte, als er so in Gedanken vertieft, die Chausseestraße überquerte

»Ääh, Klannte!«, hörte er hinter sich jemanden rufen. Er drehte sich um und sah, dass Dieter Rau, mit dem er damals sein Gesellenstück gemacht hatte, auf ihn zugerannt kam.

»Was machst du denn hier?«, fragte Bodo erstaunt zur Begrüßung.

»Na, wir wohnen doch dahinten. Weißte nicht mehr? Haste Zeit, da müssen wir einen drauf nehmen. Die Pinte da drüben, hat schon auf.«

Bodo nickte und sie gingen in die Kneipe. Beim Bier erfuhr er, dass Dieter schon eine Weile in Westberlin arbeitete.

Dann erzählte Bodo seine Geschichte.

»Mensch Bodo, da haben sie dir aber mächtig in den Arsch getreten. So was gibt es im Westen nicht. Ich bin zwar im Moment auch ohne Arbeit, aber Manne Busch, den kennst du doch auch noch, hat mir 'nen Tipp gegeben. Da will ich jetzt hin, nach Spandau, zur "Wiese Werft". Die suchen Leute. Weißte wat, du kommst einfach mit, dann können wir vielleicht wieder zusammen arbeiten, wie früher.«

»Meinste...?«

»Na klar. Du hast doch nüscht zu verliern.«

Bodo fuhr mit der U-Bahn also nicht Richtung Wedding, sondern mit Dieter zur Friedrichstraße und von dort, mit der S-Bahn nach Spandau.

Sie hatten Glück. Beide wurden eingestellt und konnten schon am nächsten Tag ihre Arbeit aufnehmen.

Seine Arbeitssachen ließ Bodo gleich da.

»Das haste völlich richtich gemacht und nu' biste Grenzgänger.«, war die Reaktion von Jürgen, als ihm Bodo am Nachmittag die Neuigkeiten von seiner Entlassung berichtete.

Seinen Eltern erzählte er beim Abendbrot, was am Tage geschehen war und zu seinem Erstaunen, gab es überhaupt keine Kritik.

»Wenigstens arbeitest du wieder in deinem Beruf.«, war alles, was Theo dazu sagte

»Da erhält er ja jetzt jeden Freitag fast die Hälfte seines Lohnes in Westgeld. Ich glaube, das sind 60% in Ost- und 40% in Westmark. Stimmt's Hase?«. Theo nickte, »So ist das.«

»Ja und mein Stundenlohn ist auch um über 50 Pfennige höher.«, fügte Bodo mit ein wenig Stolz in der Stimme hinzu.

Als Bodo mit dem ersten Wochenlohn nach Hause kam, musste er zur Kenntnis nehmen, dass er einen Teil des wöchentlich fälligen Kostgeldes in Westmark abgeben musste. Seine Mutter bestand darauf und ihn ärgerte das mächtig.

Bodo war der Erste in der Straße, der Nietenhosen trug. Die hatte er sich für sein erstes selbstverdientes Westgeld in einem Shop der US-Army gekauft.

Für Jürgen war das der Auslöser dafür, sich auch eine Arbeit in Westberlin zu suchen.

Die Hosen waren für Theo aber Anlass zu bemerken, dass man sein Geld auch sinnvoller ausgeben könnte, als für Arbeitshosen, die man hochkrempeln musste, weil sie zu lang waren.

»Wieso Arbeitshosen? «, fragte Bodo erstaunt.

»Solche Hosen haben die Amis bei der Arbeit getragen, als ich in Kriegsgefangenschaft war.«

»Aber das ist der neueste Schrei. Und zu lang sind sie nicht, die werden hochgekrempelt, damit man die Ringelsocken sieht.«

»Ja, der neueste Schrei für die Halbstarken. Dabei hast du vernünftige Hosen und einen prima Anzug. Die Jugend verkommt immer mehr, bei uns gab es so was früher nicht. Aber das passt ja zu der Negermusik, die du dir mit Freuden anhörst.«

Für Bodo hatte sich eine andere Welt aufgetan. Es gab kein Arbeitskollektiv und keine Politparolen. Eines Tages dann, als Bodo und Dieter Frühstückspause machten, kam aber noch eine Erfahrung hinzu.

125

»Jungs, es tut mir leid, aber die Auftragslage zwingt mich dazu. Ab Montag kann ich euch nicht mehr beschäftigen. Freitag, bei der Lohnzahlung, gibt euch meine Frau die Bescheinigung fürs Arbeitsamt und den Lohn bis Sonnabend, da braucht ihr aber nicht mehr zu kommen. Ich war sehr zufrieden mit eurer Arbeit und würde mich freuen, wenn ihr ab und zu wieder nachfragt, ob sich die Situation gebessert hat. Ich nehme euch dann jederzeit wieder.«

Der das sagte, war der Chef der kleinen Reparaturwerft, der selber auch mitarbeitete.

Bodo hatte schon wieder das Gefühl, als wenn ihm der Boden unter den Füßen weggezogen würde.

Dieter versuchte ihn zu beruhigen.

»Das kenne ich, das ist in den kleinen Klitschen so. Die stellen ein, wenn sie Aufträge haben und schmeißen 'raus, wenn sie nicht mehr bezahlen können.«

»Ja und was nützt mir das? Was mache ich denn nun? In den Osten gehe ich nicht wieder.«

»Brauchste doch auch nicht. Wir treffen uns Montag und gehen zum Arbeitsamt. Ich kenne mich da aus. Da war ich schon ein paar Mal.«

»...und was passiert da?«

»Du bekommst erst mal Stütze.«

»Stütze?«

»Mensch, Bodo, Arbeitslosengeld. Dann sagen sie dir da auch, wo jemand einen braucht und da musste dich dann bewerben.«

Bodo erzählte Jürgen am Abend von seinem Rausschmiss und dass er ab Montag arbeitslos war und Stütze beantragen müsste.

»So was jibts bei uns nich. Da kriegste 'nen richtigen Arbeitsvertrag mit 'ner Kündigungsfrist.«

»Wo arbeitest du noch mal?«

»Bei "Rieth + Sohn" in Rosenthal, da am Ende von Pankow, gleich hinter der Grenze.«

»Und was machste denn da eigentlich?«

»Wir bauen Fenster.«

»Fenster? Du bist doch kein Tischler.«

»Mensch, aus Stahl sind die...«

»Willste mich verarschen? Fenster aus Stahl? Das gibt's doch gar nicht.«

»Ick werde doch wissen, wat ick den janzen Tag mache.«

»Na gut, aber kannste nicht mal fragen, ob die noch 'nen guten Mann brauchen? Dann könnten wir auch auf der Arbeit zusammen sein. Das wäre doch wat, oder?«

»Mach ick, Bodo. Dit wär wirklich'n Knüller, wir beede uff der gleichen Bude.«

Den Gang zum Arbeitsamt und die Verabredung mit Dieter konnte sich Bodo ersparen, denn Jürgen hatte ihm aufgeregt mitgeteilt, dass er am Sonnabend, um 9 Uhr, in die Firma kommen sollte.

Bodo wurde eingestellt und begann am Montag eine Arbeit als Schlosser im Fensterbau.

Gemeinsam fuhren sie nun täglich mit der S-Bahn bis Gesundbrunnen, gingen dann über die alte gusseiserne Fußgängerbrücke zum mittleren Bahnsteig und fuhren von dort mit der Heidekrautbahn, die noch von einer Dampflok gezogen wurde, Richtung Pankow.

Eine Station nach dem Betriebsbahnhof des "VEB Bergmann Borsig", stiegen sie dann in Rosenthal aus, überquerten die Gleise, die gleichzeitig die Sektorengrenze markierte und waren nach wenigen Metern im Betrieb.

Es war eine ländliche Gegend, in der Bauern die Felder bestellten und wo Vieh weidete.

Ein paar Jahre später entstand hier das Märkische Viertel.

Eines Tages lasen sie am Aushang des Meisterbüros, dass auf Grund der guten Auftragslage, Leute gesucht würden, die bereit waren, nur nachts zu arbeiten. Täglich zwölf Stunden, von Montagabend 18 Uhr, bis Freitag früh 6 Uhr. Dafür gab es eine Nachtzulage.

»Da ham wa doch'n janz langet Wochenende, Bodo. Dit mach'n wa.«

Bodo war einverstanden und sie arbeiteten einige Wochen in diesem Schichtrhythmus. Die Zulage bekamen sie wöchentlich im Meisterbüro in Westmark ausgezahlt. Das lohnte sich.

Als die Bahnverbindung vom Gesundbrunnen dann durch die Reichsbahn eingestellt wurde, mussten sie von der Schönhauser Allee mit der Straßenbahnlinie 22 bis zur Endstation Rosenthal fahren.

Zu der Zeit gewöhnte sich Bodo das Rauchen an. Er wollte Jürgen nicht nachstehen, der immer in den Raucherwaggon stieg. Den Wagen erkannte man nicht nur daran, dass er im Gegensatz zu den anderen, rot lackiert war, sondern weil beim Öffnen der Türen der Eindruck aufkam, in dem Wagen würde es brennen, so dicht war der Qualm der herausströmte.

Das "Cafe Rathausstrasse" wurde zum Stammziel ihres Wochenendvergnügens. Das Tanzcafe lag im ersten Stock eines ausgebauten Ruinengebäudes, gegenüber vom Roten Rathaus.

Im Garderobenvorraum hing ein großes Schild mit dem Hinweis, dass ungesittetes Tanzen mit Lokalverbot geahndet wird. Das war nichts Besonderes, denn in den anderen Tanzlokalen im Ostsektor galten die gleichen Regeln. Überall gleich war auch der Krawattenzwang. Was man anhatte war völlig egal, aber Krawatte musste sein. An der Garderobe wurden deshalb nicht nur die Eintrittskarten verkauft, sondern man konnte sich eine Krawatte gegen Gebühr und Pfand leihen.

Auf der Herrentoilette hingen zwei Automaten an der Wand Nach Einwurf einer 10-Pfennig-Münze versprühte einer davon Parfüm. Sowohl der Duft, als auch dessen Dauer entsprach exakt dem Preis. Der andere Automat hatte eine andere Zweckbestimmung.

Eine 5 Mann-Kapelle, mit Sänger, sorgte für Musik. Dabei musste das gesetzlich vorgeschriebene Verhältnis zwischen Ost- und Westschlager eingehalten werden. In der Mitte der Tanzfläche sprudelte ein kleiner Springbrunnen. Durch ihr häufiges Erscheinen und das reichliche Trinkgeld, wurden Bodo und Jürgen von den Serviererinnen wie Stammgäste behandelt und hatten einen festen Tisch zwischen der kleinen Bar und der Tanzfläche.

Auf einmal war sie da.

Bodo entdeckte sie an der Bar, wo sie mit einer Freundin saß. Sie hatte rotes Haar. Er war wie elektrisiert,»Guck mal die Rothaarige da.«

»Wo? Welche Rothaarige?«, fragte Jürgen.

»Na da, an der Bar…«

In dem Moment wurden die beiden Mädchen von zwei Burschen zum Tanz aufgefordert.Bodo versuchte die Rothaarige zwischen den Tanzpaaren nicht aus den Augen zu verlieren und als die drei Tänze zu Ende waren, beobachtete er, wie sie der Tänzer wieder zu ihrem Platz an die Bar brachte, etwas zu ihr sagte und sich entfernte.

Er ärgerte sich, dass er vorhin nicht sofort an die Bar gegangen war.

Jürgen erzählte ihm etwas, aber er hörte gar nicht hin.

»Los komm, wir gehen jetzt zu den Miezen.«, sagte er und stand auf.

Jürgen wollte etwas erwidern, aber Bodo war schon auf dem Weg und stellte sich neben die Rothaarige.

»Guten Abend. Ich heiße eigentlich Bodo, aber meine Mama sagt auch manchmal Bodolein zu mir. Und wie heißt du?«.

Sie drehte ihren Kopf und blickte Bodo mit ihren grünen Augen an. Dann drehte sie sich auf dem Barhocker ganz zu ihm um und lächelte ihn an. »Ich heiße Irene und meine Mami sagt manchmal Scheißi-Motti-Reni zu mir.«

Erst war Bodo verdutzt, doch dann lachte er.

Das gefiel ihm. Als die Musik einsetzte fragte er, ob sie tanzen will.

»Beim nächsten. Diesen hat schon dein Vorgänger bestellt und wir wollen doch keinen Ärger?«

Bodo guckte dem Burschen neidisch hinterher. Jürgen war es mit seinem Mädchen genauso ergangen.

Aber danach waren sie am Zug.

»Mein lieber Scholli, deine hat aba gewaltig Holz vor der Hütte, Bodo.«

»Was denkst du wie froh ich bin, dass ich so enge Unterhosen anhabe.

Das fühlt sich richtig gut an, beim Tanzen.«.

Die beiden Mädchen kamen dann an ihren Tisch und es wurde ein geselliger Abend.

Kapitel 34

Bodo hatte sie an dem Abend, als sie sich im "Cafe Rathausstrasse" kennengelernt hatten, nach Hause begleitet.

Sie hieß Irene, aber er sollte sie wie alle anderen, Rena nennen. Wenn sie Nachmittagsdienst hatte, holte er sie nun immer öfter von der Kindereinrichtung in Weißensee ab, in der sie als stellvertretende Leiterin arbeitete.

Ins Kino gingen sie am Gesundbrunnen, da war gleich am Bahnhof die "Lichtburg" und die Badstraße herunter, Richtung Prinzenallee, gab es weitere Kinos.

Sie besuchten auch die "Grüne Woche" und die Industrieausstellung auf dem Messegelände am Funkturm.

Der Kontakt zu Jürgen beschränkte sich nun im Wesentlichen auf die gemeinsame Arbeitsstelle. Alles das blieb Bodos Mutter natürlich nicht verborgen.

»Hast du eine Freundin?«, fragte sie eines Tages.

»Warum…?«

»Das war nicht meine Frage, Bodo. Ich wollte wissen, ob du eine Freundin hast.«

»Jaaa…schon.«

»Kenne ich die? Eine aus der Gegend?«

»Nein, sie wohnt in Pankow. Eigentlich möchte ich aber nicht darüber reden.«

»Ach, der Herr hat Geheimnisse vor seiner Mutter!?«

»Ich muss jetzt gehen, ich bin verabredet.«, erwiderte Bodo unangenehm berührt. Im Rausgehen hörte er noch das »Ja, ja geh nur…«

Als Bodo ihr seine Telefonnummer gab, fragte Rena erstaunt, warum er zu Hause Telefon hätte und ob seine Eltern etwas Besonderes seien.

»Wieso? Nein, die sind nichts Besonderes. Wir hatten den Telefonanschluß schon immer, solange ich denken kann. Vor ein paar Jahren hat die Post es wieder angeschlossen.«

Sie standen eng aneinander geschmiegt im Hauseingang, da kam aus dem Dunkeln ein Mann auf das Haus zu. Bodo drückte Rena noch mehr in die Ecke. Der Mann grüßte, musterte Bodo kurz und ehe er die Haustür hinter sich schloss, sagte er: »Was steht ihr denn hier im Kalten, kommt doch nach oben.«

»Wer war das denn?«, fragte Bodo verblüfft.

»Mein Vater.«

»Ääh? Dein Vater? Meint der das im Ernst?«

»Ja, so ist er...«

»Immer?«

»Nein, aber du musst ihm auf Anhieb gefallen haben. Also komm.«

Sie gingen in die 1. Etage. Der Vater hatte die Wohnungstür offen gelassen. Bodo war misstrauisch. So etwas kannte er nicht. Aber die Eltern von Rena waren nette, angenehme Leute.

Bodo erkannte, dass Offenheit im Umgang zwischen den Generationen besser war, als das puritanische Gehabe, dass er von zu Hause und aus seinem Umfeld her kannte.

Eine Freundin von Rena hieß Helga Hahnemann. Sie wurde deshalb "Henne" genannt, besuchte die staatliche Schauspielschule und wohnte bei ihren Eltern in Pankow, in der Neumannstraße.

Immer wenn ihre Eltern am Wochenende nicht da waren und das kam des Öfteren vor, lud Henne zur Fete ein.

Bis auf Rena und Bodo studierten alle irgendetwas. Weil er das Geld hatte, besorgte Bodo immer die "harten Sachen" und das Gefühl, dass er auch deshalb nur dabei war, verfestigte sich zunehmend. Obwohl man ihn das nicht spüren ließ, kam er sich irgendwie deplaziert vor.

Immer öfter kam in ihm nun der Gedanke auf, dass es damals vielleicht ein Fehler gewesen war, die Aufnahmeprüfung zu schwänzen, dann wäre er heute auch Student und kein Schlosser.

Als er einmal darüber mit Rena sprach, sagte die etwas von fehlendem Selbstbewusstsein, für das es überhaupt keinen Grund geben würde und dass er es schnell auf ein höheres Niveau heben sollte.

Das tat Bodo auch, er verglich sein Einkommen mit dem der Studenten und das ungute Gefühl war vorbei.

Jahrzehnte später wurde, in Erinnerung an das künstlerische Schaffen von Helga Hahnemann, alljährlich der Publikums- und Medienpreis "Goldene Henne" vergeben.

»Ich glaube, ich bin schwanger.«, hörte er Rena sagen. Im ersten Moment realisierte er gar nicht, was sie da soeben gesagt hatte. Doch dann ging eine Schockwelle durch seinen Körper. Seine Eltern und wo sollten sie wohnen, wenn ein Kind da wäre. Musste er jetzt heiraten...?

»Was? Bist du sicher? Was machen wir denn jetzt?«

»Ich gehe nächste Woche noch mal zu einem Arzt und dann wissen wir endgültig Bescheid.«

»Ja und dann...?«

»Willst du denn ein Kind?«

»Ja, schon aber ...«

»Mach dir keine Sorgen, die Adresse von dem Arzt habe ich von einer Freundin. Der regelt das.«

»Was regelt der?«

»Bist du wirklich so behämmert? Denkst du vielleicht, ich will jetzt schon ein Kind?«

»Ach so. Entschuldige bitte, aber ich bin auch etwas überrascht und durcheinander.«

»Der macht das natürlich nicht umsonst. Westmark nimmt er besonders gerne, hat man mir gesagt.«

»Das kriegen wir hin...«

Sie gingen die Badstraße hinunter.

Rena blieb vor einem Uhren- und Schmuckladen stehen und sah sich die Auslagen an. Bodo wollte weiter und fasste sie am Arm, doch da sah er das Schild mit der Aufschrift "Günstige Verlobungs- und Trauringe" und einem plötzlichen Impuls folgend, fragte er: »Wollen wir uns verloben?«

»Was ist?«

»Guck mal, die Ringe da, die sind echt günstig. Wer weiß, ob wir solche noch mal kriegen.«

»Bodo, du bist vielleicht 'ne Marke...«

»Nein, im Ernst jetzt. Willst du?«

»Na klar doch.«

Die Ringe, die sie sich ausgesucht hatten, passten nicht. Der Verkäufer sagte, er hätte noch ein Paar ähnliche, aber aufgearbeitete, zu einem noch besseren Preis. Diese Ringe passten dann. Doch auch nur, weil alle es so wollten. Das Westgeld von Bodo reichte trotzdem nicht. Den Rest zahlte er zu einem guten Wechselkurs in Ostgeld.

»Wir behalten die Ringe gleich auf.«, sagte Bodo und nahm das Kästchen, das der Verkäufer in der Hand hielt. Dass er ihnen noch viel Glück und alles Gute wünschte, hörten sie nicht mehr, so schnell verließen sie den Laden. Vor der Ladentür küssten sie sich.

»Könnt ihr denn nicht abwarten? Zustände sind das.«, sagte eine Frau im Vorbeigehen.

Ihre Verlobung feierten sie dann am Imbissstand, Ecke Prinzenallee, mit Cola und Bulette im Brötchen.

»Wenn ich das Henne erzähle, die lacht sich'n Ast.«, sagte Rena glücklich lächelnd.

Bodo wurde in diesem Moment bewusst, was bei ihm zu Hause auf ihn zukam. Seine Ahnung wurde nicht enttäuscht, denn neben den erwarteten Vorwürfen, lehnten seine Eltern ein Familientreffen kategorisch ab.

»Bodo, du alter Knösel, du hast vielleicht Dinga druff. Willste nu vielleicht auch noch heiraten?«, war die Reaktion von Jürgen, als Bodo ihm von der Verlobung erzählte.

»Quatsch. Heiraten? Ohne Wohnung? Bei ihren Eltern wohnen? Geht nicht und bei meinen schon gar nicht. Du kennst sie ja.«

»Hhmmm…weeste früha, als wir noch auf Tour gegangen sind, fand ick dit allet bessa.«

»Du hast doch auch deine Ingrid.«

»Ja, aba nich so fest, du weißt schon…«

Es war ein warmer Frühsommertag. Bodo hatte Rena vom Kindergarten abgeholt und sie saßen auf der Terrasse des Eiscafes am Weißensee. Vielleicht war es ihm nur nicht bewusst geworden, aber urplötzlich überkam ihn ein Gefühl, das er bisher nicht kannte.

Er empfand ihre Nähe auf einmal nicht mehr so angenehm wie sonst. Das Lachen, das er immer so gerne gehört hatte, fand er nun aufdringlich. Auch ihre Stimme klang anders, viel zu laut. Er blickte sich um, ob sich die anderen Leute gestört fühlten. Wie sie mit dem Eislöffel rumfuchtelte. Peinlich. Merkte sie nicht, dass sie Eis an der Oberlippe hatte? Er machte sie darauf aufmerksam, aber sie lachte nur, dieses schrille Lachen…

»Kommst du nicht mehr mit nach oben?«, fragte Rena, als sie vor ihrer Haustür waren und er sich verabschieden wollte.

»Nee, heute nicht, ich muss noch etwas für meine Mutter erledigen.«, log er.

Sie blickte ihn misstrauisch an, sagte aber nichts. Er küsste sie flüchtig und rannte fast in Richtung S-Bahnhof Pankow-Heinersdorf. Er musste weg von hier.

Das bedrückende Gefühl legte sich erst, als er in seinem Zimmer war. Er konnte sich das nicht erklären. In der Folgezeit suchte er nach immer neuen Ausreden, um die Treffen mit Rena einzuschränken. Eines Tages bat er seine Mutter sogar ihn zu verleugnen, wenn Rena anrufen sollte.

Auf die Bemerkung: »Na, die große Liebe vorbei?«, antwortete Bodo nicht.

Als sie sich das nächste Mal trafen, wandte sich Rena ab, als er sie küssen wollte und er hörte zur Begrüßung nur ein kurzes, eisiges: »Gibt es eine andere, Bodo?«

»Wie kommst du denn darauf?«

»Hältst du mich für blöd? Denkst du, ich merke nicht, wie du dich langsam zurückziehst? Sei wenigstens ehrlich und ziehe es nicht noch in die Länge.«

»Es ist wirklich wahr, ich habe keine andere, aber ich glaube es ist besser, wenn wir die Sache beenden.«

Bodo sah, wie Rena die Tränen in die Augen stiegen und Mitleid kam in ihm auf. Er wollte sie in den Arm nehmen, aber sie stieß ihn zurück.

»Dann hatte mein Vater doch recht. Ich habe mich nämlich mit ihm darüber unterhalten, weil ihm dein Verhalten auch aufgefallen ist. Wenn du einen Arsch in der Hose hast, dann komm' mit nach Hause. Er will mit dir reden.«

Er fügte sich, zwar widerstrebend, aber er wollte nicht als Memme dastehen. Das Gespräch war sehr einseitig und endete mit den Worten ihres Vaters: »Hier hast du deinen Ring wieder, den du meiner Tochter einmal angesteckt hast und nun raus aus unserer Wohnung.«

Die letzten Worte und das zuvor Gesagte, klangen in Bodo nach, als er zum Bahnhof ging und er relativierte seine Meinung über die netten, verständnisvollen Eltern seiner nunmehr Ex-Verlobten.

Als sie am nächsten Morgen zur Arbeit fuhren, berichtete er Jürgen von der neuen Situation.

»Also weeste Bodo, du hast immer noch'n neuet Ding uff der Pfanne. Aber das hier gefällt mir. Meine Flamme hat ooch'n Abgang gemacht. Nu sind wir wieda janz alleine, wie früher. Mensch, ist dit alles traurig.«, sagte er lachend.

Kapitel 35

Es verbreitete sich rasend schnell im Wohngebiet. Herr Götze war verhaftet worden. Wegen Spionage für die Amerikaner.

»Dit glaub ick nich. Der soll ein Spion gewesen sein? Der hatte doch nur een Bein. Dit andre hatt'er doch im Krieg verlorn.«, war der Kommentar von Jürgen.

»Was hat denn das damit zu tun? Die Amis kriegen alles fertig. Wie vor ein paar Jahren, als sie die Kartoffelkäfer abgeworfen haben. Weeste denn dit nich mehr, Jürgen?«, antwortete Hans Wolf und Gisela Leve nickte zustimmend.

Sie saßen gegenüber den Häusern, auf einer kleinen Mauer, am Fuß des begrünten Schuttberges, der den Namen "Volkspark Anton-Saefkow" bekommen hatte. Ihre Straße, die Gumbinner, hatte man zur gleichen Zeit in Anton-Saefkow-Straße umbenannt.

Von der alten Clique waren nicht mehr viel da und es war ein Zufall, dass sie sich getroffen hatten. Hans und Gisela gehörten zu den wenigen in der Gegend, die täglich in ihren blauen FDJ-Hemden herumliefen. Dazu passte, dass zu gegebenen Anlässen, die DDR-Fahne aus den Fenstern ihrer Wohnungen hing.

Das war aber, die Straße herunter, sehr spärlich im Vergleich zu dem Meer von Hakenkreuzfahnen, die Bodo noch in Erinnerung hatte.

»Also, die können ja über die Amis quatschen watse wolln, aba über Bill Haley und olle Elvis, lass ick nüscht kommen.«, erregte sich Heinz Rother. Er und Roger Priebe waren schon durch ihre Frisur als sogenannte Halbstarke zu erkennen. Lange, mit Brillantine eingefettete, nach hinten zu einem Entenschwanz gekämmte Haare mit einer Welle über der Stirn und Koteletten, bis unter die Ohrläppchen.

Bodo und Jürgen fanden das Aussehen der beiden aber als zu extrem. Sie hörten zwar auch Jitterbug und später Rock'n'Roll, aber ihr Interesse galt doch mehr dem Jazz und der Swingmusik. Als im Sportpalast, in der Potsdamer Straße, zum ersten Mal "Jazz at the Philharmonic" stattfand, waren sie dabei.

Ella Fitzgerald, Ray Brown, Oscar Peterson, Gene Krupa …

Sonntags trugen sie zu ihren Anzügen Hüte, die auch von den männlichen Stars in den gängigen amerikanischen Filmen getragen wurden.

Überhaupt waren sie sehr angetan von der neuen Lebensart, die mit den amerikanischen Soldaten Einzug gehalten hatte.

Die ältere Generation hingegen, befürchtete einen Verfall der Sitten. In einer Unterhaltung mit Theo, erzählte Herta:»Ich kann zwar nicht verstehen, wie man so eine Musik gut finden kann, aber wenigstens läuft Bodo nicht so rum, wie der Sohn von Frau Priebe. Ich habe letztens mit ihr gesprochen. Sie hat gesagt, ihr gefallener Mann hätte so etwas nie erlaubt und sie kann nur versuchen, das Schlimmste zu verhindern.«

»Na, hoffen wir mal, dass das auch so bleibt, mit Bodo. Ich bin ja nur froh, dass er nicht so ein Blauhemdträger geworden ist. Das ist ja ekelhaft, wie die wieder rummarschieren mit ihren Fahnen und ihrer Kluft, die nur eine andere Farbe hat. Haben denn die Leute nichts gelernt? Da soll er lieber diesen albernen Hut tragen.«

Im Urlaub, den sie in Berlin verbrachten, besuchten Bodo und Jürgen das neu eröffnete "Amerikahaus" am Bahnhof Zoo und zogen Erkundigungen ein, unter welchen Voraussetzungen man auswandern könnte, nach Süd-Afrika, Australien, Kanada oder in die USA.

Sie waren bereit, aber es gab zwei Hindernisse. Ein kleines, das waren fehlende Englischkenntnisse und ein großes, sie mussten mindestens ein Jahr Bundesbürger sein oder für diese Zeit ihren Wohnsitz in Westberlin gehabt haben.

»Da müssen wir ja abhauen in den Westen, Bodo. Ich weiß nich, ob ick das will...«

»...und wer weiß, was in einem Jahr ist.«, ergänzte Bodo.

Nach ihrem Urlaub, hing ein Aushang am Meisterbüro. Es wurden Mitarbeiter für Montagearbeiten gesucht. Bewerber mit gültigem Führerschein sollten sich melden.

»Mensch Jürgen, das wär' doch was für uns.«, schwärmte Bodo.

»Wat denn, gefällt dir die Arbeit hier nich mehr?«

»Jeden Tag immer nur Fenster zusammenbauen, ist ja auf die Dauer auch nicht sehr aufregend. Auf Montage siehste immer was anderes.«

»Wenn de meinst, aber du hast ja keinen Führerschein und bei uns im Osten heißt das Fahrerlaubnis.«

»Wie das auch immer heißt, ich brauche einen Führerschein.«

»Na, dann mach mal. Da bin ick ja jespannt.«

Beim Abendbrot erzählte er seinen Eltern davon.

»Schnell sowieso nicht, Bodo. Das geht nur mit einer langen Wartezeit oder über Beziehungen. Die einzige Führerscheinstelle hier im Osten, ist in der Milastraße, soviel ich weiß.«, antwortete sein Vater auf die Frage von Bodo, wie schnell man denn zu einem Führerschein kommt.

»Milastraße?«, fragte seine Mutter nach. Theo nickte, »Ja, die geht von der Schönhauser ab.«

»Ja, ja, ich weiß. Der stellvertretende Leiter vom Fuhrpark, bei uns in der Firma, hat aufgehört und leitet jetzt irgendwas mit Fahrerlaubnissen. Ich werde mich mal erkundigen.«

»Das wäre ja prima.«, sagte Bodo ganz aufgeregt.

Seine Mutter hatte sich erkundigt und es geschafft.

Nach der bestandenen theoretischen Prüfung für die Fahrerlaubnis, wurde es ernst.

Der praktische Teil fand mit einem älteren BMW statt. Die neuen, in Eisenach hergestellten Fahrzeuge dieser Bauart, hießen EMW, hatten aber das bekannte blau-weiße BMW-Markenzeichen immer noch an der Kühlerfront.

Der Fahrlehrer hieß Brose. Er erklärte Bodo, wie man startet, kuppelt, schaltet und noch andere praktische Dinge.

»…und warum hängt hier die Schlaufe am Rückspiegel?«, fragte Bodo.

»Das hätte ich dir später, beim Fahren noch gesagt, aber nun ist es egal. Das Auto hat schon einige Kilometerchen auf dem Buckel und da muss man halt improvisieren. Wie ich vorhin bereits erklärt habe, Kupplung, starten, Lenkradschaltung 1.Gang, anfahren, kuppeln 2.Gang, bei Tempo 30 bis 40, und schneller fahren wir ja nicht, kuppeln 3. Gang und jetzt musst du schnell die Schlaufe über den Ganghebel ziehen, denn der fällt sonst wieder runter, in den Leerlauf. So ist das. «

Die praktische Prüfung fand in einem neuen EMW statt und danach war Bodo im Besitz einer Fahrerlaubnis der Klasse V.

Inzwischen war es Frühjahr geworden und der Aushang am Meisterbüro war längst entfernt worden.

Trotzdem sagte Bodo Bescheid, dass er einen Führerschein hätte und interessiert sei. Eines Tages fehlte ein Beifahrer und Bodo fuhr das erste Mal mit auf Montage.

Nach seinem 21. Geburtstag war der rigide Zwang zum gemeinsamen sonntäglichen Frühstück Vergangenheit. Am 13. Oktober 1957 aber, wurde er aber trotzdem aus dem Schlaf gerissen.

»Bodo, aufwachen. Wach auf.«, hörte er seine Mutter rufen und sie rüttelte an seiner Schulter.

»Was ist denn los? Ist was passiert?«

»Ja, los steh auf, wir müssen unser Geld umtauschen.«

Im Radio war mitgeteilt worden, dass die DDR ab sofort neue Banknoten einführt und die Bevölkerung wurde aufgefordert, am heutigen Tag ihre alten Banknoten zwischen 12 und 22 Uhr an den Sparkassenfilialen umzutauschen. Was den Maximalbetrag von 300 Mark überschritt, wurde gutgeschrieben.

Durch diese Maßnahme sollten in erster Linie Spekulanten und die Wechselstuben-Betreiber geschädigt werden, die nun auf ihrer alten und wertlosen Ostmark sitzen blieben.

Die Grenzkontrollen auf den Bahnhöfen und an den Übergangsstellen waren verstärkt worden. Trotzdem gab es einen regen Grenzverkehr, weil Westberliner ihre kleinen Ostgeldbeträge noch zu ihrer Verwandtschaft in den Ostsektor bringen wollten.

Mit der Regelung war auch verbunden, dass der Verkauf hochwertiger Konsumerzeugnisse und die Inanspruchnahme von Dienstleistungen nur noch erfolgen durften, wenn man sich durch Vorlage des Personalausweises, als DDR-Bürger legitimieren konnte.

Schon nach kurzer Zeit regelten sich die Verhältnisse jedoch wieder. Diesmal nahmen die Ostberliner Dienstleister und Kleinhändler, egal ob privat oder staatlich, den sich bietenden Vorteil war.

Bei jeder Gelegenheit, die sich bot, wurde nun unter Beachtung eines vorteilhaften Wechselkurses gegen Westmark verkauft und die Kassendifferenz, aus der eigenen Tasche, in Ostmark ausgeglichen.

Ursula hatte es immer abgelehnt, die Vorteile eines billigen Friseurbesuchs oder den Kauf hochwertiger Konsumprodukte in Anspruch zu nehmen. Damit unterschied sie sich von einem Großteil der anderen Westberliner.

Kapitel 36

Jürgen hatte eine neue Freundin, Lieselotte, genannt Lilo. Die legte ihn völlig in Beschlag.

Bodo hatte den Eindruck, sie wollte Jürgen von ihm fernhalten. Vielleicht konnte sie ihn auch nur nicht leiden, aber das beruhte dann auf Gegenseitigkeit.

Das "Cafe Nord", in der Schönhauser Allee, war schon seit längerem ihr neues Jagdrevier und notgedrungen ging Bodo nun sonnabends immer öfter alleine dorthin.

Die Stammgäste kannten sich und mit dem Türsteher, den Kellnern und der Bardame war man auf "Du und Du".

Bodo saß wie immer auf seinem Stammplatz an der Bar, hinten in der Ecke. Jürgens Hocker war noch frei.

»Ist der Platz belegt?«, hörte er eine Stimme neben sich.

Dort stand eine dunkelhaarige Schönheit mit mandelförmigen Augen und lächelte ihn an.

Bodos Langeweile war schlagartig verflogen.

»Aber ja doch…«, antwortete er betont lässig.

»Das ist ja prima…«, lächelte sie ihn immer noch an, wandte dann ihren Kopf zur Seite und fragte: »…willst du?«

Bodo drehte sich nun auch um und sah, dass da eine ebenso hübsche, hellblonde stand.

»Na, dann machen wir das doch ganz anders.«, sagte er und kletterte von seinem Barhocker.

»Bitte, Sie können meinen Platz haben, das ist doch angenehmer.«

Nach einigem höflichen Getue, nahm sie dann sein Angebot an. Bodo stand nun neben der Blonden an der Wand.

Als die Musik einsetzte, wurden beide zum Tanz aufgefordert.

Die Dunkle ging, aber die Blonde lehnte dankend ab. Bodo fiel auf, dass die Blondine jede Aufforderung zum Tanz ablehnte. Irrigerweise nahm er nun an, dass es wegen ihm wäre, doch als er sie zum Tanz aufforderte, lehnte sie auch ab.

Man kam ins Gespräch und Bodo erfuhr, dass beide Chemielaborantinnen waren, die zusammen im VEB Berlin Chemie gelernt und nun an der Akademie der Wissenschaften im Labor arbeiteten.

Bodo hoffte, sie würden nicht fragen, was er beruflich machte.

Doch die Blonde fragte. Bodo gab sich als Aussenmonteur aus und legte nach, dass er in Westberlin arbeitete.

Vielleicht hatte das Eindruck gemacht, denn sie nahmen seine Einladung zu einem gemeinsamen Gin-Fizz an. Als Hella, die Bardame, die Getränke hinstellte, kniff sie das den Mädchen abgewandte Auge zu und grinste Bodo an.

Kurz darauf nannte man sich beim Vornamen. Die Dunkle hieß Erika und die Blonde Christa.

In einer Tanzpause sagte Christa plötzlich: »Erika, ich gehe jetzt, du weißt ja…«

Erika nickte nur und strich ihr über den Arm. Bodo spürte instinktiv, dass es falsch wäre, nach dem Grund zu fragen. Aber Eindruck schinden wollte er und zeigen, dass er einen von den modernen, teuren Kugelschreibern besaß. Er holte ihn aus dem Jackett, schrieb seinen Namen und die Telefonnummer auf einen Untersetzer und gab ihn Christa.

»Vielleicht meldest du dich mal, wenn es dir wieder besser geht. Würde mich freuen. Ich bringe dich noch ein Stück, vielleicht kriegen wir ein Taxi.« und lachte dabei selber über den Witz.

Sie gingen zu Fuß bis zur Vinetastraße. Von da fuhr der 45er Bus nach Wilhelmsruh, wo sie wohnte. Als Bodo sie nach Hause begleiten wollte, lehnte sie das strikt ab,

Er wartete noch, bis der Bus abfuhr und war dabei aber schon in Gedanken bei Erika, um die er sich nun intensiver kümmern wollte.

Wieder im "Cafe Nord" angekommen, sah er, dass Klaus Pasenow neben ihr an der Bar saß und da wusste er, dass seine Chancen von Null nicht sehr verschieden waren.

Trotzdem ging er hin und sagte Erika Bescheid, dass er Christa bis zum Bus gebracht hatte.

»Was, ihr kennt euch?«, fragte Klaus erstaunt.

»Ja Klausi, da kommste wohl ins Grübeln, was?« und zu Erika gewandt, fragte er: »Was hat denn deine Freundin? Ist sie krank?«

»So etwas ähnliches. Vorgestern ist etwas in die Brüche gegangen und da hat sie noch großen Kummer.«

»Ach so… na, dann wünsche ich noch einen angenehmen Abend.«, und er hob die Hand wie zum Gruß. »Klausi, bleib sauber. Bis dann, Tschüss Hella!« Was die Bardame antwortete, hörte Bodo schon nicht mehr.

Das war einer von den Sonnabenden, die er sich nicht unbedingt merken wollte

Kapitel 37

Sie waren schon die zweite Woche in einem Kesselhausneubau beschäftigt, da kam Bodo mit dem Vorarbeiter einer kleinen Rohrleitungsfirma ins Gespräch. Sie brauchten jemanden, der in der Lage war, Konsolen und ähnliche Gestelle für Rohrleitungen zu bauen, die der Chef der Firma einschließlich der statischen Mindestanforderungen, wie Schraubengröße, Profilart für Wandverankerungen und Ähnlichem, manchmal auf Papier oder auch mit Kreide auf den Fußboden malen würde.

Er zeigte Bodo so eine Skizze und fragte ihn, ob er sich zutrauen würde, das zu bauen und zwar am kommenden Sonntag, gegen bares.

Weil Jürgen mit seiner Lilo zu Gange war und das Angebot verlockend, sagte Bodo zu.

Der Sonntag endete zu beiderseitiger Zufriedenheit und als er Bodo auszahlte, fragte ihn der Chef, ob er nicht für ihn arbeiten wollte. Sowohl die interessante Arbeit, als auch die Verdienstzusage, veranlassten Bodo zum Wechsel der Arbeitsstelle.

Die Arbeit war abwechslungsreich und Bodo kam in West-Berlin herum. Einige Tage war er auch bei Osram, in der Seestraße, im Einsatz.

Damals ahnte er noch nicht, dass ihn das Kennenlernen der Funktionsweise und die Bedienung von Fließreihen zur Herstellung von Glühlampen, einmal von Nutzen sein könnten.

Jürgen fand das gar nicht gut. »So, nu biste Rohrleger. Gas, Wasser, Scheiße. Oder was?«

Erst nachdem Bodo ihm erklärt hatte, was er tatsächlich machte und vor allem, was er nun verdiente, beruhigte sich Jürgen.

Bodo hatte gebadet, da klopfte seine Mutter an die Badtür.

»Telefon für dich…«

»…wer denn?«

»Das weiß ich doch nicht, aber bestimmt irgendeine von deinen vielen Bekanntschaften,.«

Bodo lief im Bademantel ins Wohnzimmer zum Telefon.

»Ja, bitte?«

»Hier ist Christa.«

»Christa…?«

»Ja. Du hast mir deine Telefonnummer gegeben. Vor drei Wochen im "Cafe Nord". Ich war mit meiner Freundin Erika da und an der Bar hast du mir deinen Platz angeboten.«

»Ach, und du bist dann mit dem Bus nach Wilhelmsruh... ja, ich erinnere mich. Geht's dir wieder besser?«

»Darum rufe ich ja an. Hast du heute schon etwas vor? Damals war ich ja ein bisschen schroff.«

Die kleine hübsche Blonde? Ja, die ist besser als die Krankenschwester, dachte er.

»Nein, ich bin nicht belegt heute.«, log er und sie verabredeten sich für den Abend.

Das war der Beginn einer jahrzehntelangen Zweisamkeit.

Es war Ende Mai und das Wetter war wie im Hochsommer.

»Was machen wir denn am Wochenende?«, fragte Bodo.

»Weißte was, wir fahren an den Wandlitzsee.«, antwortete Christa.

»Wo ist das denn, kann man da auch baden?«

»Sage bloß, du kennst den Wandlitzsee nicht?«

»Nee, kenne ich nicht. Wir waren zum Baden immer nur am Weißen See, in Grünau oder am Müggelsee,.«

»Das sind ja große Bildungslücken, die du mir da offenbarst«, sagte sie lachend, »aber ich werde mal nicht so sein und werde dir am Sonntag zeigen, wo das richtige Badeleben abgeht.«

Zur angegebenen Zeit, war Bodo am Sonntagmorgen in Wilhelmsruh. Er staunte nicht schlecht, als er an einem Nebenbahnsteig der S-Bahn die Heidekrautbahn wiedererkannte, mit der er immer zu "Rieth + Sohn" nach Rosenthal gefahren war. Er erzählte Christa davon.

»Da bist du ja doch schon ganz schön rumgekommen.« frotzelte sie.

Bodo liebte diese schlagfertige Art.

Gegenüber vom Bahnhof Wandlitzsee, war das "Strandrestaurant" und daran angeschlossen, das Strandbad.

Auf der linken Seite war die Liegewiese flach und es gab einen kleinen Sandstreifen am Ufer. Die andere Seite war ein Wiesenhang. Dort breiteten sie ihre Decke aus.

»Na und? Wie gefällt es dir hier?«

»Schön groß, der See. Wie bist du denn hierher gekommen?«

»Meine Sippe stammt aus Klosterfelde, nicht weit von hier. Die Vorfahren meiner Mutter sind damals mit den Hugenotten hierher gekommen. Sie ist eine geborene Manger. Weißt du, was das auf Französisch heißt?«

»Nee, woher denn…?«

»Das heißt "mangjee", wie "essen" auf Deutsch. Und das heißt weiter, dass du dich jetzt nach Bockwürsten anstellen gehst, dahinten an der Terrasse, wo die lange Schlange steht. Ich habe nämlich Hunger.«

»Ihro Gnaden dero selbst, müssen sich aber etwas gedulden. Wenn es denn genehm ist, enteile ich umgehend.«, erwiderte Bodo in devoter Haltung, nachdem er aufgesprungen war.

Beide lachten und als Bodo nach einiger Zeit mit den Bockwürsten zurückgekommen war, erzählte Christa weiter.

»Mein Onkel Richard wohnt ein Stück die Straße hinauf, hinter den Bahngleisen auf einem Waldgrundstück. In wilder Ehe, mit Tante Lotte. Er ist nicht nur deshalb das schwarze Schaf in der Familie, sondern er ist in der Partei, in der SED. Das haben sie ihm am meisten übelgenommen. Eine Cousine von mir, Gisela, hat mit ihrer Familie eine Datsche in der Nähe, aber denkst du, die haben Kontakt?«

Bodo erfuhr weiter, dass Christas Mutter noch eine Schwester, namens "Ite" hatte, die in Westberlin mit ihrem Sohn Klaus wohnte, begütert und geizig war.

Ihr Vater stammte aus Ostpreußen und die Schwester von ihm, Tante Grete, war alleinstehend und führte tagsüber den Haushalt bei ihnen zu Hause.

»So und was ist mit deiner Familie?«

Bodo erzählte von Wriezen und davon, warum Theo sein Stiefvater ist und Ursel nach Westberlin gezogen war. Christa dachte, er würde flunkern, als er ihr die Geschichte aus dem Garten der Eltern von Theo erzählte.

»Das kannst du glauben, das war wirklich so. Und darum legen meine Schwester und ich, auch keinen großen Wert auf Kontakte zur Familie von meinem Vater.«

»Na, bei dir ist ja alles recht überschaubar.«

»So kann man das ausdrücken, ja. Aber nun sollten wir mit dem ganzen Quatsch aufhören.«

»Nur noch was zum Schluss. Wollen wir nachher meinen Onkel besuchen? Der ist völlig unkonventionell und das Zimmer von seinem Sohn Horst ist frei, weil der geheiratet hat und jetzt da hinten im Ort Wandlitz wohnt.«, und sie zeigte dabei über den See.

»Ist es das, was ich denke, das du meinst…?«

»…aber ja doch, dann könnten wir schon immer Sonnabends kommen und bis Sonntag bleiben.«

Bodo sagte nichts, sondern beugte sich zu ihr und küsste sie.

Auf dem großen Waldgrundstück standen Fichten. Der Boden war aus weißem Sand und mit den Nadeln übersät, die ständig von den hohen Bäumen fielen. Die Eingangspforte war unverschlossen und genauso rostig wie der Zaun, der das Gelände umgab.

Ganz hinten, am anderen Ende, stand das flache Häuschen oder besser, die Wohnlaube und davor war etwas Land kultiviert worden, um für den Eigenbedarf Gemüse anbauen zu können.

Lotte war eine etwas gebückt gehende Frau, mit wachen Augen, der man ansah, dass sie früher bessere Zeiten erlebt haben musste. Richard war hager und atmete asthmatisch. Beide machten auf Bodo einen sympathischen Eindruck, der sich noch verstärkte, als nach der herzlichen Begrüßung die Zusage für die Zimmerbenutzung an den Wochenenden erfolgte.

»Da können wir aber nicht für nass wohnen«, sagte Bodo, als sie am Abend auf der Heimfahrt im Zug saßen, »da müssen wir für bezahlen.«

»Da kennst du die Beiden aber nicht, die sind zwar sehr arm, aber haben ihren Stolz. Uns wird schon was einfallen.«

Von nun an fuhren sie jedes Wochenende und bei jedem Wetter nach Wandlitzsee. Ob Christa ihren Eltern davon erzählt hatte, wusste Bodo nicht, er aber wich den neugierigen Nachfragen seiner Mutter stets aus.

Am Sonnabend waren sie im "Strandrestaurant" zur Tanzveranstaltung und. an den Sonntagen machten sie lange Wanderungen. Bei warmem Wetter auch zum Liepnitzsee um an einer Stelle zu baden, die später durch einen Zaun versperrt war und an dem bewaffnete Postengänger patrouillierten.

Zugang hatten nur die Bewohner der Waldsiedlung Wandlitz. Dort wohnte, abgeschottet von der Außenwelt, die Parteinomenklatura der DDR.

Das Lokal "Versunkene Glocke" lag oberhalb der "Drei Heiligen Pfühle". Bodo hatte erfahren, dass der Wirt auch Zimmer vermietete.

»Wollen wir nicht mal fragen, ob wir ein Zimmer für den Urlaub mieten können?«

»Urlaub? Mensch, Bodo, dass habe ich dir ja noch gar nicht erzählt«, ant-

144

wortete Christa etwas verlegen, »ich fahre doch mit Erika im August an die Ostsee, in ein Ferienheim von der Akademie. Das ist mir jetzt richtig peinlich. Entschuldige bitte.«

Bodo war von der Mitteilung ebenso überrascht wie enttäuscht und wollte im ersten Moment seinen Kopf wegdrehen, als Christa ihn küssen wollte, aber besann sich noch rechtzeitig.

Seine Eltern waren für eine Woche bei Bekannten in Alt-Landsberg.

Wie jeden Tag, wenn er nach Hause kam, guckte Bodo nach unten, auf den Korridorläufer. Wieder keine Post, doch als er seine Tasche abstellte, sah er an der Innenklappe des Briefschlitzes, die Postkarte klemmen.

Sie war von Christa und sie teilte ihm mit, wann sie am kommenden Sonnabend am Bahnhof Lichtenberg ankommen würde und wie sehr sie sich auf das Wiedersehen freuen würde.

Schon lange vor der Ankunftszeit des Zuges war Bodo in der Schalterhalle des Bahnhofs. Von da führte auch eine Treppe hinauf zum S-Bahnhof und es gab einen Abgang zur U-Bahn. Der Fahrgaststrom bewegte sich treppauf, treppab.

Bodo hatte aber nur die letzte Treppe im Auge, die zum Bahnsteig führte, wo der Zug mit Christa ankommen sollte.

Endlich kamen Reisende die Treppe hinab und dabei war auch eine lautstarke Gruppe junger Leute, die sich am Fuße der Treppe voneinander verabschiedeten.

Bodo erkannte Christa und ein besitzergreifendes Gefühl erfasste ihn, als er sah, wie sie sich, seiner Meinung nach, viel zu eng auch von den Burschen verabschiedete.

Sie kam mit Erika in seine Richtung. Die sah ihn zuerst, machte Christa auf ihn aufmerksam, winkte ihm zu und rannte dann auf einen etwas älteren Mann zu, der sie in die Arme nahm. Da stand auch schon Christa vor ihm. Ihre blonden Haare standen im starken Kontrast zu ihrer gesunden Bräune. Sie schmiegte sich an ihn und er hatte den Eindruck, als wenn er noch etwas von der Ostseeluft riechen konnte, als er sie küsste. Alles war gut.

»Zu wem ist denn Erika hin?«

»Das ist ihr Neuer.«

»Ach, so'n Alter?«

»Ja, er ist wohl zehn Jahre älter und freischaffender Kameramann, hat sie gesagt.«

Kapitel 38

Kurz nach dem Urlaub erzählte Christa, dass man ihre Arbeitsgruppe in die Sektion Chemie der Humboldt-Universität verlagert hatte.

Aber nur Erika und sie waren umgesetzt worden. Die Dritte im Bunde, Waltraut, hatte kurzfristig geheiratet und war nach Westberlin verzogen.

»Und heute hat mir Erika gesagt, dass sie kündigen wird.«

»Warum das denn?«, fragte Bodo erstaunt.

»Die ist zu ihrem Heiner gezogen...«

»...Heiner?«

»Na, der alte Kameramann, der sie damals am Bahnhof abgeholt hat, als wir von der Ostsee gekommen sind. Sie wollen auch heiraten.«

»Deswegen kündigt man doch nicht.«

»Er wollte das so und es ist schön von zu Hause weg zu sein, hat sie gesagt.«

»Da haben die Mädels aber Schwein gehabt...«

»...Schwein gehabt?«

»Na, die haben doch jetzt ihre eigene Wohnung. Oder?«

Christa schmiegte sich ganz dicht an ihn. »Würdest du mich denn heiraten, wenn wir eine Wohnung hätten?«

»Aber klar doch. Es macht richtig Spaß rumzuspinnen, denn wo kriegt man heute eine eigene Wohnung her? Also wir heiraten, wenn wir eine Wohnung gefunden haben. Einverstanden?«

Sie guckte ihn prüfend an und schmiegte sich dann wieder fest an ihn.

Der Dezember 1958 begann damit, dass Bodo und drei weitere Mitarbeiter entlassen wurden.

Wegen der Drohung der Russen Westberlin abzuriegeln, waren fast alle Aufträge storniert worden. Es würde ihm leid tun, sagte der Chef, denn jetzt so kurz vor Weihnachten sei das besonders schmerzlich, aber es würde nicht anders gehen. Mit der Zusage, ihn sofort wieder einzustellen, wenn sich die Lage verbessern würde, übergab er ihm den ausstehenden Lohn und noch ein zusätzliches Weihnachtsgeld in Westmark.

Das Arbeitsamt hatte auch nichts anzubieten. Bodo war arbeitslos. Da er nun Zeit hatte, holte er Christa fast täglich von der Uni ab.

»Meine Mutter hat eine Wohnung für uns.«, sagte Christa und sah ihn gespannt an. Im ersten Moment konnte Bodo überhaupt nicht realisieren, was er da gerade gehört hatte.

»Ach, ja? Wo denn?«

»Bei uns in Wilhelmsruh. Eine Zwei-Zimmer-Wohnung.«

»Und ab wann?«

»Ab 1. Januar. Aber nur, wenn wir verheiratet sind.«

»Na, so ein Mist, heute ist doch schon der 11. Dezember.«

»Wieso Mist? Meine Mutter hat eine Bescheinigung vom Wohnungs-amt, mit der man beim Standesamt ganz kurzfristig einen Termin be-kommt.«

Das Gespräch fand auf dem Weg zum Bahnhof Friedrichstraße statt. Sie beschlossen, alles Weitere im "Pressecafe" zu bereden.

Neben dem "Metropol–Theater" und dem Kabarett "Die Distel" gele-gen, herrschte dort, wie immer, reger Betrieb. Sie hatten Glück und fanden sogar einen Zweiertisch am Fenster, der gerade frei wurde. Das war in doppelter Hinsicht glücklich, denn normalerweise wurde man vom Kellner "platziert" und das nahm das Bedienpersonal sehr ernst. Die zuständige Kellnerin ließ wohl Gnade vor Recht walten.

»Was ist denn das für eine Wohnung?«

»Na, das weiß ich doch auch nicht. Meine Mutter hat mir das doch erst gestern Abend gesagt und mir die Wohnungszuweisung und die Beschei-nigung fürs Standesamt gezeigt.«

»Ich denke, deine Eltern wollten dich mit so einem studierten Doktor verkuppeln und jetzt besorgt uns deine Mutter eine Wohnung, damit du einen Schlosser heiratest?«

»Da kannst du mal sehen, wie ich dich liebe. Was denkst du denn, was mein Vater für ein Gesicht gemacht hat. Bei dem war gestern Abend Sen-depause.«

»Na was bei uns zu Hause abgehen wird, daran will ich gar nicht den-ken. Meine haben für mich doch diese mollige Fleischerstochter ausge-wählt, die von so einem zarten, anlockenden Wurstgewürzgeruch um-weht wird. Aber es ist immer gut zu essen da, hat mein Vater gesagt.«

Christa lachte. »Nun höre aber auf, das arme Mädchen.«

»Wann können wir uns denn die Wohnung ansehen?«

»Na, heute noch, wenn du willst.«

»Jetzt ist es doch schon dunkel.«

Sie beredeten eingehend ihr weiteres Vorgehen und fuhren danach vom unteren Bahnsteig des S-Bahnhofs Friedrichstraße, mit dem Zug Richtung Oranienburg. Bodo stieg am Bahnhof Gesundbrunnen in die Ringbahn um und Christa fuhr weiter bis Wilhelmsruh.

Während der Fahrt wurde nicht mehr viel geredet. Beide waren angespannt und mit ihren Gedanken schon in einer Zeit, die Zukunft hieß.

Ehe er zu sich nach oben ging, klingelte Bodo im Nebenhaus bei Jürgen, aber der war nicht da. Er bat Frau Pruck, Jürgen zu sagen, dass er sich bei ihm melden sollte.

»Ist etwas passiert?«, fragte seine Mutter bei der Begrüßung.

»Nee, warum…?«

»Na, du machst so einen Eindruck. Geht es dir gut? Du wirst doch nicht krank werden?«

»Nein, alles in Ordnung, vielleicht liegt es daran, dass ich arbeitslos bin. Ich habe schon etwas gegessen und lege mich mal einen Moment hin.«, versuchte sich Bodo herauszureden.

Es dauerte nicht lange, da ging die Klingel. Es war Jürgen.

»Mensch, mach dit Bodo. Hauptsache die Bude is bewohnbar. So eene Chance krichste so schnell nich wieder.«, war sein Kommentar dazu, nachdem Bodo berichtet hatte.

Am nächsten Tag rief Christa an. Er sollte um 16 Uhr am Bahnhof Wilhelmsruh sein.

Nach 15 Minuten Fußweg hatten sie ihr Ziel, Edelweißstraße 19 A, erreicht. Das zweistöckige Wohnhaus sah aus wie eine große Villa. Christa verglich noch einmal die Adresse mit den Unterlagen, die ihr ihre Mutter mitgegeben hatte

»Der Vermieter heißt Peine und hat hier irgendwo eine kleine Installationsfirma.«

Sie betraten den Hof durch das schmiedeeiserne Eingangstor. Auf den Stufen, die zur Eingangstür führten, lag altes Baumaterial. Sie guckten sich fragend an. Bodo ging weiter bis zur Hausecke und winkte dann aufgeregt Christa heran.

Der Eingang war der Ausgang zum Hof, an den sich ein Garten anschloss. Sie betraten das Haus, gingen ein paar Stufen zum Hochparterre hinauf und standen vor zwei Wohnungstüren. Eine kleine, mit dem Namensschild "Krakies" und eine große Doppeltür ohne Namensschild.

Christa zeigte auf die Tür. »Das ist die Wohnung. Sie ist im Parterre, hier steht es.«, und hielt Bodo das Formular hin, »Der Vermieter wohnt im ersten Stock, hat meine Mutter gesagt,.«

Frau Peine wusste Bescheid und sie gingen mit ihr wieder nach unten. Als die Wohnungstür aufgeschlossen wurde, fassten sich beide fest an. Sie betraten die Wohnung, die ihr erstes gemeinsames Heim werden sollte.

Es war schon schummerig draußen, aber was sie sahen, überzeugte. Ein langer Korridor, Innentoilette, große Küche mit Speisekammer, Küchenschrank und Abwaschtisch, sowie Schlaf- und ein großes Wohnzimmer. Mehr musste nicht sein.

»Die Wohnung ist ja noch um zwei Zimmer größer, aber da wohnt unsere Mutter.«, und dabei zeigte Frau Peine auf eine Doppeltür, hinter einem Vorhang im Korridor, »Sie hat den anderen Zugang vom Hausflur. "Krakies", wie Sie sicherlich bemerkt haben.«

» Ja…und wie geht es jetzt weiter?«, fragte Bodo.

»Wenn Sie die Zuweisung vom Wohnungsamt haben, wird der Mietvertrag abgeschlossen und Sie können ab 1. Januar einziehen. Die Miete beträgt 32,00 Mark, ohne Gas und Strom. Die Zähler sind hier in der Nische.«

Als sie wieder auf der Straße waren, umarmten sie sich und waren nur glücklich.

Nach dem Abendbrot saß Bodo mit seinem Vater im Wohnzimmer. Beide rauchten. Aus dem Radio tönte leise Musik. Seine Mutter hantierte noch in der Küche.

»Was machst du denn so den ganzen Tag? Wäre es nicht besser du suchst dir eine Arbeit hier im Osten, als arbeitslos herumzustreunen?«

Bodo war mit seinen Gedanken bei dem kommenden Gespräch mit seinen Eltern, dass er nun führen musste.

»Boodoo…ich habe dich eben etwas gefragt.«

»Entschuldige bitte, aber ich war mit meinen Gedanken ganz woanders. Wenn Mutti draußen fertig ist, muss ich mit euch beiden etwas Wichtiges besprechen.«

Als seine Mutter sich zu ihnen setzte, begann Bodo seinen Eltern die Situation zu erläutern. Er war auf alles gefasst. Zu seiner Verwunderung wurde er nicht unterbrochen, aber an ihrer Körpersprache und den Blickkontakten konnte er die Anspannung seiner Eltern erahnen.

»…und morgen gehen wir zum Standesamt im Rathaus Pankow und lassen uns einen Termin geben.«, beendete er seine Ausführungen.
Die Zeit schien still zu stehen und dann hörte er, wie seine Mutter sagte:
»Siehste Hase, ich habe doch geahnt, dass etwas im Busch ist. Ich kenne

doch meinen Sohn.«

Den erwarteten Dialog über die Bedenken, die seine Eltern vorbrachten, beendete dann sein Vater mit: »Da du ja scheinbar fest entschlossen bist, können wir dir nur wünschen, dass du deine Entscheidung nicht bereuen wirst. Deine Christa hast du uns ja schon vorgestellt, aber ihre Eltern kennen wir doch überhaupt nicht...«

»...und darum wäre es ganz gut, wenn du die drei am Sonntag zum Kaffee hier zu uns einlädst. Das wäre doch unter den gegebenen Umständen das Beste, nicht wahr, Hase?«, vollendete seine Mutter den Satz.

Bodo hatte sich die wildesten Szenarien ausgemalt, aber auf diese Reaktion seiner Mutter war er nicht vorbereitet. Es dauerte einen kurzen Moment, ehe er das eben gehörte mental verarbeitet hatte, dann stand er auf, umarmte seine Mutter und verließ mit einem, »Ich danke euch...«, schnell das Zimmer, damit seine Eltern die Tränen nicht sahen, die ihm in die Augen stiegen.

Christa hatte unbezahlten Urlaub genommen. Die Zeit drängte, denn es war schon Sonnabend als sie beim Standesamt Pankow vorsprachen und die Weihnachtsfeiertage kamen immer näher.

Die Bescheinigung vom Wohnungsamt zeigte Wirkung. Nachdem die Formalitäten geklärt waren, wurde der Termin der Trauung auf Donnerstag, den 18. Dezember 1958 um 11:15 Uhr, festgelegt.

»Was haben deine Eltern zu der Einladung gesagt?«

»Sie fanden das gut. Wenn deine Eltern sich nicht gerührt hätten, wäre meine Mutter aktiv geworden, hat sie gesagt.«

»Nächste Woche, um diese Zeit, sind wir schon zwei Tage verheiratet. Ich kann's kaum glauben...«

Sie umarmten und küssten sich und hier fand das niemand anstößig.

Nach dem Mittagessen wurde der Kaffeetisch gedeckt. Es lag eine gewisse Spannung in der Luft, die ihren Höhepunkt erreichte, als es klingelte und Familie Jabs die Wohnung betrat.

Nach der gegenseitigen Vorstellung und dem Austausch von Höflichkeiten, beruhigte Bodo an der Kaffeetafel beide Elternpaare, auf deren Nachfrage, dass er die Eheringe am Dienstag abholen würde. Christa und er seien gestern noch beim Juwelier in der Badstraße gewesen und hätten, die jetzt modernen, breiten und flachen Ringe mit Innengravur bestellt.

Dass er seine alten Verlobungsringe in Zahlung gegeben hatte, wurde im Einvernehmen mit Christa, verschwiegen.

Um den Gesprächsfluss der Eltern nicht zu stören, räumten sie den Tisch ab und übernahmen freiwillig den Abwasch. Als sie danach das Zimmer wieder betraten, saßen die Männer in der Sesselecke, rauchten und tauschten wohl gerade Erinnerungen über die Soldatenzeit und die Kriegsgefangenschaft aus. Die Mütter berieten eingehend den weiteren Ablauf bis zum und am Hochzeitstag. Da sie niemand beachtete, gingen sie wieder in Bodos Zimmer und beredeten beim Kuscheln, wie sie sich ihre weitere Zukunft vorstellten.

Beim Abendbrot duzten sich die Eltern schon. Es roch nach Tabakrauch und Alkohol im Zimmer.

Der Plan sah vor, am Mittwoch einen Pseudopolterabend mit Verlobung zu veranstalten, zu dem auch Erika und Jürgen eingeladen werden sollten.

Am Hochzeitstag selbst, würden nur die Familien zusammen sein. Die Bekanntgabe über die Vermählung an die anderen Verwandten und Bekannten, wollten die Mütter übernehmen.

»Na, wenn wir am Mittwoch alle in Wilhelmsruh sind und ich die erste Zeit sowieso bei Christa wohnen soll, dann kann ich ja auch gleich meine guten Sachen mitnehmen und da schlafen.«

Fast gleichzeitig und mit den gleichen Worten wurde dieses Ansinnen von Bodo, durch alle Elternteile strikt zurückgewiesen und mit fehlender Schicklichkeit begründet, weil sie ja noch nicht verheiratet waren.

Nach der kleinen Feier fuhren sie mit der S-Bahn nach Hause. Sie warteten auf den "Durchläufer", denn der bog gleich hinter Pankow in Richtung Ringbahn ab und fuhr auf einem Nebengleis am Bahnhof Bornholmer Straße vorbei. Die Strecke war von der DDR angelegt worden, damit man als Ostberliner nicht durch Westberliner Gebiet musste. Das war auch bequemer, denn es ersparte das lästige Umsteigen am Bahnhof Gesundbrunnen.

Weil Theo unbedingt noch eine rauchen musste und Erika nicht in das Raucherabteil einsteigen wollte, fuhren sie in getrennten Abteilen zurück. Nachdem Erika am Bahnhof Schönhauser Allee ausgestiegen war, fragte Jürgen: »Warum haste mir denn die heiße Braut nicht schon früher mal vorgestellt? «

»Ja, wenn du damals mit im "Cafe Nord" gewesen wärst, dann wäre vielleicht alles anders gelaufen. Aber du hast ja deine Lilo und Erika hat jetzt ihren Macka. Und wenn du nu nich endlich aufhörst, dann gebe ich Lilo 'nen Hinweis. «

»Dit kriegste fertich, wie ick dich kenne. Aba nu mal was anderes. Warum musste denn heute noch nach Hause und morgen wieder hin? Hättste nich gleich dableiben könn?«

Bodo klärte ihn auf.

»Ach Jott ja, dit hätten meine Alten auch so hinjekriegt.«

Den Ablauf der standesamtlichen Trauung erlebte Bodo wie in Trance. Als es vorüber war, wunderte er sich, dass alles so wie vorher war. Der Ober im Ratskeller, wo ein Tisch bestellt war, bediente sie wie alle anderen und als er später auf die Straße trat, floss der Verkehr wie immer und die Leute liefen achtlos an ihm vorbei. Dabei war er doch jetzt verheiratet.

Nachmittags kam dann Ursula zum Kaffee und fuhr mit den Eltern nach einem kleinen Umtrunk gegen 22 Uhr nach Hause. Am nächsten Tag, mussten alle wieder arbeiten. Bodo nicht, denn der war ja arbeitslos und Christa hatte zusätzlich, zu ihrer bezahlten Freistellung wegen der Eheschließung, den unbezahlten Urlaub bis zum Jahresende verlängert.

So oft, wie in dieser Zeit, war die Familie nie wieder zusammen gekommen. Heiligabend waren alle bei Bodos Eltern. Bodo genoss das. Der vertraute Geruch, die bekannte Ordnung, vor allem im Bad, und das Schlafen in seinem Zimmer. Am 2. Feiertag waren sie dann alle in Wilhelmsruh und schon am Sonntag, dem 28. Dezember traf sich die Familie zu Christas 23. Geburtstag dort wieder.

Da ihnen Herr Peine nach der Wohnungszuweisung, schon die Hausschlüssel übergeben und den Zutritt zur Wohnung erlaubt hatte, fand eine gemeinsame Wohnungsbesichtigung statt. Die beiden Schwiegermütter sprachen sich über irgendwelche Termine ab. Christas Mutter wollte das Schlafzimmer besorgen. Bodos Mutter hatte durch ihre jetzige Arbeitsstelle, in einer kürzlich gegründeten Produktionsgenossenschaft des Handwerks, der PGH Bau-reparaturen, beste Beziehungen zu allen Gewerken, die für die Reno- vierung der Wohnung nötig waren und das in kurzer Zeit, denn Christaund Bodo wollten so schnell wie möglich, ihr neues Heim beziehen.

Nach soviel familiärer Gemeinsamkeit feierten sie Silvester bei einer Freundin von Christa. Ursel und Siegfried Burri wohnten nicht weit entfernt in Reinickendorf und gehörten von nun an auch zum engeren Bekanntenkreis von Bodo.

Kapitel 39

Seine Schwiegereltern waren beide bei der Konsumgenossenschaft angestellt.

Kurt war Leiter der Verkaufsstelle für Lebensmittel in der Schönholzer Straße. Auf dem Weg von und zum Laden, musste er täglich an der Wohnung von Christa und Bodo vorbei, aber er klingelte nie bei ihnen. Er gehörte zu der Sorte Männer, die ihre Unterwäsche nur dann wechselten, wenn jemand die alte durch neue ersetzt hatte. Kurt war ein sehr verschlossener Typ, der wenig redete. Redselig wurde er nur mit Alkohol.

Im Gegensatz zu ihm, war Martha eine Frau mit Durchsetzungsvermögen und einer lauten Stimme. Sie leitete einen Laden für Frischfisch in der Hauptstraße, schräg gegenüber von dem Haus, in dem sie wohnten.

Ihr Tagesablauf war geregelt.

Von 13 bis 15 Uhr waren die Geschäfte geschlossen. Wenn Martha und Kurt dann nach Hause kamen, hatte Tante Grete das Essen vorbereitet. Danach war Mittagsruhe. Wegen der Ladenschlusszeit und der Abrechnungsarbeiten, gab es das Abendbrot nach 20 Uhr. Zur Entspannung stand danach eine halbe Flasche Weinbrand-Verschnitt auf dem Tisch und die Unterhaltung drehte sich um die Tagesereignisse in ihren Läden.

In der Zeit, als er bei ihnen wohnte, erfuhr Bodo auch etwas über das Schicksal der Familie während des Krieges und danach.

Wegen der Fliegerangriffe war Christa damals auch nicht in Berlin, sondern in Ostpreußen bei den Verwandten von Kurt. In dem Zusammenhang erfuhr Bodo auch, dass Christa als Volks- oder Reichsdeutsche dort einen besonderen Status besaß und dass sie diesen Vorteil auch in der Schule oder beim Spielen mit den anderen Kindern aus dem Dorf nutzte, wenn es darum ging, ihren Willen durchzusetzen.

Noch bevor der große Flüchtlingstreck einsetzte, holte Martha ihre Tochter zurück nach Berlin. Während sie unterwegs waren, wurde ihre Wohnung in der Frankfurter Allee, bei einem Bombenangriff, völlig zerstört. Sie hatten bis auf die Sachen in den beiden Koffern, die Martha schleppte, alles verloren.

Als Bodo diese Schilderung hörte, musste er daran denken, wie er damals mit seiner Mutter und Ursel durch diese Flammenhölle nach Hause gelaufen war. Vielleicht sind sie damals auch an dem Haus vorbeigekommen, in dem der gesamte Hausrat seiner Schwiegereltern gerade in Schutt und Asche versank.

Kurt war im Krieg und Martha musste die anstehenden Probleme alleine lösen. Sie kam mit Christa bei Verwandten unter. Nachdem Kurt dann aus der Gefangenschaft zurückgekommen war, wohnten sie erst zur Untermiete in Wilhelmsruh, bevor sie dort ihre jetzige Wohnung zugewiesen bekamen.

Im Gegensatz zu Bodo, hatte sich Christa für die Oberschule entschieden. Die nächstgelegene lag in Reinickendorf, im französischen Sektor, das "Bertha-von-Suttner"-Gymnasium.

Als bekannt wurde, dass durch die politische Entwicklung in Berlin, ein "Westabitur" im sowjetischen Sektor nicht anerkannt werden würde, verließ Christa nach der mittleren Reife die Schule und begann ihre Ausbildung als Chemielaborantin.

Bodo hatte das Namensschild abgeholt, das er bestellt hatte.

Der eingravierte Name "Klann", hob sich schwarz von der blanken Aluminiumfläche ab. Mit einem stolzen Gefühl befestigte er es an der Wohnungstür. Die Türklingel, die nachträglich vom Vormieter an der Türzarge angebracht worden war, machte er mit einer neuen Flachbatterie wieder funktionsfähig. Nun wussten die Leute und der Briefträger, wer hier wohnte und konnten klingeln, wenn sie zu ihnen wollten.

Neben anderem waren auch Brennholz und Briketts rationiert und es war Winter. Obwohl die "Hausbrandkarte" für die beiden noch gar nicht ausgestellt war, hatte Martha aber beim Kohlenhändler vorsorglich das Heizmaterial bestellt. Man kannte sich ja und es war ein stetes Geben und Nehmen.

Die Lieferung von Holz und Kohlen erfolgte unmittelbar nach Neujahr. Am Wochenende heizten sie das erste Mal ihre Wohnung. Der Kachelofen, in der Ecke hinter der Tür im Wohnzimmer, ging bis zur Decke. Er bestand aus kunstvoll gestalteten, farblich fein abgestimmten Kacheln, die unten in eine Sitzbank übergingen. Da saßen die beiden lange Zeit am warmen Ofen und malten sich aus, wie ihre Wohnung in einigen Wochen aussehen würde.

Ende Januar war die Wohnung renoviert. Die Handwerker hatte Herta besorgt. Der Stuck an der Decke des Wohnzimmers war farblich abgesetzt, die Wände tapeziert und die Türen lackiert. Der Vorhang auf dem Korridor, der die Zimmertür von Frau Krakies verdeckte, war entfernt, mit Sperrholzplatten verkleidet und zu einer Garderobe umgestaltet worden.

Die Fußböden waren, bis auf das Wohnzimmer, entweder gestrichen oder mit Linoleum ausgelegt.

Dass ihre Wohnung zuvor gewerblich genutzt worden war, sah man dem Parkettfußboden im Wohnzimmer auch an.

Bodo hatte damals den Tischler gefragt, wie er den Fußboden sauber kriegen sollte, denn mit Wasser durfte der nicht bearbeitet werden, darauf hatte Herr Peine mehrmals, mit Nachdruck, hingewiesen.

Der Tischler brachte eine Ziehklinge, sowie eine farblose Flüssigkeit mit und erklärte Bodo die Handhabung.

»Das ist ein wunderbares Parkett, aber eine Scheißarbeit, die du da vor dir hast. Wenn du den ganzen Dreck abgeschabt hast, dann musst du das Zeug hier, dünn auftragen und mindestens zwei Tage trocknen lassen, dann noch mal und wieder trocknen lassen, dann hält das Jahre.«

Bodo machte sich ans Werk und stellte nach kurzer Zeit fest, dass der Tischler mit der Charakterisierung der Arbeit stark untertrieben hatte.

Nach über einer Woche erstrahlte das noch leere Wohnzimmer, aber in neuem Glanz. Holzfarbene große Quadrate waren mit der Spitze zum Fenster ausgerichtet und hatten an den Seiten Leisten aus Mahagoni, die von hellbraunen kleinen Quadraten abgeschlossen wurden, die wieder den Übergang zu den anschließenden Mustern bildeten.

Da in der Küche der Kachelherd nicht funktionsfähig war, wurden an den Wänden zwei Heizstrahler montiert. Martha organisierte über Herrn Peine die Installation eines kombinierten Spül- und Waschbeckens mit einem Gasboiler für warmes Wasser darüber und den Anschluss eines zwei-flammigen Gaskochers.

Alle Deckenlampen waren montiert, Gardinen und Vorhänge ange-bracht. Das Essgeschirr, das Besteck, ihre drei Kochtöpfe und eine Brat-pfanne waren eingeräumt.

Wenn Christa und Bodo abends in ihre Wohnung zum Heizen gingen, dann machten sie alle Lampen an und setzten sich auf die Küchenhocker, rauchten eine oder zwei Zigaretten, sprachen über die Zukunft und waren glücklich darüber, was sie mit Hilfe ihrer Eltern und der auch noch nach-träglich überbrachten Hochzeitsgeschenke, in ihrer Wohnung schon alles zustande gekriegt hatten.

Das von Martha über ihre Konsum-Beziehungen bestellte Schlafzimmer wurde dringend erwartet und noch im Februar geliefert.

Am Liefertag nahm Christa ihren Haushaltstag, der ihr als verheiratete Frau nun zustand.

Es war ein modernes Schlafzimmer.

Ein kombinierter Wäsche- und Kleiderschrank und eine Frisierkommode mit dreiteiligem Spiegel. Jeder Nachttisch hatte eine Lampe und für die Betten wurde eine Tagesdecke mitgeliefert.

Den Schrank stellten die Transporteure an dem vorbestimmten Platz auf. Mit dem Bemerken, dass sie für den Rest nicht zuständig wären, überließen sie, nach Unterschrift über den Gesamtlieferumfang, Christa und Bodo die weitere Arbeit.

Sie bauten ihr Doppelbett zusammen und waren froh, dass nichts fehlte. Sprungfederböden für jedes Bett, mit jeweils drei Rosshaarmatratzen und Keilkissen. Sie bezogen die Betten und legten die Tagesdecke darüber.

Danach holten sie ihre restlichen persönlichen Sachen und wohnten ab sofort in der Edelweißstraße 19 A.

Kapitel 40

Bodo hatte vom Arbeitsamt sein Arbeitslosengeld abgeholt.

Auf dem Weg vom Bahnhof, kam er am Fischkonsum vorbei. Vielleicht hatte seine Schwiegermutter wieder etwas Besonderes unter dem Ladentisch. Bodo dachte an Thunfisch in Büchsen. Aber es kam anders.

Als er den Laden betrat und sie ihn sah, sagte sie etwas zu ihrer Kollegin und machte ein Zeichen, dass er ihr nach hinten, ins Büro folgen sollte.

»Sage mal, mein Junge,«, begann sie die Begrüßung, »wie lange willst du eigentlich noch ohne Arbeit hier herumlungern?«

»Ich komme ja gerade vom Arbeitsamt, da ist nichts zu machen. Und bei meiner alten Firma soll ich in 14 Tagen noch mal anrufen. «

»Hast du schon mal darüber nachgedacht, was die Leute darüber denken, wenn so ein kräftiger Kerl wie du, nicht arbeitet? Das ist aber nicht das Problem. Das Problem ist der Neid der Leute.«

»Welcher Neid von welchen Leuten?«

»Stellst du dich nun dämlich an oder bist du wirklich bloß naiv? Was denkst du denn, was hier gemunkelt wurde und immer noch wird, dass ihr die Wohnung bei Peine gekriegt habt? Wir stehen unter Beobachtung der lieben Nachbarn, da solltest du immer dran denken.«

»Das hätte ich nicht gedacht, die grüßen doch immer so freundlich zurück…«.

»…halt die Klappe Bodo und lass dir schnell was einfallen, sonst gibt es mächtigen Ärger.« und während sie das sagte, goss sie aus der Flasche Weinbrand-Verschnitt, die auf dem Tisch stand, etwas in zwei Pressglasgläser und schob eines zu Bodo hinüber.

»Hier, trink' mal was auf den Schreck, mein Kleener. Du siehst ja ganz blass aus.«

Am Abend berichtete er Christa über das Gespräch und sie vereinbarten, dass sie morgens das Haus gemeinsam verlassen und er dann zur Wohnung seiner Eltern fahren würde.

»Warum fängst du denn nicht im Osten an?«

»Erstens stinkt mir das hier, mit ihrem VEB und zweitens geht es ums Geld. Ich habe jetzt noch mehr, als wenn ich hier arbeiten würde und wir müssten dann unseren Westgeldbedarf von dem bisschen Ostgeld umtauschen. Daran muss man auch denken. Und außerdem habe ich den Chef vorige Woche angerufen und der hat gesagt, dass es nicht mehr lange dauert.«

»Wir müssen doch aber auch noch das Wohnzimmer einrichten.«

»Siehste, noch ein Grund. Dazu brauchen wir nämlich Geld. Wen könnten wir denn anpumpen? Ich weiß keinen.«

»Ich rede mal mit meiner Mutter.«

Schon am nächsten Tag war der Geldgeber gefunden.

»Am Sonntag sollen wir Schüßlers besuchen. Der borgt uns das Geld. «

»Schüßlers? Wer ist das denn?«

»Na, habe ich dir doch erzählt. Meine Cousine Gisela, die das Grundstück in Wandlitz haben.«

Nun erfuhr Bodo von Christa, dass der Mann ihrer Cousine, Schuhmachermeister war und Heinz hieß. Früher hatte der einen Laden direkt unter seiner Hochparterrewohnung in der Liesenstraße, nur ein Ruinengrundstück von der Sektorengrenze an der Chausseestaße entfernt.

Wenn man das Haus verließ, war man direkt im französischen Sektor und wer die Treppe, die zum Laden hinabführte betrat, war im Ostsektor. Das hatte für Heinz Schüßler den Vorteil, dass seine Kunden fast ausschließlich Westberliner waren. Wegen der Grenzlage musste er aber sein Geschäft, in der Liesenstraße, vor einiger Zeit schließen und bekam dafür einen Laden in der Ackerstraße zugewiesen   .

Seine ehemaligen Kunden hielt das jedoch nicht davon ab, ihre Schuhe weiterhin bei ihm, zu den günstigen Wechselkurskonditionen, besohlen zu lassen.

Schüßlers ging es finanziell bestens.

Für die geliehenen 2000 Mark und dem Restgeld von ihren Sparbüchern, hatten sie das Zimmer kurze Zeit später eingerichtet, denn Martha hatte wieder ihre Beziehungen zum Möbelhandel der Konsumgenossenschaft spielen lassen.

Eine Wohnzimmergarnitur, bestehend aus einem Schrank mit Glasteil in der Mitte, einer Anrichte und einem ausziehbaren Tisch mit sechs Stühlen. Neben der Couch stand eine Stehlampe und auf der Anrichte das Radio.

Am Sonntag war die Familie dann zur Einweihung eingeladen.

Herta hatte Kuchen gebacken, das Notwendige für das Abendbrot wurde von Martha beigesteuert und Dieter, der Verlobte von Ursula, hatte eine große Flasche Dujardin mitgebracht.

Zum ersten Mal bemerkte Bodo, dass die Unterhaltung zwischen den Schwiegermüttern von einer gewissen Spannung überlagert war. Er glaubte herauszuhören, dass beide versuchten ihre Hausfrauenerfahrungen als die jeweils Besseren darzustellen und sie in die weitere Lebensführung von Christa und Bodo einbringen zu wollen.

Nachdem sie den Abendbrottisch abgedeckt hatten, sagte Ursula in der Küche zu Bodo: »Bruderherz, du musst höllisch aufpassen, dass sich unsere Mutter nicht zu sehr in eure Angelegenheiten einmischt.«

»Na, Christas Mutter ist ja auch nicht ohne.«

»Wie meinst du denn das?«, fragte Christa empört

»Genau das ist es, wovon ich rede. Ihr müsst zusammenhalten und euch festlegen. Das hast du doch die ganze Zeit praktiziert, Bodo. Den Eltern recht geben und dann doch tun, wie es euch gefällt, denn ihr wollt eine neue Familie gründen. Die Fehler müsst ihr alleine machen und daraus lernen. Nur so geht das.«

Kapitel 41

Erika war alleine gekommen. Ihr Heinerle hatte, wie sie sagte, Termine beim Fernsehfunk in Adlershof.

Waltraut, sie nannten sie "Walle", kam etwas später mit ihrem Mann. Bodo war froh, dass Heiner verhindert war und er darauf bestanden hatte, Jürgen und Lilo für das kommende Wochenende einzuladen. Er konnte sich nun ganz entspannt mit Gerhard Voß bekannt machen, denn die drei Mädels hatten sich lange nicht gesehen und viel zu erzählen.

Nach dem Abendbrot waren sich die beiden Männer einig, dass es nicht schaden würde, auf ein Bier "Die stumpfe Ecke" aufzusuchen.

Bis auf ein, »…aber nicht so lange.«, gab es keinen Protest.

Während es nicht bei einem Bier blieb, erfuhr Bodo, dass Gerhard als Beamter im Bezirksamt Steglitz arbeitete und vor kurzem zum Obersekretär befördert worden war. Sie wohnten in Steglitz und hatten dort auch eine Neubauwohnung in Aussicht. Bodo hatte den Eindruck, als ob Gerhard zu jeder passenden und unpas-senden Gelegenheit versuchte, sich wegen seines Beamtenstatus gegenüber einem arbeitslosen Schlosser in besonderer Weise zu erhöhen. Das störte ihn ein wenig und in ihm kam wieder das Gefühl auf, damals mit der Schule etwas falsch gemacht zu haben. Er dachte daran, dass ihn Christa vor ein paar Tagen, in einem kurzen Streit, mit " Schlosserhund" betitelt hatte und musste grinsen.

»Habe ich jetzt eben etwas Ulkiges gesagt?«, fragte Gerhard erstaunt. Bodo klärte ihn auf und beide lachten. Es war der Beginn einer jahrzehntelangen, familiären Freundschaft.

Kurz darauf kamen Christa und Walle ins Lokal. Erika war von Heiner mit dem Auto abgeholt worden. Dass der Freund von Erika ein eigenes Auto besaß, hinterließ Eindruck bei ihnen. Kurz vor Lokalschluss begleiteten sie ihren Besuch noch bis zum S-Bahnhof Wilhelmsruh. Von da konnte man mit der "Wannseebahn" bis zur Feuerbachstraße durchfahren. Die günstige Fahrverbindung war aber nicht der Grund, warum man sich von nun an gegenseitig regelmäßig besuchte.

Walle und Gerhard waren in eine Neubauwohnung umgezogen, die nicht weit von ihrer bisherigen entfernt war.

Am Tag, als Christa und Bodo zur Besichtigung eingeladen waren, hatte Walle wohl etwas zu viel getrunken. Plötzlich rief sie zum Erstaunen von Christa und Gerhard, die wussten dass Walle's Sparsamkeit von Geiz nicht weit entfernt war, spontan: «Ich bestelle jetzt ein Taxi und wir fahren zu Hühnerhugo am Kudamm «

»Hühnerhugo? Was ist das denn?«

»Du wirst schon sehen, Bodo. Da gibt es leckere Brathähnchen vom Grill…«

Gerhard berichtete später, dass er tagelang die Vorwürfe von Walle zu hören bekam, warum er sie nicht von ihrem kostspieligen Tun zurückgehalten hatte.

Von da an war nur noch von "Hühnerhugos" die Rede, wenn man die Familie Voß meinte.

Am Montag begleitete er Christa nicht wie sonst bis zur Friedrichstraße, sondern sie verabschiedeten sich schon Bahnhof Gesundbrunnen. Bodo wollte von dort, aus einer Telefonzelle, seine Firma anrufen.

»Herr Klann, gut dass Sie anrufen. Ich hätte Ihnen sonst geschrieben. Aber so ist es besser. Dann kommen Sie doch gleich morgen um 9 Uhr zu Schering, das ist direkt am Bahnhof Jungfernheide. Können Sie nicht verfehlen. Wir machen da unsere neue Baustelle auf. Der Rohbau vom Kesselhaus ist fertig und soll ausgebaut werden.«

Bodo bedankte sich und sagte freudig zu. Er konnte es kaum erwarten, bis er Christa die gute Nachricht mitteilen konnte.

Der Besuch von Lilo und Jürgen am Wochenende verlief so, wie von Bodo erwartet. Es war ihm eine Genugtuung, dass er auf die Frage von Lilo, ob er noch arbeitslos sei, mit einem: »Nein!«, antworten konnte.

Er versuchte auch erst gar nicht darüber nachzudenken, ob in ihren Bemerkungen über ihre Wohnung Neid mitschwang. Es war ihm auch egal.

Das Wiedersehen mit Jürgen war ihm wichtiger. Und der überraschte ihn mit der Mitteilung, dass seine Verlobung mit Lilo bevorstand.

»Aber noch nischt sagen, Lilo will euch nachher mit der Einladung überraschen.«

» …und warum kannst du das nicht tun?«

»Ach, so isse nu mal. Ick hätte dit ja och lieber wie du gemacht, so ohne Tamtam.«

Am Sonnabendnachmittag gingen sie zu Christas Eltern, um zu baden.

In der Ecke, wo sonst die alte Standuhr im Wohnzimmer ihren Platz hatte, stand nun ein Fernsehgerät der Marke "Dürer", mit dem man zwischen zwei Sendern wählen konnte. Entweder das Westprogramm über ARD oder das Ostprogramm über DFF.

Von nun an waren sie öfter bei Christas Eltern, um sich am Abend Filme oder Serien im ARD anzusehen.

Als Bodo das seiner Mutter erzählte und sagte, dass sie sich doch auch ein Fernsehgerät anschaffen sollten und das es gut, anstelle des Aquariums, auf der versenkbaren Nähmaschine im Wohnzimmer stehen könnte, antwortete sie: »Von was denn? Von Steinerlein? Weißt du, was das kostet?«

»Schwiegervater hat gesagt 1500 Mark.«

»Vielleicht weißt du das ja noch gar nicht. Frau Leve ist verhaftet worden…«.

»…die Mutter von Gisela?«

»Ja und man hat sie zu eineinhalb Jahren verurteilt, die stramme Genossin. Da ist ein ganzer Schieberring aufgeflogen. Sie war doch Leiterin im HO-Fleischladen in der Marienburger Straße. Leve's hatten sich auch Anfang des Jahres so einen teuren Fernseher gekauft. Nun wird sie eine Weile nichts davon haben.«

Machte seine Mutter Anspielungen auf seine Schwiegereltern? Die leiteten ja auch Geschäfte, wo vieles unter dem Ladentisch verkauft wurde, auch die Dorschleber und seinen geliebten Thunfisch.

»Na, das ist ja ein Ding.«, sagte er nur und würde nichts davon erzählen, wenn Christa aus dem Urlaub wieder zu Hause war.

Sie war mit ihren Eltern für eine Woche zu Bekannten nach Klosterfelde gefahren, das lag noch hinter Wandlitzsee.

Bodo nahm in diesem Jahr keinen Urlaub. Er arbeitete wegen der Terminverzüge, die durch die "Berlin-Krise" eingetreten waren, durch. Das Urlaubsgeld bekam er vom Chef in voller Höhe in Westmark ausgezahlt. Dadurch konnten sie ihre Schulden bei Heinz Schüßler noch vor dem Jahresende begleichen.

»Wegen dieser Scheiß Verlobung können wir nachher nicht den letzten Teil vom Krimi sehen.«, maulte Bodo beim Anziehen.

Sie mussten zum Kollwitzplatz. An der Ecke Knaackstaße wohnte Lilo da bei ihrer Mutter in der 5. Etage des Seitenflügels.

Gegen 19 Uhr sollten sie da sein. An der Tür wurden sie von Lilo und Jürgen empfangen. Als Bodo ihr nach den Glückwünschen die Blumen und das kleine Präsent übergab, hielt Lilo die linke Hand so, dass er den breiten Verlobungsring nicht übersehen konnte.

Man musste durch eine kleine Küche, um ins Wohnzimmer zu kommen. Auf dem Küchentisch standen zwei Schüsseln mit Kartoffelsalat für das Abendessen und aus einem großen Topf auf dem Herd, roch es nach Bockwurst.

Dem Geräuschpegel der Unterhaltung nach und den Gläsern und Flaschen auf dem Tisch, nahm Bodo an, das die Kaffeetafel wohl schon ein Weilchen vorbei war.

Kaum hatten sie sich nach der Vorstellung durch Lilo hingesetzt, stand der Lebensgefährte von Lilos Mutter auf, klopfte an sein Glas und begann eine Rede zu halten.

»Verehrte Anwesende, wir sind heute hier zusammengekommen....«, an der Stelle, wo er dann sagte: »...die Wogen auf dem Meere vom Leben schlagen manchmal hohe Wellen...«, blickte ihn Christa beziehungsvoll an.

Bodo machte ihr darauf ein Zeichen mit dem Kopf und sie sah, wie sich Jürgens ältere Schwester, Sieglinde, krampfhaft ihr Taschentuch vor den Mund hielt und als die Rede dann mit dem folgenschweren: »...erheben wir nun unsere Gläser und trinken auf dem Wohle von das Brautpaar seine Eltern. Prost.«, endete, da war es mit Sieglindes Beherrschung wohl vorbei, denn sie fing laut an zu lachen.

Das hatte zur Folge, dass sich die wohlbeleibte Schwester von Lilo, die "Süße" genannt wurde, darüber in unflätiger Weise äußerte. Worauf Sieglinde, nach dem anfänglichen Versuch sich zu entschuldigen, in gleicher Weise konterte.

Nun ergriff die andere Schwester von Lilo, die sie "Motte" nannten, Partei und sprang ihrer Schwester bei und als sich dann auch die Männer der beiden einschalteten, eskalierte die Sache.

Bruno, Sieglindes Mann, ein noch aktiver Gewichtheber, was man ihm auch ansah, hatte bis jetzt das Geschehen mit bemerkenswerter Ruhe hingenommen.

Doch als ihn seine Frau fragte, wie lange er noch zusehen wollte wie man sie beleidigte, nahm er eine drohende Haltung ein. Wahrscheinlich hatte der Mann von "Motte', auf Grund des genossenen Alkohols, die Gefahr nicht richtig eingeschätzt, denn er pöbelte nun Bruno an.

Den hielt es jetzt nicht mehr auf seinem Stuhl. Während Bruno versuchte auf die andere Tischseite zu kommen, rannte Lilos Mutter mit ihren blass gewordenen Schwiegersöhnen durch die Küche ins Schlafzimmer und schloss die Tür ab.

Die beiden Töchter versuchten derweil erfolglos, Bruno den Durchgang durch die Küche zu verstellen. Nachdem auch Sieglinde ihrem Mann in die Küche gefolgt war, saß der Rest der Anwesenden fassungslos auf ihren Stühlen.

Christa versuchte gerade die weinende Lilo zu trösten, als es in der Küche, begleitet von lautem Schreien, fürchterlich schepperte. Wie auf ein Kommando liefen nun auch Jürgen und Bodo in die Küche.

Durch das Gerangel war eine Schüssel Kartoffelsalat auf den Boden gefallen und der Topf mit den Bockwürsten auf dem Herd, war wohl umgekippt worden. Bodo rutschte auf dem Kartoffelsalat aus und wäre fast gestürzt. Bei dem Versuch Halt zu kriegen, riss er die andere Schüssel auch noch vom Tisch.

Bruno benahm sich wie von Sinnen und wollte unbedingt in das Schlafzimmer.

Da erschienen im richtigen Moment Jürgens Eltern auf dem Korridor.

»Bruno, es reicht. Sieglinde, komm wir gehen.«, sagte Herr Pruck in einem Ton, der keinen Widerspruch zuließ und zu Jürgen: »Du bist ja alt genug und musst selber entscheiden.«

Dann verließen sie die Wohnung und es trat eine bedrückende Stille ein.

»Nehmt es uns nicht krumm, aber ich glaube, es ist besser, wenn wir jetzt auch gehen.«, sagte Bodo zu Lilo und Jürgen, denen man ihr wortloses Einverständnis anmerkte.

Als sie die Treppe hinabgingen, sagte Christa: »Das hätten die uns im letzten Teil vom Krimi gar nicht bieten können, was hier heute abgegangen ist. Mir tun die beiden richtig leid, vor allem Lilo, die ja so einen großen Wert auf Feierlichkeiten legt.«

»Mir tut am meisten Jürgen leid. Wie kriegt der das nur wieder geregelt zwischen den Familien? Wenn ich da an die Schwestern von Lilo denke, mit ihren bekloppten Männern…«

Ein Jahr später, fast auf den Tag genau, heirateten Lilo und Jürgen.

Die Hochzeitsfeier fand in einer Kneipe in der Knaackstraße, gegenüber vom Wasserturm, statt. Neben Jürgens Bruder, der mit seiner Frau aus Hamburg angereist war und einigen anderen Gästen, waren auch alle anwesend, die damals an der Verlobungsfeier teilgenommen hatten.

Eine Rede wurde diesmal nicht gehalten.

Kapitel 42

Christa und Bodo waren nun fast ein Jahr verheiratet und die Euphorie über die Wohnung wurde zunehmend von den Mängeln, die der Alltag offenbarte, überlagert. Die fehlende Badewanne und der dadurch entstehende Zwang, die tägliche Körperpflege in der Küche zu verrichten, war ebenso belastend, wie die wöchentlich wechselnde Badeprozession zu einem der Elternpaare. Auf diesen Wechsel legten die Schwiegermütter aber Wert.

Mit dem Wäschewaschen war es ähnlich. Darum kauften sie eine Babybadewanne aus Plastik und einen großen verzinkten Topf, der eigentlich für das Einwecken von Obst gedacht war. Die Leibwäsche konnte Christa nun zu Hause waschen.

Die für das Wäschewaschen und -spülen gedachte gelbe Plastikwanne, nutzten sie zunehmend auch als Badewannenersatz. Das gegenseitige Einseifen bereitete ihnen immer wieder einen großen Spaß.

Ihre sonstige Bett- und Hauswäsche brachten sie in eine private Reinigungsfirma in der Nähe.

»Wollen wir eine Neubauwohnung?«, fragte Christa, als Bodo von der Arbeit nach Hause kam, noch ehe er die Wohnung ganz betreten hatte

»Ja, aber bitte gleich und mit Balkon nach Süden.«, entgegnete er lachend und gab ihr einen Begrüßungskuss.

»Bodo, jetzt mal im Ernst. Gleich geht nicht, aber mit Balkon? Ja!«

»Habt ihr gefeiert oder…«

»Bodo, hör' auf mit dem Quatsch. Ich kann mich für eine Wohnung bei der AWG der Uni eintragen.«

»AWG? Was ist das denn?«

»Das ist die Arbeiterwohngenossenschaft bei uns...«

» …und da kannst du eine Wohnung für uns bestellen?«

»Bestellen ist nicht der richtige Ausdruck. Das kostet auch etwas. Hier, ich habe den Antrag und die Erläuterungen dazu mitgebracht.«

Erst jetzt stellt Bodo seine Tasche ab und sie setzten sich an den Küchentisch.

»Guck mal, hier ist ein Lageplan. Das sind drei Wohnblocks und der hier liegt direkt gegenüber von einem Park, den nehmen wir.«

»Das ist kein Park, Bodo. Hier steht doch Wasserturm.«

»Wasserturm? Da war doch die Krawallverlobung von Jürgen. Am Kollwitzplatz, weißte noch? Dann ist das hier auf der anderen Seite vom Wasserturm. Die Straße heißt Belforter. Da haben wir dann einen Blick aufs Grüne.«

»Ja, denn den Mittelblock in der...ääh... Straßburger Straße? Nee, und der Block in der Metzer Straße hat nur 2 2/2 Zimmerwohnungen, die sind zu groß...«

»...und wahrscheinlich zu teuer.«

»Was müssten wir für die 2 1/2 Zimmer aufbringen?«

Bodo blätterte in den Papieren, »Warte mal, die Zahlungsbedingungen stehen hier in den Vertragsunterlagen. Een kleenen Momang, hier ist es... und zwar neun Anteile zu je 300 Mark und 120 Stunden Eigenleistungen.«

»Sind die 2700 Mark etwa sofort fällig und was sind denn Eigenleistungen?«

»Das steht hier. Je nach beruflicher Qualifikation müssen wir auf Anforderung mit Hand anlegen, das kann auch... gucke da, nächtliche Bewachung der Baustelle bedeuten.«

»Ach, du lieber Gott. Und die Bezahlung der Anteile?«

»Das steht hier im Aufnahmeformular. Füllst du das jetzt aus? Wollen wir?«

Christa nickte zustimmend.

Mit dem Antrag zur Aufnahme in die AWG ab 1. Januar 1960, verpflichteten sie sich, die Genossenschaftsanteile in monatlichen Raten von je 150 Mark zu tilgen.

»Ein Glück, dass sie nur den Beruf vom Ehepartner wissen wollen und nicht die Arbeitsstelle.«, bemerkte Bodo erleichtert.

Noch vor Weihnachten kam die Mitteilung, dass Christa als Mitglied in die "AWG Humboldt Universität" aufgenommen und für sie eine 2 1/2 Zimmerwohnung in der Belforter Straße vorgesehen war. Das Datum für den Wohnungsbezug war mit August 1961 angegeben.

Die Wohnungsmiete betrug 43,50 Mark. Dazu kam noch, über einen Zeitraum von zehn Jahren, ein monatlicher Zuschlag von 5,00 Mark für die Einbauküche.

»Das ging aber schnell.«, war der Kommentar von Bodo zu der freudigen Botschaft.

»Daran hast du einen gewaltigen Anteil, denn du gehörst ja zur Arbeiterklasse. Das bringt Punkte bei all den Angestellten und Akademikern an der Uni.«, ergänzte Christa lachend.

»Da kannste mal sehen, zu was so ein Schlosserhund alles gut ist.« und damit sie nicht antworten musste, küsste er sie.

Ab Januar musste Christa nun monatlich einmal zum Büro der AWG um die 150 Mark einzuzahlen. Das wurde in einem kleinen Heft quittiert. In das gleiche Heft wurden auch die erbrachten Eigenleistungen eingetragen.

Am Tag der Hochzeit von Lilo und Jürgen besuchten sie vorher die Baustelle gegenüber vom Wasserturm.. Sie sahen nur große Baugruben und Fundamente. In ihrer Phantasie stellten sie sich aber schon ihre neue Wohnung vor.

»Da ist unser Schlafzimmer…ungefähr.«, sagte Bodo und zeigte schräg nach oben in die Luft.

Eine Woche nach der Hochzeit waren sie zur Wohnungsbesichtigung bei Lilo und Jürgen eingeladen.

Von der Kommunalen Wohnungsverwaltung war ihnen eine Parterrewohnung auf dem Hof eines Hauses in der Kastanienallee zugewiesen worden. Die nächste Querstraße war die Oderberger Straße. Dort befand sich auch das Stadtbad, in dem Jürgen und Bodo damals im obligatorischen Schulschwimmunterricht, das Schwimmen gelernt und danach auch ihren Frei- und Fahrtenschwimmer gemacht hatten.

Nun saßen sie mit ihren Frauen und Getränken am Tisch und unterhielten sich über die alten Zeiten.

»Das wir die Badeanstalt gleich umme Ecke haben, ist richtich jut, da jehn wir imma ins Wannenbad, am Wochenende. Aba jeda hat seine eigene Wanne.«, sagte Jürgen unter dem Gelächter der anderen.

Christa erzählte über die monatlichen Zahlungen für die Wohnung, die sie in ihrer Budgetbelastung wohl unterschätzt hatten.

Daraufhin berichtete Lilo, dass sie nun erheblich mehr verdient, nachdem sie nach ihrer Umschulung, jetzt auch als Kellnerin arbeiten würde,.

»Bei uns suchen se jetze Zeitnehmer. Die sollen reichlich Moos vadienen, haben sie jesacht. Refa sollen die heißen. Haste davon schon wat jehört, Bodo?«, fragte Jürgen, der immer noch bei "Rieth + Sohn" an der Stumpfschweißmaschine arbeitete. »Da musste ne bestimmte Ausbildung haben, als Techniker oder so Ick wollte dit ja machen, aber die haben jesacht, da brauch ick erst nen Refa-Schein.«

Bodo hatte einen Helfer zugewiesen bekommen.

Lothar Quandt war in seinem Alter und sehr schweigsam. Im Laufe der Zeit erfuhr Bodo jedoch, dass Lothar ein Maschinenbaustudium an der Technischen Universität abgebrochen hatte. Warum, konnte Bodo nie in Erfahrung bringen. Mit der Hilfsarbeitertätigkeit verdiente Lothar nun seinen Lebensunterhalt für die Fortsetzung seiner Ausbildung im kombinierten Fern- und Abendstudium an der Beuth-Hochschule.

Er wohnte mit seiner Verlobten, einer Bremerin die an der Freien Universität studierte, irgendwo in Neukölln, in der Nähe der Sonnenallee.

Bodo erzählte Christa einmal davon und ihre Reaktion kam prompt.

»Andere arbeiten und studieren nebenbei. Warum machst du das denn nicht auch?«

»Weil ich kein Abi habe, wie Lothar. Ich habe ja noch nicht mal die mittlere Reife, wie du.«

»Das kann man auch nachholen, Bodo. Man muss nur wollen.«

Von nun an ließ Christa nicht mehr locker. Sie drängte Bodo sich bei Lothar zu informieren, ob an seiner Schule so etwas auch in Abendlehrgängen angeboten würde. Seine Einwände, dass dann weitere finanzielle Belastungen auf sie zukommen würden, ließ sie nicht gelten.

»Dann müssen uns unsere Eltern eben kurzfristig helfen.«

Das Ergebnis war, dass Bodo und Jürgen zu Beginn 1961 einen Aufbaulehrgang zur weiterführenden Ausbildung zum REFA-Techniker an der Beuth-Hochschule besuchten.

»Habta nächstes Wochenende Zeit? Wir ziehen um und Lilo kricht'n Kind.«, sagte Jürgen so wie nebenbei, als sie auf dem Weg zum Abendkurs waren.

»Waas? Du wirst Vater? Ick glaube ick krieg mich nich mehr ein. Darauf musste nachher einen ausgeben.«, war die Reaktion von Bodo und boxte Jürgen gegen den Oberarm, »Und wo zieht ihr denn hin?«

»Und nu spann ab, sitzte jut? In die Kolmarer Straße, dit is am Wasserturm. Kommt dir dit irjentwie bekannt vor?«

»Wasserturm? Du spinnst. An den, wo wir auch hinziehen?«

»Dit sag ick doch die janze Zeit…«

»Und wie seid ihr da ranjekommen? «

»Lilo hat üba ihre neue Stelle als Kellnerin die Beziehungskiste uffjemacht. Küche, Bad, drei Zimmer und nach vorne raus. Werta ja sehen.«

»Da druff musste aber noch einen ausjeben…«

»…mach ick doch.«

Kapitel 43

Die Kontrollen durch Angehörige der Zollverwaltung und der Volkspolizei auf den Grenzübergangsbahnhöfen der U- und S-Bahn wurden immer strenger und engmaschiger.

Bei Zügen, die in Richtung Westen fuhren, erfolgte die Lautsprecherdurchsage über die Fahrtrichtung mit dem Zusatz: »...letzter Bahnhof im Demokratischen Sektor von Berlin.«

Früher ging gelegentlich nur ein Uniformierter prüfend durch die Waggons. Jetzt waren es mindestens drei, die in jedem Waggon, willkürlich oder gezielt, das Vorzeigen des Personalausweises verlangten. Das Prozedere war bei der "Ausreise" aus dem Ostsektor weitaus intensiver als bei der "Einreise".

Während es bei der "Ausreise" vordringlich um das Aufspüren von sogenannten Republikflüchtlingen und die illegale Ausfuhr hochwertiger Konsumgüter ging, wollte man bei der "Einreise" Ostberliner finden, die im Besitz von Westgeld waren oder die den Eindruck machten, im Westsektor eingekauft zu haben.

Erregte man Verdacht, musste man den Zug verlassen und wurde zur Untersuchung und Befragung in ein extra dafür hergerichtetes Zollhäuschen gebracht.

Bodo fuhr ja täglich mit der S-Bahn von einem Sektor in den anderen und nahm das Geschehen natürlich aufmerksam wahr.

Auf dem S-Bahnhof Wollankstraße sah er eines Tages aus dem Wagenfenster, wie ein Mann in Richtung Zollhäuschen geführt wurde und die Zeitung, die er solange unter dem Arm getragen hatte, in einen Papierkorb warf. Der Uniformierte, der neben ihm ging, konnte das nicht sehen. Ein Zivilist, der wie zufällig hinter ihnen lief, holte die Zeitung dann aber wieder aus dem Papierkorb. Dabei fielen Geldscheine aus der Zeitung auf den Bahnsteig. Bodo sah es an den Gesten, dass der Zivilist dem Uniformierten etwas hinterher rief. Der hielt den Mann sofort am Arm fest. Dann kamen andere Uniformierte angerannt und nahmen den Mann in die Mitte.

Der Zug setzte sich wieder in Bewegung und Bodo konnte nicht verfolgen, was weiter passierte. Aber für ihn war nun klar, dass auf den Bahnsteigen nicht nur Uniformierte im Einsatz waren.

Er musste sich für die Lohnzahltage etwas einfallen lassen und er sprach

Jürgen auf das Problem an, denn der arbeitete bei "Rieth + Sohn" ja quasi auf der anderen Straßenseite der Grenze.

»Die Polente hat uffjehört zu kontrollieren, weil se mitjekricht haben, wie der Hase läuft. Trotzdem. Ick jebe mein Westgeld olle Bornemann, den kennste ja ooch und der wohnt doch anne Plumpe, gleich am Bahnhof Gesundbrunnen, da wo dit Kino ist. Bevor der anne S-Bahn in Pankow aus der Straßenbahn aussteigt, jibt er mir meine Knete heimlich wieder. Und dassa mir dit Jeld erst am Bahnhof jibt... na man weeß ja nich, wer so allet mitfährt, in der Bahn. Du kennst ja dit Ding mit der Porzellankiste.«

Danach sprach Bodo mit Lothar über das Problem. Der sagte, dass es ihm eine besondere Freude wäre, den Bonzen eins auszuwischen.

Von nun an fuhr Bodo freitags, wenn der Wochenlohn ausgezahlt wurde, auf Umwegen nach Hause. Er stieg nicht mehr am Gesundbrunnen um, sondern fuhr mit Lothar, der mit der Ringbahn ja bis Neukölln musste, weiter in Richtung Ostkreuz.

Bodo hatte noch Jürgens Warnung mit der Porzellankiste im Kopf. Darum fuhr er über den Grenzbahnhof Schönhauser Allee hinaus bis zur Prenzlauer Allee und später sogar bis zur Greifswalder Straße.

Dort gab ihm Lothar dann heimlich sein Westgeld wieder zurück. Auf der anderen Bahnsteigseite wartete er dann, bis der "Durchläufer" kam und fuhr mit dem wieder zurück Richtung Schönhauser Allee, an Westberlin vorbei, bis S-Bahnhof Pankow. Dort nahm er den 45er oder 55er Bus, die direkt vor seiner Haustür in Wilhelmsruh hielten.

Bodo hätte das Geld auch in der Wechselstube am Gesundbrunnen für das 5-fache in Ostmark umtauschen können. Aber sie behielten das Westgeld für Anschaffungen selber. Wenn nötig tauschten sie, zum gegenseitigen Vorteil, im Verwandten- und Bekanntenkreis.

So hatten sie mit ihrem Vermieter, Herrn Peine, vereinbart die 32 Mark monatliche Wohnungsmiete mit 10 Westmark zu begleichen.

Gerüchte machten die Runde, dass etwas mit Westberlin geschehen würde, an den Grenzbahnhöfen wurde mit Bauarbeiten begonnen.

Dann gab Walter Ulbricht Mitte Juni in einer Pressekonferenz bekannt, dass niemand die Absicht hätte, eine Mauer um Westberlin zu errichten.

Das führte zu weiteren Spekulationen. Christa erzählte, sie hätte gehört, dass die Angaben, die man in das Hausbuch eintragen musste, um den Zusatz "Arbeitsort" erweitert werden sollten. Und in die AWG-Aufnahmeanträge würde nun auch der Arbeitsort einzugeben sein, wenn der Ehepartner nicht Uni-Angehöriger war.

»Bodo, wenn das wahr ist, dann kann es sein, dass wir unsere Wohnung nicht kriegen.«

»Meinste? Die Schweine kriegen alles fertig. Aber warten wir erst mal die Versammlung zur Wohnungsübernahme am Sonnabend ab. Ja?«

Die zukünftigen Mieter hatten sich auf der Baustelle eingefunden.

Nach der Begrüßung informierte der AWG-Vorsitzende die Anwesenden über die Vorzüge des Sozialismus bei der planmäßigen Versorgung der Bevölkerung mit Wohnraum unter Leitung der Partei- und Staatsführung.

Dann ergriff der Bauleiter das Wort und teilte in kurzen Worten mit, dass durch die Bauaufsicht, wegen Mängel von mehr als 10%, der Bau nicht wie geplant übergeben werden könnte und möglicher Weise auch ein Teilabriss drohe.

Einige der Anwesenden hatten ihre alten Wohnverhältnisse schon gekündigt. Die Sache drohte zu eskalieren. Zwei aufgebrachte Frauen, denen man ihre Schwangerschaft ebenso ansah, wie die von Christa, begannen lautstark Drohungen auszustoßen.

Der Vorsitzende der AWG versuchte die Situation dadurch zu beruhigen, dass er zusagte, das Problem im Sinne der Genossenschaftsmitglieder zu regeln.

Und so geschah es auch. Der Mietvertrag galt ab 1. September 1961. Bei der Unterschrift im Büro der AWG wurde Christa mitgeteilt, dass sie die Wohnungsschlüssel schon am 12. August abholen könnte. Verbunden damit war aber die Auflage, die Zugänge zu den Häusern begehbar zu machen und die Wohnungen von den Resten der Bauarbeiten zu reinigen. Diese Tätigkeiten würden als Eigenleistungen angerechnet.

»Na siehste, war doch nischt.«, sagte Bodo.

»Bodo, das beruhigt mich durchaus nicht. Wir sollten das am nächsten Mittwoch, zu deinem Geburtstag, mal mit unseren Eltern besprechen.«

»Ich denke wir feiern am Sonnabend...?«

»...ja, unsere Freunde und Ursel und Dieter, aber bei den Eltern geht's doch nach Datum.«

»Hast ja recht. Am 12. kriegste die Schlüssel? Dann müssen wir wegen dem Umzug und dem ganzen Kram ab 14. Urlaub nehmen. Man das wird ganz schön knapp. Aber nischt ist wichtiger, als die neue Wohnung.«

Christas Schwangerschaft, die Wohnung und Bodos Arbeit in Westberlin, das waren die Themen an Bodas Geburtstag.

Sein Vater brachte es dann auf den Punkt, als er sagte: »Bodo, so wird es nicht weitergehen, dass man hier wohnt und dort arbeitet. Du wirst dich entscheiden müssen und zwar kurzfristig.«

Danach war seine Mutter tätig geworden. Sie hatte Christa in der Uni angerufen und ihr mitgeteilt, dass sie für Sonnabend, den 12 August, in ihrer ehemaligen Firma, dem "VEB Medizinische Gerätefabrik", für Bodo einen Termin festgemacht hatte. Er sollte sich dort um 10 Uhr in der Abteilung Arbeit, bei einem Herrn Kohl melden.

»Das ist ja nicht zu fassen, was bildet sich meine Mutter denn ein? Da gehe ich nicht hin. Die können mich alle mal.«, rief er aufgebracht.

Christa fing an zu weinen. »Bodo, bitte tue mir den Gefallen. Alles was wir hier haben und unser Kind…willst du denn alles aufs Spiel setzen?«

Bodo beruhigte sich langsam und nahm sie in den Arm. »Du musst mich doch auch verstehen. Das stürzt alles auf mich ein, so unvorbereitet.«

Sie schmiegte sich an ihn. »Aber das verstehe ich doch und es tut mir ja auch leid, für dich.«

Bodo steckte sich eine Zigarette an. »Wann soll ich wo bei wem sein?«

Christa las dass, was sie sich auf einem Zettel notiert hatte noch einmal vor und gab ihn dann Bodo.

»Am 12.? Das ist ja der Sonnabend vor dem Urlaub. Ach, du Scheiße. Da muss ich mit dem Chef reden und etwas erfinden. Und da wollten wir doch auch zu Hühnerhugos? Das wird mir zuviel. Den Termin müssen wir auf ein Wochenende nach dem Umzug verschieben.«

Als ihm Lothar am Freitag das Geld in der S-Bahn übergab und ihm lachend einen "arbeitsreichen" Urlaub wünschte, weil er seine neue Wohnung beziehen würde, fühlte sich Bodo wie ein Verräter.

Der VEB Medizinische Gerätefabrik und der VEB Secura waren im gleichen Fabrikkomplex in der Chausseestraße untergebracht. Auf dem Weg dorthin musste er am VEB Aufzugsbau vorbei, der unmittelbar daneben lag. Ihm fiel der mickrige Kaderleiter ein und am liebsten wäre er wieder umgekehrt.

Das Gespräch mit dem Leiter der Abteilung Arbeitsökonomie fand in einer sachlichen Atmosphäre statt.

Bodo versuchte seinen Arbeitswechsel zu begründen und ließ durchblicken, dass er einen REFA-Lehrgang besuchte.

172

Werner Kohl, so hieß sein Gegenüber, teilte ihm mit, dass Arbeitsnormer, wie die Berufsbezeichnung hier hieß, dringend gesucht würden. Bodo könnte aber den REFA-Lehrgang nicht weiterführen, sondern würde zu einem Qualifizierungslehrgang geschickt werden.

Das in Aussicht gestellte Gehalt erzeugte bei Bodo einen unangenehmen Druck im Magen, der Rest hörte sich aber annehmbar an.

Bis zum Einstellungsdatum am 1. September wollte Kollege Kohl alles geregelt haben und obwohl er das Parteiabzeichen der SED am Revers seines Sakkos trug, machte er auf Bodo einen sympathischen Eindruck.

»Also dann bis in drei Wochen, Kollege Klann, und Glückwunsch zur neuen Wohnung.«, verabschiedete man sich mit Handschlag.

Das Gespräch hatte nicht allzu lange gedauert und Bodo holte Christa von der Uni ab. Auf dem Nachhauseweg berichtete er darüber.

»…wenn das alles so klappt, wie besprochen, dann müssen wir uns aber mächtig einschränken. Mein Gehalt ist dann auch nicht höher, als deins jetzt.«, beendete Bodo seine Ausführungen.

»Das schaffen wir, andere müssen das ja auch. Weißt du, dass ich glücklich und richtig stolz auf dich bin? Denn damit hast du ja auch bewiesen, dass du mich wirklich liebst«.

»Na, was hast du denn gedacht?«

Am Nachmittag fuhren sie zu ihrer neuen Wohnung in die Belforter Straße.

Es gab eine Klingelanlage für die Haustür und die Briefkästen waren unten im Hausflur. An ihrem stand mit Bleistift "3.Links", denn da war ihre Wohnung. Sie hatten drei Sicherheitsschlüssel bekommen. Damit konnte man sowohl die eigene Wohnungstür, als auch Haus-, Keller- und Bodentür öffnen.

Sie fanden das alles sehr modern. Als sie nach oben gingen bemerkten sie, dass fast alle Wohnungstüren offen standen, auch ihre.

In der Wohnung lagen, wie im Hausflur, Schutt und Reste von Baumaterial. Die Balkontür stand halb offen und war nur deshalb nicht zugeschlagen, weil Mörtelreste vom Verputzen das verhinderten.

Vom Schlafzimmerfenster aus, konnten sie auf den kleinen Berg mit dem Wasserturm gucken.

Sie sahen sich den Trockenboden an und gingen in den Keller. Bodo musste eine Eingebung gehabt haben, denn er hatte das Vorhängeschloss mitgenommen, das ihm sein Vater vor kurzem gegeben hatte. An der Kellertür mit dem Zeichen "3/L" brachte er das Schloss an. Das war nun ihr Keller.

Bevor sie das Haus wieder verließen, verschlossen sie die Türen, für die ihre Schlüssel passten.

Danach besuchten sie Lilo und Jürgen. Sie staunten, wie sich deren Tochter Simone entwickelt hatte. Dann erzählten sie von dem desolaten Zustand im Haus und in der Wohnung.

Als Bodo die Schlüssel zeigte und erklärte, dass man damit alle Türen im Haus bedienen konnte, glaubte das Jürgen nicht. »Dit muß ick erst gesehen haben und wehe du hast jesponnen.«, war sein Kommentar dazu.

Auf dem Rückweg nach Wilhelmsruh, fuhren sie mit der S-Bahn bis Schönholz. Am Bahnhof entschieden sie sich kurzfristig für den Besuch der Nachtvorstellung im Kino "Mars" in der Provinzstraße.

Kurz nach Mitternacht passierten sie dann die Grenze zurück in den Ostsektor, um mit dem Bus nach Hause zu fahren.

Am Grenzübergang, gleich hinter der S-Bahnbrücke, standen zwei bewaffnete Volkspolizisten am S-Bahnausgang und rauchten.

Es war alles, wie man es seit Jahren kannte. Auch die anderen Kinogänger, die auf dem Heimweg nach Hause in den Ostsektor waren, ahnten nicht, dass dieser beginnende Sonntag, der 13.August 1961, ihr Leben für die nächsten Jahrzehnte entscheidend beeinflussen und verändern sollte.

.

Kapitel 44

Bodo war Frühaufsteher, zum Ärger von Christa, auch sonntags.

Er deckte im Wohnzimmer den Frühstückstisch und hatte das Radio eingeschaltet. Der AFN sendete aber keine Musik sondern nur hektisches Gerede.

Da Bodo kein Wort verstand, suchte er den Sender RIAS. Auch da keine Musik, sondern er hörte das Pausenzeichen und die bekannte Ansage: »Hier ist RIAS Berlin. Eine freie Stimme der freien Welt.« und dann: »Die Ostberliner Machthaber haben alle Grenzübergänge zum freien Teil der Stadt durch Grenztruppen der NVA und bewaffnete Kampfgruppen abgeriegelt.«.

Bodo dachte er hätte nicht richtig verstanden, aber im weiteren Verlauf der Berichterstattung begriff er, dass gerade etwas Endgültiges passierte.

Die Grenzen wurden dicht gemacht. Er ging ans Fenster und da sah er sie vorbeifahren, die Lastwagen mit den aufgesessenen Kampfgruppengenossen vom VEB Bergmann-Borsig.

»Pennergelumpe, Kommunistenschweine, Drecksvolk...«, schrie Bodo, hinter der Gardine stehend.

»Was schreist du denn hier so rum, man kann ja gar nicht schlafen. Was ist denn los?«, fragte Christa, die noch ganz verschlafen in der Zimmertür stand.

»Die Schweine haben die Grenzen dicht gemacht, da fahren sie gerade vorbei.«

»Wie, die Grenzen dicht gemacht?«

»Na, wir können nicht mehr nach drüben. Das läuft doch schon die ganze Zeit im Radio.«

Nun konzentrierte sich Christa auf die Meldungen und Reportagen aus dem Radio und sah Bodo fassungslos an.

»Das kann nicht wahr sein, wir können nicht mehr rüber...?«

» ...nee, können wir nicht mehr, die Genossen haben uns hier eingesperrt.«, erwiderte Bodo in Verkennung der realen geographischen Gegebenheiten. Er steckte sich eine Zigarette an.

»Das sind die letzten, wenn die alle sind, dann muss ich die "Ostlullen" rauchen.«

»Hast du keine anderen Sorgen?«

»Hast ja recht. Wenn wir nicht die neue Wohnung hätten, dann könnten wir ja noch in Schönholz durch die Laubenkolonie abhauen...«

»… hör auf, Bodo.«

Er nahm sie in den Arm und strich ihr über den Bauch. »Hast ja schon wieder recht, wir haben ja noch die Verantwortung für unseren Sohn.«

»Woher weißt du denn das es kein Mädchen ist?«

»Na, weil ich ein "Jungsvater" bin.«, antwortete er lachend.

Beim Frühstück gab es nur das Thema, dass nun alles anders sein würde. Ihr Theaterabonnement mit der "Freien Volksbühne" war hinfällig. Keine Theaterbesuche mehr für Ostgeld in Westberlin.

Bodo war froh, dass sie zu seinem Geburtstag noch die modernen "Budapester" beim Schuhhof in der Badstraße gekauft hatten.

Neben der Sorge um moderne Bekleidung machte sich Christa Gedanken über die Beschaffung von Make-up und anderer Kosmetika.

Alles in allem war es ein bedrückender Vormittag.

Danach gingen sie zu Christas Eltern.

Im Fernsehen zeigte man in Sondersendungen Bilder über die Absperrmaßnahmen an der Grenze.

Tante Grete hörte man beim Zubereiten des Mittagessens weinen: »Nun werde ich meine Elsbeth nie wieder sehen, welch ein Unglück. Wer denkt sich denn so etwas aus?«.

»Grete, nun warte doch erst mal ab. Es wird nicht so heiß gegessen, wie es gekocht wird.«, versuchte Martha sie zu trösten.

»Du hast gut reden, deine Tochter ist ja hier.«

Christa blieb bei ihren Eltern und Bodo fuhr nach dem Essen zu seinen Eltern.

»Ob wir Ursel jemals wiedersehen?«

Bodo nahm seine weinende Mutter tröstend in den Arm. »Na, bestimmt sehen wir Ursel wieder. Das wird sich wieder beruhigen. Das können die doch auf Dauer nicht machen.«

»Was wird denn nun aus der Hochzeit am 15. September? Da heiratet mein Kind ohne ihre Mutter? Das halte ich nicht aus…da muss man gegen vorgehen.«

»Hase, beruhige dich doch.«, sagte Theo und zu Bodo gewandt, »Ich mache mir echte Sorgen um deine Mutter, wegen der Hochzeit.«

Als Bodo sich am Abend verabschiedete, hatte er den Eindruck, dass sein Vater und er es geschafft hatten, seine Mutter zu beruhigen.

Er hatte das Gespräch auf den Umzug und den im Dezember erwarteten Familienzuwachs gelenkt und seiner Mutter dabei nochmals dafür gedankt, dass sie sich um die Arbeitsstelle bemüht hatte.

Am Montag wollte Bodo zur neuen Wohnung um Informationen einzuholen.

Er nahm den 55er Bus in der Hoffnung, dass der noch die alte Route am S-Bahnhof Wollankstraße vorbei fuhr und er wurde nicht enttäuscht.

Unter der S-Bahnunterführung, die die Grenze markierte, lagen große Stacheldrahtrollen. Davor standen Volksarmisten und Kampfgruppenmitglieder fast Schulter an Schulter mit Maschinenpistolen vor der Brust und blickten in die gleiche Richtung wie Bodo, der Westberlin für lange Zeit nicht mehr sehen würde.

Vor dem Nebenhaus stand ein Umzugswagen und als Bodo ins Haus wollte, sah er den Zettel an der Haustür, auf dem stand, dass sich die Mieter beim Hausmeister, Herrn Karg, Belforterstraße 7 -Parterre rechts- melden sollten.

Er wollte sich gerade auf den Weg machen, da hörte er die Stimme neben sich.

»Guten Tag, Sie sind hier Mieter? Mein Name ist Karg. Ich bin der Hausmeister…und Sie?«

»Klann. Dritte links. Guten Tag.«

Hausmeister Karg guckte in eine Liste und nickte zustimmend. Er klärte Bodo über die zu erbringenden Eigenleistungen auf und nahm ihn mit zu einem kleinen Steinhaus.

»Das ist das Müllhaus, wo die Mülltonnen für diese beiden Blocks stehen werden und hier hinter steht die Teppichklopfstange.«

Dann schloss er eine Tür auf und übergab Bodo einen Besen, eine Schaufel und einen Eimer.

»Für die feineren Arbeiten haben Sie ja sicherlich eigenes Werkzeug und Gerätschaften. Den Schutt können Sie in die Mitte vom Hof kippen, wo noch das ganze andere Gerümpel rumliegt. Nach getaner Arbeit melden Sie sich bitte bei mir, damit ich die erbrachten Eigenleistungen eintragen und abrechnen kann.«

»Ja, danke.«

»Und wann wollen Sie einziehen?«

»Vielleicht schon nächste Woche, wenn meine Schwiegermutter das mit dem Termin bei der Umzugsfirma hinkriegt."«

»Manchmal sind auch Schwiegermütter zu etwas gut.«, sagte er lachend, »Aber jetzt muss ich los, sonst kriege ich Ärger mit meiner Holden. Sie wissen ja jetzt, wo Sie mich finden, wenn Sie mich brauchen. Bis dann also.«

Der Hausmeister entfernte sich eilig und Bodo brachte die Gerätschaften in die Wohnung. Mit dem Besen und der Schaufel entfernte er die Schuttreste soweit, dass man das Balkonfenster, wenn auch mit einem knirschenden Geräusch, schließen konnte.

Er sah sich um. Tapezieren vor dem Einzug wäre gut.

Die Gardinen und Vorhänge, die sie hatten, müssten auf die neuen Fenstermaße gebracht werden. Er musste mit seiner Mutter reden.

Dann entschloss er sich, die nähere Umgebung zu erkunden.

Gegenüber in der Straßburger Straße waren ein kleiner Konsumladen und daneben eine Bücherei. Etwas weiter eine HO-Fleischerei.

Telefonzellen waren am Senefelder Platz und an der Prenzlauer Allee, am Ende der Metzer Straße. Aber gleich vorne an der Metzer Straße, da waren zwei Eckkneipen.

Die eine hieß "Metzer Eck" und wurde gerade geöffnet. Bodo aß zwei Bockwürste und trank ein Bier. Dann ging er zurück Richtung Kolmarer Straße, wo Jürgen und Lilo wohnten.

»Ick hab mir schon jedacht, daste kommst.«, sagte Jürgen, als er die Tür öffnete, »Komm rein, warst wohl drüben in der Wohnung.« und dann lachte er, »..."drüben". Hat sich was mit "drüben". Die haben uns aber mächtig in den Arsch getreten. Dit hätte ick nich jedacht, noch nich mal von diesen Pennern.«.

»Wo sind denn Lilo und die Kleine?«

»Lilo is mit ihr zu Schwiegamutter. Ick bin stinkig, hat sie gesagt.«

»Dafür sollte man aber Verständnis haben. Was machst du denn nun?«

»Morgen geh ick nach Hause, zu meinen Eltern. Ick will mit meinem Vater reden, ob der vielleicht wat machen kann, dass ick wieder bei TRO anfangen kann. Aber ick habe wenig Hoffnung. Seitdem der da Brigadier von soner Truppe geworden ist und Lohngruppe 8 hat, ist der irgendwie verändert. In der letzten Zeit gab's jedes Mal Theater, weil ick noch im Westen arbeite. Der hat jetzt och janz komische Ansichten. Kenne ick janich von ihm. Na, ick werde mal abwarten, wat bleibt mir denn och übrig…und du, wat is mit dir?«

»Meine Mutter will versuchen, ob sie etwas in ihrer alten Firma machen kann.«, log Bodo, »Wegen der Wohnung stehe ich ja auf'm Schlauch. Das soll nämlich 'ne Lehrlingsbaustelle gewesen sein. Du glaubst ja nicht, was die für Murks und Dreck hinterlassen haben. Ick hab doch zum Glück Urlaub genommen und jetzt ist viel zu tun, auf dieser Baustelle.«

»Jut, dass ick meinen Urlaub damals bei der Geburt von Simone genommen habe, sonst wäre dit Urlaubsjeld jetzt och noch im Arsch. Los komm, wir jehen runter inne "Kwiese". Du musst noch deine Urlaubslage ausjeben.«

Zurück fuhr Bodo mit der U-Bahn bis Vinetastraße und von da mit dem 45er Bus bis vor die Haustür.

Als er auf den Bus wartete, dachte er an die Zeit, wie er Christa im "Cafe Nord" kennengelernt und wie er damals, vor drei Jahren, mit ihr hier gestanden hatte.

»Man hast du 'ne Fahne.«, sagte sie, als er sie in den Arm nahm. »Aber ich habe mir so etwas schon gedacht.«

Nachdem seine Mutter von Bodo erfahren hatte, dass Martha den Umzugstermin für den 28. August organisiert hatte, dauerte es nicht lange und sie sagte ihm, wo er die Gardinen und Vorhänge zum Umnähen hinbringen sollte.

Sie löste nicht nur das Gardinenproblem, sondern besorgte auch den Maler, der den Korridor, das Wohn- und Schlafzimmer tapezierte.

Als er sich bei ihr bedankte, hörte er das altbekannte: »Ja, ja, wenn du deine Mutter nicht hättest.«

Die Schwiegermütter hatten im fairen Wettstreit zwar alles organisiert, aber bezahlen mussten sie das selber.

Als sie später dann, nach dem Umzug, Kinderwagen, Kinderbett und Wickeltisch gekauft hatten, war auf den Sparbüchern der beiden nicht mehr viel übrig. Darum führten sie danach nur noch das Sparbuch von Christa weiter.

179

Kapitel 45

Solange Bodo zurückdenken konnte, hatte er seiner Schwester persönlich zum Geburtstag gratuliert. Diesmal hatte er eine Geburtstagskarte schicken müssen. Christa hatte ihm geraten, die Karte frühzeitig abzusenden. Sie saßen noch beim Frühstück an diesem Sonnabend.

»Hoffentlich ist die Karte auch angekommen.«

»Und wenn nicht, dann weiß Ulla doch, dass wir an sie denken.«

»Ja, das ist aber…«, es klingelte an der Tür, »…wer ist das denn?«

Bodo ging die Tür öffnen. Vor ihm stand eine junge Frau, die merkwürdig gekleidet war, altmodisch wie Bodo fand.

»Ja, bitte…?«

»Herr Klann? Bodo Klann?«

»Ja.«

»Mein Name ist Monika Hansen. Ich bin die Verlobte von Lothar Quant, er hat Ihnen von mir erzählt, wie er sagte.«

»Natürlich, aber das ist ja ein Ding. Von Lothar, wie geht's ihm denn? Kommen Sie doch 'rein. Ich war eben etwas verwirrt, aber Sie, als Bremerin, können ja zu uns in den Osten. Wir ziehen am Montag um, also wundern Sie sich nicht über die Unordnung.«

Monika Hansen wollte keinen Kaffee und auch nicht lange bleiben. Sie hätte noch einiges zu erledigen, sagte sie und kam darum auch gleich zur Sache. Sie erzählte, dass Lothar mit anderen Studenten einen Fluchttunnel vorbereitet hatte und sagte ihnen, wann sie am Mittwoch in der Kiefholzstraße, in der Nähe von einer Laubenkolonie sein sollten, wenn sie die Absicht hätten, nach Westberlin zu flüchten.

Sie wirkte sehr nervös und ehe Bodo dazu kam, etwas zu sagen, stand sie schon wieder auf und verabschiedete sich. Während Bodo sie zur Wohnungstür begleitete, bestellte er Grüße an Lothar. Er war sich aber nicht sicher, ob sie das überhaupt wahrgenommen hatte

Als Bodo zurückkam, sagte Christa: »Bodo, bitte keine Diskussion. Ich bin genauso baff wie du. Wir vergessen diesen Besuch und reden auch mit keinem darüber. Mit k e i n e m…auch Jürgen nicht.«.

Bodo nickte zustimmend, aber es fiel ihm schwer nicht darüber zu reden. Lothar, sein alter Arbeitskumpel, hatte ihn nicht vergessen. Das machte ihn irgendwie auch ein bisschen stolz.

Am Sonntag bereiteten sie alles für den Umzug vor. Sie bauten die Möbel auseinander und stellten alles andere für die Transporteure bereit.

Als alles für den morgigen Umzug vorbereitet war, sahen sie sich etwas wehmütig in der Wohnung um, die fast drei Jahre ihr Heim gewesen war.

»Bodo, wir müssen uns noch bei Frau Krakies und den Peines verabschieden.«

»Hast du das mit dem Strom und Gas geregelt? Die Ableser kommen doch immer erst am Anfang des Monats.«

»Ja, ich habe mit Frau Peine geredet. Die Rechnungen gibt sie meiner Mutter. Die zahlt dann auf der Sparkasse ein und wir geben ihr das Geld wieder.«

Frau Krakies fing an zu weinen, als sie sich verabschiedeten. »Nun geht ihr auch noch. Unser Renatchen ist auch nicht mehr da. Die ist schon vorige Woche nach drüben, durch die Lauben in Schönholz.«

Nach dem Mittagessen bei Christas Eltern fuhren sie gemeinsam zu Bodos Eltern. Seine Mutter hatte Geburtstag. Als sie mit dem Bus an ihrer alten Wohnung vorbeifuhren, war das wie ein Abschied von einer anderen Zeit. Morgen würden sie in ihrer Neubauwohnung wohnen.

Bodo hatte sich schon die schlimmsten Szenarien vorgestellt, aber als seine Mutter die Tür öffnete, lächelte sie.

Nach der Gratulation wusste er auch warum. Auf dem Bücherbord, wo schon immer die Blumen und Geschenke zu solchen Gelegenheiten aufgestellt wurden, stand in einem neuen Rahmen ein aktuelles Bild von Ursula und Dieter. Seine Schwester hatte einen Brief geschrieben und Herta ließ es sich nicht nehmen, ihn vorzulesen.

Christa fuhr mit ihren Eltern wieder zurück nach Wilhelmsruh. So konnte sie am Montag frühzeitig vor Ort sein, denn die Umzugsleute waren zu sieben Uhr bestellt.

Bodo schlief bei seinen Eltern, von da war er zu Fuß in knapp einer halben Stunde am Wasserturm.

Als Christa dann aus Wilhelmsruh ankam, waren das Mobiliar schon in der Wohnung und die Fuhrleute wieder abgefahren.

Den Rest des Tages verbrachten sie mit dem Aufstellen der Möbel und dem Einräumen der Sachen. Die Gardinen hatte Bodo schon vorher angebracht.

Sie fanden es gemütlich. Die Wohnung war ja auch über 20 qm kleiner.

Die eigene Badewanne nutzten sie nach der Arbeit das erste Mal gemeinsam.

»Da kanns'te Mal sehen, was die Leute so alles reden. In den Neubauten soll es hellhörig sein. Hörst du was?«

Das hatte Bodo nach ihrem Einzug zu Christa gesagt, als sie am Abend im Wohnzimmer Radio hörten. Das die Leute aber recht hatten, wurde Bodo schnell bewusst, denn es wurde zunehmend lauter, weil täglich neue Mieter einzogen.

Man konnte laute Gespräche und Musik der über und unter ihnen wohnenden Nachbarn und aus dem Nebenhaus hören.

Sie aßen Abendbrot. Plötzlich saß Christa wie erstarrt auf ihrem Stuhl.

»Was ist denn mit dir los?«, fragte Bodo erstaunt und sie zeigte mit dem Finger auf die geschlossene Wohnzimmertür. »Da ist ein Hund auf unserem Korridor.«

»Hmm, es sind ja auch Fußspuren an der Decke.«

»Bodo hör auf, ich habe Angst.« Bodo drehte sich zur Tür um und erschrak, da schnüffelte an dem Riffelglas der Tür eine Hundeschnauze.

»Was ist das denn? Wie kommt der denn hier rein? Ob der bissig ist?«

Bodo ging vorsichtig zur Tür und öffnete sie einen Spalt. Er sah einen Boxerhund vor sich, der noch recht jung zu sein schien. Der Hund sprang ihn an, drehte sich dann im Kreis und bellte freundlich.

»Na, wo kommst du denn her?« und Bodo sah, dass die Wohnungstür offen stand. Christa hatte sich nun auch auf den Korridor getraut.

In dem Moment erschien eine junge Frau und rief: »Komm bloß her, du Rowdy. Guten Abend. Mein Name ist Gabler. Ich wohne nebenan und bitte um Entschuldigung, aber irgendwie schließt meine Wohnungstür nicht richtig.«

»Und unsere dann wohl auch nicht, denn der Hund ist ja reingekommen.«, antwortete Bodo. Ein kurzer Ruck an der Korridortür und der Türschnapper gab nach.

»Na, bitte, da haben wir's ja.«

Von da an wurde die Tür immer abgeschlossen, auch wenn sie zu Hause waren.

Beim Anbau des Sicherheitsschlosses, das er von seinem Vater bekommen hatte, stellte Bodo fest, dass die Wohnungstür nur aus einem mit Presspappe bespannten Holzrahmen bestand.

Kapitel 46

Christa hatte ihren Hausarbeits- und Umzugstag im Anschluss an den Urlaub genommen und ging nun schon wieder arbeiten.

Für Bodo sollte am Freitag der erste Arbeitstag als Arbeitsnormer in der Medizinischen Gerätefabrik sein. So war die mündliche Versicherung, die ihm der Leiter der Abteilung Arbeit gegeben hatte.

Er meldete sich kurz vor Arbeitsbeginn beim Wachschutz, wie an dem kleinen Häuschen neben dem Werkstor zu lesen stand.

»Ich habe einen Termin bei Herrn Kohl.«

Dann lief das gleiche Prozedere ab, wie an dem Sonnabend vor 3 Wochen, als er das erste Mal hier war. Der halbuniformierte Pförtner betrachtete ihn aufmerksam. Er griff zum Telefon und betätigte die Wählscheibe. Nach ein paar Worten streckte er den Arm aus und sagte: »Den Personalausweis, bitte.« Er klappte ihn auf und sagte in den Hörer: »Klann, Bodo. Ja, in Ordnung«. Dann schrieb er einen Passierschein aus, klemmte ihn in den Ausweis, gab ihn Bodo zurück und rief dabei nach hinten: »Charlotte, du musst hier den Kollegen zum Genossen Kohl bringen.«

»Das ist nicht nötig, ich kenne den Weg…«

»…das ist aber Vorschrift, Kollege.«

Werner Kohl begrüßte ihn mit Handschlag.

»Morjen Kollege Klann. Ich will gleich zur Sache kommen. Seit unserem letzten Gespräch hat sich ja einiges verändert.«, sagte er, als sie sich gesetzt hatten. Bodo schwante nichts Gutes und es war ihm anzusehen.

»Aber keine Angst, wir brauchen immer noch Arbeitsnormer. Es gibt ein kleines Problem. Obwohl ich einiges versucht habe. Die Genossen von der Kaderabteilung bestehen aber auf einer Bewährungszeit in der Produktion, was man ja auch irgendwie verstehen kann. Dein Einsatz hier bei uns ist darum erst ab kommenden Januar möglich. Bis dahin ist ein Arbeitsplatz in der Gussputzerei mit Lohngruppe 3 vorgesehen. Übrigens ich heiße Werner, wir duzen uns hier alle. Du schaffst das Bodo.«

»Was ist denn die Gussputzerei?"«

»Ich will ehrlich zu dir sein, das ist die dreckigste Arbeit im Betrieb. Da werden die Gussunterteile der OP-Tische für die spätere Lackierung bearbeitet. Bring dir also alte Arbeitssachen mit, denn die kannste hinterher wegschmeißen.«

»Und das ist sicher, dass das nur bis zum Jahresende geht?«

»Ja, das habe ich alles vorbereitet. Hier ist der Arbeitsvertrag als Gussputzer ab kommenden Montag und hier der Änderungsvertrag als Arbeitsnormer ab 1. Januar 1962. Du brauchst nur noch zu unterschreiben. Würde
mich ehrlich freuen.«

Vielleicht hätte Bodo in einer anderen Situation abgelehnt, aber Werner
Kohl war ihm sympathisch, er hatte Vertrauen zu ihm und das schien auf
Gegenseitigkeit zu beruhen.

Bodo unterschrieb die Arbeitsverträge und Werner Kohl den Passierschein.

»Na, dann auf gute Zusammenarbeit ab Januar und viel Spaß beim Guss-
putzen, Bodo«, sagte er zum Abschied lachend.

»Ja danke, Kollege…«

»…ich heiße Werner.«

»Ja Werner. Daran muss man sich ja erst gewöhnen.«

Die Baracke der Gussputzerei stand hinten auf dem letzten Hof.

Von seinem Vater hatte er sich die Arbeitskleidung besorgt, die Theo in
der Zeit als Motorenschlosser getragen hatte.

Mit seinem Hinweis auf die Art der Arbeit und die Arbeitsbedingungen
hatte Werner Kohl stark untertrieben. Die Gussteile mussten vom Form-
und Kernsand befreit werden. Schon nach kurzer Zeit waren alle unbe-
deckten Hautteile fast schwarz. Der schwarze Staub setzte sich unter den
Fingernägeln fest. Bodo schnitt die Nägel ganz kurz und behielt das auch
später bei.

Das Mittagessen und die kostenlose Milch wurden in den separaten
Pausenraum geliefert, denn man durfte den Arbeitsbereich nur durch die
Wasch- und Umkleideschleuse verlassen. Es gab Erschwerniszulage und
jeden Tag neue Handtücher, dazu Waschpaste und Seife.

Es herrschte ein rauer Ton und Bodo bekam mit, dass hier auch Leute
arbeiteten, die schon im Gefängnis gesessen hatten. Er begriff die Regeln
der Kollegialität schnell und nahm seinen Platz in der Rangfolge hin. Er
wurde geduldet.

Es war Winter geworden, ein sehr kalter Winter, mit Temperaturen unter
minus 20° .

Christa war jetzt im Schwangerschaftsurlaub.

Martha hatte am 13. Dezember Geburtstag. Wegen der fortgeschrittenen
Schwangerschaft kamen die Eltern am späten Nachmittag zu ihnen.

Es gab nur ein Thema, die bevorstehende Geburt. Durch bestimmte Merkmale an Christas Aussehen, waren sich die Schwiegermütter einig, dass es ein Junge werden würde.

Auf die Frage, wie Christa in die Klinik käme, erklärte sie den Müttern, dass das ihre Freundin Erika übernehmen würde.

"Heinerle", wie sie ihren Mann immer noch nannte, wäre jetzt fest beim Fernsehfunk angestellt und hätte ein Dienstfahrzeug. Der eigene PKW stand nun ihr zur Verfügung und sie hätte darauf bestanden, dass sie Christa zu jeder Tages- und Nachtzeit in die Tucholskystraße, zur Frauenklinik der Uni, fahren würde.

Drei Tage später setzten die Wehen ein, am 18. Dezember, ihrem 3. Hochzeitstag, kam ihr Sohn, Dirk, auf die Welt und ab Weihnachten waren sie nun zu dritt in der Wohnung.

In der nächsten Zeit dachte Bodo des Öfteren daran, wie schön es war, als man nachts durchschlafen konnte.

Kapitel 47

»Na, nu biste ja bei den Sesselfurzern angekommen oder hat es nich geklappt?«

Sie hatten sich zufällig getroffen und jetzt standen Jürgen und Bodo an einem der runden Biertische im "Metzer Eck".

»Von wegen Sesselfurzer. Die jagen mich den ganzen Tag durch den Betrieb, damit ich alles kennenlerne. Und der Hauptteil der Bude ist in der Sophienstraße, ganz in der Nähe, wo du Papier mit deinem Transportwagen durchs Gelände schiebst.«

Jürgen hatte eine Stelle als Lagerarbeiter in einem halbstaatlichen Buchverlag in der Münzstraße gefunden.

»Du hast ja recht. Wer weiß wat mir passiert wäre, wenn mir mein Vater damals geholfen hätte. Bei TRO haben die auch sone dreckige Arbeit, wie in deina Jussputzerei, damals. Mein Alta wird immer merkwürdiger mit seinen Ansichten. Als mein Bruder mit Familie über Weihnachten aus Hamburg zu Besuch war, da haben die sich richtig gefetzt…aba dit hab ick dir ja schon erzählt. Ick gloobe, wenn der vielleicht noch inne Partei eintritt, lässt sich meine Mutta scheiden.«

Bodo erzählte nun etwas über seine neue Tätigkeit, die ihm noch äußerst fremd war.

»Nächste Woche muss ich zur Leipziger Frühjahrsmesse und Anfang April bin ich für über acht Wochen weg, zu einem Lehrgang. Wohin, erfahre ich noch. Das ist so etwas wie REFA, bloß hier heißt das Arbeitsnormung.«, beendete er seine Schilderung.

»So und nu werde ick dir och mal wat erzählen. Lilo hat da so wat eingefädelt, da werde ick zum Gastronomie-Dingsda umjeschult. Da lass ick dann nicht mehr Bier einschenken, dann mach ick das alleine.«

»Das ist doch prima, wie heißt es doch so schön? "Wer nichts wird, wird Wirt".«

»Sei bloß stille und bestell lieba noch eins.«, lachte Jürgen.

Bodo war zeitig am Ostbahnhof. Er ging den Zug entlang und suchte Herbert Fischer, einen Technologen, dem er zugeteilt worden war. Herbert war ein ausgesprochener Spaßvogel, dass hatte Bodo in den letzten drei Wochen zur Genüge mitbekommen.

Er stand mit zwei anderen Kollegen, die Bodo nur vom Sehen kannte, vor einem Waggon. Nach der Begrüßung fragte Bodo wo ihre Plätze wären.

»Na, gleich hier vorne, das erste Abteil, da wo die Gussputzer sitzen.«, antwortete Herbert.

»Gussputzer? Fahren denn die auch zur Messe?«, fragte Bodo verdutzt.

Die drei lachten.

»Wirste schon sehen, geh mal rein.«

Bodo betrat gespannt den Waggon und in dem Abteil sah er zwei Afrikaner sitzen.

Während der Fahrt kam man ins Gespräch. Die beiden waren aus Kenia und studierten Maschinenbau an der Uni in Leipzig.

Die Größe und die Vielfalt der Messe beeindruckten Bodo, der ja nur die Industrieausstellung am Funkturm kannte. Sie besichtigten die Halle mit den Exponaten aus der Medizintechnik und er bekam einen ersten Eindruck von der Erzeugnisvielfalt.

Am Leipziger Hauptbahnhof mussten sie zur Kenntnis nehmen, dass ihr Zug, mit dem sie zurückfahren wollten, ausfiel.

Das bedeutete eine längere Wartezeit. Sie suchten in der vollbesetzten Mitropa-Gaststätte nach einzelnen Plätzen. Nachdem der Kellner vorbeikam, bestellte Bodo "Strammer Max", das war neben "Bockwurst" und "Soljanka", eines von den drei Gerichten, die im Angebot waren.

Er musste die 2,10 Mark sofort bezahlen, weil der Kellner sonst: »... die Übersicht verlieren würde, bei dem ständigen Kommen und Gehen.«, wie er sagte.

Fast gleichzeitig mit dem Kellner und dem "Strammen Max", kam Herbert an seinen Tisch.

»Los Bodo, komm, die haben eben angesagt, dass unser Zug nur Verspätung hatte und in zehn Minuten abfährt.«

»Aber mein Essen?«

»Das kannste doch inne Hand nehmen. Los jetzt!«

Der "Stramme Max" war eine Scheibe Brot mit Schinkenwürfeln und zwei Spiegeleiern darüber. Also nahm Bodo die warme Brotscheibe in die Hand und rannte Herbert hinterher.

Kurz nachdem er die Gaststätte verlassen hatte, stieß er mit einem Mann zusammen. Was dann folgte, lief für Bodo wie in Zeitlupe ab. Er sah, wie sich eines der Spiegeleier von der Stulle löste und in die halboffene Reisetasche einer vorbeigehenden Frau fiel, die den Vorgang überhaupt nicht bemerkte. Im ersten Moment wollte er stehen bleiben und Bescheid sagen, aber da hörte er Herbert rufen: »Wo bleibst du denn, los komm, sonst verpassen wir noch den Zug.«

Als Bodo die Geschichte im Zug erzählte, schnellte der Spaßfaktor in die Höhe. Immer wieder fiel einem eine neue Geschichte ein, wie die Frau wohl reagiert hatte, als sie zu Hause bemerkte, dass sich zwischen ihren Sachen ein Spiegelei befand.

Der Lehrgang begann Anfang April in Thüringen.

Der Abschied fiel Bodo schwer, aber er nahm sich zusammen, weil er merkte, dass auch Christa die bevorstehende lange Trennung zu schaffen machte.

»Pass' bloß gut auf unseren kleinen "Puschel" auf wenn "Pappa" weg ist, sonst gibt es Ärger wenn ich wiederkomme«, sagte er lachend und übergab ihr Dirk, den er solange auf dem Arm gehalten hatte.

»Na, was denkst du denn? Pass' lieber auf dich auf und komme bald wieder. Du fehlst mir jetzt schon...«

»...und du mir erst...und er hier«, Bodo küsste beide und verließ dann eilig die Wohnung.

Vom Bahnhof Bad Frankenhausen ging es zu Fuß gute fünf Kilometer kurvenreich bergan bis zu dem alten Jagdschloß in Rathsfeld, auf dem Kyffhäuser, wo sie untergebracht waren.

Außer der Bildungseinrichtung und ein paar Häuser für die Beschäftigten des neu erbauten Fernsehturms in der Nähe und dem Barbarossadenkmal, gab es nur Natur.

Die 18 männlichen und 12 weiblichen Kursteilnehmer trafen sich noch vor dem Abendbrot am Abend des Ankunftstages zu einer Vorstellungskonferenz.

Nach der politisch-ideologischen Grundsatzrede des Schulleiters Hoth, stellten sich die Kursusteilnehmer einzeln vor. Bodo war der einzige Berliner. Als er seinen beruflichen Werdegang darlegte, gelang es ihm alles so darzustellen, als wenn er nie in Westberlin gearbeitet hätte. Zum Abschluss wünschte Schulleiter Hoth allen einen erfolgreichen Lehrgangsverlauf und beendete die Zusammenkunft.

»Alle Genossinnen und Genossen bitte ich aber, noch zu bleiben.«

Mit drei anderen verließ Bodo den Schulungsraum.

In der Folgezeit merkte Bodo, dass ihm einige Vorkenntnisse aus der Beuth-Schule von Nutzen waren.

Bei den spezifischen Themen der Zeiterfassung, verwendete er ganz gezielt die von den Dozenten benutzten Phrasen der sozialistischen Dialektik. Ganz wesentlich war dabei die Herausstellung der führenden Rolle sowjetischer Methoden. Obwohl ihm das alles unsinnig erschien, passte er sich an, weil das von Vorteil für die Benotung war.

Über Ostern bekamen sie frei. Bodo genoss die Tage zu Hause und behauptete, Dirk wäre in den zweieinhalb Wochen, die er nicht da war, erheblich gewachsen.

Den 1. Mai erlebte Bodo dann nicht wie in den letzten Jahren, als freien Tag, sondern als "Kampftag der Arbeiterklasse".

Nach einem Fahnenappell erklang zum Frühstück Marschmusik im Speiseraum. Danach ging es zur Kundgebung in das vier Kilometer entfernte Steinthaleben. Als sie in dem Örtchen mit dem zutreffenden Namen angekommen waren und die Marschkolonne zum kleinen Marktplatz zog, wo die Kundgebung stattfand, waren sie die größte Gruppe.

Diese Aufmärsche und das Drumherum hatte er bisher nur aus der Ferne wahrgenommen. Das alles war neu für ihn.

Ebenso der "Tag der Befreiung" am 8. Mai. Er wusste noch, dass er sich immer geärgert hatte, wenn er arbeiten musste und die Familie frei hatte.

Ihm wurde schnell klar, dass sein Befremden über das kulthafte proletarische Gehabe nicht auffallen durfte, also tat er das, was alle machten. Er machte mit.

»Na, da biste ja wieder und gut erholt siehste aus.«, wurde Bodo von Werner Kohl begrüßt. »Ich hoffe du hast mir keine Schande gemacht und bestanden.«

»Gerade 'mal so.«, grinste Bodo und übergab ihm den Qualifikationsnachweis.

»Mensch, Bodo. Mit "Sehr gut"! Das hat hier noch keiner geschafft. Meinen Glückwunsch. Darauf müssen wir nachher einen trinken.«, rief Werner sichtlich erfreut und schüttelte Bodo kräftig die Hand, »Da geh'n wir gleich zu "Efennekin", der ist im Haus.«

»Efennekin ? Wer oder was ist das denn?«

»Das ist das Kürzel für "Flitznillekin". So nennen wir liebevoll Hans Wellnitz, den Direktor für Arbeit, unseren Chef. Der wollte dich sowieso kennenlernen.«

»Und warum nennt ihr den so…? «

»…weil der so hektisch und nervös ist und…na du wirst schon sehen.«

Direktor Wellnitz, ein unruhiger, schmächtiger Mann mit dünnem rötlichen Haarwuchs, erklärte Bodo nach der Begrüßung, dass ihn der Genosse Hoth schon telefonisch informiert und geraten hätte, ihn noch auf einen Zusatzlehrgang zu schicken.

Darum war auch die Kaderleiterin Klawitter anwesend, die sich darum kümmern sollte. Bodo betrachtete die etwas maskulin wirkende Frau und dachte daran, dass vielleicht sie es war, die ihn damals zu den Gussputzern geschickt hatte und da er in dem einseitig geführten Gespräch immer mehr den Eindruck gewann, dass jeder Widerspruch erfolglos sein würde, fügte er sich in sein Schicksal.

Nach einem zweiwöchigen Internatslehrgang "Arbeitspsychologie" in der Nähe von Erkner, erhielt er den Befähigungsnachweis "Lehrer für Arbeitsnormung", der für seine spätere berufliche Entwicklung allerdings völlig bedeutungslos sein sollte.

Kapitel 48

Christas Schwangerenurlaub lief demnächst aus.

»Die haben mir auf der Schwangerenfürsorge gesagt, ich hätte die Anmeldung für den Krippenplatz damals von Wilhelmsruh nach hier ummelden müssen.«

»Und nun?«, fragte Bodo, Unheil ahnend.

»Und nun? Nun haben wir keinen Krippenplatz.«

»Aber du musst doch wieder arbeiten, wenn die Wochen vorbei sind.«

»Ich werde morgen bei der Uni einen Antrag auf unbezahlte Freizeit stellen, bis unser Puschel seinen 1. Geburtstag hat. Da gibt es ein Gesetz.«

»Ich habe doch richtig gehört, "unbezahlte Freizeit" ?«

»Ja Bodo, wir haben ein Problem. Eigentlich zwei, denn wenn bis dahin kein Krippenplatz frei ist, dann stehen wir da.«

Bodo sah die Tränen und nahm Christa in den Arm.

»Bis dahin ist ja noch etwas Zeit und das kriegen wir hin, glaub' mir.«

Sie mussten sich einschränken, sehr sogar.

»Weißte was? Wir machen einen Ausgabenplan. Meine Mutter hat das Haushaltsbuch genannt.«

»Davon haben wir ja auch nicht mehr Geld zur Verfügung…«, warf Christa ein.

»…aber wir haben die Übersicht. Wo sind denn die Abrechnungen vom letzten Monat?«

»Die lesen doch jetzt nur alle drei Monate ab.«

»Das ist doch Wurscht, wir brauchen doch nur einen monatlichen Richtwert.«

Obwohl die Kilowattstunde Strom nur acht und der Kubikmeter Gas 25 Pfennige kostete, waren die Höhe der monatlichen Verbrauchskosten für beide nahezu gleich. Da der Wasserverbrauch und die Müllabfuhr nichts kosteten, waren das alle Nebenkosten.

»Also, von meinen 440 Mark, die ich…«

»…ich denke du kriegst nur 420 Mark 'raus? Bodo, du bist ja ein Betrüger!«

»Dammisch, erwischt, aber jetzt geht's ums Überleben.«, lachte Bodo und küsste Christa, die nur so tat, als ob sie sich abwenden würde.

»Also, noch mal. Von den 440 Mark gehen monatlich 48,50 für Miete und 20 Mark für Gas und Strom ab. Sagen wir mal rund 70 Mark und dazu 50 Mark Taschengeld für mich…«

»… 50 Mark Taschengeld?«

»Meine Süße, davon muss ich das Werkessen bezahlen, das kostet mich eine Mark pro Tag und ist billiger, als wenn du mir noch zwei paar Stullen mehr mitgibst. Wo waren wir nun? Ach ja, bleiben 320 Mark übrig. Ich empfehle 20 Mark für besondere Ausgaben zurückzulegen. Dann haben wir stramme 300 Mark zum Leben im Monat.«

Sie waren sich einig. Christa beschriftete Briefkuverts für das Geld und verwahrte sie in der kleinen Stahlkassette, die unten im Schlafzimmerschrank stand.

Eingebunden in dieses Sparprogramm wurden die abwechselnden Sonntagsbesuche zum Mittagessen bei den Eltern, die sich schon immer auf ihren Enkel freuten.

Hilfreich waren auch die Päckchen von Ursula und Dieter. Die Päckchen oder Pakete wurden nicht geliefert, die bekam man im zuständigen Paketpostamt nur gegen Vorlage des Personalausweises ausgehändigt.

Wenn er von der Arbeit kam, dann roch Bodo schon an der Wohnungstür, dass Christa tagsüber so ein Päckchen von der zuständigen Paketausgabe in der Marienburgerstraße abgeholt hatte. Kaffee, Kakao, Zahncreme, Seife, Schokolade und manchmal auch Zigaretten.

Christa ärgerte es mächtig, dass ihre Eltern von Marthas Schwester Ite, die nun wirklich nicht am Hungertuch nagte, keinerlei materielle Unterstützung bekamen. Martha ließ aber keine Diskussion über dieses Thema zu.

Tante Grete bekam von Elsbeth regelmäßig Päckchen und sie brachte den Kaffee mit, weil sie lieber Tee trank. Auch Bodo ließ seinen Schwiegereltern manchmal ein Päckchen Zigaretten da.

Elsbeth war Witwe. Kurz nach der Hochzeit war ihr Mann, damals Ende 1944 gefallen. Nun wollte sie im September erneut heiraten. Tante Grete war verzweifelt, weil sie wegen der Mauer an der Hochzeit ihrer einzigen Tochter nicht teilnehmen konnte.

Sie wollte und konnte sich damit nicht abfinden und stellte einen Antrag auf Besuchsreise nach Westberlin. Nicht nur zu ihrer, sondern auch zur Überraschung der anderen, wurde der Antrag genehmigt.

»Wie geht das denn?«, fragte Bodo.

»Na, meine Tante ist doch schon Rentnerin…«

»…ach und die dürfen, ja?«

»Gönnst du ihr das etwa nicht, dass sie zur Hochzeit von Elsbeth fahren kann?«

»So war das doch nicht gemeint. Ich bin bloß ein bisschen neidisch.«

»Nun vergiss mal deinen Neidanfall, denn jetzt kommt es. Sie wird dann nämlich drüben bleiben, bei Elsbeth. Sie hat gesagt, dass wir uns ihren Fernseher und was wir noch so haben wollen, bei ihr abholen können. Meine Mutter meint, das können wir nicht mit einmal tun, denn es darf ja nicht auffallen.«

»Wir kriegen einen Fernseher? Wirklich? Aber wie kriegen wir den unauffällig hierher, der ist ja nun nicht gerade leicht und für den Transport in der Bahn nicht geeignet.«

»Das regeln wir über Erika mit dem Auto. Die macht das schon.«

Nach einigen Wochen hatten sie nicht nur ein Fernsehgerät, sondern auch einen Teppich im Wohnzimmer und auf dem Korridor einen langen Läufer, sowie einiges andere für den Hausrat herangeschafft.

An einem Sonntag, Mitte September, brachten sie Tante Grete zur Bornholmer Straße. Von dort konnte sie mit ihrem Passierschein über die Bösebrücke nach Westberlin.

Die Gleise auf der Mittelpromenade für die Straßenbahnlinie 3, die früher über die Brücke bis zur Seestraße fuhr, waren durch einen Drahtzaun unterbrochen, der nach links bis zur Finnländischen Straße und nach rechts in das Laubengelände führte, wo die Eltern von Theo damals ihren Garten hatten.

Da wo die Gleise endeten, war in dem Zaun eine Tür mit einem Schild, worauf stand

GRENZGEBIET
ZUTRITT NUR FÜR BERECHTIGTE PERSONEN

Kurt weinte, als er sich von seiner Schwester verabschiedete. Auch Martha und Christa hatten Tränen in den Augen.

Dann nahm Bodo ihren kleinen Koffer und sagte: »Komm, ich trage den Koffer und bringe dich bis zur Abfertigung.«

»Bodo, lass das.«, hörte er noch Christa sagen, aber Bodo ging schon gemeinsam mit Tante Grete den Weg bis zum Abfertigungshäuschen.

Der Grenzsoldat der dort stand, war nicht viel älter als Bodo und trug eine Maschinenpistole vor der Brust.

»Guten Tag, die Papiere bitte.« Tante Grete gab ihm ihren Passierschein.
Fragend guckte er auf Bodo. »Ihren Passierschein, Bürger?«
»Ich trage doch für meine Tante nur den Koffer, der ist nämlich…«
»…Bürger verlassen Sie augenblicklich das Grenzgebiet!«
»Aber ich wollte…«
»…ich wiederhole mich nicht noch einmal. Sie haben unberechtigter
Weise das Sperrgebiet betreten, dass ist strafbar. Wenn Sie nicht augen-
blicklich das Gelände verlassen, muss ich geeignete Maßnahmen zum
Schutz der Grenze einleiten.«, und dabei umfasste er demonstrativ mit
beiden Händen die Kalaschnikow.

Erst jetzt wurde Bodo bewusst, in welcher Situation er sich befand. Er
gab der leicht verwirrt wirkenden Tante Grete einen Kuss auf die Wange
und lief nicht, sondern rannte zurück zum Grenzzaun.

Die drei hatten das Geschehen von dort beobachtet und als Bodo auf ihre
aufgeregten Fragen hin, den Vorfall schilderte, verlor Christa ihre Fassung und schrie ihn vorwurfsvoll an: »Hast du denn den Verstand verloren? Du hast eine Familie, den Kleinen hier im Wagen und mich. Und
da machst du solch einen Unsinn. Wenn sie dich nun verhaftet hätten?«
Auf sein kleinlautes: »Haben sie aber nicht.«, hörte er von seinen Schwiegereltern auch nur Vorwürfe.

Das war Bodos erste Grenzerfahrung.

Lilo und Jürgen hatten die Gaststätte am Badesee im Volkspark Wuhlheide, der jetzt "Pionierpark Ernst Thälmann" hieß, übernommen. Bei
gutem Wetter fuhr Christa mit ihnen mit. Vom S-Bahnhof Wuhlheide war
es nicht weit. Christa übernahm die Aufsicht über Simone und Dirk und
wenn beide schliefen, half sie in der Küche.

An Wochenenden und zu den Ferien war der See stets gut besucht und
der Ansturm auf Bockwurst, Buletten, Eis und Getränke war dann dementsprechend hoch. Es gab immer eine lange Schlange und die Tische vor
der Gaststätte waren ständig belegt. Das führte dazu, dass Christa und
Bodo an den Wochenenden mithalfen.

Der Imbisskiosk im Fußballstadion "Alte Försterei", wo damals noch der
"TSC" spielte, der 1968 in "1.FC Union" umbenannt wurde, gehörte auch
zu ihrem Geschäftsbereich. Wenn Spiele anstanden, musste die Versorgung vorbereitet werden. Beim ersten Mal konnte Bodo es nicht glauben,
dass alle die Aluminiumkisten und -tonnen mit Buletten, Bockwürsten und
Fassbrause, sowie die Kisten mit den Pappbechern für die Getränke und

die Massen an Keksen und Bonbons schon kurz nach der Halbzeit total weggekauft waren.

Das parkeigene Pferdegespann, mit dem die Waren über die Straße an der Wuhlheide ins Stadion gebracht worden war, holte sie und das leere Transportgut darum stets noch vor Spielende wieder ab.

Obwohl der Ausschank alkoholischer Getränke nicht gestattet war, bereitete Jürgen, wenn die kühle Jahreszeit begann, Glühwein und Grog zu.

Während die anderen Waren über Bestellung zu den überall in der DDR geltenden Einzelverkaufspreisen (EVP) geliefert wurden, besorgte sich Jürgen den Alkohol und die Zutaten dafür, zu den gleichen Preisen, privat aus dem Einzelhandel. Der Verkaufspreis der selbst hergestellten Getränke, die nicht an EVP gebunden waren, überstieg um ein Vielfaches den Wert der Einsatzma-terialien. Solange sie noch warm waren, schmeckten die Getränke vorzüglich. Da Bodo wusste, welche Zutaten Jürgen verwendete, verkostete er aber nur sehr wenig davon. Die Arbeit war zwar schwer, aber überaus lukrativ. Das merkten Bodo und Christa, wenn am Einsatzende das Trinkgeld gleichmäßig aufgeteilt wurde.

In dieser Zeit bekam Bodo einen kleinen Einblick in die Tricks der Gastronomie zur Aufbesserung der persönlichen Einkommen.

Dirk hatte hohes Fieber. Darum besuchte Bodo seine Eltern zu Hertas Geburtstag auch nur alleine. Er erfuhr, dass zu Beginn der Herbstmesse, am kommenden Wochenende, ein Treffen mit Ursula und Dieter in Leipzig geplant war, denn die Frühjahrs- und Herbstmessen konnten Westberliner, nach Antragstellung, über die Reisebüros, besuchen.

»Ulla hatte sich schon so auf den Kleinen gefreut.«, sagte seine Mutter enttäuscht, »Na, dann kommst du eben alleine mit. «

»Das geht nicht, der Arzt hat gesagt, dass vielleicht eine Krankenhauseinweisung notwendig wird. Da möchte ich da sein. «

»Mach, wie du willst.«, erwiderte seine Mutter, in dem Ton, den er noch nie gemocht hatte.

Ursula und Dieter waren in Begleitung einer Kollegin von Ursula nach Leipzig gereist, die sich dort auch mit ihren Eltern treffen wollte. Zu aller Überraschung stellte man bei der Begrüßung fest, dass der Vater der Kollegin von Ursel, der Inhaber der Tischlerei Tanneberger war.

Mit der kleinen Firma hatte Herta aus ihrer jetzigen Tätigkeit schon des Öfteren Kontakt gehabt.

Kapitel 49

Eine Nachfrage von Christa erbrachte das niederschmetternde Ergebnis, dass mit einem Krippenplatz frühestens in einem Jahr zu rechnen sei.

Dazu kam, dass das Wochenende auch versaut war, denn am Sonntag war der "Nationalfeiertag der DDR" und Bodo musste zur Demonstration. Der Stellplatz und die Uhrzeit wurde ihm mehrmals mitgeteilt. Die Ausrede, ich wusste nicht wann und wo, kam also nicht in Betracht. Werner Kohl hatte ihm gesagt, er wollte sich mit ihm am Transportwagen des Betriebes treffen. Dort angekommen, war Bodo klar, warum ihn Werner dorthin bestellt hatte. Der Parteisekretär verteilte Fahnen, Bildelemente der DDR-Oberen und Spruchbänder an Willige und solche wie Bodo.

»Morgen Bodo, gut dass du schon kommst. Wir bilden die Spitze.«

Werner hatte ein Spruchband in der Hand, als er Bodo begrüßte. Er gab Bodo die eine Holzstange in die Hand und rollte das Band aus, auf dem etwas über die Erfüllung des 5-Jahres-Plan und die Freundschaft zur Sowjetunion stand.

Am nächsten Tag hatte Theo Geburtstag.

Schon bei der Gratulation auf dem Korridor merkte Bodo, dass etwas in der Luft lag, er kannte seine Eltern. Während sich Christa und seine Mutter um Dirk kümmerten, drängte ihn sein Vater fast ins Wohnzimmer. Auf dem Weg zur Sesselecke fragte Theo: »Na, fällt dir nichts auf?«

»Ja, der Abendbrottisch ist ...«, und erst jetzt sah Bodo das Fernsehgerät auf der Nähmaschine, wo sonst das Aquarium gestanden hatte, »...ihr habt 'nen Fernseher, ich werde verrückt. Und dazu noch das neueste Modell. Habt ihr im Zahlenlotto gewonnen?«

»Nein. Mutti wird euch das nachher erklären.«

»Da hättest du mich ja bei der Übertragung der Demonstration gestern sehen können. Da bin ich mit meinem Chef ganz vorne gelaufen und habe so ein albernes Spruchband tragen müssen. Ich bin heute noch stinkig, wenn ich daran denke.«

»Ich gucke mir doch so einen Quatsch nicht an, aber da gibt es ein paar Regeln, die solltest du dir merken. Man kommt immer etwas später und reiht sich von der Seite in die schon marschierende Kolonne ein, dann begrüßt man die engsten Kollegen, richtet es so ein, dass man vom Chef, dem Parteisekretär und dem Gewerkschaftsvertrauensmann gesehen wird und lässt sich dann langsam zurückfallen, bis man die richtige Stelle für den Nachhauseweg gefunden hat. So wird das gemacht.«

Das war einer von den wenigen Ratschlägen, die Bodo von seinem Vater übernommen hat.

Die Frauen waren immer noch mit Dirk beschäftigt. Bodo ging ins Nebenzimmer und sagte zu Christa: »Puppa, nun komm doch mal, dass muss'te dir ansehen.«

Beim Abendbrot fing seine Mutter dann endlich an zu erzählen.

»Ich arbeite jetzt bei Tanneberger, ab 1. Oktober schon.«

»Wer ist denn Tanneberger?«, fragte Bodo erstaunt. Herta wandte sich an Theo: »Na, hab ich dir das nicht gesagt? Der Junge hört überhaupt nicht hin, wenn man ihm etwas erzählt.« und zu Bodo, »Tanneberger ist der Inhaber der Tischlerei in Weißensee und der Vater von Ursels Kollegin. Wir hatten uns doch in Leipzig getroffen. Kannst du dich vage erinnern?«

»Ja, hast ja recht, aber ich kann mir eben keine Namen merken. Entschuldigung.«

Alles was sie nun zu hören bekamen, war von seiner Schwester so geplant gewesen. Das Treffen mit der Familie Tanneberger in Leipzig, war kein Zufall. Bodo war sich da ganz sicher, aber er sagte nichts. Frau Tanneberger, die bisher die Büroarbeiten durchführte, musste sich um ihre kranke Mutter kümmern und ihr wurde die Doppelbelastung zu viel. Sie suchten nach einer Vertrauensperson und die hatten sie in Herta gefunden.

Die ganze Sache hatte aber noch eine zweite Seite. Herta wurde offiziell als Vollzeitkraft beschäftigt arbeitete aber nur Teilzeit.

»Das ist aber großzügig von Tanneberger…«, warf Bodo ein.

»…nun warte doch erst 'mal ab und unterbrich nicht ständig. Bis zum Jahresende muss ich ja den ganzen Tag da sein. Da führt mich Helga, äh, Frau Tanneberger, in die Geheimnisse des komplizierten Steuerrechts für private Gewerbetreibende ein.«

»Ich verstehe immer nur Bahnhof. Ich denke du arbeitest Halbtags?«

»Na ja, das ist ja auch nicht so einfach. Also, Ursel gibt Tannebergers Tochter monatlich zu einem bestimmten Wechselkurs Westgeld als Ausgleich für die Hälfte meines Gehaltes und weil ich bis zum Jahresende ganztags arbeite, hat uns Tanneberger den Betrag vorgeschossen und wir konnten uns nun zusammen mit dem Angesparten den Fernseher kaufen.«

»Das musst du uns noch einmal erklären oder hast du das verstanden, Puppa?«

»Nicht so richtig.«

Herta erklärte ihnen noch einmal, dass man diese Vereinbarung zum gegenseitigen Vorteil getroffen hatte. Tanneberger's konnten so ihre Tochter unterstützen und Herta arbeitete bei vollem Gehalt nur in Teilzeit, weil Ursel mit einem Teil ihres Einkommens, die Differenz ausglich.

»Was macht denn die Tochter im Westen? Ist die damals abgehauen?"«

»Ist das denn jetzt so wichtig? Aber, na gut. Die war damals am 13. August übers Wochenende bei ihrem Freund in Charlottenburg und ist drüben geblieben. Ohne Ausbildungsabschluss und ohne Verwandte. Nun arbeitet sie als Hilfskraft in Ursels Abteilung.«

Aus dem Briefverkehr mit seiner Schwester wusste Bodo, dass Ursel nun ihren Meisterbrief in der Tasche hatte und die Endmontageabteilung leitete.

»Aber unsere Ulla hat auch an euch dabei gedacht. Wenn ihr nichts dagegen habt, dann würde ich ab Januar unseren Kleinen nachmittags übernehmen und Christa könnte halbtags arbeiten, bis ihr einen Krippenplatz habt. Was sagt ihr denn dazu?«

Es trat eine Pause ein, in der sich Christa und Bodo nur überrascht in die Augen guckten.

»Würdest du das denn machen?«, fragte Christa zögerlich und mit Erwartung in der Stimme.

»Sonst hätte ich euch das doch nicht angeboten. Aber das haben wir alles unserer Ursel zu danken...und für meinen kleinen Dicken, da mache ich das auch noch gerne.«

Nun ergriff erstmals Theo das Wort: »Aber um eins müssen wir bitten. Zu keinem ein Wort. Auch zu deinem Kumpel Jürgen nicht, Bodo.«

»Ich glaube auch, dass es besser ist, wenn das unter uns bleibt.«, erwiderte Bodo

»Aber meine Eltern...«.

»...mit deiner Mutter habe ich schon telefoniert, die wissen Bescheid. Am Wochenende feiern wir das alle gemeinsam, hier bei uns.«

Später, als sich Christa und Bodo bei Ursula persönlich bedanken konnten, erwiderte sie nur: »Das hättet ihr doch für mich auch gemacht.«

Christa beantragte die Wiederaufnahme ihrer Tätigkeit für nachmittags in Teilzeit. Von der Uni bot man ihr eine Tätigkeit als Laborantin im Institut für Acker- und Pflanzenbau, in der Invalidenstraße, an.

Ab Januar 1963 war es dann soweit. Mit der Arbeitszeit hatten sie es so geregelt, dass Dirk von Christa mittags zu Herta gebracht wurde und Bodo ihn nach Arbeitsende am späten Nachmittag wieder abholte.

Der 1 Mai war ein warmer Frühsommertag.

Bodo richtete sich nach den Ratschlägen seines Vaters. Er kam verspätet zum Stellplatz in der Chaussestraße. Der Marschblock war ins stocken geraten. Bodo ließ sich überall sehen und begrüßte bekannte Kollegen und die wichtigen Leute. Schließlich landete er bei Herbert Fischer. Der stand mit zwei anderen Technologen auf dem Bürgersteig.

»Morjen Bodo, gut dass du zu spät kommst. Unser Bier ist alle und der Letzte holt immer neues.«, und dabei schüttelte er den letzten Tropfen aus dem weißen Pappbecher.

Der Demonstrationszug bewegte sich nur sehr langsam und es gab einige Bierstände am Straßenrand. Als sie kurz vor dem Lustgarten waren, tönte aus den Lautsprechern auf dem Marx-Engels-Platz, wo die Partei- und Staatsführung den Massen zuwinkte, etwas über die Freilassung von Nelson Mandela.

Plötzlich riss der schon etwas angetrunkene Gerhard Winkler die linke, zur Faust geballte Hand hoch und rief laut:

»FREIHEIT FÜR WALLUSCHECK«

Herbert Fischer schloss sich ihm an und plötzlich rief der ganze Marschblock die Losung.

Als sie dann rechts auf den Marx-Engels-Platz einschwenkten, bildeten sie einen großen Marschkomplex mit den Kolonnen, die aus Richtung Alexanderplatz links auf den Platz einbogen.

Nach kurzer Zeit war der Platz erfüllt von der revolutionären Forderung:

»FREI-HEIT FÜR WAL-LU-SCHECK«

»FREI-HEIT FÜR WAL-LU-SCHECK«

Nachdem sich der Demonstrationszug aufgelöst hatte, tranken sie in der Rathausstraße noch ein Bier.

»Sag mal Gerhard, wer ist denn dieser Walluscheck eigentlich?«

Gerhard guckte Herbert Fischer mit glasigen Augen an und sagte: »Das weiß ich doch nich. Ich glaube aba, das isso ein Sittlichkeitsverbrecher aus Westberlin.«

Bei dem anschließenden Gelächter fielen zwei Pappbecher vom Stehtisch. Das war Anlass für die nächste Lage.

Der Vorfall war natürlich von zentraler Stelle nicht unbeachtet geblieben und es wurde gemunkelt, dass man versucht hatte herauszukriegen, ob Betriebsangehörige mit diesem Vorfall in Verbindung standen.

199

Die Regelung mit Dirk wurde zunehmend zum Problem. Die Benutzung der Straßenbahn war mit Umsteigen und langen Wartezeiten verbunden. Darum war der halbstündige Fußweg mit dem Kinderwagen, bei jedem Wetter, zweckmäßiger. Aber es waren nicht nur diese Belastungen, sondern mit der Zeit entstanden immer häufiger Spannungen, wenn es zu Verspätungen bei der Übergabe oder dem Abholen von Dirk kam. Bodo bemerkte an seiner Mutter auch, dass sie die Betreuung von Dirk stark in Anspruch nahm.Erschwerend kam hinzu, dass Bodo durch die Kaderabteilung aufgefordert wurde, endlich ein Abendstudium aufzunehmen. Dazu war jedoch ein Vorbereitungslehrgang erforderlich.

»Der Lehrgang soll im September beginnen, wenn bis dahin kein Krippenplatz da ist, dann können wir das vergessen. Wer soll denn dann den Dicken von meiner Mutter holen? Du auch noch, nachdem du ihn schon hingebracht hast? Ich habe sowieso keinen Bock drei Tage in der Woche, nach der Arbeit, zur Schule zu gehen.«, sagte Bodo erregt, als er Christa von der Weiterbildungsmaßnahme berichtete.

»Bodo, so fangen wir erst gar nicht an, du Drückeberger. Deine Ausbildung hat Vorrang. Dann muss es eben mit Einschränkungen weitergehen.«

»Wieso meine Ausbildung? Warum qualifizierst du dich denn abends nicht weiter?«

»Nun reicht's aber. Du wirst unsachlich Bodo und ...«

»...hast ja recht, meine Süße.«, unterbrach sie Bodo, ehe es zum Streit kommen konnte. Sie saßen lange eng aneinander geschmiegt und suchten nach einer Lösung.

»Ich habe den Eindruck, dass deine Mutter an ihre Grenzen kommt. Ist dir das auch schon aufgefallen?«

»Ja, das ist ja auch ein Grund, warum ich vorhin so ausgerastet bin.«

Im Juni war das Problem gelöst. Sie hatten die Nachricht erhalten, dass ein Krippenplatz zum 1. September zur Verfügung stand. Als Bodo seiner Mutter die neue Situation mitteilte, sagte sie in der ihr eigenen Art: »Na, dann werde ich ja nicht mehr gebraucht.«

Erst wollte Bodo darauf reagieren, aber dann besann er sich. Er hatte gemerkt, dass sie die neue Situation, zwischen dem Wunsch ihren Enkel bei sich zu behalten und der Erkenntnis eine immer schwerer werdende Belastung zu verlieren, erst verarbeiten musste.

»Aber wenn irgendetwas sein sollte, ihr könnt ihn jeder Zeit bringen.«

»Das wissen wir doch, Mutti.«, sagte Bodo und umarmte sie.

Kapitel 50

Die erste Hausversammlung hatte Frau Dr. Griese aus dem 4. Stock organisiert. Treffpunkt war der Trockenboden.

Nachdem sich jeder, aus den zehn Mietparteien vorgestellt hatte, kam Frau Griese auf den Kern der Zusammenkunft zu sprechen.

Sie sollten eine Hausverwaltungsleitung oder einen Hausvertrauensmann wählen. Darauf reagierte Frau Gabler, die Nachbarin mit dem Hund, empört: »Wozu brauchen wir hier eine Leitung? Und einen Vertrauensmann für was denn? Für mein Privatleben? Wir sind doch alles erwachsene Menschen, die selber entscheiden können, was richtig und was falsch ist. Stimmt doch, oder?«, und guckte erwartungsvoll in die Runde, sah aber nur in betretene Gesichter, die sich auch gegenseitig musterten.

»Das steht in den Statuten unserer AWG und ist gesetzlich auch so vorgeschrieben.«, antwortete Dr. Griese, nachdem sich auch bei ihr die Überraschung über den Einwand gelegt hatte.

Daraufhin verließ Frau Gabler mit den Worten: »Na, dann wählt man schön.«, die Zusammenkunft. Alle guckten nun gespannt auf Dr. Griese, die im Augenblick etwas hilflos wirkte.

Da ergriff Dr. Freitag, aus dem 1. Stock, das Wort. »Ich hoffe, dass ich im Namen aller spreche, wenn ich mein Missfallen über das eben Erlebte zum Ausdruck bringe und Genossin Griese für ihr bisher gezeigtes Engagement danke.« und applaudierte.

Sehr zögerlich, kurz und verhalten applaudierten nun auch die anderen Mieter.

Bodo hatte den Eindruck, dass alles, was folgte, vorher abgesprochen war, denn Dr. Griese schlug Herrn Alm, der unter ihnen wohnte, als Hausvertrauensmann vor. Alle stimmten sofort dafür und Herr Alm war einverstanden.

Auf die Anfrage von Dr. Weiß, die mit ihren alten Eltern neben Freitags wohnte, wann denn nun endlich die Zugänge zu den Häusern begehbar gemacht und die rostigen Stahlträger von der Wohnanlage entfernt würden und eine zugesagte Begrünung erfolgte, verwies Dr. Griese darauf, dass die Entscheidungsbefugnis bei der Leitung der AWG liegen würde und sich die Terminabläufe nach den geplanten und vorhandenen finanziellen Mittel richteten.

Nach der Versammlung gingen Christa und Bodo gemeinsam mit Marianne und Manfred Wendlandt, die über ihnen wohnten, als letzte die

Treppe vom Boden hinunter. Während Marianne die Wohnungstür aufschloss, ging Manfred weiter mit ihnen nach unten.

»Wo willst du denn hin, Manfred?«, rief sie ihm nach.

»Das hat mich eben alles sehr durstig gemacht. Ich brauche jetzt dringend ein Bier.«

»Du hast keinen Durst, Manfred. Du kommst jetzt in die Wohnung.«, doch Manfred ging wortlos weiter die Treppe hinab. Vor ihrer Wohnungstür sagte Bodo zu Christa: »Keine Diskussion bitte, auch ich habe einen wahnsinnigen Durst.« Sie lachte nur.

Es dauerte nicht lange, da war Frau Gabler ausgezogen und in der Wohnung neben ihnen, wohnte nun Frau Potempa aus dem Parterre, mit ihrer Tochter. In die Parterrewohnung war das Ehepaar Gründel eingezogen.

Der kurzfristige Auszug von Frau Gabler reduzierte die Diskussionsbereitschaft der Mieter bei den folgenden Zusammenkünften auf ein Minimum. Die Initiativen anderer Hausgemeinschaften zur Einsparung eines Hausmeisters wurden einstimmig übernommen. Das hatte zur Folge, dass Hausmeister Karg ausziehen musste, weil er kein AWG-Mitglied war und die Hausreinigung nun durch die Mieter selbst übernommen werden musste. Darüber hinaus wurde im Rahmen sozialistischer Zusammenarbeit die wöchentliche Reinigung des Müllhauses zwischen den Hausvertrauensleuten der beiden gegenüberliegenden Wohnblocks geregelt. Jede Mietpartei war nun etwa alle anderthalb Jahre, mit dieser unangenehmen Aufgabe betraut.

Als Bodo von der Arbeit nach Hause kam, las er auf einem großen Zettel an der Holzplatte für "Bekanntmachungen" neben den Briefkästen, dass am kommenden Dienstag bei Gründel eine Hausversammlung stattfinden sollte.

»Natürlich Dienstag«, sagte er grinsend zu Christa, als er die Wohnung betrat, »nicht etwa Montag, Mittwoch oder Freitag, wo ich Schule habe, nein, Dienstag.«, gab ihr einen Kuss und nahm seinen Sohn auf den Arm, der aus seinem Zimmer gelaufen kam.

»Hoffentlich will Wolfgang hinterher nicht mit mir in die Kneipe. Als die uns vorige Woche zu sich eingeladen hatten, kam der mir richtig aufdringlich vor, mit seinem humorigen Benehmen. Ich finde den schon sehr merkwürdig.«

»Was du immer hast, ich arbeite doch mit Ingrid zusammen und wenn man dann in einem Haus wohnt, da ist das doch normal, dass man sich auch privat trifft.«, entgegnete Christa.

»Mit ihm kann man doch kein vernünftiges Wort wechseln, es sei denn über die Liebe zur großen Sowjetunion oder abfällige Bemerkungen über den Westen und das in dieser aufgesetzten Witzform. Ein Glück, dass ich mitgekriegt habe, dass er in der Partei ist, sonst hätte ich ihm vielleicht erzählt, das ich Grenzgänger war.«

»Apropos Gründel. Manfred und Marianne sind Dienstag nicht da. Sie hat mich gebeten, dass wir sie über neue Horrormeldungen informieren, wenn sie wieder da sind.«

»…wieder mal. Und hinterher können wir uns dann das Gesülze von denen anhören. Wir sollten das auch so machen, aber wer informiert uns dann?«

»Na, Wolfgang Gründel, wer denn sonst?«, lachte Christa und Bodo musste auch lachen.

Diesmal gab es nur gute Informationen. Noch in diesem Jahr sollte die Zufahrt zu den Häusern fertig gestellt werden und im Frühjahr die Begrünung. Das Waschhaus war technisch fertig gestellt und konnte ab Montag benutzt werden. Dazu wurde jedem eine Berechtigungskarte übergeben. Bodo nahm auch die für Wendlandts entgegen und wollte wieder nach oben gehen.

»Bodo warte mal, wir brauchen jetzt ein Bier.«

»Ja, aber nicht lange. Ich habe morgen wieder einen langen Tag. Qualifizierung.«

Das "Metzer Eck" hatte Schließtag, also gingen sie über die Straße in die andere Eckkneipe, zu Brüschel. Neben anderen Belanglosigkeiten, über die sie redeten, fragte Bodo, einer Eingebung folgend: »Wie seid ihr denn zum Telefon gekommen, weil du da bei der Post arbeitest?«

»Ja, auch…«

»…wie auch?«

»Na ja, warum fragt denn Christa nicht mal Professor Ullrich, ihren Chef, ob der einen Dringlichkeitsantrag stellt, für den arbeitet sie doch, wie Ingrid, an dem großen Forschungsprojekt. Der ist doch auch Volkskammermitglied. Das klappt bestimmt.«

Wieder zuhause, berichtete Bodo.

»Na, das ist ja prima mit dem Waschhaus.«, sagte Christa und noch während Bodo nickte, »Komisch. Woher weiß denn der Gründel über unser Forschungsprojekt?«

»Na, Ingrid arbeitet doch da…«

» …aber ganz woanders. In unseren Laborbereich kommt nicht jeder rein. Das ist alles vertraulich. Professor Ullrich hat extra eine seiner besten Kräfte, Edelgard Wieczoreck, aus Groß Lüsewitz geholt. Die hat auch sofort hier bei uns in der Nähe eine Wohnung bekommen. In der Senefelderstraße gleich hinter der Prenzlauer Allee, »

»Ja, interessant und was ist Groß Lüsewitz?«

»Das Institut für Kartoffelforschung bei Rostock. Da hat "Wietschi" gearbeitet, so nennen wir sie, wegen ihrem polnischen Namen. Eine angenehme Kollegin, wir arbeiten gut zusammen.«

»So, jetzt noch mal zurück. Woher olle Gründel das alles weiß ist doch egal, aber wenn er das sagt, dann versuche es doch mal bei dem Ullrich mit einem Antrag auf ein Telefon. Das wäre doch der Hammer.«

»Hast recht. Mehr als nein sagen, kann er ja nicht.«

Professor Ullrich sagte nicht "Nein" und nach ein paar Wochen bekamen sie vom Telegrafenamt die Bestätigung für einen Telefonanschluß im I. Quartal 1964.

Es dauerte auch nicht lange und "Wietschi" gehörte fast zur Familie, so eng wurde die Freundschaft zwischen den beiden Frauen.

Im Fernsehen wurde immer öfter über Gespräche von Unterhändlern aus Ost- und Westberlin berichtet. Dann, Anfang Dezember 1963, gab es endlich die freudige Mitteilung, dass Westberliner über Weihnachten und Neujahr ihre Verwandten im Osten besuchen konnten.

Soviel Menschen hatte Bodo auf den Straßen der Stadt noch nie gesehen und über allem lag eine eigenartige, mit freundlichen Menschen ausgefüllte, Hektik.

An Heilig Abend war die Familie bei Christa und Bodo. Schon früh am 1. Weihnachtsfeiertag besuchten Ursel und Dieter die Eltern. Kurz nach dem Mittagessen sah Bodo dann seine Schwester, nach über zwei Jahren, das erste Mal wieder. Ursel konnte es kaum abwarten ihren Neffen, der noch schlief, das erste Mal auf den Arm zu nehmen.

Dann war Weihnachten vorbei und das Gefühl getrennt zu sein, war stärker als je zuvor.

In den folgenden Jahren entspannte sich die Situation immer mehr. Ab Anfang der 70er Jahre war es Westberlinern dann auch möglich, Passierscheine für den Besuch bei Freunden und Bekannten zu beantragen.

Kapitel 51

»Du musst für mich nach Leipzig zur VVB.«, sagte Werner Kohl zu Bodo.
»Etwa zu dieser ÖA-Leitertagung? Wann denn? «

»Nächsten Dienstag. Da lernst du unsere übergeordnete Leitung kennen und die ÖA-Leiter der anderen Betriebe.«

Auf der einen Seite war Bodo verunsichert und auf der anderen aber auch stolz, dass man ihm das schon zutraute. Als er am Abend Christa davon erzählte, sagte sie:»Bodo, ich glaube aus dir wird noch was, mein Süßer.« und gab ihm einen Kuss.

Das erste Mal war er alleine auf Dienstreise, saß in dem Zug nach Leipzig und guckte aus dem Fenster. Da sah er an einer Fabrikmauer mit roten Buchstaben, auf weißem Grund die Losung:

Wir Leipziger Wollspinner – wir spinnen für den Frieden!

Er dachte er hätte sich verlesen und nahm sich vor, auf der Rückfahrt nochmals darauf zu achten. In den folgenden Jahren verblasste die Losung, war aber immer noch zu lesen und für Bodo das Zeichen, dass er kurz vor dem Leipziger Hauptbahnhof war.

Als er am Nachmittag wieder im Zug Richtung Berlin saß und an der Losung vorbeikam, dachte Bodo, die haben Recht, die spinnen alle.

Auf der Tagung hatte er erfahren, was ihm aus der Zeitung und durch die Informationen aus den Gewerkschaftsversammlungen über das "Neue Ökonomische Systems der Planung und Leitung", kurz NÖSPuL genannt, schon bekannt war. Mit Hinweis auf den unbesiegbaren Friedenswillen der Arbeiterklasse wurde in einem langatmigen Referat auf die Notwendigkeit der un-mittelbaren Durchsetzung der Beschlüsse von Partei und Regierung zur stärkeren Rationalisierung der Arbeitsprozesse hingewiesen. In der anschließenden Diskussion beantwortete man konkrete Fragen mit allgemeinen Floskeln.

Der sozialistische Wettbewerb sollte genutzt werden, um die erfolgreichen Erfahrungen aus der Sowjetunion zu nutzen. Bodo nahm an, dass damit die zurzeit angewandte Form der Arbeits-normung zu Ende war und er sollte in seiner Annahme bestätigt werden. Es dauerte auch nicht lange und die Arbeitsnormer wurden anderweitig eingesetzt oder verließen den Betrieb.

Bodo übernahm als kommissarischer Gruppenleiter das Arbeitsstudienwesen mit zwei Mitarbeitern, Rudi Mayer und Achim Wodrich.

Es war kurz nachdem er sein Abendstudium begonnen hatte, als ihn Werner Kohl zu sich rief und sagte: »Ich hätte es nicht für möglich gehalten, Bodo, aber wir müssen uns trennen oder besser gesagt, wir werden getrennt.«

»Was? Aber warum denn?«

»Entscheidung von der VVB, gedeckt durch zentrale Beschlüsse. Du wirst in der Technologie Gruppenleiter für Grundsatzfragen. Dein neuer Leiter ist der Haupttechnologe Wenzel, den kennst du ja.«

Wenzel litt an Morbus Bechterew und hatte den Kopf weit vornüber nach unten gesenkt und schlenkerte beim Gehen immer etwas merkwürdig mit den Armen.

»Und ab wann?«

»Ab Anfang November, also nächste Woche. Rudi und Achim und noch zwei andere, glaube ich, werden dir zugeteilt.«

»Und worin besteht meine Arbeitsaufgabe?«

»Das wird Heinz Wenzel d i c h fragen. Das Gebiet Arbeitsstudienwesen ist doch für alle neu.«, und in seiner einmalig respektlosen Art gab ihm Werner Kohl dazu noch einen wichtigen Ratschlag: »Wenn der Heinz Wenzel dich zu sich bestellt, dann sitzt er ganz gebückt im Sessel hinter seinem Schreibtisch, weil er ja mit dem Kragenknopf die Hose zugeknöpft hat, guckt dich über die Brillengläser an und wird fragen, wie du dir das Arbeitsgebiet vorstellst...«

»...aber das ist doch das Problem.«

»Nun warte doch mal ab, Bodo. Du redest erstmal von den Beschlüssen und ihren Inhalten. Nach spätestens drei Minuten wirst du feststellen, dass Wenzel eingeschlafen ist.«

»Und woran merke ich das?«

»Er atmet dann etwas lautstark. Zur Probe machst du eine Redepause. Wenn er sich nicht rührt, dann kanns'te raus zur Polten und eine rauchen. Der schlummert dann immer mindestens zehn Minuten bis zu 'ner viertel Stunde.«

In den folgenden Nächten hatte Bodo Schlafstörungen. Christa versuchte ihn zu beruhigen, aber es half nur wenig.

Dann war es soweit. Die Sekretärin, Frau Polten, lächelte ihn an, als er das Sekretariat betrat.

»Guten Morgen, Kollege Klann, Sie werden schon erwartet.»

Nach der Begrüßung lief es fast genauso ab, wie Werner Kohl es vorausgesagt hatte. Bodo ging nicht ins Sekretariat um zu rauchen, sondern blieb auf seinem Stuhl sitzen und beobachtete Wenzel und als der eine Hand bewegte, sagte er laut: »…und so werden wir die Aufgabe erfüllen.«, worauf Wenzel antwortete: »Hört sich schlüssig an, Kollege Klann. Dann machen wir das so. Auf gute Zusammenarbeit.«

Die Verschärfung der militärischen Aktivitäten der USA in Vietnam führte zu Protestreaktionen in aller Welt.

In einer kurzfristig einberufenen Abteilungsversammlung wurde ein Aufruf verlesen, in dem durch die Mitarbeiter des Bereiches Technologie aufs Schärfste, gegen die angloamerikanische Bombardierung Nordvietnams protestiert wurde, weil durch diesen verbrecherischen und menschenverachtenden, kriegerischen Akt, unschuldige Frauen und Kinder getötet würden. Es gab einige Wortmeldungen. Auch Bodo meldete sich zu Wort und stellte die Frage, ob nur die unschuldigen Frauen und Kinder Nordvietnams in dem Krieg getötet würden und stellte den Antrag, das Wort "Nordvietnam" durch "Vietnam" zu ersetzen. Zu seiner Verwunderung bemerkte er, dass mit einem Mal alle Blicke auf ihn gerichtet waren und sich eine merkwürdige Stille im Raum ausbreitete.

Sie saßen in einer Kneipe in der Münzstraße.

»Du warst Thema in der Parteileitung.«, sagte Werner Kohl zu Bodo.

»Ich, warum denn?«

»Bodo, wenn von zentraler Stelle eine Protestresolution gegen den miesen Krieg der Amis in Nordvietnam formuliert worden ist, dann stellt man das nicht in Frage.«

»Aber das ist doch nicht fair, dass nur die unschuldigen Kinder im Norden…«

»…hör auf Bodo. Hier geht es nicht um Fairness, sondern um Klassenkampf und da kennt man so etwas nicht. Wenn du nicht wieder anecken willst, dann denke daran, Recht hat immer der, der gerade der Bestimmer ist. Glaube mir, ich weiß, wovon ich rede.«

Auf dem Heimweg nahm sich Bodo vor, alle weiteren Ratschläge, die ihm der ältere Kollege an diesem Abend im vertraulichen Gespräch gegeben hatte, zukünftig weitestgehend zu beachten.

Auch wenn er meistens anderer Meinung war, kritisierte er von nun an die von Partei und Regierung beschlossenen Maßnahmen nie wieder direkt in der Öffentlichkeit.

Kapitel 52

Der erste Bauabschnitt zur Umgestaltung des Alexanderplatzes mit dem Fernsehturm war fertig gestellt.

Das "Café Moskau", das "Hotel Berolina", die "Mokka-Milch-Eisbar", das Kino "International" waren die Attraktionen in Ostberlin.

Vom Strausberger Platz ausgehend, war die Architektur nun nicht mehr in dem Zuckerbäckerstil aus der Stalinzeit, als die Karl-Marx-Allee, auch noch Stalinallee hieß.

Lilo und Jürgen hatten die Gaststätte am See im Pionierpark aufgegeben.

Jürgen stand jetzt hinterm Tresen in einem Lokal in der Nähe vom "Stierbrunnen" an der Bötzowstraße und Lilo arbeitete als Kellnerin im "Café Moskau", das im Januar 1964 eröffnet worden war.

Das erfuhren Christa und Bodo, als sie an einem Wochenende bei Jürgen und Lilo waren. Bedingt durch die Abendschule von Bodo und die Arbeitszeiten von Jürgen, trafen sich die Freunde immer seltener.

»Na, wars'te auch schon zur Musterung?«, fragte Jürgen. Beide hatten damals den Beginn des Jahres 1963 herbeigesehnt.

Sie hatten das 26. Lebensjahr vollendet und die Altersgrenze zur Einberufung für den 18 Monate dauernden Grundwehrdienst bei der Nationalen Volksarmee (NVA) überschritten.

»Ja. Ich bin Mot.-Schütze der Reserve. Und du?«

»Ich auch. Wars'te auch am Senefelder Platz?« Bodo nickte.

»Die beeden Mietzen da, im weißen Kittel, die können abends keine Bockwurst mehr sehen, glaube ich.«

»Was redest du denn da, Jürgen?«, mischte sich Lilo ein, »'ne viertel Wiener vielleicht, du Angeber.«. Alle lachten.

Bodo erzählte, wie ihn der Vorbereitungslehrgang auf das Studium im September belastete.

»Wenn ich nur daran denke, dass es dann noch vier Jahre weitergeht, dann wird mir ganz mulmig.«

»Bodo, hör bitte auf. Du schaffst das.«, sagte Christa, »du hast eine Gabe alles zu dramatisieren, da ist das Ende von weg. Andere machen das doch auch, oder bist du der Einzige in deinem Studiengang?«

Bodo sah an den Gesichtern von Lilo und Jürgen, dass das wohl nicht das geeignete Thema für ein nettes Zusammensein war und erzählte einen Witz.

Der Abend war gerettet.

Es war Sonntag und Bodo war vom Vorabend bei Lilo und Jürgen noch etwas verkatert und wollte sich gerade auf die nächste Mathe-Klausur vorbereiten, da klingelte es an der Tür.

»Gehst du?«

»Nein, ich habe nasse Hände.«, rief Christa aus der Küche, wo sie das Frühstücksgeschirr abwusch. Das passte Bodo gar nicht, aber er ging die Tür öffnen. Niemand war da.

»Das ist unten.«, sagte er und ging ins Kinderzimmer um von dort nachzusehen, wer vor der Hauseingangstür stand, denn eine Gegensprechanlage gab es nicht.

»Da unten steht eine Frau, was will die denn?«

»Das weiß ich doch auch nicht. Drück doch einfach auf den Türöffner, dann werden wir es ja sehen. So was, aber auch…«

Bodo stand in neugieriger Erwartung an der Tür und als der Besuch den letzten Treppenabsatz erreicht hatte, dachte er, dass er träumt. Da kam Walle lachend, die letzten Stufen nehmend, auf ihn zu.

»Da staun'ste, was?«

Kurz darauf lagen sich die beiden Freundinnen in den Armen.

Obwohl Bodo wusste, dass Walle nicht viel für Kinder übrig hatte, störte es ihn ein wenig, dass sie den neugierig herbeigeeilten Dirk nur kurz mit: »Ach, das ist euer Kleiner?«, begrüßte und dann fragte: »Wie geht es denn Erika?«.

»Das wissen wir auch nicht. Ich habe bei ihr angerufen, aber da hatte sich jemand anderes gemeldet. Dann sind wir hingefahren und an der Tür stand ein anderer Name. Seitdem ist Funkstille.«, erzählte Christa.

»Schade, ich hätte sie auch gerne besucht.«

Nun mischte sich Bodo ein. »Was denn, wohnst du jetzt im Osten? Wie geht denn das, dass du überhaupt hier bist und wo ist Gerhard, wie geht es ihm?«

Walle war wohl auf diese direkten Fragen nicht vorbereitet, sie nestelte an der Tischdecke und Bodo hatte den Eindruck, dass sie den Tränen nahe war. Christa warf ihm einen missbilligenden Blick zu und fragte: »Ist was, Walle? Nun sag doch was.«

»Ich glaube Gerhard und ich, wir werden uns trennen. Seit einiger Zeit gibt es nur noch Streit.«

»Aber warum denn? Ihr habt euch doch immer so gut verstanden.«.

Etwas zögerlich begann Walle zu erzählen. »…und nun zu deiner Frage von vorhin, Bodo. Mein Vater ist ernstlich erkrankt und für solche Fälle sind die Passierscheinstellen der DDR in Westberlin geöffnet. Ich bin ja schon das zweite Mal hier.«, beendete sie ihre Schilderung.

Bodo war, als hätte er eben den Bericht über einen gewalttätigen Mann gehört, der Gerhard hieß und von dem er einen ganz anderen Eindruck hatte.

Nachdem Walle wieder gegangen war, sagte er zu Christa: »Verstehst du das? Nun ja, in den Jahren, in denen wir keinen persönlichen Kontakt hatten, kann sich einiges ändern. Aber dass Gerhard sich so verändert haben soll? Und das mit dem Passierschein kommt mir auch seltsam vor. Hast du nicht mal erzählt, dass ihr Vater strammer Parteigenosse ist und er wegen der Heirat und ihrem Umzug in den Westen, den Kontakt zu Walle abgebrochen hat?«

»Ja und jetzt, wo du das sagst, fällt mir wieder ein, dass Erika und ich uns damals auch über die Heirat nach Westberlin gewundert haben. Sie war nämlich die FDJ-Sekretärin in unserem Lehrlingskollektiv und ziemlich aktiv. Das ist mir bis jetzt gar nicht mehr so richtig erinnerlich gewesen.«

»Wie haben die sich denn eigentlich kennengelernt?«

»Das weiß ich nicht mehr. Ich weiß nur noch, dass sie nach der Lehre mit uns in Westberlin ins Kino gegangen ist, was sie vorher nicht gemacht hatte.«

»Na, das haben wir doch alle...«

»Bodo jetzt hab' ich's. Die Walle hat uns damals erzählt, dass sie einen Westberliner kennengelernt hätte, als sie mal im "RESI" war, du weißt doch noch, dieser Tanzschuppen in der Hasenheide.«

»Und das war Gerhard?"«

»Ich glaube schon, denn nach etwa einem halben Jahr haben sie ja, für uns alle überraschend und plötzlich geheiratet. Erika und ich, wir wussten vorher nichts.«

Wie immer an den Tagen, wenn Bodo vom Abendstudium nach Hause kam, war es schon nach 22 Uhr. Christa erwartete ihn an der Wohnungstür mit der Nachricht: »Walle hat vorhin angerufen. Sie sind geschieden. Das muss sie alles sehr mitgenommen haben, jedenfalls hatte ich den Eindruck. Kann man ja auch verstehen.«

»Ist sie denn schon wieder hier im Osten?«

»Nein, über's Fernamt. Gerhard wohnt bei seiner Mutter, bis Walle eine

Wohnung gefunden hat. Ich habe vorhin mit Lilo gesprochen und für Sonntag Nachmittag im "Moskau" einen Tisch für uns bestellt.«

»Für uns? Was soll ich denn ...?«

»Bodo hör auf. Nur für Walle und für mich. Sie hat mich darum gebeten. Frauengespräche, du weißt schon.«

Bodo hatte mit Dirk das Sandmännchen gesehen und ihn danach ins Bett gebracht.

Nun saß er vor dem neuen Fernsehgerät, dass sie sich vor kurzem gekauft hatten. Für den Empfang des zweiten Westfernsehprogramms (ZDF) hatte er über Beziehungen eine Antenne bauen lassen, die auf dem Balkon angebracht war, denn auf dem Dachboden, wo die Antenne für die ersten Programme Ost und West angebracht war, konnte man vor dem bewussten entfernen durch Genossen, wie Gründel, nicht sicher sein.

Als er die Bierflasche öffnete, begann die "Abendschau" im "Sender Freies Berlin" und zeitgleich hörte er, wie draußen die Korridortür ins Schloss fiel.

Christa war nach Hause gekommen. Nach der Begrüßung schaltete sie den Fernseher aus, ging zum Erstaunen von Bodo an das Barfach der Schrankwand und goss sich einen "Weinbrand-Verschnitt" ein.

»Du solltest auch einen nehmen. Willst du?« Bodo nickte nur.

»Sag' mal, wenn du die Wahl hättest zwischen Walle und mir, wen würdest du zum Tanzen auffordern?«

»Keine. Du weißt doch, dass ich nicht...«

»...kannst du nicht einmal ernsthaft antworten?«

»Na, was soll denn so eine Frage?«

»Also mich oder sie? Aber ehrlich und nicht, weil wir verheiratet sind, sondern so nach dem Aussehen und der Erscheinung.«

Bodo zögerte, er wusste nicht, was Christa mit der Frage bezweckte und er wollte keinen Fehler machen.

»Booodoo...«

»Na, dich natürlich. Walle ist für mich ja so etwas, wie ein geschlechtsloses Wesen.«

»So genau wollte ich das jetzt auch nicht wissen.«, und dann begann sie zu erzählen...

Lilo hatte ihnen einen Tisch reserviert, an dem sie alleine saßen. Während sie ihre Torte aßen, erzählte Walle über das Scheidungsprozedere. Christa war aber mehr an den Gründen interessiert, die dazu

211

geführt hatten. In dem Moment als sie nachfragen wollte, setzte die Musik ein und kurz darauf kam ein sportlicher, gut aussehender junger Mann an den Tisch und bat zum Tanz. Christa dachte spontan, dass sie gemeint wäre, schüttelte mit dem Kopf und sah im selben Augenblick, dass nicht sie, sondern Walle gemeint war. Die stand auf, und zuckte beim Gehen in Richtung Christa mit den Schultern. An der Stelle unterbrach Bodo: »Was denn, im "Moskau" wird nachmittags schon getanzt? Das wusste ich ja gar nicht.«

»Das ist ja jetzt auch völlig unwichtig«, antwortete Christa und setzte ihre Schilderung fort.

Nach dem dritten Tanz fragte der Mann, ob er sich an ihren Tisch setzen könnte, weil es ihm an der Bar so allein, nicht gefiel. Walle stimmte zu, noch ehe Christa antworten konnte, Damit war für Christa der Zweck ihres Treffens verfehlt, denn man unterhielt sich über alltägliches, ohne dass der Wohnort von Walle zur Sprache kam. Der Mann stellte sich als Reinhard Weise vor und war beim "Deutschen Innen- und Außenhandel" (DIA) beschäftigt.

»…und als wir zur U-Bahn wollten, hielt wundersamer Weise ein Taxi, aus dem zwei junge Männer stiegen. Die Taxe hat er dann genommen, mich hier abgesetzt und wollte Walle zu ihren Eltern bringen. Nun weiß ich immer noch nicht, warum die Scheidung stattgefunden hat,«, beendete Christa ihren Bericht.

»Eine Taxe am Sonntag Abend? Der scheint Glück zu haben, du hättest ihn mal nach den Lottozahlen für die nächste Ziehung fragen sollen.«

»Das ist wieder 'mal typisch für dich. Nichts nimmst du ernst.«

Bodo versprach Besserung und sie unterhielten sich bei einigen weiteren Gläsern "Weinbrand-Verschnitt", immer gelöster über das Treffen mit Walle und mögliche Gründe, die zur Trennung mit Gerhard geführt haben könnten.

Zum Jahreswechsel kam aus Leipzig eine Glückwunschkarte von Walle, mit Grüßen von Reinhard. Dazu bemerkte Bodo: »Da scheint sich ja was anzubahnen, zwischen den Beiden. Nun weiß Reinhard sicherlich, dass Walle in Westberlin wohnt. Da wird sie ihm wohl jetzt auch immer Zigaretten schicken.«

»Du denkst immer nur an Zigaretten und Schnaps von drüben. Ich mache mir ganz andere Gedanken.«

»So? Welche denn?«

»Wie haben die denn das alles so organisiert und hingekriegt? Ich meine zwischen Ostsektor und Westberlin?«

»Da denke ich schon lange nicht mehr drüber nach. Ich habe mich mal ein bisschen umgehört, wegen Walles Passierscheine. Jeden, den ich gefragt habe, ist das aber sehr mysteriös vorgekommen.«

»Du hast doch hoffentlich keinen Namen genannt?«

»Natürlich nicht, ich bin doch nicht blöd, brauchst gar nicht so zu grinsen.« sagte er lachend und gab ihr einen Kuss.

In der Folge kamen Ansichtskarten aus Budapest und Prag und immer mit einem Gruß von Reinhard.

Eines Tages rief Walle an und fragte, ob sie am Wochenende mit Reinhard zu ihnen kommen könnten. Christa fragte Bodo ob etwas anliegt und sagte dann zu. Am Sonntag wurden ihre kühnsten Erwartungen übertroffen, als Walle nach dem Kaffee verkündete: »Reinhard und ich, wir werden heiraten.«

Sie waren ja auf einiges vorbereitet, aber darauf nicht.

»Heiraten, ja wann denn?«, fragte Christa erstaunt.

»In drei Wochen, am 25., das ist ein Freitag. Meine Sachen kommen nächste Woche.«

»Deine Sachen kommen?«

»Ja, Bodo. Ich verlasse Westberlin und ziehe zu Reinhard, da brauchst du gar nicht so erstaunt gucken. Reinhard hat hier eine schöne Wohnung und außerdem kann ich meine Mutter unterstützen, die sich um meinen Vater kümmern muss.«

»Wo wohnst du denn, Reinhard?«, fragte Bodo, dem alles etwas befremdlich vorkam.

»In einem Neubau. Kniprode- Ecke Kurische Straße.«

»Was? Da habe ich ja meine Kindheit nach dem Krieg verbracht. Das waren damals alles noch Ruinen. Meine Eltern wohnen ja immer noch in der Anton-Saefkow-Straße.«

Reinhard wurde von Bodo nun eingehend über seine Kindheitserlebnisse aufgeklärt. In der Zeit bekam Christa die Möglichkeit, von Walle etwas mehr über die Gründe für die Scheidung zu erfahren und zu hinterfragen, wie die materielle Seite der Trennung geregelt worden war.

»Wir erwarten euch dann zum Polterabend, so gegen 20 Uhr«, sagte Walle zum Abschied.

Nachdem der Besuch gegangen war, erzählte Christa, was sie erfahren hatte. Gerhard hätte immer mehr getrunken und sie auch geschlagen. Es ging eben nicht mehr.

»Gehauen hat er sie? Kannst du das von Gerhard glauben?«

»Eigentlich nicht, aber weiß man welche Triebe im Partner stecken?«

»Du brauchst mich gar nicht so anzusehen. Bis jetzt hast du dich ja auch ordentlich benommen.«, erwiderte Bodo lachend, »Aber mal was anderes. Mit dem halben Ohr habe ich etwas von einem Auto gehört?«

»Ach ja, Walle hat ein Auto gekauft, das sie mitbringt.«

»Auto? Sie hat doch gar keinen Führerschein. Oder?«

»Nein, sie hat gesagt, sonst wäre das Geld aus der Scheidung 1:1 in Ostgeld umgetauscht worden. Und sie bringt ja sonst nur ihre persönlichen Sachen mit. Das Mobiliar hat sie Gerhard dafür in der Wohnung gelassen, Reinhard ist ja komplett eingerichtet.«

Viele Polterabende hatte Bodo ja noch nicht mitgemacht, aber der bei Walle war irgendwie merkwürdig.

Außer ihnen waren noch drei Freunde von Reinhard da und eine Frau, von der Bodo nicht wusste, zu wem sie gehörte. Jedenfalls war er froh, als wieder auf dem Heimweg waren.

In der Folgezeit waren Walle und Reinhard viel auf Reisen.

»Soviel Urlaub gibt es doch gar nicht.«, sagte Bodo, als Christa ihm erzählte, dass ihr Walle am Telefon freudig mitgeteilt hätte, dass sie mit dem Auto eine Reise nach Jugoslawien unternehmen würden.

Das war auch das Letzte, was sie von Walle hörten.

»Da kommt die aus Westberlin, heiratet hier und flitzt dann, nach einem knappen Jahr, über Jugoslawien wieder nach drüben? Das soll einer verstehen. Aber das werde ich jetzt Gerhard schreiben.«, sagte Bodo, setzte sich an seinen Arbeitstisch im Schlafzimmer und schrieb einen Brief an Gerhard.

Auf eine Antwort wartete er umsonst.

Stattdessen kam erst eine Hochzeitsanzeige, dass Karin Flohr und Gerhard Voß geheiratet hätten und ein viertel Jahr später, die Geburtsanzeige des gemeinsamen Sohnes Andreas.

Als es 1971 wieder möglich war, dass alle Westberliner mit einem Passierschein in den Ostsektor einreisen konnten, sah man sich nach über zehn Jahren das erste Mal wieder.

Bodo erwartete sie am S-Bahnhof Friedrichstraße, weil Gerhard ja nicht wusste, wo sie wohnten und sich im Ostsektor auch nicht auskannte.

Es war ein merkwürdiger Augenblick, als er Gerhard auf sich zukommen sah. Neben sich Karin, die er noch nicht kannte und Martin, ihrem Sohn, den sie mit in die Ehe gebracht hatte, an der einen Hand und das gemeinsame Kind, Andreas, an der anderen.

Bodos Bedenken, dass es durch die lange Besuchspause Probleme geben könnte, erwiesen sich als unbegründet.

Allerdings war es anfangs etwas schwer die richtigen Gesprächsthemen zu finden. Daher war es nur logisch, das Bodo fragte, wie Gerhard denn damals den Umzug von Walle in den Ostsektor gefunden hatte.

»Was erzählst du da? Die ist wieder nach hier umgesiedelt? Ich dachte die wäre irgendwo in Hessen? Warum habt ihr mich denn nicht informiert?«

»Habe ich doch. Als sie über Jugoslawien weg war, habe ich dir doch einen langen Brief geschrieben und über das Auto...«

»...Auto? Ich habe keinen Brief erhalten. Was für ein Auto?«

Nun erzählte Bodo, mit Unterstützung von Christa, die ganze Geschichte.

»Dieses Dreckstück. Mit der Scheidung war ich verpflichtet sie auszuzahlen und musste einen Kredit aufnehmen.«, empörte sich Gerhard.

»Komm reg' dich nicht auf. Trink mal einen...«, versuchte Bodo zu beruhigen.

»...und was habt ihr gesagt? Die hat hier ihren kranken Vater besucht? Der ist doch schon 1963 gestorben.«

»Nun mach jetzt keinen Quatsch. Wie ist sie denn an die Besuchserlaubnis gekommen?«

»Dreimal darfst du raten. Fällt dir dazu gar nichts ein, Bodo?«, fragte Gerhard mit einem wissenden Lächeln auf den Lippen.

»Ehrlich gesagt nee, dazu fällt mir nichts ein.«

»Da war eure Staatssicherheit, MfS oder Stasi, am Werk. Jetzt wird mir auch alles klar.«

Gerhard erzählte nun aus seiner Sicht die Geschichte. Nach dem Mauerbau hatte er sich spontan bei der "FPR" gemeldet.

»Was ist das denn?«, unterbrach Bodo.

»Hier bei euch gibt es doch die "Kampfgruppen" und die "Freiwillige Polizeireserve" ist unsere Antwort darauf.«

Gerhard wurde von Walle in zunehmendem Maße gedrängt sich um eine Stellung in der Senatsverwaltung zu bemühen und sie war sehr interessiert an vertraulichen Dingen aus seiner Tätigkeit im Bezirksamt und der "FPR", die er aber nicht preisgab.

So kam eins zum anderen und es wurde unerträglich.

»Jetzt wird mir vieles klar, was ich damals nicht verstanden habe. Aber es hat ja auch seine gute Seite. Mein Leben mit Karin verläuft viel harmonischer und wir sind alle glücklich, dass es so gekommen ist.«

»Na, das ist doch was. Kommt, wir vergessen den ganzen Quatsch und trinken auf das Wiedersehen.«, rief Bodo und erhob sein Glas.

Als sie sich am S-Bahnhof verabschiedeten, sagte Gerhard noch, dass er den Vorfall gleich morgen dem BND melden würde.

Damit war die "Causa Walle", die ein paar Monate den Alltag von Christa und Bodo tangiert hatte, beendet.

Erst mehr als 20 Jahre später, nach dem Fall der Mauer, wurde ihnen bewusst, in welcher Weise sie damals von Walle, im Auftrag der "Stasi", benutzt worden waren.

Kapitel 53

»Ich muss mir für die Charité einen Termin besorgen.«, sagte Christa am Abend zu Bodo. Erschrocken blickte er auf, »Charité? Wieso das denn?«

»Ich war doch heute bei meiner Gynäkologin und die hat gesagt, da müsste eine Zyste entfernt werden. Da brauchst du dir keine Sorgen machen, mein Kleener.«

»Mach ich aber…«

Am Tag des Eingriffs rief Christa bei Bodo im Betrieb an.

»Was ist denn los? Wo bist du denn?«, rief Bodo erregt, als er ihre Stimme hörte.

»Nun beruhige dich doch mal. Es ist ja alles in Ordnung. Ich bin ja schon wieder zu Hause.«

»Zu Hause? Na, das ging aber schnell. Erzähl mal.«

»Nachher, wenn du nach Hause kommst.«

»Das ist ein Entschuldigungsgrund für die Schule…«

»Boodooo…«

»…da kanns'te jetzt reden was du willst.«

»Sag' mal, wer heißt denn bei euch Krause?«

»Krause? Hier gibt es keinen Krause.«

»Muss aber. Ich habe vorhin, so gegen halb eins, schon mal angerufen. Da hat sich jemand mit "Krause" gemeldet und wieder aufgelegt. Das hat der drei mal gemacht.« Bodo fing an zu lachen.

»Was gibt's denn da zu lachen?«

»Das ist Fritze Degen gewesen, der sitzt mir gegenüber und geht nicht in die Kantine, sondern isst seine Stullen zur Mittagspause am Arbeitsplatz. Wenn dann das Telefon klingelt und es ihn stört, dann nimmt er ab, sagt "Pause" und legt wieder auf.«, erklärte Bodo und konnte sich vor Lachen kaum halten.

Bodo bat seinen Studienkollegen, Günter Wolter, dass er ihn für heute Abend entschuldigen sollte und beeilte sich, nach Hause zu kommen.

»Was haben sie denn nun mit dir gemacht?«, fragte er noch an der Wohnungstür.

»Gar nichts. Das regelt sich alles von alleine, so Anfang August, haben sie gesagt.«

»Und das wissen die jetzt schon wann die Zyste von alleine weggeht? Du verscheißerst mich doch jetzt. Oder?«

»Bodo, mein Süßer, aber du musst jetzt ganz stark sein…«

217

»…nun hör doch mal auf mit dem Scheiß, was ist denn?«

»Ich bin schwanger. Wir haben ein Problem.«

Bodo ging wortlos zum Barfach der Schrankwand und goss sich einen Weinbrand ein. »Du kriegst keinen, Schwangere dürfen nicht. Und die Raucherei hört auch auf.«

In der Folgezeit versuchten sie das Raumproblem zu lösen. Das Kinderzimmer musste nun für zwei hergerichtet werden. Die Lösung war eine Einbauwand. Bodo sprach mit seiner Mutter und man schickte ihnen den besten Mann der Tischlerei Tanneberger, wie sie sagte.

Es waren Semesterferien und in der letzten Zeit wurde Dirk von Bodo aus dem Kindergarten abgeholt. Gegenüber vom Senefelder Platz waren die Kinder in einer ehemaligen Fabrik auf dem Hof eines Hauses in der Schönhauser Allee untergebracht. Jedes Mal, wenn er den Hof des Gebäudes betrat, empfand er die Hinterhofatmosphäre bedrückend.

Zu seiner Überraschung wurde Bodo mit Gesang der Kinder empfangen. Dirk hatte wohl erzählt, dass sein Papa heute Geburtstag hatte.

Am Abend dann, übertrafen sich die Mütter wieder in ihren Prognosen, wann es denn so weit sein würde. In einem Punkt aber waren sie sich einig, es wird ein Mädchen.

Christa erzählte ihnen dann, dass Dirk nach der Entbindung, bis zu seiner Einschulung, zu Hause bleiben würde und dass sie eine Reservierung für einen Krippenplatz hätten und zwar in der gleichen Einrichtung an der Prenzlauer Allee, in der auch Dirk damals, bis zum Kindergartenalter untergebracht gewesen war. Später, nach der Krippenzeit, würde ihr erwarteter Nachwuchs in der jetzt noch im Bau befindlichen Kindereinrichtung, am Wasserturm, betreut werden.

Bodo empfand, dass sich Kurt anders benahm, als sonst. Er war nun schon seit einem Jahr Rentner und auf Bodo machte er jedoch nicht den Eindruck, dass er darüber sehr glücklich war. Erst nach Bier und Weinbrand wurde er aufgeschlossener, aber nicht so, wie man das sonst von ihm kannte. Irgendwie wirkte er verändert.

Als die Geburtstagsgäste gegangen waren, sagte er dass Christa, aber die antwortete: »Ach, so ist er nun mal, sich darüber zu wundern, haben wir uns über die Jahre abgewöhnt, meine Mutter und ich. «

Der Sonnabend war arbeitsfrei. Bodo genoss das immer noch, obwohl nun schon seit fast einem Jahr die 5-Tage-Woche eingeführt worden war.

Für die Bauarbeiter des Fernsehturms am Alexanderplatz anscheinend nicht, denn da schwebte ein Kugelsegment am Turm nach oben. Vom Balkon hatte man beste Sicht und Dirk beobachtete wie immer, wenn es möglich war, durch ein altes Opernglas gespannt das Geschehen.

Als Christa ihn wachrüttelte, war es noch schummrig. »Bodo, du musst das Rettungsamt anrufen.«

»Was ist?«, fragte er verschlafen.

»Nun mach schon, ruf das Rettungsamt an, ich glaube die Fruchtblase ist geplatzt. Hol mir vorher aber noch ein Badehandtuch.«

»Die Fruchtblase? Ach, du Scheiße. Bist du denn überhaupt transportfähig?«, er war völlig durcheinander.

»Nun mach schon.«

Von aufkommender Panik erfüllt, sauste Bodo los. Als er die Nummer vom Rettungsamt wählte, dachte er daran was wohl gewesen wäre, wenn jetzt jemand bei Griese's telefoniert hätte, denn seit dem Dr. Griese ihre Professur hatte, mussten sie ihren Telefonanschluß mit Griese teilen.

Die Telefonnummern unterschieden sich nur in der letzten Nummer und man konnte im Hintergrund ganz leise die Gespräche mithören, wenn man denn wollte.

Alles ging sehr schnell, nachdem Bodo mitgeteilt hatte was passiert war. Es dauerte keine halbe Stunde und Christa war auf dem Weg in die Klinik.

Es war der 5. August und die Temperaturen lagen in den Vormittagsstunden schon bei schwülen 25°C, als Bodo den Besucherraum der Charité-Geburtsklinik in der Schumannstraße betrat. Die Kühle, die in dem düsteren Raum herrschte, empfand er als sehr angenehm.

Es war alles noch so, wie vor knapp sieben Jahren. Die mit dunkelbraunem Kunstleder bezogenen Bänke standen wie damals in der Ecke, von wo aus durch das einzige Fenster, vom schattigen Hof, etwas Licht in den Raum drang. Der gleichfarbige, gebohnerte Linoleumfußboden verstärkte die gedämpfte Atmosphäre, obwohl heute ab und an ein Sonnenstrahl aufblitzte.

Bodo war der einzige Besucher in dem Raum und er setzte sich auf die gleiche Bank wie damals, direkt gegenüber der Schwingtür, über der in vergoldeten Stuckbuchstaben "KREIßSAAL" stand.

Wie war das damals noch, in dieser eiskalten Nacht? Erika hatte sie mit dem Auto hierher gebracht. Bodo erinnerte sich an diesen Freitag und auch daran, dass er damals von dem gleichen gespannten Gefühl erfüllt war, wie heute. Nachdem er dann am Wochenende von seinen Eltern aus, mehrmals hier angerufen hatte, wurde ihm bei allem Verständnis für seine Gefühlslage, höflich aber bestimmt klargemacht, dass man ihn zurückruft, wenn die Entbindung vorbei wäre. Er rief im Betrieb an, schilderte die Situation und blieb bei seinen Eltern, vor dem Telefon. Gegen Mittag war es dann soweit.

Auf seine Frage: »Ist es ein Junge?«, bekam er zur Antwort, »Das fragen Sie nachher am besten ihre Frau selber. Herzlichen Glückwunsch.«

Als er dann in der Schumannstraße ankam und auf den Klingelknopf drückte, der neben der Schwingtür mit der Aufschrift "Station", angebracht war, brauchte er nicht lange warten.

Ihm stiegen Tränen in die Augen, als er Christa da abgekämpft in ihrem Bett liegen sah und sie glücklich lächelnd zu ihm sagte: »Es ist ein Junge«.

Während ihm diese Erinnerungen durch den Kopf gingen, öffnete sich die Tür vom Kreißsaal und drei Betten wurden durch den Raum geschoben. Im mittleren erkannte er Christa, die ihn anlächelte und mit dem Finger auf ihre Brust deutete, aber noch ehe er reagieren konnte, war sie schon in der "Station" verschwunden.

Unmittelbar darauf konnte er aber zu ihr. Und wieder hatte er Tränen in den Augen, als Christa ihn glücklich anlächelte und sagte: »Diesmal ist es ein Mädchen.«

Dann sah er seine Tochter, die immer noch bei Christa auf der Brust lag und schlief, das erste Mal. Als er seine Tochter dann, die sie Katrin nennen wollten, das erste Mal berührte, war er nur noch glücklich.

Dirk hatte er damals das erste Mal nur hinter einer Glasscheibe sehen können, er lag dort zusamen mit anderen Neugeborenen. Bodo musste eine Schwester rufen, die ihm dann seinen Sohn zeigte.

Viel später erst erzählte er Christa, dass er zuerst auf ein anderes Baby getippt hatte, eines mit schwarzen Haaren, das schlief, während die anderen brüllten.

Es ist schon merkwürdig dachte Bodo auf dem Nachhauseweg, entweder liegen die Geburtstage der Familie im August, nun Katrin, Kurt, Ursel seine Mutter und er selber oder im Dezember, Martha, Christa und Dirk.

Nur Theo hatte im Oktober Geburtstag, aber der war ja auch angeheiratet, dachte er weiter und musste dabei grinsen.

Kapitel 54

Kurt hatte einen Schlaganfall erlitten und wurde in das Städtische Krankenhaus Pankow, eingeliefert. Dort wurde Nierenkrebs in fortgeschrittenem Stadium diagnostiziert. Sein Gesundheitszustand verschlechterte sich rasch. Er war schon nicht mehr ansprechbar, als Christa mit ihrer Mutter am Sonntag zur Besuchszeit im Krankenhaus war.

Heute, an ihrem 10. Hochzeitstag war die Stimmung deshalb gedämpft und man versuchte das Gespräch in Gang zu halten, aber es lag eine spürbare Spannung im Raum.

Nur im Kinderzimmer lärmten die Kinder. Lilo war mit ihren Mädchen zum 7. Geburtstag von Dirk vorbeigekommen. Jedes Mal wenn das Telefon klingelte, weil Freunde zum Hochzeitstag gratulieren wollten, guckte ihn Christa fast flehentlich an und Bodo ging dann nach nebenan, an den Apparat im Wohnzimmer.

»Hallo, hier bei Klann.«, meldete er sich und dann kam die Nachricht, die ihn fast lähmte.

»Städtisches Krankenhaus Pankow, Schwester Margot. Sind Sie der Schwiegersohn?«

»Ja…«

»Leider muss ich Ihnen mitteilen, dass Ihr Schwiegervater, Kurt Jabs, heute um 17 Uhr 12 verstorben ist. Er ist friedlich eingeschlafen. Mein Beileid. Haben Sie noch Fragen?«

»…nein jetzt nicht, danke.«

Mechanisch machte er das Barfach auf und nahm einen tiefen Zug gleich aus der Flasche. Dann ging er ins andere Zimmer. Alle guckten ihn an und Martha schrie leise auf, noch bevor er »Papa ist verstorben«, sagen konnte. Christa hatte Katrin auf dem Arm und drückte sie an sich. Als sie ebenso wie Herta, anfing zu weinen, begann auch Katrin an, ängstlich zu schreien.

Lilo sprang fast hysterisch auf, rief ihre Mädchen, die ebenso wie Dirk nicht verstanden warum und was geschehen war und verließ augenblicklich die Wohnung.

»Ist mein Geburtstag jetzt zu Ende, Papa? Habe ich was gemacht?«, fragte er Bodo und guckte verängstig in die Runde.

Bodo ging mit ihm ins Kinderzimmer und versuchte Dirk zu erklären, dass er seinen Opa nun nie mehr sehen würde.

Die Beisetzung fand auf dem Friedhof in Wilhelmsruh statt. Der grenzte an den Bezirk Reinickendorf und war 1961 vom Bau der Mauer betroffen.

Zur Mauer hin, war der halbe Friedhof wie umgepflügt und durch einen mit Stacheldraht gesäumten Zaun, der unmittelbar hinter der kleinen Kapelle verlief, zusätzlich abgegrenzt.

Dahinter waren die neuerbauten Hochhäuser vom "Märkischen Viertel" zu erkennen.

Martha wollte aus Wilhelmsruh wegziehen. Aus ihrer langjährigen Zeit als Verkaufsstellenleiterin, hatte sie noch gute Kontakte.

Eines Tages sagte Christa zu ihm: »Bodo, meine Mutter hat eine Wohnung aufgerissen, die sie mit ihrer jetzigen tauschen will. Vorher aber sollen wir die uns auch ansehen, am Sonnabend.«

»Gucke da, das Marth'chen. Wo findet denn die Besichtigung statt?«

»Gleich gegenüber vom S-Bahnhof Schönhauser Allee. Du weißt doch, da wo das Sporthaus unten drin ist.«

»Das ist ja dann eine Neubauwohnung? Na, Donnerwetter. Da braucht man sich doch nichts mehr angucken.«

Es war eine 30 qm Apartment-Wohnung in der 5.Etage, mit Fahrstuhl, Zentralheizung, Warmwasserboiler und Bad mit Dusche. Auf Grund der Ausstattung, lag die Miethöhe im Bereich der Miete für die größere Wohnung in Wilhelmsruh.

Ab Juli 1969 wohnte Martha nun nur zwei U-Bahnstationen von ihnen entfernt.

Von den insgesamt 277,60 Mark Rente, die sie monatlich erhielt, waren 41,80 Mark Witwenrente. Kurz darauf arbeitete sie auch wieder; in einem kleinen Eckladen auf der gegenüberliegenden Seite, kurz vor der Bornholmer Straße.

»Das mache ich nicht wegen der stolzen Rente, die ich für mein Arbeitsleben bekomme, sondern weil mir sonst die Decke uff'n Kopp fällt.«, begründete sie diesen Schritt.

An den Geräuschpegel, den die in der Mitte der Schönhauser Allee vorbeifahrenden Hochbahn erzeugte, gewöhnte man sich relativ schnell, das behaupteten jedenfalls die Anwohner.

Als sie anlässlich seines Geburtstages, im August 1972, gemeinsam mit Martha das Grab von Kurt besuchen wollten, war der Teil der Uhlandstraße die zum Friedhof führte, durch einen Grenzzaun versperrt.

»Sind die denn irre geworden? Vor 14 Tagen war doch noch alles in Ordnung. Ich war hier und habe das Grab gepflegt.«, erregte sich Martha.

Bodo kannte die Impulsivität von Martha. Er machte der ebenfalls erregt wirkenden Christa ein Zeichen und sagte: »Setzt euch mal solange in den Park an der Hauptstraße. Ich werde mich bei der Volkspolizei erkundigen. Das Revier ist ja nicht weit.«

Dort wurde ihm mitgeteilt, dass der Zugang zum Friedhof aus Gründen der Grenzsicherheit nicht mehr möglich wäre. Man könnte aber einen Antrag auf Umbettung der Grabstätte stellen.

»Und das soll ich jetzt alles so meiner Schwiegermutter mitteilen, dass sie das Grab ihres Mannes nicht mehr besuchen kann?«

Bodo hatte den Eindruck, als ob sich der Körper des Wachtmeisters hinter der Scheibe der Anmeldung straffte und sein Gesicht einen anderen Ausdruck annahm.

»Bürger, wenn Sie oder Ihre Schwiegermutter die Bemühungen von Partei und Regierung nicht würdigen können, die darauf gerichtet sind, unseren Staat gegen die verbrecherischen Machenschaften des Frontstadtsenats zu schützen, dann müssen Sie sich mit einer Eingabe an die zuständigen staatlichen Stellen wenden.«, schob Bodo seinen Personalausweis unter der Scheibe zu und schloss das kleine runde Fenster, durch das sie miteinander geredet hatten.

Nachdem Bodo berichtet hatte, war die Reaktion von Martha kurz und bündig: »So, nun ist das auch noch im Arsch und im Eimer.«

Erst nach über 18 Jahren konnte Christa das völlig verwilderte Grab ihres Vaters wiedersehen, als sie mit Bodo, nach dem Mauerfall, den nun wieder geöffneten Friedhof besuchte.

Kapitel 55

Zwischen Christa und Edelgard Wieczoreck war im Laufe ihrer beruflichen Zusammenarbeit eine echte Freundschaft entstanden.

»Lass' mal den Osten an.«, sagte Christa nach dem "Sandmännchen", das Dirk sich immer gern anguckte.

»Aber ich will die "Abendschau" sehen...«

»...kannste ja auch, aber jetzt kommt erst mal eine Überraschung.«

Gesendet wurde der Beitrag "Wie steht es mit den Knollen?" in dem ausführlich über die zu erwartende Rekordkartoffelernte berichtet wurde. Am Ende der Sendung war Wietschi auf dem Schirm und verlas den Wetterbericht für die Landwirtschaft.

»Nu kieck ees eena an, olle Wietschi im Fernsehen«, ulkte Bodo erstaunt und beeindruckt zugleich, » und wie kommt die dazu?«

»Das Fernsehen hat angefragt und Professor Ullrich hat sie empfohlen. Wietschi hat doch ihr Abendstudium als Agrarökonom abgeschlossen und sie macht nun gleich weiter, ihr Diplom nämlich.«

»Ullrich? Ist das der von dem Kartoffelgut, da bei Rostock?«

»Ja. Da ist er Institutsdirektor und bei uns hat er seinen Lehrstuhl.«

»Kannste ihn nicht mal fragen ob er uns einen Sack Kartoffeln zukommen lassen kann, von seinem Kartoffelinstitut? Unsere hier, aus dem Gemüsekonsum, stinken nämlich bestialisch.«

»Sag' mal, kannst du nicht einmal sachlich bleiben?«

Zu der Zeit wussten sie noch nicht, dass sie sich mit dem Professor einmal duzen und ihn mit "Struppi" anreden würden und dass er sie regelmäßig mit den besten Zuchtkartoffeln der DDR versorgen würde.

»Hast ja recht, aber warum erfahre ich das mit unserer Wetterfee erst jetzt?«

»Das sollte doch eine Überraschung werden.«

»Überraschung gelungen, das kannste ihr morgen sagen. Für eine Landwirtschaftssendung gibt sie ja auch eine authentische Figur ab.«, grinste Bodo.

»Bodo, das ist gemein...fängst du schon wieder an?«

»Das sollte ein Witz sein.«, sagte Bodo und drückte sie zur Versöhnung an sich.

»Ja, das kannste gut. Witze auf Kosten anderer machen. Du solltest dir lieber ein Beispiel an Wietschi nehmen und auch dein Diplom machen.«

»Ach, jetzt geht der Scheiß wieder los. Ich habe dir doch nun schon mehrmals erklärt, dass ich auf akademische Titel nicht scharf bin und für das, was ich mache, bin ich ausgebildet.«

Christa löste sich aus seiner Umarmung.

»Nun sei doch nicht eingeschnappt. Denke doch bloß an olle Bernd, der hat jetzt seinen Dipl.-Ing. und ist Mitarbeiter in der Projektierung und ich bin Abteilungsleiter in einem Industriebetrieb. Im Gegensatz zu ihm, brauche ich keine höhere Mathematik oder Physik. Soll ich das für die Leute machen? Bei Wietschi ist das auch etwas anderes, wenn sie in der Forschung arbeiten will. Und du bist ja als Laborantin für die Forschung auch unersetzlich, sonst würde dein Name nicht in den wissenschaftlichen Veröffentlichungen stehen, die du mir gezeigt hast.«

Ingrid und Bernd Thiel hatten sie 1965 an der Ostsee, in Binz, kennengelernt. Christa hatte die Reise über den Freien Deutschen Gewerkschaftsbund (FDGB), im Zusammenhang mit ihrer Auszeichnung als "Aktivistin der sozialistischen Arbeit" erhalten.

Ihr Quartier war ein Zimmer im Parterre eines Privathauses. Die Zimmerausstattung war auf das Notwendigste beschränkt.

Die Waschgelegenheit bestand aus einer Waschtoilette, die Bodo noch aus seiner Kindheit kannte. Eine Waschschüssel und ein Krug aus Porzellan, in dem man kaltes Wasser von der Toilette holen musste, die sich auf dem Flur befand.

Zum Erwärmen des Wassers stand ein Kochtopf mit Tauchsieder auf dem Waschtisch. Handtücher mussten mitgebracht werden.

Eine Möglichkeit zum Duschen gab es in dem Ferienheim eines Betriebes, in dem sie auch verpflegt wurden.

Die Einnahme der Mahlzeiten erfolgte in drei Gruppen, im Abstand von einer halben Stunde und immer an den gleichen Tischen.

Da war Pünktlichkeit, Disziplin und schnelles Essen angesagt, was für die Urlauber mit Kindern Stress bedeutete. Das bekamen Christa und Bodo ebenso zu spüren, wie Familie Thiel, die mit ihrer kleinen Tochter Anja zur gleichen Zeit am gleichen Tisch saßen.

So lernte man sich kennen. Bernd studierte damals noch in Dresden und Ingrid war Kindergärtnerin und sie wohnten in Berlin, keine drei Minuten von ihnen entfernt, in der Prenzlauer Allee.

»Am Sonnabend eröffnet Brigitte Drehmel in der Kastanienallee ihren Frisiersalon.«

225

»Interessant. Und wer ist Brigitte? Kenne ich die?«

»Bodo, nun stelle dich nicht so an. Das ist meine Friseuse und die hat uns dazu eingeladen.«

»Ist das die aus dem Laden in der Friedrichstraße, wo du damals Doris kennengelernt hast? Ist die denn Meisterin?«

»Natürlich, sonst hätte sie doch den Laden nicht aufmachen können. Schon vor einem halben Jahr hat sie die Meisterprüfung abgelegt. Jetzt hat ihr Mann ihr die Konzession besorgt und den Laden eingerichtet.«

»Ach, die ist jetzt verheiratet und der Mann hat die Beziehungen.«

»Hör auf Bodo. Der Drehmel hat einen privaten Blumenladen in der Grellstraße. Noch Fragen? Übrigens, Doris kommt auch.«

»Na, hoffentlich bringt die nicht ihren Erwin mit.«

»Da brauchst du dir keine Sorgen zu machen. In die Niederungen eines Friseursalons lässt der sich nicht herab.«

Doris Weikow, war zu der Zeit noch mit dem DDR-Staatsschauspieler Erwin Geschonneck verheiratet. Mit ihrer Tochter Fina, war sie öfter bei ihnen. Dirk war ganz stolz, dass er Schneewittchen kannte, denn Doris spielte in dem gleichnamigen DEFA-Film die Titelrolle. Später war sie Sprecherin beim DDR-Fernsehen.

Die erste und einzige persönliche Begegnung mit dem Nationalpreisträger und Träger des Vaterländischen Verdienstordens der DDR, hatten Christa und Bodo, als Doris sie zu ihrem Geburtstag in den Künstlerklub "Die Möwe", in der Luisenstraße, einlud.

Geschonneck war gut 30 Jahre älter als Bodo und gab sich jovial. Während sich die Frauen beim und nach dem Abendessen, wie immer gut unterhielten, war das Gespräch zwischen den Männern sehr einseitig. Das lag vor allem an Bodos Respekt vor der Dominanz der Persönlichkeit "Geschonneck".

Zum Glück für Bodo verließ der öfter den Tisch, um sich mit Kollegen an der Bar zu unterhalten. Die Tatsache, dass Geschonneck die Rechnung mit vier Hundertmarkscheinen beglich, veranlasste Bodo zu der Bemerkung: »Donnerwetter, dafür muss ein Transportarbeiter bei uns im Betrieb einen ganzen Monat arbeiten. Brutto selbstverständlich.«

Geschonneck drehte sich zu ihm um und sagte in einem mehr als belehrenden Ton: »Mein junger Freund, Sie mögen ja als Ökonom irgendwo beschäftigt sein, aber eines kann ich Ihnen versichern, von 400 Mark muss in unserem Arbeiter- und Bauernstaat niemand leben. Das geht ja überhaupt nicht.«

Unter dem Einfluss des getrunkenen Alkohols setzte Bodo zu einer Erwiderung an, aber als er Christas Fußtritt spürte, beließ er bei einem »Na, wenn Sie meinen…«

Einige Monate später war Doris geschieden und einige weitere Monate später, heiratete sie einen Kameramann und zog ins Umland von Berlin. Damit brach auch der Kontakt ab.

Zu sehen bekamen sie Doris, wenn sie denn wollten, nur noch bei ihren Ansagen im Fernsehen.

Kapitel 56

Als Angestellte bei der staatlichen "Handelsorganisation", kurz HO genannt, bewirtschafteten Lilo und Jürgen am Weinbergsweg, in unmittelbarer Nähe zum Rosenthaler Platz, nun ein kleines Lokal, das den irrigen Namen "Mokka-Perle" trug, denn es handelte sich um eine ganz gewöhnliche Bierkneipe. Im Laufe der Zeit bekam die Kneipe sein eigenes Stammpublikum. Bodo trank sein Bier mit den "Rausschmeißern" aus den zwei besten, der wenigen Nachtlokale Ostberlins. Mit denen bekannt zu sein war für problemlose Wochenendvergnügen ebenso wichtig, wie Oberkellner Matzel aus dem "Hotel International", am umgestalteten Alexanderplatz, zu duzen. Für die Mode kannte man "Dätläff", den Verkaufsstellenleiter des Exquisitladens "Madelaine" in der Straße Unter den Linden. Diese Leute und andere "wichtige Beziehungen" trafen Christa und Bodo auch privat bei Lilo und Jürgen zu Geburtstagen oder anderen Gelegenheiten.

Die feste Freundschaft zwischen Jürgen und Bodo begann allerdings Risse zu bekommen. Man hatte sich, bedingt durch die unterschiedlichen beruflichen Entwicklungen, immer weniger zu sagen und so ging die jahrzehntelange Freundschaft zwischen Jürgen und Bodo langsam zu Ende. Lilo tat ihr Übriges, indem sie keine Gelegenheit ausließ Bodo darauf hinzuweisen, dass er ja nun für die Bonzen tätig war, während sie sich als Geschäftsfrau darstellte.

»Die geht mir derartig auf den Keks, das glaubst du gar nicht«, sagte Bodo zu Christa, als sie von einem Besuch in der neuen Wohnung von Lilo und Jürgen nach Hause gingen.

»Was lässt du dich denn auch immer provozieren? Ich kann mich über den Unsinn, den sie manchmal von sich gibt, nur köstlich amüsieren.«

»Na, wie schön für dich. Ich wundere mich nur über Jürgen. Der sagt gar nichts dazu. Die Hosen hat sie an. Sie behandelt ihn ja auch wie einen Angestellten.«

»Nun übertreibe nicht wieder, Bodo. Aber ich werde sie trotzdem mal fragen, wie ich das anstellen muss, das mit den Hosen anhaben, meine ich.«

»Das kriegst du fertig, wie ich dich kenne.« Beide lachten und Bodo nahm sie fester in den Arm.

An einem Sonnabend waren sie mit Wietschi in der "Hafenbar" in der Chausseestraße.

Bodo ging an die Bar um Hellmut, den Barmann, zu begrüßen.

»Mensch, Bodo, du lebst ja auch noch. Bist'e alleine hier?«

»Nee, mit Christa und ihrer Freundin.«

»Haste dir schon eine andere Stammkneipe gesucht?«

»Was iss…?«

»Na, weeste denn noch nicht, dass sie Lilo und Jürgen geschasst haben? Die "Mokka-Perle" sind sie los.«

»Wie geschasst? Seit wann denn… warum?«

»Das wundert mich aber, dass du das nicht weißt, ich denke ihr seid Freunde?«

»Ja, das wundert mich auch. Ich komme nachher noch mal vorbei, Hellmut. Das muss ich jetzt erst mal Christa verklickern.«

Christa telefonierte mit Lilo und brachte etwas Licht ins Dunkle. Eine Wirtschaftsprüfung der HO hatte in ihren Abrechnungen Unregelmäßig-keiten festgestellt. Diese Kontrolle war durch eine gezielte Denunziation erfolgt, davon war Lilo fest überzeugt. Durch wen und warum, begründete sie gegenüber Christa aber nicht näher. Die Kaderabteilung versetzte Lilo zur "Bewährung" als Kellnerin in ein Lokal nach Mitte und Jürgen als Hilfskraft in eine Großküche nach Lichtenberg. Im Rahmen der "Erwach-senenqualifizierung" machte er dort später seinen Facharbeiter als Koch.

Christa telefonierte ab und an mit Lilo. Bodo verstand Christas Motive nicht, aber er nahm die von ihr übermittelten Informationen höflich, wenn auch uninteressiert, zur Kenntnis.

Mit Christas Friseuse Brigitte trafen sie sich jetzt auch privat. Ihr Mann hatte ja den Blumenladen und damit gab es mit der Mangelware Blumen nun aber auch überhaupt keine Probleme mehr. Je öfter man sich traf, umso mehr setzte sich bei Bodo der Eindruck fest, dass die beiden eigentlich gar nicht zueinander passten. Einmal erzählte er Christa davon und prompt kam die Antwort: »Du hörst schon wieder die Flöhe husten. Wie kommst du denn auf so etwas?«

Doch Bodo sollte recht behalten, es kam zur Scheidung und schon kurz darauf heiratete Brigitte den Grund für die Scheidung, den jüngeren Peter Hassinger, der eigentlich Willi hieß.

Ein paar Monate nach Katrins erstem Geburtstag, wurde ihre Tochter Katja geboren.

Kapitel 57

Nachdem er das Abendstudium erfolgreich abgeschlossen hatte, war Bodo nun Ingenieur-Ökonom und ihm war die Leitung der Abteilung Rationalisierung im Direktorat für Technik übertragen worden.

Allerdings musste er seit einiger Zeit früher aufstehen. Der Betrieb war aus den alten Werkstätten auf den Hinterhöfen in der Sophienstraße in die neuen Werkhallen und Gebäude nach Johannisthal umgezogen.

Das bedeutete vier Straßenbahnstationen bis zum S-Bahnhof Prenzlauer Allee, von dort Richtung Königs-Wusterhausen bis Schöneweide und dann zu Fuß, 20 Minuten bis zum Segelflieger Damm.

Zur Sophienstraße dagegen, waren es bis dahin insgesamt eine viertel Stunde Fußmarsch gewesen.

Die Vielfalt und Spezifik der medizinischen Geräte, ließ eine Massenfertigung nicht oder nur bedingt zu. Das stellte Bodo und seine Mitarbeiter vor erhebliche Probleme, Lösungen zur Rationalisierung der Fertigungsabläufe zu finden.

Er wollte sich bei Werner Kohl Rat holen und stellte dabei fest, dass der anscheinend selber Probleme mit seinem Direktor Wellnitz und dem überaus beleibten Betriebsdirektor Lattenstein hatte.

Es war kurz vor Weihnachten, als Werner Kohl zu ihm ins Büro kam.

»Bodo, ich wollte mich nur verabschieden, denn wir haben ja immer gut zusammengearbeitet.«

»Wieso verabschieden? Gehst du in Urlaub oder hast du ne Kur?«

Und in seiner besonderen Art Situationen zu beschreiben, kam als Antwort: »Der Lattenschiss kommt ganz gewiss, auch wenn er mal von Wellnitz iss.«

»Ja und was soll das nun bedeuten?«

»Das sind hier meine letzten Tage. Ab Januar arbeite ich im Glühlampenwerk, da an der Warschauer Straße. Das BGW kennste doch, dem Namen nach.«

»Was? Du haust in Sack? Und dahin, wo sie Glühbirnen herstellen?«

»Bodo, ich muss schon sehr bitten, das Erste, was ich beim Kadergespräch gelernt habe war, dass es Glühlampen heißt und das, wo die reinkommen, das sind Leuchten.«

»Was machst du denn da in der Glühlampenfabrik BGW?«

»Die heißen jetzt nicht mehr nur BGW, sondern mit Kombinat Narva davor, weil neben dem BGW noch vier Betriebe aus dem Raum Thüringen dazu gekommen sind. Darum wurde auch eine völlig neue Leitungsstruktur geschaffen. Ich leite da den Bereich Arbeitsökonomie im Direktorat für Ökonomie.«

»Na dann, toi, toi, toi und lass mal von dir hören.«

»Das mache ich bestimmt, da kannst du dich drauf verlassen.«

Als Werner gegangen war, hatte Bodo das Gefühl, als wenn etwas fehlte, ihm etwas genommen worden war. Sie kannten sich fast zehn Jahre und von Werner Kohl hatte er gelernt, wie man sich in Wort und Schrift in der sozialistischen Planwirtschaft ausdrückt und in ihr zurechtkommt.

Bodo suchte den Kontakt zu der neu gegründeten Organisationsabteilung, die Zugang zu einem Großrechner hatte und forderte aus den zur Verfügung stehenden Daten gezielt Auswertungen an, die zuallererst die Arbeitsabläufe in seinem Direktorat und in anderen Verwaltungsabteilungen rationeller gestalten sollten.

Das brachte ihm von dort teilweise Anerkennung, aber von seinem Direktor Ärger ein, denn der wollte abrechenbare Ergebnisse zur Sicherung der Planerfüllung in der Produktion und keine Veränderungen in seinem Verantwortungsbereich.

Nach Ostern rief Werner Kohl an.

»Mensch Werner, das ist ja ne Überraschung. Wie gehts denn so? Hast du schon bereut, dass du uns verlassen hast?«

»Na, ganz im Gegenteil, mein Guter. Das ist hier eine ganz andere Welt. Wann kommst du mich denn mal besuchen?«

Unter dem Vorwand eines notwendigen Erfahrungsaustausches, besuchte Bodo etwas später das Berliner Glühlampenwerk, den Stammbetrieb des Kombinats Narva.

Am Haupteingang, in der Ehrenbergstraße, wartete Bodo im Empfangsbereich auf Werner.

»Mensch Bodo, welche Freude dich zu sehen«, begrüßte der ihn strahlend.

Dann gingen sie einen Flur entlang, der in einem Lichthof endete, von dessen Mitte eine breite Treppe abging, die sich oben nach links und rechts teilte.

Sie benutzten aber den daneben liegenden Paternoster bis in die vierte Etage, wo Werner sein schlichtes Büro hatte, wie er sagte.

Schon auf dem Weg dorthin, war Bodo beeindruckt und das Gefühl erreichte seinen Höhepunkt, als Werner die Tür öffnete und Bodo nicht in einem Büro stand, sondern in einem Sekretariat, wo ihn zwei Sekretärinnen neugierig anguckten und seinen Gruß erwiderten, nachdem Werner ihn vorgestellt hatte. Von den beiden Sekretärinnen fiel Bodo besonders die Jüngere auf, die ihn in einer ganz besonderen Weise anlächelte, wie er fand.

Als er dann das Büro von Werner betrat, blieb er wie erstarrt stehen.

»Sag mal, Werner, sind wir hier richtig? Das Zimmer ist zwar kleiner, aber besser eingerichtet, als das von olle Lattenstein, bei uns. Wie geht das denn?«

»Das sind noch die Ausstattungsnormative für Leitungspersonal von Osram, die hier bis nach dem Krieg ihren Stammsitz hatten. Darum wohl auch das Radio und da hinter dem Vorhang steht sogar ein Fernseher, aber beides kannste nicht bedienen, weil kein Antennenanschluss da ist und bei den dicken Mauern kriegt man keinen Empfang.«

»Kann ich eine rauchen? Ich frage ja nur, wegen der Gardinen«, ulkte Bodo gerade, als die Tür aufging und die kleine hübsche Kaffee und Kekse brachte.

»Bodo, da brauchst du gar nicht gucken, die Bärbel ist verheiratet und du auch. Das habt ihr doch sicherlich im Studium behandelt, die sozialistische Moral und Ethik, meine ich.«, tadelte ihn Werner lachend, nachdem die niedliche Sekretärin das Zimmer wieder verlassen hatte.

Bodo erfuhr, dass der Bereich Arbeitsökonomie aus vier Fachabteilungen mit 132 Mitarbeitern, überwiegend Frauen, bestand.

Neben der Aufgabenstellung für das Stammwerk, lag hier auch die Verantwortung für die fachliche Anleitung der Abteilungen Arbeitsökonomie, der dem Kombinat angegliederten Betriebe aus Oberweißbach, Plauen, Brand-Erbisdorf und Tambach-Dietharz.

»Na, da hast du ja ganz schön was am Hacken. Wie viel arbeiten denn hier?«

»Das schwankt fluktuationsbedingt, so um die 2500 Arbeiter und Angestellte. Mit den Kombinatsbetrieben so etwas über 4000. Und da sind wir auch gleich beim nächsten Thema. Zur Bewältigung dieser zusätzlichen Aufgaben wurde den Bereichsleitern in den Fachdirektoraten eine Führungsgruppe zugeteilt, die bei mir noch zu besetzen ist.«

»Führungsgruppe? Wie viele arbeiten denn da?«

»Das ist unterschiedlich. In den anderen Direktoraten, wie Produktion,

Forschung oder Technik sind das mehrere. Hier bei mir ist das eine Stelle und die sollst du besetzen. Bodo, wir haben so lange zusammengearbeitet. Ich kenne dich und du wärst der richtige Mann für diese Aufgabe.«

Mit allem hatte Bodo gerechnet, aber nicht damit. Er hinterfragte noch die Aufgabenstellung und die Gehaltsgruppe, versprach Werner sich in der nächsten Woche zu melden, weil er das überdenken und zu Hause besprechen müsste und verabschiedete sich mit einem gewinnenden Lächeln im Sekretariat.

»Na, was gibt es da noch zu überlegen, mein Kleener?«, fragte Christa, nachdem sie den Bericht von Bodo gehört hatte. »Das sind ja fast 200 Mark mehr, die Fahrzeit ist auch kürzer und du brauchst dich nicht mehr über den Lattenklein…«
»…Lattenstein.«
»Von mir aus auch Lattenstein, ärgern.«

Kapitel 58

Am 1. Juni 1970 begann Bodo seine neue Tätigkeit im VEB Kombinat NARVA "Berliner Glühlampenwerk". Ihm wurde ein kleines Zimmer am Ende des Flurs, mit Ausblick auf einen Lichthof zugeteilt.

Zwei Tage später, zur obligatorischen Leiterbesprechung des Bereiches, wurde Bodo von Werner vorgestellt. Dabei spürte Bodo förmlich die Distanz und Ablehnung im Raum, die nicht nur ihm galt.

Als er Werner nach der Beratung von seinem Eindruck erzählte, kam als Antwort: »Bodo, da müssen wir durch. Auch die Leiter für Ökonomie in den Betriebsteilen hier im Werk und die aus den anderen Betrieben sind noch nicht so richtig einverstanden mit der neuen Situation, aber das wird schon.«

»Ich würde mich gerne mit dem Betrieb vertraut machen, kannst du das einfädeln?«

Werner sprach mit den zuständigen Leitern und Bodo bekam nun die Möglichkeit, sich mit den Produktionsbedingungen in den Betriebsteilen vertraut zu machen.

Als er in der Glühlampenfertigung die Arbeitsbedingungen an den Fließreihen sah, musste er an seine Tätigkeit während der Zeit als Grenzgänger bei Osram in der Seestraße denken. Dort war es zwar auch laut und warm, aber hier waren das noch die alten Fließreihen aus den 30er Jahren und Bodo fragte sich, wie man unter diesen Bedingungen, ohne gesundheitlich Schaden zu nehmen, auf Dauer arbeiten konnte.

Ihm war bisher kein echter Arbeitsauftrag erteilt worden. Das sollte sich nach dem Urlaub jedoch schlagartig ändern.

Werner rief an. »Bodo, los Galoppie, wir sollen sofort bei Hannelore erscheinen.«

»Wer ist denn Hannelore?«

»Na, die Lehmann, unsere Direktorin, nun mach schon.«

Sie trafen sich auf dem Gang. »Habe ich irgendwie Scheiße gebaut?«

»Quatsch, die will irgendwas von uns. Eine Sonderaufgabe, wie ich verstanden habe.«

Und so war es auch. Das neugegründete Kombinat NARVA hatte vom Ministerium den ehrenvollen Auftrag erhalten, einen Musterkollektivvertrag für den gesamten Industriezweig zu erarbeiten, wie sie von Direktorin Lehmann erfuhren. Der sollte dann als Rahmen für alle Kombinate und Betriebe im Ministerium Elektrotechnik/Elektronik verbindlich Anwendung finden.

Geleitet wurde die dreiköpfige Arbeitsgruppe von Klaus Ruhland, dem Büroleiter des Kombinatsdirektors. Neben Bodo, gehörte noch die Sekretärin Ilse Hornig dazu. Die hatte man einfach, aber wohl auf ihren Wunsch hin, aus dem Rechnungswesen, wo sie Probleme mit ihrem Leiter hatte, umgesetzt.

Das alles war ein ausgesprochener Glücksfall für Bodo, denn zur Erfüllung des Arbeitauftrages lernte er so alle wichtigen Leute, der direkten und indirekten Leitung kennen.

Umgekehrt kannte man nun in der Partei-, Gewerkschafts- und Kaderleitung, bei der Justitiarin, der Frauen- und Jugendbeauftragten, in der Weiterbildung und weiteren wichtigen Anlaufstellen, wer Bodo war und was er machte.

Obwohl die Aufgabenstellung anspruchsvoll und auch anstrengend war, machte es Bodo Spaß und füllte ihn aus. Der Zeitrahmen war eng bemessen, aber der Termin wurde eingehalten.

»Nun kannste nur hoffen, dass das von ganz oben genauso gesehen wird, wie ich es sehe.«, sagte Werner zu Bodo, als der Auftrag beendet war.

»Was meinst du denn damit?«

»Wenn das in die Hose geht, dann haben sie dich am Hoden.«

»Wieso mich? Ich war doch das kleinste Rädchen im Getriebe.«

»Na darum bist du dann der gesuchte Sündenbock. Ich kenne das, kannst mir glauben.«

»Und was passiert dann?«

»Offiziell nichts, aber intern werden sie sagen, das hätten sie sich doch gleich gedacht und dieser oder jener wäre bestimmt besser gewesen. Mit dem Arsch an die Wand, nennt man so was. Aber mach dir mal keinen Kopp, das geht mit Sicherheit in die richtige Richtung.«

Dass seine Vorhersage zutreffen würde, hat Werner nie erfahren, denn er erlitt kurz nach dem Gespräch zwei Schlaganfälle, ausgelöst durch eine latent bösartige Lungenkrebserkrankung.

Seine Vertretung übernahm der bisherige Leiter der Abteilung Arbeit, Manfred Korth. Bodo nahm an den Arbeitsberatungen nun nicht mehr teil, nicht weil er nicht wollte, sondern er wurde nicht mehr eingeladen.

Die Arbeit war von Erfolg gekrönt, denn der Rahmenkollektivvertrag war bestätigt worden.

Kombinatsdirektor Ries würdigte das durch eine kurze Ansprache bei einem Glas Sekt und zeichnete die Arbeitsgruppe mit einer Prämie aus.

Kurz darauf wurde Bodo zu Direktorin Lehmann bestellt.

»Kollege Klann, ich habe soeben von Frau Kohl erfahren, dass Werner gestern verstorben ist. Ich teile dir das mit, weil ich weiß, dass ihr gut befreundet wart und weil Werner viel von dir gehalten hat.«

Obwohl Bodo wegen der Schwere der Krankheit von Werner darauf vorbereitet war, traf ihn die Mitteilung doch mit ziemlicher Wucht. Der Direktorin blieb das nicht verborgen und sie sagte: »Wenn es dich jetzt allzu sehr belastet, dann setzen wir das Gespräch später fort.«

»Nein, nein, es geht schon, ich war ja darauf vorbereitet und nun hat er die Quälerei hinter sich. Kann ich eine rauchen?«

Er wusste, dass die Direktorin Raucherin war und bot ihr auch eine Zigarette an.

»Ja danke, da brauchst du doch nicht zu fragen,« und nach einer kurzen Pause, »was machst du da jetzt eigentlich als Führungsgruppe?«

»Gar nichts, das ist zwar sehr erholsam, füllt mich aber nicht aus und entspricht nicht dem, was mit Werner angedacht war. Da ich an den Arbeitsberatungen nicht teilnehme, habe ich angefangen die Aufgabenstruktur des Bereiches zu analysieren und bin zu diesem Zweck in die Abteilungen gegangen und habe recherchiert, wie man den Bereich effizienter führen kann. Dabei habe ich feststellen müssen, dass sich die Bereitschaft und Unterstützung der Leiter in engen Grenzen hält. Ich will hier niemanden anschwärzen, aber die Leiterin der Lohnrechnung, Stelzer, ist sogar soweit gegangen und wollte mir das Betreten der Abteilung untersagen und hat sich beim Kollegen Korth beschwert. Daraufhin musste ich ihn darauf hinweisen, worin meine Arbeitsaufgabe besteht. Ich habe mir ernsthaft überlegt, mich nach etwas anderem umzusehen, denn eigentlich habe ich von der Arbeit hier auch etwas anderes erwartet.«

»Und wieweit bist du mit deinen Recherchen gekommen?«, fragte die Direktorin, die interessiert zugehört hatte.

»Da ich mir das gedacht hatte, dass es heute auch darum geht, habe ich meine Ausarbeitungen und Vorschläge mitgebracht.«, antwortete Bodo und reichte ihr einen Ablageordner.

Es verging keine Woche, da wurde er wieder zur Direktorin gerufen.

»Ich habe mir das angeguckt und das Direktorat Organisation und Datenverarbeitung um Prüfung und Stellungnahme gebeten. Woher hast du eigentlich die Kenntnisse auf dem Gebiet?«

Bodo klärte sie über seine Kenntnisse und Erfahrungen auf dem Gebiet der WAO auf und dass er die Qualifikation als Lehrer für Arbeitsnormung besaß.

»Sag mal, Kollege Klann, würdest du dir zutrauen den Bereich zu leiten? Was hältst du davon? Ab September erstmal kommissarisch und dann werden wir sehen…«

»Ja, selbstverständlich, das bin ich alleine schon Werner schuldig.«

»Übrigens, ich heiße Hannelore und du Bodo, wie ich erfahren habe. Dann gute Erholung im Urlaub und auf eine erfolgreiche Zusammenarbeit, wovon ich überzeugt bin.«

Manfred Korth hatte gekündigt und Elvira Steltzer würde Ende des Jahres in die längst erreichte Altersrente gehen.

An seinem letzten Arbeitstag gab Manfred Korth noch ein Essen mit den langjährigen Kollegen aus den Betriebsteilen. Es gab auch Alkohol.

Korth ließ es sich nicht nehmen, sich auch bei Bodo zu verabschieden und zwar mit den Worten: »Na, nun habt ihr ja geschafft, was ihr wolltet, aber ich habe auch meinen Stolz…«, brüllte er leicht betrunken ins Zimmer, nachdem er die Tür recht heftig aufgestoßen hatte, »…aber ihr könnt mich alle mal am Arsch lecken.«

Bodo lächelte ihn an und antwortete: »Na, so ein kleiner Arsch ist doch schnell geleckt.«

Korth machte den Eindruck, als wenn er ins Zimmer stürzen wollte, aber als Bodo aufstand und auf ihn zuging, verließ er wortlos den Raum.

Dieser Vorfall wurde natürlich im Sekretariat zur Kenntnis genommen und machte die Runde und nicht nur im eigenen Bereich.

Kapitel 59

Wirtschaftlich ging es ihnen zunehmend besser. Erst vor Kurzem hatten sie sich eine Waschmaschine angeschafft. Die Maschinen der zentralen Wäscherei der AWG fielen immer häufiger aus und eine geregelte Dienstleistung war für die Anwohner nicht mehr gegeben. Auf Drängen von Christa kauften sie zwei Jahre später eine modernere Maschine, mit der die Wäsche auch gespült wurde. In der alten konnte nämlich nur gewaschen werden, gespült wurde danach in der Badewanne.

Bei beiden Modellen war eines jedoch gleich, die Wäsche wurde nicht geschleudert. Das musste separat erfolgen und zwar in einem kleinen runden Behälter, der neben der Waschmaschine auf einem aufblasbaren Gummiring stand, um die Unwucht auszugleichen. Das abfließende Wasser wurde dann in einer flachen Schüssel aufgefangen, die man dazu unter die Abflusstülle stellen musste.

Die Ehe von Marianne und Manfred war geschieden worden. Marianne wohnte nun in Pankow, bei Arno Bundlach, ihrem neuen Lebenspartner. Der war Kraftfahrzeugmeister und betrieb auf dem riesigen Gelände hinter seinen beiden viergeschossigen Mehrfamilienhäusern, eine Autoreparaturwerkstatt mit Reifenhandel und eine Garagenanlage, die ständig vermietet war. Arno war wohlhabend und geizig.

Die Wohnung über ihnen war nun, bis auf das Schlafzimmer, leer. Da sie von Marianne einen Wohnungsschlüssel hatten, benutzten sie die Wohnung gelegentlich auch als Abstellraum. Manchmal schlief sogar Besuch von auswärts in der Wohnung.

»Die Kinder werden größer, aber unsere Wohnung nicht. Was meinst du, wollen wir nicht unser Schlafzimmer rausschmeißen und uns anders einrichten? Anstelle der Doppelbetten kommen Schlafliegen rein, die Wohnzimmermöbel von hier, stellen wir drüben hin und fürs Wohnzimmer werden neue gekauft. Da gibt es jetzt diese Schrankwände von Hellerau.«

»Mein Dickerchen, was du manchmal für Ideen hast, wie soll das denn alles gehen? Aber irgendwie hört es sich gut an.«

»Eigentlich ist das ja noch nicht alles. Unser Balkonnachbar im Nebenhaus, der Maler, du weißt doch, der mit dem Toupet, das eine mit Farbe besprenkelt und das andere für gut. Jetzt komme ich nicht auf den Namen.«

»Konrad.«

»Nee, nee, der heißt anders, Gerd, glaube ich.«

Christa musste lachen. »Mit Nachnamen heißen die Konrad, mein Kleener. Und was ist mit dem?«

»Der kennt da eine Produktionsgenossenschaft, die bauen Gasaußenwandheizungen ein, haste bestimmt schon gesehen, die viereckigen Kästen unter den Fenstern, da drüben bei Kietzmann's,.«

»Ja, davon hat mir Ulla erzählt. Dadurch, dass die Kachelöfen raus sind, hat man viel mehr Platz, hat sie gesagt.«

»Und das machen wir auch.«

In der Folgezeit konnte Bodo sein Organisationstalent unter Beweis stellen. Für die Zeit, in der Öfen abgerissen und durch die moderne Außenwandheizung ersetzt wurde, wohnten sie oben, in der Wohnung von Marianne. Ihr Schlafzimmer hatte ein Bekannter abgeholt und das andere Mobiliar hatten sie nach oben gebracht. Der Zeitplan stimmte, aber er hatte Bodo einige 20-Mark-Scheine gekostet. Als die Wohnung renoviert war, wurden die Schlafliegen, die neuen Wohnzimmermöbel, der Esstisch und die Stühle geliefert. Sie mussten sich erst daran gewöhnen, dass man nun nicht mehr nebeneinander im Ehebett, sondern sozusagen über Eck, Kopf an Kopf, schlief.

Die AWG hatte die Wohnungsmiete um fünf Mark gesenkt, denn die Einbauküche war abgezahlt und gehörte nun ihnen. Horst, der Mann von Ulla Kietzmann, die bei Christa im Institut als Sekretärin arbeitete, war selbstständiger Tischlermeister und hatte bei sich jetzt eine neue Küche eingebaut.

»Ulla hat gefragt, ob wir Sonnabend nicht rüber kommen und uns die neue Küche ansehen.«

»Ach Mensch, der Knicker, der geht doch immer raus und raucht seine Westlullen alleine.«

Doch der Besuch lohnte sich. Die Küche, die Kietzmann eingebaut hatte, gefiel ihnen.

»Wo haste denn die schicken Wandfliesen her?«

»Betriebsgeheimnis. Dafür brauchst du einen Bezugsschein. Der wird ausgestellt, wenn ein begründeter Bedarf besteht.«, grinste Kietzmann.

»Verstehe. Jetzt mal Fliesen hin oder her, würdest du uns auch so eine Küche einbauen?« Kietzmann nickte, nannte den Preis, beobachtete wie Bodo darauf reagierte und als der keine Miene verzog, fügte er hinzu: »Aber nicht gleich. Ich sage euch dann Bescheid.«

»Es eilt ja auch nicht, ich muss mich ja erst um die Fliesen kümmern.«, spöttelte Bodo.

»Wollen wir im Urlaub nach Varna fahren?«
»Wo ist Varna? Hast du eine FDGB-Reise abgestaubt?«
»Ich habe es doch immer gesagt, dass du dich weiterbilden sollst. Varna ist eine Stadt in Bulgarien, am Schwarzen Meer mit dem Goldstrand in der Nähe, wenn dir das etwas sagt.«
«Nein, aber es ist ja gut. Ich habe verstanden, auch ohne Brille.«
Christa erzählte nun von einem wissenschaftlichen Assistenten aus Bulgarien, Wanko Radev, der regelmäßig für mehrere Monate am Institut, im Rahmen eines wissenschaftlich-sozialistischen Erfahrungsaustausches, mit Wietschi im gleichen Labor arbeitete. Auf die Nachfrage von Bodo, wie weit denn die Zusammenarbeit gehen würde, ging Christa nicht ein.
Dr. Radev bewohnte in Varna mit Frau und Tochter eine 3-Zimmer-Neubauwohnung und würde ihnen zwei Zimmer davon, für 14 Tage vermieten. Das alles musste natürlich aussehen, wie eine private, kostenlose Einladung.
»Hast du eine Ahnung, wie das geht, wenn man privat ins Ausland will? Da braucht man doch eine Ausreisegenehmigung und anderes Geld. Und wie kommt man da hin? Und das gerade jetzt, wo ich ständig auf Dienstreisen bin, um die Kombinatsbetriebe kennenzulernen. Und dann ist da noch die Wochenschulung von der VVB in Erfurt. Das müsst ihr übernehmen, Wietschi und du.«
»Das habe ich mir schon gedacht. Ich werde mich mit Ines unterhalten, die arbeitet doch im "Deutschen Reisebüro". Sie hat damals für Geister's, als die privat in Ungarn waren, auch alles geregelt.«

Bodo durchlebte eine turbulente Zeit, die zusätzlich durch die quälenden Entzugswirkungen eines selbstauferlegten Nikotinverzichts geprägt war.
Sein Zigarettenverbrauch war auf über 40 Stück pro Tag gestiegen und nach einer durchzechten Nacht, war ihm am darauffolgenden Sonntagmorgen derartig übel, dass er diesen Entschluss spontan gefasst hatte.
Er war gerade wieder von einer Dienstreise zurück, als ihn Christa über den Stand der Dinge informierte.
»So, es ist vollbracht. Ines war sehr hilfreich. Der Flug ist gebucht, Radev hat sein Geld und ist wieder zu Hause, in Varna. Wietschi hat gesagt, der hat gleich groß eingekauft und alles Geld ausgegeben, für

Sachen, die es bei ihnen nicht gibt. Wir müssen jetzt nur noch zur Polizei und uns die Ausreisegenehmigung in den Ausweis kleben lassen und dann kann es losgehen. Wir dürfen nicht vergessen denen zu sagen, dass Dirk auch mitkommt, hat Ines gesagt.«

»Im Juli also und wir sind zum Geburtstag von Katrin wieder zu Hause?«

»Aber natürlich, wir sind sogar schon zu deinem Geburtstag wieder zurück. Du musst deinen Urlaub beantragen, ich habe schon.«

»Deine Mutter wohnt in der Zeit dann hier bei uns und betreut Katerchen, dass ist sicher, ja?«

»Na selbstverständlich, denkst du denn ich bin eine Rabenmutter?«, dann lächelte sie Bodo an und fuhr fort, »Und es gibt noch eine Überraschung, da kommst du nie drauf.«

»Nun mache es doch nicht so spannend, was denn?«

»Ich weiß auch nicht wie ich darauf gekommen bin, aber in der Frühstückspause habe ich von der Küche und den Fliesen erzählt. Nach der Pause hat mir dann unser Fräulein Rebuk, du weißt doch, die ältere, die immer gerne einen schnasselt, einen Bezugsschein für 8 qm Zierfliesen angeboten. Ich habe nicht weiter gefragt, sondern ihr die 25 Mark gegeben, die sie dafür haben wollte. Hat die Puppe das richtig gemacht, mein Süßer?«, säuselte Christa und wedelte mit dem Bezugsschein.

»Hab ich dir heute schon gesagt, wie sehr ich dich liebe?«, grinste Bodo und küsste sie.

»Da kann ich ja nur froh sein, dass Fräulein Rebuk nicht dir das Angebot gemacht hat.«

»Worauf du dich verlassen kannst und ob nun Fräulein und versoffen oder nicht.«, lachte Bodo auf dem Weg zum Barfach der neuen Schrankwand.

Die Realität sozialistischer Planwirtschaft ersetzte Bodos Euphorie jedoch schon nach kurzer Zeit wieder durch das allgegenwärtige Warten und Hoffen. Als er nämlich das erste Mal das Auslieferungslager in Pankow-Heinersdorf betrat, wurde ihm bewusst, dass man ohne den Bezugsschein noch nicht einmal mit ihm geredet hätte und dass es bei den 25 Mark für Fräulein Rebuk, nicht bleiben würde.

Kapitel 60

»Schönen Gruß von Uschi. Sie hat vorhin angerufen und ich habe ihr von Varna erzählt. Weißt du was sie gesagt hat, Bodo? Sie kommen auch hin. Das wäre ja ein Ding.«

»Wie, sie kommen auch hin? Das ist doch schon im nächsten Monat. Das geht doch gar nicht.«

»Das habe ich auch gefragt. Sie hat aber gesagt, dass das kein Problem wäre und nur weil Siegfried erst später Urlaub hat, können sie aber auch erst ein paar Tage später da sein. Sie will mich übermorgen anrufen und das Hotel und den genauen Termin durchgeben.«

»Egal, ob ich das nun verstehe oder glauben kann oder auch nicht. Wie lange haben wir Burri's nicht gesehen? Mensch, das sind ja jetzt über zehn Jahre her, als wir das letzte Mal bei ihnen in Westberlin waren, da warst du ja noch mit Dirk im Bauch unterwegs.«

Für alle war es die erste Flugreise. Von Schönefeld mit der "Interflug" bis Sofia. Dort mussten sie nach einer langen Wartezeit in eine kleine zwei-motorige Maschine umsteigen, die nur etwa zur Hälfte besetzt war und sie nach Varna brachte.

Christa und Bodo belegten das Schlafzimmer der Radevs, Dirk und Wietschi das Zimmer der Tochter. Bodo bekam mit, dass die Tochter im Wohnzimmer auf der Couch schlief und das Ehepaar Radev auf dem Balkon.

»Sag mal, Wietschi, warum macht denn der Doktor Radev das hier alles und nimmt diese ganze Unbequemlichkeit in Kauf. Kann der uns so gut leiden?«

»Das werden wir schon noch merken, Bodo. Er hat mir einiges erzählt. Im Gegensatz zu hier, leben wir in der DDR geradezu im Paradies. Er macht das, um an unsere Mark und damit an Sachen zu kommen, die es hier nicht gibt. Im nächsten Jahr läuft der Vertrag mit der Uni aus. Das war jetzt seine letzte Möglichkeit.«

Es dauerte auch nicht lange und Bodo merkte, was Wietschi gemeint hatte. Dr. Radev erklärte ihnen auf Nachfrage, dass sie nicht am Gold-strand baden könnten, weil da nur Hotelgäste Zutritt hätten.

Aber unten am Hafen, da wäre ein öffentlicher Badestrand.

Am Tag nach dem angekündigten Anreisetermin, fuhren sie mit dem Bus an den Goldstrand um Burris zu begrüßen.

Bodo dachte, er wäre in einer anderen Welt. Das Hotelzimmer hatte einen Sanitärbereich mit Dusche und Wanne.

»Da habt ihr aber tief in die Tasche gegriffen, für diesen Komfort hier.«, sagte Bodo zu Siegfried, der es im Laufe der Jahre zu einer Halbglatze gebracht hatte.

»Ach, das ist doch nur ein Drei-Sterne-Laden, aber sehr günstig. Mit Frühstück 840 D-Mark.«

»Der Preis ist pro Person und was kostet der Flug? Und was ist ein Drei-Sterne-Laden?«

Siegfried hatte die Angewohnheit, bevor er in belehrender Art etwas von sich gab, den Mund zu verziehen und ein leicht stöhnendes Geräusch von sich zu geben.

»Bodo, das ist der Pauschalreisepreis für zwei Personen in einem Hotel das drei Sterne hat, da ist die Anreise, also der Direktflug von Tegel nach Varna inklusive. Für Hotels mit vier oder fünf Sternen ist das natürlich teurer und bei Vollpension auch.«

Bodo antwortete nicht, denn er wollte nicht preisgeben, dass er in der DDR nur Hotels ohne Sterne und Interhotels für Valuta-Gäste kannte. Er dachte vielmehr nur an ihren Flugpreis, der um einiges teurer war, als die Drei-Sterne-Pauschalreise mit Frühstück und Direktflug.

Mit Burris konnten sie nun auch den Goldstrand betreten und erlebten einen erholsamen Badeurlaub, denn die Badeanstalt am Hafen hatten sie wegen der Lage und der hygienischen Gegebenheiten, nur einmal besucht.

Den Abend vor ihrer Abreise verbrachten sie gemeinsam mit Uschi und Siegfried, die ja noch ein paar Tage länger dort blieben.

Hinter dem Hotel, etwas erhöht und mit Blick auf das Meer, lag das Gartenrestaurant. Durch einen breiten Gang, den halbhohe Hecken säumten, war das Restaurant in zwei Bereiche aufgeteilt.

Siegfried führte sie an einen Tisch im sogenannten Visa-Bereich.

»Hier sind ja die Preise alle in D-Mark angegeben und dahinter stehen sie in Lewa.«, wunderte sich Bodo, nachdem er sich die Speisenkarte angeguckt hatte.

»Hier ja, aber da drüben, wo die Ostblockgäste sitzen, da gibt es alles nur für Lewa. Ich habe mir das mal angesehen.«, antwortete Siegfried in der ihm eigenen, langsamen Art.

»Das Radeberger Pils kostet eine D-Mark oder einen Lewa, steht hier. Ist der Wechselkurs 1:1? Beim Umtausch der zugelassenen Tagessätze, mussten wir bei unserer Staatsbank für einen Lewa vier Mark hinlegen.«
»Das müssten wir auch, wenn wir D-Mark in Lewa tauschen würden, aber weil wir hier mit D-Mark bezahlen, sitzen wir ja in diesem Bereich.«

Das ist ja noch schlimmer als damals vor der Mauer, dachte Bodo. Die Deutschen verbringen am gleichen Ort ihren Urlaub und sind doch getrennt.

Schon während des Rückflugs und auch später zu Hause, als sie die gemachten Erfahrungen im Freundeskreis zum Besten gaben, stieß die Tatsache, dass es unterschiedliche Speisekarten und gesonderte Gastronomiebereiche gab, auf wenig Verständnis, aber man war sich überwiegend darin einig, dass man wohl auf der falschen Seite Deutschlands lebte.

Kurz danach gab es eine neue Besucherregelung für West-Berliner. Nicht nur Verwandte, sondern auch Freunde und Bekannte konnten nun in den extra dafür eingerichteten sogenannten Passierscheinstellen in Westberlin einen Besucherantrag stellen und dann mit einem gebührenpflichtigen Passierschein nach Ost-Berlin (Hauptstadt der DDR) einreisen.

Bernd Thiel hatte inzwischen von Arno Bundlach einen Wartburg-Kombi gekauft, einen von Arno in seiner Werkstatt wieder aufgebauten Unfallwagen.

Das führte dazu, dass die beiden in der Folgezeit keine Freunde wurden, weil Bernd mit der "Rostlaube" nur Probleme hatte, Arno aber jede Schuld von sich wies.

Bernd brauchte aber das Auto, denn er hatte in Neu Zittau, bei Erkner, ein Grundstück gepachtet und wollte das nun als "Datsche" ausbauen.

Für Bodo war das Autogeschäft ein Glücksfall, denn nun konnte er mit Bernd die Fliesen abholen, die nach mehrmaligen und Geld kostenden Nachfragen, endlich für ihn bereit lagen.

Als die Küche eingebaut und bezahlt war, sagte Christa: »Bodo, es ist vollbracht. Hier sind die Auszüge vom Spargirokonto. Jetzt ist aber endgültig Schluss, wir sind ja fast Pleite und wenn jetzt etwas Unvorhergesehenes passiert, dann stehen wir auf dem Schlauch,«

244

Kapitel 61

Der Beratungstisch war voll besetzt. Bodo war gerade dabei, einige zentrale Anweisungen zu erläutern, als das Telefon klingelte.

Es musste etwas dringendes sein, denn sonst hätte Ilse Hornig, die Bodos Sekretärin geworden war, nicht gestört.

»Entschuldigung, aber es ist der Kollege Rex. Ich konnte ihn nicht abwimmeln.«

»Sag ihm, ich rufe in spätestens einer Stunde zurück, solange wird es wohl Zeit haben.«, antwortete er und fuhr dann mit seinen Ausführungen fort.

»Tut mir leid Horst, aber ich war gerade in einer Beratung, die ich nicht unterbrechen konnte. Was gibt es denn so Wichtiges?«, fragte Bodo nach der Sitzung, Horst Rex, den Leiter der Arbeitsökonomie ihres Betriebes in Oberweißbach.

»Danke, dass du gleich zurückgerufen hast, Bodo. Du musst mir einen großen Gefallen tun. Kannst du heute noch dem Hanne Riedel einen Scheck über 2500 Mark geben? Das muss sein, sonst kriege ich die Ruderboote für unsere Ferieneinrichtungen nicht. Wenn der den Scheck hat, ruft er mich an und ich überweise heute noch das Geld wieder auf dein Konto. Gib mir mal die Kontonummer.«

»Was ist…?«

»Bodo, Mensch mach, es geht um Leben und Tod. Kann ich mich auf dich verlassen? Das werde ich dir niemals vergessen, glaube mir.«

Bodo war in einer Zwickmühle. Jetzt hatte er eine Chance sich Vertrauen und Gefolgschaft zu erwerben, aber er kannte den Kontostand. Es waren noch nicht einmal mehr 500 Mark.

Er handelte spontan, ging das Risiko ein und fuhr zum neu erbauten "Haus der Elektrotechnik" am Alexanderplatz, dem Sitz des Ministeriums Elektrotechnik und Elektronik und der Vereinigung Volkseigener Betriebe Bauelemente und Vakuumtechnik, dem das Kombinat Narva angeschlossen war und übergab dort dem Genossen Riedel den Scheck.

Er fühlte sich schlecht. Er hatte hinter dem Rücken von Christa etwas getan, was er vielleicht nicht hätte tun sollen. Das war ein Vertrauensbruch, darüber war er sich im Klaren. Was würde passieren, wenn er in eine Falle getappt war und die Kontoüberziehung ans Licht kam?

Und was hatte ein Mitarbeiter der Vereinigung Volkseigener Betriebe Bauelemente und Vakuumtechnik mit Ruderbooten zu tun?

»Geht es dir nicht gut, Bodo? Du gefällst mir heute gar nicht.«, fragte Christa ihn am Abend.

»Es war ein anstrengender Tag. Ich glaube ich muss mir mal einen genehmigen. Willst du auch einen?«

»Na, selbstverständlich.«

Nach zwei unruhigen Tagen waren seine Bedenken gegenstandslos. Auf den Kontoauszügen waren die Transaktion zu sehen. Da sie nur ein Konto hatten, blieb ihm nun weiter nichts übrig, als Christa zu beichten.

»Also Bodo ich verstehe ja die Motive deiner Handlung, aber was ich nicht verstehe, ist dass du mir das an dem Abend nicht gleich gesagt hast. Hast du kein Vertrauen zu mir?«, war ihre Reaktion.

»Natürlich, aber ich weiß auch nicht, warum ich so gehandelt habe. Es tut mir leid.«

Kapitel 62

Die neue Leiterin der Abteilung Lohnrechnung, Knuf, informierte Bodo eines Tages darüber, dass sie durch einen Zufall auf Unregelmäßigkeiten bei der Gehaltsabrechnung gestoßen sei.

Um keinen Verdacht zu erregen, prüften die beiden über mehrere Tage, immer nach Arbeitsende, die Unterlagen. Der Verdacht, dass die Gruppenleiterin und ihre Stellvertreterin Abrechnungen manipuliert haben könnten, wurde zur Gewissheit. Nun erst informierte Bodo auch seine Direktorin. Die ließ sich die Beweise vorlegen, hinterfragte gründlich und dann meldete sie den Vorfall dem Bereich Sicherheit.

Noch am gleichen Tag wurden die beiden Frauen von der Volkspolizei am Arbeitsplatz festgenommen.

Mit Hilfe der fundierten Fachkenntnisse von Abteilungsleiterin Knuf, erlernte Bodo nun die Grundlagen, Zusammenhänge und Erfordernisse, die für eine ordnungsgemäße Gehalts- und Lohnabrechnung unabdingbar waren.

Beide hatten den Auftrag bekommen, den entstandenen Schaden zu ermitteln und darüber Stillschweigen zu wahren. Bodo dachte, die Kriminalpolizei würde den Fall übernehmen, aber da es sich um einen Schaden am Volkseigentum handelte, wurde ihnen Unterleutnant Krüger vom Ministerium für Inneres (MdI) zugeteilt.

Nachdem feststand, dass die Unterschlagungen schon über Jahre gingen und ein Gesamtschaden von mehr als 42.000 Mark nachgewiesen werden konnte, musste Bodo nun auch an den Verhören der beiden Täterinnen teilnehmen.

Ihn überkam ein seltsam ungutes Gefühl, als er das erste Mal mit Unterleutnant Krüger das Untersuchungsgefängnis im Polizeipräsidium in der Keibelstraße, am Alexanderplatz, betrat. Das metallisch klickende Geräusch der Stahlgittertüren, wenn sie hinter ihnen wieder ins Schloss fielen, erzeugte Gänsehaut auf seinem Rücken. Er fühlte sich selber wie weggesperrt. Die Verhöre brachten wenig. Beide Frauen beschuldigten sich gegen-seitig und stritten jedes eigene Fehlverhalten ab.

In der nichtöffentlichen Verhandlung vor dem Stadtbezirksgericht Friedrichshain wurde die Schuld der beiden festgestellt. Die Gruppenleiterin

Akel wurde mit zwei Jahren und vier Monaten Gefängnis bestraft und ihre Stellvertreterin Menzel, mit drei Jahren.

Bei der Urteilsverkündung begründete die Richterin das unterschiedliche Strafmaß damit, dass die Angeklagte Menzel, als Stellvertreterin des Parteigruppensekretärs der SED im Direktorat für Ökonomie und Mitglied der Betriebsgewerkschaftsleitung, in sehr hohem Maße gegen die geltenden Normen sozialistischer Moral und Ethik verstoßen und damit zusätzlichen gesellschaftlichen Schaden angerichtet hatte.

Bodo konnte diese Argumentation überhaupt nicht verstehen, denn nur weil die Menzel SED-Mitglied und in der BGL war, musste sie ein halbes Jahr länger ins Gefängnis. Er empfand die unterschiedliche Höhe des Strafmaßes, als im höchsten Maße ungerecht und willkürlich.

Die Rüge des Gerichtes über die mangelhafte Kontrolle innerhalb der Ablauforganisation bei der Anweisung von Gehaltsvorauszahlungen, die den Betrügereien Vorschub geleistet hatten, kam Bodo jedoch sehr gelegen.

Das war das entscheidende Druckmittel für die Erarbeitung eines betrieblichen Lohnprojektes mit Hilfe der EDV. Bis jetzt hatte sich der Fachbereich Rechentechnik (ZOR) gegen jeden Vorstoß Bodos, wegen angeblich fehlender Kapazitäten, erfolgreich zur Wehr gesetzt.

Nun hatte er die Unterstützung der Kombinatsleitung und nach zwei Jahren war es geschafft, aber es war ein schwerer, mühevoller Weg für Bodo gewesen.

Die Abteilung Lohnrechnung war dadurch schrittweise bis auf fünfzehn Mitarbeiterinnen geschrumpft. Die anderen waren in die Meisterbereiche zur Erfassung der Daten umgesetzt worden oder hatten den Betrieb verlassen.

Die wöchentliche Lohn- und die monatliche Gehaltsauszahlung erfolgte nun nicht mehr mit Hilfe von "Lohntüten", auf denen der Erhalt des Geldes quittiert wurde, sondern jeder Beschäftigte bekam an einem einheitlichen monatlichen Zahltag einen Abrechnungsbeleg darüber, welcher Betrag auf sein Spargirokonto überwiesen worden war. Hilfreich für Bodo war dabei auch, dass die "Berliner Sparkasse" schon seit langer Zeit eine Filiale im Betrieb hatte.

Es waren langwierige und zähe Verhandlungen gewesen, ehe die Sparkasse die erforderliche Kapazität an Konten für alle Beschäftigten des Betriebes zur Verfügung stellen konnte.

Das Kombinat Narva BGW wurde damit im Industriezweig Vorreiter bei der Rationalisierung der Lohn- und Gehaltsabrechnung durch die Nutzung moderner Rechentechnik.

Bodo brachte das im Betrieb aber nicht nur Zustimmung ein. Als von staatlicher Seite jedoch neue leistungsorientierte Entlohnungssysteme eingeführt wurden, gab es im Gegensatz zu anderen Betrieben, im BGW keine Probleme, weil die neuen Erfassungs- und Abrechnungsmodalitäten, kurzfristig durch die Anpassung im Lohnprojekt gelöst werden konnten

Das musste bis zum Ministerium durchgedrungen sein, denn eines Tages wurde Bodo zum Kombinatsdirektor Ries bestellt. Von dem erhielt er den Auftrag ein Referat auszuarbeiten, weil vom Ministerium eine Tagung zu diesem Thema anberaumt worden war.

Und so kam es, dass Bodo mit Kombinatsdirektor Ries und dem Direktor des Rechenzentrums, Professor Dr. Lehmann nach Dresden fuhr und im Abgeordnetensaal des dortigen Rathauses, vor den Fachleuten des Industriezweiges ihr Lohnprojekt erläutern musste.

In der anschließenden Diskussion stellte sich dann der Professor ins rechte Licht und vermittelte so den Eindruck, das Projekt wäre auf Initiative seines Rechenzentrums entstanden.

Bodo war das völlig egal, er war nur froh, dass er den Vortrag ohne stocken zu Ende gebracht hatte und dass wohl auch niemand zur Kenntnis nahm, wie verschwitzt er war.

Alle Fachdirektoren, Betriebsteilleiter und ausgewählte Bereichsleiter hatten einen Betrag aus dem betrieblichen Prämienfonds zur eigenen Verfügung, um Arbeitskollektive oder einzelne Werktätige für herausragende Aktivitäten am Arbeitsplatz oder bei der Planerfüllung, sofort mit einer Geldprämie auszeichnen zu können.

Bodo hatte in seinem Fonds einen zusätzlichen Betrag, der ausschließlich für einen Fußballspieler des 1. FC. Union zu verwenden war.

Pünktlich zu jedem Monatsbeginn, stand der nicht eben groß gewachsene Mittelfeldspieler im Sekretariat und Bodo übergab ihm persönlich den Scheck über 550 Mark, den er dann an der Betriebskasse einlösen konnte.

Seinen Lohn erhielt er zusätzlich, denn offiziell arbeitete er als Schlosser mit der Lohngruppe 8 im Betriebsteil Rationalisierung. Real tat er das aber nur in den Spielpausen der DDR-Oberliga.

Diese Transaktion war Vertrauliche Dienstsache (VD) und Bodo war gegenüber jedermann zu Stillschweigen verpflichtet, denn in der DDR gab es offiziell ja nur Amateursportler.

Später dann wurde die Verwendung der betrieblichen Prämienfonds, durch zentrale Beschlüsse, anders geregelt. Wer die Zusatzbesoldung fürs Fußballspielen danach angewiesen hat, wusste Bodo nicht und er wollte es auch gar nicht wissen.

Er lernte schnell, dass es nicht von Vorteil war, die Beschlüsse von Partei und Regierung in direkte Beziehung zur gesellschaftlichen Realität zu stellen und das auch noch zu äußern. Diese Erfahrung machte Bodo während der Diskussion in einer Arbeitsgruppe im MEE, als ihm der verantwortliche Abteilungsleiter, auf sein stetiges Nachfragen, die finale Suggestivfrage: »Sag mal, bist du nun für den Frieden, oder nicht?«, stellte.

Als verantwortlicher Leiter für die Durchführung des sozialistischen Wettbewerbs, wurde Bodo von der Abteilung Agitation der betrieblichen Parteileitung der SED beauftragt, im obligatorischen Parteilehrjahr für ausgewählte Leiter aus Produktion und Verwaltung, die Prinzipien der Lenin'schen Wettbewerbsführung zu erläutern.

Mit Hilfe der Literatur für Agitation zu diesem Thema, erarbeitete er sich ein Standardreferat, das er stetig durch die neuesten Beschlüsse des Bundesvorstandes der Einheitsgewerkschaft (FDGB) und der SED-Parteitage aktualisierte, ohne jedoch in irgendeiner Weise von der Notwendigkeit seiner Ausführungen überzeugt zu sein.

Das Arbeitskollektiv "Wilhelm Pieck", das Bodo leitete, versuchte schon seit Jahren, den Titel "Kollektiv der sozialistischen Arbeit" zu erringen.

Er widmete sich dieser Aufgabe etwas intensiver als seine Vorgänger und nach zwei Jahren wurden sie als erstes Kollektiv aus der Verwaltung, mit dem Titel ausgezeichnet. Neben Urkunde und Medaille erhielten sie auch eine ansehnliche Prämie für die Brigadekasse. Ihre guten Arbeitsergebnisse hatten sie vor allem durch kulturelle Aktivitäten ergänzt.

Durch die Betriebsgewerkschaftsleitung kamen sie an Eintrittskarten für gute Theaterstücke und Konzerte, die sie gemeinsam besuchten. Der Clou von allem war jedoch der Kegelabend im ersten und einzigen Bowlingzentrum der DDR. Das befand sich am Ende der Rathauspassagen, die im Zusammenhang mit der Umgestaltung des Alexanderplatzes und der Erbauung des Fernsehturmes entstanden waren.

Direktorin Lehmann, seit kurzem Mitglied der Volkskammer der DDR, erfüllte es mit besonderem Stolz, dass es nur in ihrem Direktorat ein Kollektiv gab, das mit diesem Titel ausgezeichnet worden war.

Bodo festigte damit auch seine Position im Leitungskollektiv des Direktorates, obwohl er als Einziger kein Parteimitglied war. Der Leiter des Bereiches Finanzen war auch nicht Genosse der SED, sondern Mitglied in LDPD, einer der Blockparteien des "Nationalrates der Nationalen Front der DDR". Man bezeichnete ihn deshalb scherzhaft auch als "Blockflöte".

Bodo nutzte den Höhenflug, in dem er sich befand, aus.

Er verabredete mit Horst Rex, aus dem Glühlampenwerk Oberweißbach, einen Vertrag zur Durchführung eines "Ökulei" (Ökonomisch-kultureller Leistungsvergleich) abzuschließen.

Sie waren sich sicher, dass die gesellschaftlichen Leitungen beider Betriebe den Vertrag bestätigen würden, denn damit konnte man an die übergeordneten Stellen einen weiteren Erfolg bei der Durchführung des sozialistischen Wettbewerbs, in der geforderten höheren Qualität, melden. Und sie wurden nicht enttäuscht, es fanden aber nur zwei "Ökulei" statt.

Der erste im September, von Donnerstag bis Sonnabend in Thüringen, mit einem Heimatabend im Fröbelturm und einer Rennsteig-Wanderung.

Der zweite, im Juni des darauffolgenden Jahres in Berlin, auch von Donnerstag bis Sonnabend, mit einem Besuch der Bowlingbahn und des Fernsehturms. Von dort oben konnten die Thüringer auch einen Blick auf West-Berlin und den Funkturm werfen.

Zu weiteren Treffen kam es nicht. Wahrscheinlich wegen Beschwerden von Mitarbeitern aus anderen Abteilungen, die die bezahlte Freistellung als Zusatzurlaub ansahen. Bodo wies das als Unterstellung zurück und berief sich auf geltende zentrale Beschlüsse, aber es wurde festgelegt, dass weitere "Ökulei" nur noch innerbetrieblich durchgeführt werden konnten.

Diese gemeinsame Aktion "Ökulei", die sie im Interesse ihrer Mitarbeiter initiiert hatten, führte aber auch dazu, dass sich zwischen Horst Rex und Bodo ein freundschaftliches Verhältnis entwickelte, das bis in den privaten Bereich ging.

Ab Mitte November eines jeden Jahres häuften sich die Beratungen der Fachbereiche des BGW, mit denen, aus den vier anderen Kombinatsbetrieben.

Den einen ging es hauptsächlich um die Weihnachtseinkäufe in Berlin. Die anderen waren an Weihnachtsbaumbeleuchtung, Ersatzkerzen und Partyleuchtketten aus Oberweißbach, sowie an H4-Autolampen aus Plauen oder farbige Leuchtstoffröhren aus Brand-Erbisdorf interessiert. Die Kollegen vom Glühsockelwerk Tambach-Dietharz brachten begehrte Folklorewaren, wie Nussknacker und Christbaumschmuck, aus den heimischen Manufakturen, mit.

Das war auch die Zeit in der die Gewerkschaftsvertrauensleute aus den Arbeitskollektiven Namenslisten aufstellten und im Bereich Versorgung des Direktorates für Ökonomie abgaben.

Danach wurde dort, je nach Zulieferungsumfang, die Pro-Kopf-Anzahl an Südfrüchten festgestellt und an die Kollektive ausgegeben, wo sie dann, während der Arbeitszeit gegen Unterschrift von den Gewerkschaftsvertrauensleuten verkauft wurden. Bodo gab seinen Anteil regelmäßig einer Kollegin, die vier Kinder hatte.

Sie selber hatten zu Hause keinen Mangel an diesen Dingen. Ursel versorgte sie mit Südfrüchten, Kaffee, Kakao, Zahnpasta und Schokolade für die Kinder. Kosmetik kam, sehr zur Freude von Christa, von Uschi Burri, die in einer der Filialen der Parfümerie Douglas arbeitete.

Später besorgten sie sich die Sachen auch selber im Intershop, wenn der Besuch D-Mark dagelassen hatte.

Als man dann jedoch, als Ost-Berliner, sein Westgeld in "Forum-Schecks" um-tauschen musste, um damit im Intershop einzukaufen zu können, überließen sie den Einkauf den Westberlinern, wenn sie von da Besuch bekamen.

Einmal hat Bodo so getan, als wäre er Westberliner, aber irgendetwas hatte ihn wohl verraten oder es war der geschulte Blick des Verkaufspersonals, denn beim Bezahlen sollte er sein Personaldokument vorlegen. Bodo nahm sein Westgeld schnell wieder an sich und verließ den Shop mit rotem Kopf. Draußen hörte er sich dann die Standpauke von Christa an.

Kapitel 63

Schon in der Medizinischen Gerätefabrik musste sich Bodo immer wieder gegen die Aufforderungen, Mitglied der betrieblichen Kampfgruppe zu werden, zur Wehr setzen.

Eine klare Absage hätte seiner Karriere geschadet. Also schob er erst das Abendstudium und später gesundheitliche Gründe vor.

Letzteres hatte ihm Herbert Fischer bei einem Kneipenbesuch mit den folgenden Worten, wärmstens ans Herz gelegt:

»Bodo, du musst dir eine Krankheit anschaffen und dieses Leiden mit dem größten Bedauern als Grund angeben. Dabei darfst du aber nicht übertreiben, sondern zu erkennen geben, dass du nach Heilung deiner Beschwerden, selbstverständlich diesem Haufen bekloppter Friedenskämpfer beitreten wirst. Haste verstanden? Und nun bestellst'e für diesen zukunftsweisenden Ratschlag eines erfahrenen Mannes, für uns noch'en Bier mit "Kompott", aber Doppelte.«

Bodo brauchte nichts zu erfinden. Er konnte sich nicht erklären, woher diese Beschwerden kamen. Er nahm an, von den Belastungen des Abendstudiums.

Er litt unter vegetativer Dystonie mit vasomotorischen Störungen. Organisch war er gesund, das hatten alle Untersuchungen eindeutig ergeben, aber plötzlich bekam er Herzrasen begleitet von Vernichtungsgefühlen, einen Herzinfarkt zu bekommen.

Mit seinen Beschwerden war er in der Betriebspoliklinik des BGW in Behandlung. Die Diagnosennummer der Erkrankung stand in seinem Versicherungsausweis, den man bei jedem Arztbesuch vorlegen musste.

Gleichzeitig diente der Ausweis dazu, die jährlichen Krankenversicherungsbeiträge, Urlaubs- und Ausfallzeiten, sowie die ausgeübte Tätigkeit mit der dazu gehörenden Lohn- oder Gehaltsgruppe, im jeweiligen Beschäftigungsbetrieb, zu erfassen. Ein sehr komplexes Dokument also.

Man schickte ihn zur Kur und ins "Haus der Gesundheit" in der Karl-Marx-Alle e am Alex, zur Teilnahme an Kursen für "Autogenes Training" in einer neu eröffneten psychiatrischen Fachabteilung.

Damit hatte er sich den Status "gering belastbar" gesichert und war für den Einsatz als Kampfgruppenmitglied, gesundheitlich nicht geeignet. Das schützte ihn aber nicht davor, an anderer Stelle herangezogen zu werden.

Zur Unterstützung der Sicherung der Einsatzbereitschaft wurde Bodo nun ein- bis zweimal im Jahr, als Wachdienstverantwortlicher eingesetzt, wenn durch Übungen oder andere Ereignisse kein Mitglied der Kampfgruppeneinheit zu Verfügung stand.

Der Dienst begann am Freitag nach Arbeitsende und ging bis Montag zu Arbeitsbeginn. Das Wachzimmer war ein düsterer Raum im Parterre, wo früher vier Mitarbeiterinnen der Bruttolohnrechnung ihren Arbeitsplatz hatten.

Feldbett, Tisch, zwei Stühle, eine Elektrokochplatte, Radio und Fernsehgerät mit schlechtem Empfang, sowie Verpflegung, wie sie vielleicht auch bei Militärmanövern zum Einsatz kam.

Bei Dienstantritt wurde er "vergattert" und bekam einen versiegelten Umschlag, sowie die Regularien für den Ernstfall übergeben.

Auf dem Schreibtisch standen zwei Telefone. Das eine war rot und ohne Wählscheibe und das andere ohne Apparatnummer.

Im Alarmfall wurde man über das rote Telefon angerufen und musste im Wachbuch nachsehen, mit welchem Codewort man auf das durchgesagte zu antworten hatte. Dazu musste das Siegel zerbrochen und der Umschlag geöffnet werden. Auf einer innen liegenden Karte, war das Kennwort fett ausgedruckt.

Danach erhielt man den Auftrag, ein bestimmtes, von mehreren verschlossenen Kuverts, zu öffnen, die darin aufgeführten Telefonnummern anzurufen, und nur die Meldung "Alarm" durchzugeben.

Bodo hatte dreimal das "Vergnügen", das Wochenende so zu verbringen. Der Alarmfall ist nie eingetreten. Nach einiger Zeit wurde diese Tätigkeit eingestellt und von einem sogenannten "Sektor 1" übernommen.

Eine Abteilung, die im betrieblichen Strukturplan nicht vorhanden war und damit auch das Lohnprojekt nicht berührte. Wem die vier Mitarbeiter unterstanden und woher sie ihr Gehalt bekamen, wusste Bodo nicht, aber er konnte es sich denken.

Als er Christa mitteilte, dass er im nächsten Monat zu seinem ersten Wochenendwachdienst eingeteilt war und ihr die Umstände erklärte, war er über ihre Reaktion doch sehr überrascht, weil er sich in diesem Fall nun wirklich keiner Schuld bewusst war.

»Ach, da hat sich der Herr ja wieder was Feines ausgedacht. Wochenenddienst, ohne Telefon und sonstigen Kontakt. Hältst du mich für blöd oder was? Fährst du weg oder bleibst du hier in Berlin?«

»Wovon redest du denn? Soll ich mir einen Entschuldigungszettel geben lassen, weil meine Frau denkt ich lüge?«

»Ach Bodo, hör auf. Langsam habe ich die Faxen dicke mit dir.«, schrie Christa ihn an und knallte die Tür hinter sich zu.

Kurz darauf kam Katrin und fragte: »Papa, was ist denn los? Hat Mutti sich weh getan, sie weint ja?«

»Nein, Katerchen, es ist alles in Ordnung mit Mutti.«, er nahm sie auf den Schoß und versuchte sie abzulenken.

Bodo wollte nun auch Klarheit. Am Sonnabend seines Einsatzes ging er abends nach oben in sein Büro, zu dem er, wie einige andere Leiter auch, einen eigenen Schlüssel hatte und rief zu Hause an.

Es war besetzt.

Nach zwei Stunden versuchte er es wieder. Immer noch das Besetztzeichen. Christa war nicht zu Hause und hatte den Telefonstecker herausgezogen, weil die Kinder bei Anrufen nicht geweckt werden sollten.

Auf seine Frage, was sie am Wochenende so ohne ihn angestellt hätte, antwortet sie ohne zu zögern: »Na, was soll ich schon gemacht haben, ferngesehen und früh ins Bett gegangen.«

Bodo nahm sich vor, ihr das bei der nächsten passenden Gelegenheit, zu seiner Verteidigung, unter die Nase zu reiben.

Das kulturelle Leben, soweit man davon reden konnte, spielte sich überwiegend im Rahmen kollektiver Theaterbesuche oder anderer Veranstaltungen ab.

Wenn, dann waren Christa und Bodo gemeinsam mit Freunden nur an den Wochenenden zusammen.

Im Sommer meistens auf den Datschen von Thiel's oder Hassinger's. Im Winter wurden reihum Privatpartys gefeiert oder es wurde Canasta gespielt.

Vor kurzem waren sie mit Wietschi und ihrem neuen Freund im Kabarett "Die Distel" in der Friedrichstraße gewesen. Norbert Heim war Korvettenkapitän bei den Seestreitkräften und hatte die Karten besorgt.

Die unterschiedlichen beruflichen Tätigkeiten führten in zunehmendem Maße dazu, dass die früher so intensiv geführten Gedankenaustausche zwischen ihnen immer mehr verflachten und in Streitereien ausarteten.

»Warum ziegelst du dich denn so auf?«

»Das Bier steht ja schon da, für das so wichtige Fußballspiel nachher. Ich gehe, wie immer am Mittwoch zum Damenkränzchen, zu Wietschi.«

»Ach ja, seitdem sie da im Hochhaus in der Schillingstaße wohnt, ist das ja zur Gewohnheit geworden. Läufst du von der U-Bahn erst bis zur Wohnung oder trefft ihr euch gleich vorne am "Cafe Moskau".«

»Ich finde das nicht witzig, Bodo.«

»Ich auch nicht, und weil wir gerade dabei sind, wann geht's denn wieder mit Marianne und Brigitte um die Häuser? Ist ja fast schon wieder zwei Wochen her.«

»Was willst du eigentlich? Weder Arno, Peter oder du haben Lust, mal mit uns tanzen zu gehen. «

»Ich will ja nicht unhöflich sein, aber in eurem Alter...«

»Halte bloß die Klappe, Bodo. Denkst du etwa ich bin blöd? Deine Versuche Lippenstift und Wimperntusche von den Oberhemden zu entfernen sind recht stümperhaft und was mir sonst noch so beim Wäschewaschen auffällt, da möchte ich nicht schon wieder drüber reden, weil ich es hasse, mir deine blöden Erklärungen und Ausreden anzuhören. So, nun haste mich für den heutigen Abend richtig in Stimmung gebracht.«

Christa verließ grußlos die Wohnung und Bodo war froh, dass er sich nicht wieder diesen hochnotpeinlichen Befragungen stellen musste.

Er konzentrierte sich auf das Fußballspiel, das schon begonnen hatte.

Katrin war nun Schulkind. Dirk hatte die Jugendweihe hinter und noch zwei Schuljahre vor sich.

Sicher war nur, dass er seine Berufsausbildung im BGW bekommen würde.

Bei der Tauglichkeitsuntersuchung für die vorgesehene Ausbildungsrichtung "Werkzeugmacher" im Betriebsteil Rationalisierung, wurde eine Fehlsichtigkeit festgestellt, die das räumliche Sehen soweit einschränkte, dass eine Tätigkeit an rotierenden Maschinen unmöglich war.

Nun blieb nur noch eine kaufmännische Ausbildung. Das Problem, welches sich anschloss, lag darin, dass ein vorgesehenes Studium an der Fachhochschule für Maschinenbau und Elektrotechnik des MEE, in der Lichtenberger Marktstraße, nicht mehr möglich war, denn als Angestellter, gehörte er nicht zur Arbeiterklasse.

»Ich will nicht so einen Mädchenberuf. Die lachen ja alle, wenn sie das hören.«, maulte Dirk.

»Anders geht das aber nicht. Ich werde mich erkundigen, wie du trotzdem zum Studium kommst.«

»Wie kannst du denn so was sagen und dem Jungen Hoffnung machen.«, sagte Christa, nachdem Dirk das Zimmer verlassen hatte.

»Sei doch nicht immer so und warte ab. Ich habe heute mit Gärtner gesprochen, das ist der Leiter unserer Betriebsberufsschule. Und jetzt
kommt's, es gibt einen Weg…«

»…und welchen? Nun mach es doch nicht so spannend. Du hast manchmal eine Art, die kann einen in den Wahnsinn treiben.«

»Na, weil es nicht so einfach ist. Es geht nur über die NVA und das drei
Jahre.«

»Dann muss er da durch, schließlich ist es seine Schuld, dass er es nicht
zum Abi geschafft hat und wir hätten jetzt nicht dieses Theater.«

So einen ähnlichen Satz hatte Bodo noch in Erinnerung, damals, als es
um eine Lehrstelle für ihn gegangen war. Er sagte aber nichts, sondern er
besprach mit Christa die Vorgehensweise, wie sie Dirk in der Folgezeit,
langsam auf seine Zukunft in der Armee vorbereiten wollten.

»Aber jetzt noch was zur Entspannung. Als ich vorhin mit Gärtner
gesprochen habe, hat der mir ein Ding erzählt, du glaubst es nicht, aber es
passt zum Thema Bildung. Wills'te auch einen?«

Christa nickte und steckte sich eine Zigarette an, während Bodo die Flasche und die Cognacschwenker aus der Bar holte.

Nachdem er sich auch noch eine Flasche Bier aus der Küche geholt
hatte, erzählte er, dass ihm Gärtner einen Fragebogen von einer Auszu-
bildenden gezeigt hatte, auf dem neben anderen Fragen, auch die Berufe
der Eltern anzugeben waren. Da bei der Frage nach dem Namen des
Vaters "kenn ick nich" eingetragen war, konnte nun auch nur die Frage
nach dem Beruf der Mutter beantwortet werden und da stand wörtlich zu
lesen: "jetnen".

Und auf seine Frage, 'Was ist das denn für ein Beruf? Davon habe ich ja
noch nie was gehört.', hatte Gärtner geantwortet, dass es ihm damals
genauso gegangen war. Er hat das Mädchen dann gefragt und die hätte
ganz empört geantwortet: 'Na, die jeht nähn, bei "Fortschritt" inne
Hosenabteilung, da anne Greifswalder Straße'.

»Und da stand wirklich in einem Wort "jot-e-te-än-e-än"?«, buchsta-
bierte Christa lachend, »Ach, das gibt es doch gar nicht. Bodo du willst
mich verkohlen.«, sie konnte sich vor Lachen gar nicht beruhigen.

Kapitel 64

Ursel hatte sich von Dieter getrennt. Im Gegensatz zu seinen Eltern, kam das für Bodo überraschend.

Später erklärte ihm seine Schwester ihre Beweggründe für die Scheidung. Nicht nur, dass Dieter immer mehr dem Alkohol zusprach, es gab ständig Auseinandersetzungen darüber, dass Ursel als Meisterin mehr verdiente, als er auf dem Bau.

Bodos Eltern waren nun beide Rentner. Obwohl die Gesetze der DDR das zuließen, wollten sie nicht nach Westberlin ausreisen.

Bei ihren Besuchen dort, kam ihnen alles »...so hektisch und fremd vor.«, wie seine Mutter einmal sagte.

Aber Ursel blieb aktiv und besorgte ihnen eine Wohnung in einer neuerbauten Seniorenanlage in der Weddinger Schulstraße.

Im September 1977 dann reisten Bodos Eltern nach Westberlin aus. Sie waren ausgebürgert worden und nun Bürger der BRD.

Kurz darauf wurde Bodo in das Direktorat für Kader und Bildung bestellt. Neben Direktor Teschke war noch der Genosse Worms vom "Sektor 1" anwesend.

»Bodo, es geht um deine VVS-Verpflichtung. Nachdem deine Eltern unsere Republik verlassen haben, ist es erforderlich, dass du dich verpflichtest, jeden Kontakt mit ihnen abzubrechen.«

Im ersten Moment dachte Bodo er hätte sich verhört, dann wurde ihm klar, um was es ging.

»Ich habe keinen Zugriff auf "Vertrauliche Verschlusssachen" (VVS). Ich bekomme nur "Vertrauliche Dienstsachen" (VD) und deshalb habe ich auch kein Siegel für meinen Stahlschrank. Aber unabhängig davon, würde ich den Kontakt zu meinen Eltern nie abbrechen, die jetzt bei meiner Schwester in Westberlin sind.«

»Moment mal,« mischte sich jetzt Genosse Worms ein, »du hast eine Schwester in Westberlin? Seit wann denn?«.

Er blätterte nervös in einer Akte.

»Die wohnt schon immer da. Ich bin damals noch zur Schule gegangen, so um 1950 etwa. Sie heißt Wendler, Ursula Wendler.«

»Genosse Teschke, ich glaube an der Stelle können wir das Gespräch mit dem Kollegen Klann beenden.«

Damit war Bodo entlassen. Im rausgehen hörte er, wie zwischen den beiden Genossen ein erregter Disput begann.

Es traf ihn wie ein Schock. Seine Mutter rief weinend an und erzählte etwas von Ursel und einer Operation.

»Was ist denn los? Ich kann dich nicht verstehen. Ist Ursel etwas passiert? Was ist denn bloß los?«

Dann kam sein Vater ans Telefon und erzählte ihm, dass man bei Ursel einen Hirntumor diagnostiziert hatte und sie umgehend operiert werden müsste.

»Aber als ihr letztens hier wart, da war doch noch alles in Ordnung...«

Als Christa ins Zimmer kam, saß Bodo im Sessel und hatte das Telefon immer noch vor sich auf dem Knie.

»Wer hat denn angerufen?« Bodo erzählte.

Christa stellte das Telefon weg, setzte sich auf seinen Schoß und umarmte ihn, ohne etwas zu sagen.

Das Testat des Krankenhauses, über die lebensbedrohende Erkrankung seiner Schwester, gab Bodo in der Kaderabteilung ab.

Dort musste geprüft werden, ob der Betrieb Einwände gegen die Erteilung einer Genehmigung zur Ausreise aus der DDR, nach West-Berlin, wegen einer "dringenden Familienangelegenheit", hatte.

Der Vorgang fiel in den Aufgabenbereich der Genossin Fänger. Die hatte den Ruf, beleidigt darüber zu sein, dass ihr das mit dem Sozialismus nicht selber eingefallen war.

Und so benahm sie sich auch, als Bodo am nächsten Tag das bestätigte Schriftstück bei ihr wieder abholte. Sie tat so, als hätte Bodo ein Staatsverbrechen begangen, das sie nun tolerieren musste.

Mit zwei Passbildern und dem bestätigten Dokument musste Bodo ins Polizeipräsidium zur "Abteilung für besondere Ausreiseangelegenheiten". in die Keibelstraße.

Nachdem er das obligatorische Formular ausgefüllt hatte, bekam er die Auskunft, in zwei Tagen wieder vorzusprechen.

Bodo war pünktlich da und musste trotzdem noch fast drei Stunden warten.

Dann erhielt er seinen blauen Reisepass und die Information, damit ins das "Haus des Reisens", gleich um die Ecke zu gehen und sich 10 Mark in 10 DM umzutauschen.

Am Abend bestaunte die Familie den Reisepass und am nächsten Tag, in aller Frühe, fuhr er zur Friedrichstraße.

Von dort gelangte er durch den "Tränenpalast" und die Kontrollen auf die Westseite des S-Bahnhofs, wo ihn seine Mutter schon erwartete.

Die Strecke, die sie fuhren, kannte Bodo noch von früher.

Seine Mutter redete ununterbrochen auf ihn ein. Bodo hörte zu und antwortete intuitiv. Ihn interessierte mehr, was er durch das Wagenfenster sah bzw. was er zu sehen erwartete. Er war enttäuscht, es hatte sich nichts verändert. Es waren die gleichen S-Bahnzüge und die noch verkommender aussehenden S-Bahnhöfe "Lehrter-Bahnhof" und "Bellevue", die sie passierten. Was auffiel war, dass das Abteil nur mit den wenigen Leuten besetzt war, die Friedrichstraße zugestiegen waren. Die Bahnhöfe waren menschenleer und die Häuserfassaden an denen sie vorbeifuhren, sahen auch noch fast so aus, wie damals vor dem Mauerbau.

Das änderte sich aber schlagartig, als sie am Bahnhof "Zoologischer Garten" ausstiegen. Hier war ein Menschengewimmel, nicht nur auf den Fernbahnsteigen, sondern auch auf den Treppen, hinunter zur U-Bahn.

Da fiel Bodo wieder ein, dass er im RIAS gehört hatte, dass die S-Bahn in Gesamtberlin von der DDR betrieben wurde und die Westberliner, aus Protest wegen der Mauer, die S-Bahn boykottierten.

Im U-Bahnwagen sah er dann das Streckennetz der Westberliner BVG und schlagartig wurde ihm bewusst, dass es bei ihnen, im Osten nur zwei kurze U-Bahnlinien gab, die von "Pankow" zum "Thälmannplatz" und die vom "Alexanderplatz" zum "Tierpark Friedrichsfelde".

In Ostberlin fuhren überwiegend Busse und Straßenbahnen. In Westberlin war der Straßenbahnbetrieb schon seit einiger Zeit eingestellt worden, das wusste Bodo.

Am Empfang im Krankenhaus erfuhren sie, dass Ursel nicht mehr auf der Intensivstation lag.

»Na, das ist doch mal eine gute Information.«, sagte Bodo erleichtert.

Ursel saß mit einem dicken Kopfverband im Bett und winkte ihnen strahlend zu, als sie das Zimmer betraten,

Seine Mutter hatte ihm zwar auf der Herfahrt alles erklärt, aber Bodo war durch die Eindrücke abgelenkt gewesen und wusste überhaupt nicht in welchem Stadtbezirk sie sich befanden.

Fahrgeld musste er nicht bezahlen. Er brauchte nur seinen Reisepass vorzeigen, als sie auf der Rückfahrt in den Doppelstockbus einstiegen, der so viel moderner aussah. Und auch der Abgasgeruch war ein anderer, als der, den er kannte.

Bodo wollte nach oben, um einen besseren Überblick zu haben. Überall war Leben auf den Straßen und nicht nur Menschen, sondern auch der Autoverkehr. Die vielen Geschäfte und Warenhäuser. Hier war ja am Tage mehr los, als in der Schönhauser Allee oder am Alex zur Berufszeit, wenn die Menschen von oder zur Arbeit strömten.

Bodo erlebte so etwas wie einen Kulturschock.

Jetzt wurde ihm auch das Verhalten von "Hühnerhugos", bei ihrem letzten Besuch, klar.

Bodo hatte den Vorschlag zu einem Spaziergang gemacht, um Karin und Gerhard den neugestalteten Alexanderplatz mit dem Fernsehturm", dem Centrum-Warenhaus" und dem "Hotel Berlin" zu zeigen.

Sie liefen auch durch die Rathauspassagen und die Karl-Liebknecht-Straße mit ihren Geschäften.

Im "Gastmahl des Meeres" an der Ecke Spandauer Straße, hatte Bodo, über "Beziehungen", einen Tisch bestellt, denn normalerweise stand immer eine lange Schlange vor dem HO-Lokal und Bodo wollte sich nicht blamieren.

Nach dem Essen gingen sie über die Spreebrücke, Richtung Dom und Bodo zeigte ihnen den "Palast der Republik", der jetzt da stand, wo ehemals das Schloss gestanden hatte.

Gerhard zeigte jedoch mehr Interesse an der Museumsinsel, dem Zeughaus und anderen historischen Gebäuden, in der Straße Unter den Linden.

Vor der "Neuen Wache" fand gerade ein Wachwechsel der NVA statt. Das entlockte Gerhard die Bemerkung: »Zackig, zackig, kommt mir noch irgendwie bekannt vor.«

Heute wusste er, dass es vielleicht Höflichkeit oder auch Sprachlosigkeit war, warum sich weder Karin noch Gerhard, näher zu dem Gesehenen äußerten.

Das "Zentrum der Hauptstadt der DDR" musste auf die beiden geradezu lächerlich gewirkt haben.

Damals hatte er sich über die Achtlosigkeit mächtig geärgert und gegenüber Christa später geäußert: »Die werden auch immer eingebildeter, diese Westberliner. Nur weil sie Westgeld haben, denken sie, dass wir hier am

261

Arsch der Welt leben.«

Seine Mutter unterbrach seine Gedanken.
»Bodo, wir müssen raus. Umsteigen in die U-Bahn.« Sie fuhren bis zur Station "Nauener Platz."

Bodo hatte die Annahme, dass seine Eltern in einer Anlage aus Plattenbauten wohnten, damals aufgegeben, als er die ersten Fotos gesehen hatte, die seine Eltern mitgebracht hatten. Doch die Realität übertraf seine Vorstellungen.

Mitten in der etwas tristen Schulstraße war der Eingang zu einer parkähnlichen Anlage mit modernen, sechsgeschossigen Wohnblocks, die sich bis zur Seestraße hinzog.

Die Balkongitter und Hauseingänge hatten unterschiedliche Farben. Es gab eine Minigolfbahn und im Garten sprudelte ein kleiner Springbrunnen.

In der Wohnung fiel Bodo als erstes auf, dass die Armaturen alle verchromt waren und die Spüle in der Küche war aus Nirostastahl.

Zu Hause bei ihnen, in ihrer modernen AWG-Wohnung, waren alle Armaturen und der Toilettenspüler aus Plaste und die Spüle war weiß emailliert.

»Könnt ihr euch denn so was leisten?«, fragte Bodo als er alles gesehen hatte.

»Wir haben unser Leben lang gearbeitet und bekommen nun durch das Fremdrentengesetz eine gute Rente. Davon hätten wir im Osten nur träumen können.«, antwortete ihm sein Vater.

Später brachten seine Eltern, nach und nach, vom Hausmeister reparierte Armaturen und sogar ein Spülbecken mit, das Bodo von Kietzmann einbauen ließ. Dabei konnte der sich die Bemerkung: »Na, ihr müsst es ja haben.«, nicht verkneifen.

Das gab ihnen so ein Gefühl von Wohlstand, weil sich später dann, auch andere aus ihrem Freundeskreis, ähnlich äußerten.

Am nächsten Tag schickten ihn seine Eltern zum Rathaus Wedding in die Müller Straße.

»Was soll ich denn da?«, fragte Bodo erstaunt.

»Da kriegst du deine 30 DM "Begrüßungsgeld".«

»Ach, ich auch? Ich dachte das bekommen nur Ostrentner. Das ist ja prima.«

Sein Vater erklärte ihm den Weg und sagte, sie würden später nachkommen, denn es würde ein Weilchen dauern.

Und das tat es auch, aber Bodo wurde es nicht langweilig. Zum ersten Mal sah er ein Fahndungsplakat der RAF im Original und er las in einer Ausgabe des "Spiegel" etwas über das Buch "Die Alternative" von Bahro, einem ehemaligen SED-Mitglied, der jetzt wegen seinem Buch im Knast saß.

Bodo verstand wenig von dem, was er da las. Eines war ihm aber klar, so ging es nicht, wie Bahro meinte, die DDR zu verändern. Vielleicht lag es auch daran, dass es nur Ausschnitte aus dem Buch waren.

Nachdem seine Eltern eingetroffen waren, besuchten sie Ursel im Krankenhaus. Bodo hatte den Eindruck, dass es ihr heute schon wieder besser ging, als gestern.

Als sie wieder zurück in der Müller Straße waren, aß Bodo das erste Mal in seinem Leben bei einem "Chinesen" zu Mittag. Die Ausstattung des Lokals machte einen gewaltigen Eindruck auf ihn, so etwas hatte er noch nicht gesehen.

Auf dem Rückweg gingen sie zu "Karstadt", am Leopoldplatz.

Das "Centrum-Warenhaus" am Alex, hatte die gleiche Größe, aber das war aber auch alles an Ähnlichkeit. Das Angebot hier erschlug Bodo förmlich. Er kaufte vom "Krabbeltisch" etwas für Christa und die Kinder.

Seine Mutter spendierte ihm ein grünes Cord-Sakko mit aufgenähten Lederecken an den Ellenbogen, modische Hosen und passende Schuhe dazu.

Bodo war so aufgeregt, dass er am liebsten sofort nach Hause gefahren wäre, um alles zu zeigen und zu berichten.

Seine Mutter hatte aber angefangen zu weinen, als sie sich über die wietere Zukunft von Ursel unterhielten. Das hielt ihn zurück. Es fing schon an zu dämmern, als er sich auf den Heimweg machte.

Seine Eltern brachten ihn noch zum "Nauener Platz", von wo er mit der U-Bahn bis "Leopoldplatz" fuhr. Dort stieg er um, in die Linie 6 Richtung "Alt-Mariendorf".

Die Stationen "Wedding" und "Reinickendorfer Straße" kannte Bodo noch von früher.

Danach fuhr der Zug ohne Halt durch die Stationen, die unter dem Ostsektor lagen. Es war gespenstisch. Die Bahnhöfe lagen im Halbdunkel, aber er konnte schemenhaft die Schilder "Nordbahnhof" und "Oranienburger Tor" erkennen, ebenso die bewaffneten DDR-Grenzer.

Für ihn war das bedrückend. Die anderen Fahrgäste schien das aber überhaupt nicht zu berühren.

An der Station "Friedrichstraße" hielt der Zug dann, und zu seiner Verwunderung stiegen eine Menge Leute aus. Die gingen aber überwiegend nicht zu den Aufgängen mit der Aufschrift "Grenzübergang", sondern zu einem relativ großen "Inter-Shop", kauften dort ein und fuhren entweder mit dem nächsten Zug weiter oder warteten auf einen, der sie wieder zurückbrachte.

Bodo kaufte von dem übriggebliebenen Westgeld für Martha Kaffee und Zigaretten.

Als er die Treppen von der U-Bahn zum Tränenpalast hochging, fiel ihm auf, was er im Westen nicht gesehen hatte, Uniformen.

Aber jetzt waren sie wieder gegenwärtig, die vielen Uniformierten. Doch es störte ihn ebenso wenig wie das schäbige, dunkle Ambiente, das ihn draußen empfing, nachdem er die Ausreisekontrollen hinter sich hatte.

Im Gegenteil, er hatte das Gefühl wieder zu Hause zu sein. Hier war ihm nichts fremd. Er fühlte sich auch wieder sicherer und sein Selbstwertgefühl kehrte zurück.

»Ach weißte Bodo, manchmal kannst du richtig nett sein.«, sagte Christa nach dem er ihr die Sachen für ihre Mutter gegeben hatte und küsste ihn flüchtig.

»Das ist doch normal, ich bin eben ein guter Mensch.«, flachste er, »Aber ich verstehe immer noch nicht so richtig, warum deine Mutter nicht selber mal nach drüben fährt und ihre Schwester Ite besucht. Jetzt, wo auch Heinz Schüßler nach seiner Berentung mit Frau und Kind ausgereist ist, wohnen doch, bis auf die in Wandlitz, alle ihre Verwandten im Westen.«

»Nein, nicht schon wieder, Bodo. Das hatten wir doch nun schon mehrere Male. Sie will bei unserer betuchten, aber geizigen Verwandtschaft nicht als Bettlerin dastehen. Das erste und letzte Päckchen von Tante Ite hat sie vergangene Weihnachten bekommen. Irgendwie kann ich meine Mutter verstehen.«

»Eine komische Familie seid ihr aber auch.«

Am nächsten Tag musste Bodo wieder ins Polizeipräsidium zur "Abteilung für besondere Ausreiseangelegenheiten" um seinen Personalausweis abzuholen.

Ihm wurde mitgeteilt im Wartebereich Platz zu nehmen. Außer ihm, warteten nur wenige Leute. Dann knackte es im Lautsprecher: »Bürger Klann, Zimmer 437!«

Das Zimmer war karg eingerichtet. An einem Tisch, ihm gegenüber, saß eine Frau mittleren Alters in einer nagelneuen Offiziersuniform der Volkspolizei. Ihre Fragen kamen knapp und drehten sich um seinen Eindruck über den Aufenthalt in Westberlin und was er unternommen hätte, ob er Presseerzeugnisse gelesen hatte und wenn ja, welche.

Seine "Bahro-Lektüre" verschwieg er selbstverständlich. Bei seinen Antworten musste sich Bodo einmal wohl etwas humorig geäußert haben, denn er wurde von der Genossin mit: »Wir machen das hier nicht zum Spaß, Bürger Klann!"«, schroff zurechtgewiesen.

Bodo war froh, als er mit seinem Ausweis das ungastliche Haus verlassen konnte.

Für die Ausreisegenehmigungen zum 65. Geburtstag seiner Mutter und zum 70. seines Vaters, musste er dieses unwürdige Prozedere noch zweimal ertragen.

Danach übernahmen die zuständigen Volkspolizeidienststellen in den Wohngebieten die "Reisepasserteilung".

Für den Sommer hatte Bodo seine Schwester eingeladen, mit ihnen in Thüringen den Urlaub zu verbringen.

Horst Rex hatte in Unterweißbach Zimmer besorgt und über den ansässigen Feriendienst des FDGB die Versorgung gebucht. Wie er das gemacht hatte, war Bodo nicht klar und eigentlich auch egal.

Sie verbrachten zehn erholsame Tage miteinander. Ursel blühte richtig auf und man merkte ihr an, wie froh und glücklich sie war, mit den Kindern zusammen zu sein.

Nach dem Urlaub erzählte ihm seine Schwester, bei einem Besuch, dass sie wohl invalidisiert werden würde.

Etwas später dann, gab sie ihre Wohnung auf und zog zu den Eltern. Die hatten für sie ein Gästeappartement in der Wohnanlage gemietet, wo sie nur schlief, denn tagsüber wurde sie von den Eltern betreut.

Mit der Berentung war auch ihr Arbeitsverhältnis beendet und sie erhielt von ihrer Firma eine Abfindung.

Bodo sah seine Schwester das nächste Mal zum 65. Geburtstag ihrer Mutter wieder.

Ursel hatte sich schon so stark verändert, dass Bodo erschrak.

Sie konnte Bodo aber noch selber mitteilen, dass die Eltern 5000 DM von ihrer Abfindung für ihn verwahrten.

Im Jahr darauf, zum 70. Geburtstag seines Vaters, war sich Bodo nicht mehr sicher, ob ihn Ursel überhaupt noch erkannt hatte.

Dass Mitarbeiter beim Ausscheiden aus dem Arbeitsverhältnis eine Abfindung erhielten, war für Bodo neu und überraschend.

Bis jetzt hatte er über die politische Agitation immer nur von Ausbeutung und Rechtlosigkeit der Arbeiter und Angestellten in der BRD gehört.

Und nun hatte seine Schwester mit ihrem krankheitsbedingten Ausscheiden aus der Firma, eine Abfindung von mehr als 10.000 DM erhalten.

Er nahm sich vor, nicht weiter darüber nachzudenken, denn das wäre für die Bewältigung seiner Aufgabenstellung auch wenig hilfreich gewesen.

Kapitel 65

Obwohl er vorbereitet war, kam es doch überraschend. Günter Geister hatte ihm gegenüber, schon vor längerer Zeit einmal geäußert, wie sehr es ihn erstaunen würde, dass Bodo in seiner Position noch immer nicht SED-Mitglied war.

»Vielleicht hängt das mit dem Altersproblem zusammen. Es gibt zu wenig junge Genossen. Aber die kommen noch auf dich zu, Bodo, davon kannst du ausgehen.«

Und so kam es auch.

»Bodo, bleib mal noch. Ich muss etwas mit dir bereden.«, sagte seine Direktorin zum Ende der wöchentlichen Dienstberatung.

Im Ergebnis des nun folgenden Gesprächs, stellte Bodo den Antrag auf Eintritt in die "Sozialistische Einheitspartei Deutschlands".

Da Günter Geister ihm die Modalitäten des Ablaufs schon erläutert hatte, gab es keine Probleme. Damals hatte Günter ihm gesagt, dass er und sicherlich auch Karl-Heinz die Patenschaft für ihn übernehmen würden. Und das taten die Genossen Geister und Dr. Schimmelmann dann auch.

Bodo wurde nun nach Beschlussfassung durch die Grundorganisation des Direktorates für Ökonomie und der Bestätigung durch die Kreisleitung der SED, als Kandidat, mit einer Laufzeit von einem Jahr, in die Partei aufgenommen. Zusätzlich zum monatlichen Parteilehrjahr, musste Bodo nun an jedem ersten Montag im Monat an der obligatorischen Parteigruppenversammlung teilnehmen. Nach Ablauf des Probejahres erhielt Bodo seinen Mitgliedsausweis.

»So, nun bin ich Genosse. Erzähl das bloß nicht jedem.«, sagte Bodo am Abend zu Christa.

»Da bist du jetzt in guter Gesellschaft, Wietschi will auch in die Partei, hat sie mir heute erzählt.«

»Doch nicht etwa freiwillig?«, staunte Bodo.

»Ich glaube, das hat mit ihrer Dissertation zu tun. Sie soll doch dann die Studentenbetreuung übernehmen.«

»Und ihr Norbert hat nichts damit zu tun? Der ist doch aber auch dermaßen stramm auf Linie. Na ja, er ist schließlich auch Korvettenkapitän. Wie lange eigentlich noch? Der muss doch die 20 Jahre bald rumhaben.«

»Das weiß ich doch nicht. Du immer, mit deinen Vermutungen.«

Der Erste Sekretär der SED-Bezirksleitung Berlin hatte seinen Besuch angesagt. Bodo nahm zum ersten Mal an einer Veranstaltung der gesamten Betriebsparteiorganisation teil. Er war erstaunt, wen er dort alles sah, von denen er nie geglaubt hätte, dass sie Parteimitglieder waren.

Im großen Kultursaal wurde Konrad Naumann mit fast frenetischem Beifall begrüßt. In Bodo kam im Verlauf der Rede der Verdacht auf, dass der Erste Sekretär etwas unter Alkoholeinfluss stand, denn seine Ausführungen enthielten Passagen, die die Zuhörer manchmal zu wahren Lachsalven, mit damit verbundenem Zusatzbeifall, animierten.

»…und nun Genossen, noch eine Bemerkung zu einem Problem, das uns schon jahrelang beschäftigt. Baa-naa-nen. Zum Ende eines jeden Jahres die gleiche Diskussion. Dabei muss doch jedem klar sein, dass unsere Klimabedingungen einen Bananenanbau nicht zulassen. Aber wir haben einen Spreewald und da werden Gurken angebaut und die sehen doch, bis auf die Farbe, Bananen ähnlich. Warum können wir unsere Gewohnheiten nicht den Gegebenheiten anpassen…«, den Rest verstand Bodo nicht mehr, weil das Gelächter, die zustimmenden Rufe und der einsetzende Beifall, das nicht zuließen.

Während Naumann weiter referierte, dachte Bodo an das Erlebnis im Ostseeheilbad Graal-Müritz. Wegen seiner psychosomatischen Probleme, hatte man ihm dort eine dreiwöchige prophylaktische Kur, ärztlich verordnet. Am Abschiedsabend ergriff, nach einer kurzen Ansprache des Kurdirektors, der Parteisekretär der Kureinrichtung das Wort. Neben ihm standen eine Frau mit einem Blumenstrauß und ein Mann, den Bodo auch täglich im Speisesaal gesehen hatte.

»Der Kurpatient Müller hier,«, und er zeigte lächelnd auf den Mann neben ihm, »hat mit patriotischer Wachsamkeit die zuständigen Organe rechtzeitig über die beabsichtigte Verletzung der Seegrenze durch zwei Gegner unserer sozialistischen Republik informiert. Die Verbrecher wurden gefasst und sie werden die ganze Härte der Gesetze, zum Schutz unserer sozialistischen Heimat, zu spüren bekommen und…«.

Bodo konnte nicht weiter zuhören. Irgendwo in seinen Erinnerungen kannte er einen Spruch von Lump und Denunziant. Er verließ, unter den erstaunten Blicken einiger der Anwesenden, den Raum.

Damals ist er noch gegangen. Heute blieb er sitzen und zum Schluss der Rede von Naumann klatschte er, wie alle anderen, Beifall.

Kapitel 66

Christa und Bodo bereiteten eine Fete für den Sonnabend am Monatsende vor. Einiges vom Mobiliar, auch den Fernsehapparat, hatten sie nach oben in Mariannes Wohnung gebracht, wo sich die Kinder aufhielten und auch schliefen.

Schließlich waren es 17 Personen und die Wohnung war ja nicht groß.

Es gab ein Problem. "Hühnerhugos" aus Westberlin, waren auch eingeladen. Darum war Wietschi nur alleine da, denn "Korvette" Heim hatte striktes Kontaktverbot. Günter Geister zwar auch, aber der nahm das nicht so ernst.

Am Montagabend stand Geister jedoch schon wieder bei ihnen vor der Tür.

»Bodo wir müssen reden.«

»Was ist denn los? Komm rein.«

Bodo holte die Gläser und Bier. Christa setzte sich dazu und Günter berichtete nun.

»Heute gegen Mittag wurde ich in die Parteileitung gerufen. Das ist ja normalerweise nichts Besonderes, aber als mich der Parteisekretär fragte, warum ich den Westkontakt nicht gemeldet hätte, wurde ich kurz stutzig, denn ich wusste ja nicht welchen er meinte. Also habe ich mich dumm gestellt. Er sagte mir aber den Namen Gerhard Voß und das Datum vom Sonnabend. Ich habe versucht mich rauszureden, aber eine Disziplinarstrafe ist mir sicher.«

»Woher wußte der denn, dass wir hier eine Fete hatten und wer alles da war?«, fragte Christa erstaunt. Auch Bodo war etwas verwirrt.

»Das bedeutet, dass unter uns jemand ist, der Kontakt zur Stasi hat.«

»Einer von uns? Niemals!«, erregte sich Bodo.

»Na, dann kann ja nur mein Parteinik in Verkleidung hier gewesen sein.«, bemerkte Günter ironisch.

»Dem Gründel, der wohnt unten im Parterre, würde ich das ja zutrauen, aber weder kennt der alle, die hier waren, noch kann er kontrolliert haben, wer zu uns gekommen ist.«, warf Christa ein.

»Nein, unter uns ist mindesten einer, der IM ist, es kann auch eine von den Mädels sein.«

»Was ist denn IM?«, fragte Christa.

»So nennt man die Inoffiziellen Mitarbeiter bei der Stasi.«, antwortete Günter.

»Das wusste ich ja bis jetzt gar nicht, dass es so etwas gibt...«

»...und ich auch nicht.«, staunte Bodo.

»Da wir ja nun alle Bescheid wissen, soll das auch unter uns bleiben. Leute, zu keinem ein Wort, denn keiner weiß, wer der Horcher ist.«, sagte Günter sehr bestimmt.

Als Günter gegangen war, saßen sie noch lange und sprachen über das, was sie eben gehört hatten.

»Weißte was, Bodo, am besten ist, wir tun so, als wenn das alles nicht passiert ist. Denn sonst können wir uns neue Freunde suchen...«

»...und von denen wissen wir dann auch nicht, ob sie astrein sind. Aber du hast recht. So machen wir das, obwohl es ein Scheißsystem ist, in dem wir leben. Wem kann man denn von nun an noch trauen?«

»Meinst du das jetzt auch persönlich?«

Wie bei so vielen Banalitäten in letzter Zeit, endete die Unterhaltung durch die Bemerkung von Christa in einem handfesten Streit.

Diese verbalen Auseinandersetzungen häuften sich zunehmend. Manchmal redete man tagelang nur das Notwendigste miteinander.

»Bodo, ich lasse mich scheiden.«, sagte Christa eines Tages zu ihm.

»Dir fällt auch immer wieder etwas ein, von dem du denkst, dass es mich ärgert.«, erwiderte er nur.

Erst als er den Brief von Christas Rechtsanwältin in der Hand hatte, begriff er langsam, dass es ernst war. Aber die Situation war so verfahren, dass er nicht wie sonst, den Weg des Ausgleichs suchte, sondern er reagierte diesmal mit Sturheit und Trotz.

»Na, da haste ja das erste Mal in deinem Leben etwas alleine ins Rollen gebracht.«, sagte er, mit einem aufgesetzten Lächeln, zu Christa.

Beim ersten Gütetermin hatte Bodo jedoch nichts mehr zum Lachen. Neben der Richterin und zwei Beisitzerinnen, Christa und ihrer Anwältin, war Bodo der einzige Mann im Raum.

Nie in seinem Leben, weder vorher noch nachher, fühlte sich Bodo so verlassen und gedemütigt, wie in dieser halben Stunde. Im Ergebnis der Verhandlung wurde jedoch beiden angeraten, insbesondere aber Bodo, und das sehr nachdrücklich, alles noch einmal zu überdenken.

Man nannte ihnen einen neuen Termin und Bodos Martyrium hatte ein vorübergehendes Ende

Am Abend sagte er zu Christa: »Kannst du mit deiner Mutter reden, ob sie die Zeit über hier bei dir wohnt und ich solange bei ihr?«

Martha war einverstanden und Bodo wohnte nun über vier Wochen in der Schönhauser Allee.

In dieser Zeit des Alleinseins wurde Bodo klar, was es bedeutete, ohne im gewohnten Umfeld der Familie zu leben.

Gerne hätte er gewusst, ob Christa ähnlich dachte. Nach einer endlos langen Zeit, wie es Bodo vorkam, sahen sie sich dann auf dem Flur des Gerichtes in der Littenstraße wieder.

Sie saßen nebeneinander auf einer Bank und Bodo fing an über seine Gefühle zu sprechen. Es dauerte nicht lange und Christa sagte, dass es ihr ähnlich gehen würde.

»Na, was machen wir denn noch hier? Komm, wir hauen ab.«

»Bodo und wenn wir Ärger kriegen?«

»Das ist mir doch scheißegal. Komm.«, und er nahm sie in den Arm und sie küssten sich wie früher.

Bis auf die geringen Gerichtskosten hatte ihre Handlung kein Nachspiel.

Gleich neben dem Gerichtsgebäude war das Lokal "Zur letzten Instanz", das älteste Berlins.

Dort aßen sie Bockwurst und Kartoffelsalat und redeten darüber, wie es von nun an weitergehen sollte. Sie stellten Regeln auf, an die sich zukünftig halten wollten und beide waren froh über die, soeben gemeinsam getroffene, Entscheidung.

In der Folgezeit allerdings, mussten sie sich des Öfteren gegenseitig an die Abmachungen erinnern, denn so einfach war es nicht, Freizügigkeit, Respekt und Harmonie wieder in Einklang zu bringen und zu halten.

Und es sollte noch Jahre dauern, bis alles wieder so war, als wäre nichts geschehen.

»Horst Rex hat mich angerufen und gefragt, ob ich seinen Lada kaufen will. Er würde über seine Anmeldung demnächst einen neuen kriegen.«

»Was kostet denn so was? Du weißt ja, wie viel wir auf der Kante haben.«

»20 Tausend und das ist ein guter Preis, hat man mir gesagt.«

»Na, damit ist das Thema ja dann wohl beendet.«

»Ich habe da an die 5000 Westmark von Ursel gedacht. Ich weiß nur nicht, wie ich da ran komme und sie tauschen kann.«

»Eigentlich hast du recht. Das Geld liegt ja nur rum. Aber wenn ich an die Reaktion deiner Eltern denke, na du weißt schon.«

»Das ist mein...oder vielmehr unser Geld. Und wir leben jetzt und heute. Das Problem ist, wie ich es in Ostmark tauschen kann.«

»Frage doch mal Arno, der kennt doch Hinz und Kunz.«

»Puppale, manchmal hast du wirklich gute Ideen.«

Ein Gespräch mit Arno klärte ihn darüber auf, dass der ein Konto in Westberlin besaß und einen Halbbruder in Zehlendorf, von dessen Existenz Bodo bis dahin gar nichts wusste.

Seine Eltern machten jedoch keine Probleme, wie Christa, nicht unbegründet, angenommen hatte.

Als Bodos Eltern an einem Wochenende zu Besuch waren, übergab Arno ihnen persönlich seine Bankverbindung bei einer Westberliner Bank und die Telefonnummer seines Stiefbruders.

Zu einem Kurs von 1:4,5 tauschte Bodo 4000 DM. Nachdem das Geld auf das angebende Konto überwiesen worden war, übergab ihm Arno ein Kuvert mit 18 Tausend Ostmark.

Im September erhielt Horst Rex den neuen Wagen. Mit seinem alten Lada 2103 kam er nach Berlin und Bodo war nun für 20 Tausend Mark in bar und einem Kaufvertrag, in dem ein weitaus geringerer Preis stand, Autobesitzer.

Bei der Anmeldung des Autos hatte Bodo Befürchtungen, dass man ihn nach seiner Fahrpraxis fragen würde, denn seit 1956, als er seinen Führerschein gemacht hatte, war er nicht mehr selber gefahren.

Seine Sorge war aber unbegründet. Er besorgte sich die neueste StVO und machte sich wieder mit den Verkehrsregeln vertraut. Bernd Thiel und Peter Hassinger brachten ihm an den Wochenenden, in der Nähe ihrer Datschen, die Praxis wieder bei.

Es dauerte auch nicht lange und Bodo fuhr nun täglich alleine mit dem Auto zur Arbeit.

Dirk hatte seine Lehre als Industriekaufmann erfolgreich beendet und blieb weiter im Betriebsteil Schwingquarze beshäftigt.

Am Hindukusch "verteidigten" die Sowjets nun schon seit Ende 1979 die kommunistische Ideologie gegen die Mudschaheddin.

Zu der Zeit, wurden diese Terroristen noch als Freiheitskämpfer gegen den "Bolschewismus" angesehen, von den USA gefördert und mit Waffen ausgerüstet.

Der Forderung der USA, die Olympischen Sommerspiele 1980, die in

Moskau stattfanden, deshalb zu boykottieren, schloss sich auch die BRD an.

Die DDR hatte das ungenutzte Besucherkontingent von der BRD übernommen und über die BGL konnten sich Interessierte die Teilnahme an einer betrieblichen Olympia-Touristengruppe sichern.

»Über 1000 Mark? Nach Moskau? Findest du das nicht etwas übertrieben?«, sagte Christa zu Bodo, nachdem er ihr davon erzählt hatte, »Aber eigentlich hast du recht. Der Junge geht im Oktober für drei Jahre zur Armee. Ich kann gar nicht daran denken. Bodo, hau rein. Wir gönnen unserem Großen diesen Spaß.«

Ohne dass Christa es wusste, hatte Bodo die Teilnahme für Dirk schon festgemacht und er war nun froh, dass er nicht weiter argumentieren musste.

Während Dirk in Moskau die Olympischen Spiele besuchte, machten sie mit Katrin Urlaub in Binz. Die FDGB-Reise hatte, über welche Kanäle auch immer, Horst Rex besorgt.

Übereinstimmend stellten sie fest, dass sich in den mehr als 15 Jahren, als sie damals mit Dirk und Thiels hier waren, nicht viel verändert hatte.

In ihrem Zimmer war jetzt aber immerhin eine Waschgelegenheit mit einem Durchlauferhitzer für warmes Wasser und Duschen konnten sie am Wochenende im Bad der Vermieter.

Kapitel 67

Peter Hassingers Vater wohnte in Leipzig. Gemeinsam mit seinem Bruder betrieb er die "Vermittlungsagentur Geb. Hassinger GmbH" in Rheinland-Pfalz, in der Nähe von Alzey.

Im Rahmen des innerdeutschen Handels, vermittelten und belieferten sie über den "Deutschen Innen- und Außenhandel" dringend benötigte Automatisierungselemente aus Westeuropa für die Industrierationalisierung der DDR-Volkswirtschaft.

Ende der 70er Jahre wurde in dem Bereich eine große Säuberungsaktion durchgeführt. Neben anderen hohen Wirtschaftsfunktionären aus Ministerien und Industrie wurde auch Peters Vater verhaftet und zu einer mehrjährigen Gefängnisstrafe verurteilt.

Aber schon nach einigen Monaten wurde er, auch mit materieller Unterstützung der Familie, von der BRD "freigekauft".

Erst nachdem sie die Bestätigung für ihren Ausreiseantrag erhalten hatten, gaben Hassingers eine "Abschiedsparty", auf der sie die Freunde über den Sachverhalt informierten.

Günter Geister suchte den Blickkontakt zu Bodo und der sah in die Gesichter der Anwesenden, ob er vielleicht einen Hinweis auf den "Horcher" finden konnte.

Im Frühjahr 1981 reisten Hassingers aus und wohnten nun in Alzey.

»Sagt mal, was würde man drüben beruflich eigentlich machen, wenn sie einem die Ausreise genehmigen?«, fragte Bodo, der mit Dr.Schimmelmann und Geister in der Eckkneipe "Brüchel" Skat spielte.

Beide guckten ihn verwundert an.

»Warum fragst du das jetzt? Hast du Ambitionen?"«

»Quatsch, Günter. Aber mir geht das seit Hassingers Abreise nicht aus dem Kopf, denn man hört ja zunehmend davon, dass Ausreiseanträge gestellt werden.«

»Na, die Stellung, die wir jetzt bekleiden, auf gar keinen Fall. Vielleicht würden sie noch nicht mal meine Promotion anerkennen oder eure Abschlüsse.«, antwortete Karl-Heinz.

Günter nickte zustimmend und sagte: »Da wirst du wohl recht haben. Ich meine Brigitte, als Friseuse, bekommt immer einen Job und Peter als Werkzeugmacher auch. Sein Industriemeister wird ihm aber nicht weiterhelfen, glaube ich. Ärzte und andere Dienstleister, wie Kellner oder so, die hätten immer eine Chance.«

»Ja, ja so wird es wohl sein, denn die Fälle, von denen ich gehört habe, passen alle in diese Berufsmuster, von den Künstlern, die wegen Biermann gegangen sind, mal abgesehen.«

»So. Ist gut jetzt. Wer gibt?« , beendete Karl-Heinz die Diskussion.

Als Bodo nach Hause kam, war Christa noch auf.

»Lilo hat vorhin angerufen. Und weißte was? Ihre Bewährungszeit ist vorbei, sie übernehmen wieder eine Gaststätte und zwar das "Cafe Prenzlau".«

»Etwa den Tanzschuppen in der Prenzlauer, da neben der Kirche?«

»Ja, aber wegen der Vorfälle in der letzten Zeit, wird das in ein normales Speiserestaurant umgebaut. In zwei Monaten soll es soweit sein. Wir sind zur Eröffnung eingeladen. Sie sagt mir noch den genauen Termin.«

»Hoffentlich vergisst sie das.«

»Bodo, manchmal bist du unmöglich.«

Sie waren nicht sehr oft in dem Lokal und das lag an Bodo, der diese anmaßende Art von Lilo und die fast devote Anpassung von Jürgen, nicht ausstehen konnte.

Die beiden stellten nach zwei Jahren einen Ausreiseantrag und folgerichtig wurden sie wieder versetzt.

Irgendwann im Sommer 1986 hatte sich Lilo telefonisch aus Westberlin bei Christa gemeldet.

Fast ein Jahr hatten seine Eltern Ursel in ihrer Wohnung gepflegt. Das hatte beide an die Grenze ihrer physischen und psychischen Leistungsgrenze gebracht. Aber erst als die häusliche Pflege medizinisch nicht mehr zu verantworten war, stimmten sie zu, dass Ursel in die Pflegestation des Jüdischen Krankenhauses eingewiesen wurde, das nur wenige Gehminuten entfernt war.

Knapp zwei Monate vor Vollendung ihres 50. Lebensjahres wurde seine Schwester von diesem unwürdigen Dahinsiechen erlöst.

Die aus Anlass der Beisetzung erteilte Genehmigung zur Ausreise und auch alle späteren, erfolgten von nun an immer über den Grenzübergang Chausseestraße.

Bodo stand als Mittvierziger in der langen Schlange von Menschen im Rentenalter und wurde dementsprechend neugierig betrachtet. Wenn die

Passformalitäten erledigt waren, ging er einen gewundenen Gang durch die Mauer und stand in einer anderen Welt.

Das kurze Stück Chausseestraße, das in Westberlin lag, war modern, durch regen Autoverkehr belebt und wenn Bodo, bei einsetzender Dunkelheit wieder auf dem Rückweg Richtung Mauer war, immer hell beleuchtet.

Damals vor über 20 Jahren, als er noch unbehelligt die Sektorengrenze passieren konnte und ins Grenzkino "Polo" gegangen war, sah es hier genauso trist aus, wie der Teil der Chausseestraße hinter der Mauer, von wo er am Morgen gekommen war.

Kapitel 68

Christa wollte nicht mehr als Laborantin in der Forschung arbeiten, denn vor einigen Monaten gab es dort eine gefährliche Situation, die auch von der Polizei und der zuständigen Arbeitshygieneinspektion untersucht worden war. Es wurde festgestellt, dass sich eine Absaugeinrichtung in einem sehr desolaten Zustand befand.

Das alles unterlag höchster Vertraulichkeit und Geheimhaltung. Eigentlich hätte man das Labor sofort schließen müssen, aber ein Forschungsauftrag mit Aussicht auf Devisenerlöse hatte Priorität.

Nach der Jugendweihe von Katrin, übernahm Christa dann eine Stelle als Sachbearbeiterin in der Studentenbetreuung der Sektion, die Wietschi jetzt leitete.

Für den Druck und das Binden der Dissertation war ihr Bodo damals behilflich gewesen. Der Leiter der Betriebsdruckerei hatte zu der Zeit Probleme mit der Entlohnung seiner besten Mitarbeiter. Bodo fand eine Lösung.

Wietschi war "Frau Doktor", wie Bodo sie ab jetzt immer nannte und mit "Korvette" Hein verheiratet.

Dirk hatte als Unteroffizier seine NVA-Zeit beendet und, wie von Bodo vorbereitet, sein Studium begonnen.

Zu Ostern überraschte er Bodo mit der Frage, ob er ihm eine Wohnung besorgen könnte, denn er wollte demnächst seine Verlobte Heike heiraten.

»Was ist nur mit dem Jungen los? Ich dachte, er würde jetzt anfangen, das Leben zu genießen, wie meine Eltern damals gesagt haben, als ich sie mit unserem Hochzeitstermin geschockt hatte.«, sagte Bodo zu Christa, als der Besuch gegangen war.

»Du kannst deine Ironie ruhig stecken lassen. Ich mache mir ganz andere Gedanken. Ich glaube eher, dass da die Mutter von Heike ihre Hände im Spiel hat. Wie findest du denn die neuen Schwiegereltern von Dirk?«

»Ich habe schon wieder vergessen wie die heißen.«

»Sauer…«

»…ja, das weiß ich, aber die Vornamen?«

»Sie heißt Christa, das kann ja nun nicht schwer sein, und er Peter.«

Als ihnen der Hochzeitstermin bekanntgemacht wurde, kannten sie auch den wahren Grund. Heike war schwanger.

Bodo sprach mit dem Bereichsleiter Arbeiterversorgung, Schmidtke und besorgte aus dem betrieblichen Zuweisungsbestand für den Stadtbezirk Friedrichshain, in der Mühsamstraße eine Zwei-Zimmer-Ausbauwohnung, mit Außentoilette.

Ihre erste Enkelin, Janine, kam am 20. Oktober 1984, im Neubau der Charité, auf die Welt.

»So, nun biste Oma.«, sagte der stolze Opa zu Christa, als sie Heike besuchten und sich ihre Enkeltochter ansahen

Nach etwas über einem Jahr, wurde die Mühsamstraße dann, im Rahmen des zentralen Wohnungsbauprogramms der Hauptstadt der DDR, zum Sanierungsgebiet erklärt. Die ihnen neu zugewiesene Wohnung war aber durch bautechnische Mängel nicht bezugsfertig.

Bodo schaltete sich ein und wandte sich mit einer Beschwerde an den Bezirksbürgermeister von Friedrichshain.

Das führte jedoch in die falsche Richtung. Er hatte zentrale Organe kritisiert und musste sich nun vor seiner Parteigruppe verantworten.

Da Bodo aber objektiv recht hatte, wurde man im Hintergrund aktiv und nach kurzer Zeit war die schöne Drei-Zimmer-Wohnung, in der Samariterstraße, bezugsfertig.

Am "Stolzenhagener See" besaß Arno ein Grundstück mit einer großen Finnhütte darauf.

Das andere Grundstück in Karow, wo seine Mutter bis zu ihrem Tod, in dem einstöckigen Bungalow gewohnt hatte, stand nun leer und verfiel zunehmend.

Manchmal wurden sie sonntags, bei schönem Wetter, von Marianne dorthin zum Kaffee eingeladen.

»Es wäre doch prima, wenn Janine im Sommer draußen im Garten spielen könnte und Platz haben wir ja alle genügend, zum übernachten. Ich rede mal mit Arno, ob wir die Wochenenden mit den Kindern in Karow auf dem Grundstück verbringen können?«

»Mein Dickerchen, das wäre natürlich das Ding. Ich glaube es zwar nicht, aber versuchen kostet ja nichts.«

Für die nächsten zwei Sommer hatten sie nun auch eine Datsche. Und sie investierten nicht nur Arbeit sondern auch Geld in die Instandhaltung und Kultivierung des 2500 qm großen Grundstücks.

»Bodo, wir müssen reden.«, sagte Christa zu ihm, nachdem Marianne und Arno wieder gegangen waren.

»Aber immer wieder gerne…«

»Lass das, es ist ernst. Als du vorhin mit Arno das Geländer der Dachterrasse repariert hast, hat mir Marianne zu verstehen gegeben, dass sie es nicht so gerne haben, wenn hier an den Wochenenden die ganze Familie rumtobt und manchmal auch Freunde von uns.«

»Was? Aber das war doch der Sinn der Sache. Ich meine wir zahlen ja Miete oder Pacht, aber bringen dafür doch alles in Ordnung.«

»Die halten uns hier wie ihre Leibeigenen. Mir ist das eben klar geworden. Ich mache das nicht mehr mit.«

Bodo saß wie versteinert da und starrte Christa nur an.

Dann platzte es aus ihm heraus: »Du hast vollkommen recht. Wer sind wir denn? Eben habe ich daran gedacht, dass wir von den Süßkirschen nicht eine einzige bekommen haben. Die sind abends in der Woche hergekommen und haben alles was reif war, abgepflückt. Für Janine gab's nur manchmal Johannis- oder Stachelbeeren.«

Sie packten ihre persönlichen Sachen, hinterlegten die Schlüssel bei den Bewohnern des Nachbargrundstücks und fuhren noch am gleichen Abend nach Hause.

Von dort rief Bodo bei Arno an und klärte ihn auf. Der war völlig überrascht und tat so, als ob er nicht wüsste, um was es ging.

Die danach eintretende "Funkstille" überwanden die Frauen durch eine Aussprache, als Marianne, nach einem Streit mit Arno, für kurze Zeit behelfsmäßig in ihrer Wohnung Zuflucht gesucht hatte.

An der gescheiterten Ehe von Dirk, im Jahr darauf, waren für Christa alleine Heike und ihre Mutter verantwortlich.

Nach der Scheidung, wurde Dirk eine Wohnung am Bahnhof Lichtenberg zugewiesen

Kapitel 69

Ab 1980 mussten Westberliner an den Grenzübergangsstellen für jeden Besuchstag 25 DM in 25 Ostmark umtauschen.

Obwohl der Zwangsumtausch für Rentner, dann ab 1984 auf 15 DM gesenkt worden war, behielten Bodos Eltern ihre bis dahin geübte Praxis bei, die Besuche auf Weihnachten und besondere Anlässe, zu beschränken.

Das war auch ganz im Sinne von Christa und Bodo, denn wenn seine Eltern kamen, dann kamen sie früh, sehr früh. Sein Vater begründete das selbstgefällig mit: »Wenn man schon Eintritt bezahlt, dann aber auch für die ganze Vorstellung.«

Das Rentnerehepaar Sasse wohnte in Weißensee, in der Nähe vom Antonplatz. Frau Sasse war eine ehemalige Kollegin von Herta, zu der sie Kontakt aufgenommen hatte.

Nun holte Bodo mindestens einmal im Monat von dort, ein oder zwei Aldi-Tüten ab. Seine Mutter begründete das, zur Freude von Christa und Bodo, mit dem eingesparten Geld für den Zwangsumtausch.

Im Gegensatz zu vielen anderen, hatten sie nun alles, was man für ein gutes Leben brauchte.

Besondere Fleischwaren, wie Filet oder Rinderrouladen, besorgte Bodo für Westgeld in der Fleischerei von Ralf Wache, man kannte sich noch von früher.

In der Leipziger Straße gab es einen sogenannten Delikatladen, in dem es Nahrungsmittel gab, die man in normalen HO- oder Konsumläden nicht bekam. Das hatte natürlich seinen Preis. Trotzdem stand man auch hier in der Schlange. Bodo und Christa taten sich das mindestens einmal im Monat an.

Manchmal konnte Christa ihn auch noch in den nahegelegenen Exquisitladen locken, hinter dem das Springer-Hochhaus in West-Berlin, hell beleuchtet, hoch über die Mauer ragte.

»Wie findest du denn die Stiefel, Bodo? Die kosten nur 530 Mark.«

»Nur?«

»Ja, die hier von "Leiser" kosten 670.«

»Nee, die sehen doch chic aus, die du anhast. Die gefallen mir gut.«

An einem Sonnabend holte Bodo seine Eltern um 8 Uhr morgens am Übergang Chausseestraße ab. Während der Fahrt fragte sein Vater ihn, ob er mit dem Lada zufrieden wäre.

»Kein Problem und wenn, dann habe ich ja Arno. Für den Winter hat der mir sogar runderneuerte Lappenreifen besorgt. Da sind in das Reifenprofil Stofffetzen rein vulkanisiert. So hat er mir das erklärt. Die sind prima, die Dinger. Aber nun werde ich das Auto verkaufen. Meine Autoanmeldung ist nach über zehn Jahren dran. Arno hat einen Käufer. Der zahlt immerhin noch 18 Mille für die Schüssel hier. Wir müssen jetzt einen Dacia nehmen. Aber das ist egal. Hauptsache ein neues, denn der hier ist schon fast 15 Jahre am Laufen.«

Nun erzählte sein Vater, dass er sich seit einiger Zeit auf einem Verkehrsübungsplatz in der Nähe vom Potsdamer Platz, die notwendige Fahrtüchtigkeit für die Verlängerung seines alten Führerscheins erworben hat.

»Und warum? Willst du dir ein Auto zulegen?«

»Ja, aber die sind ja schon gebraucht recht teuer. Bei uns in der Nähe, in der Residenzstraße, ist ein Autohaus mit Werkstatt, der verkauft den Lada 2107, der ist ja als Neuwagen günstiger.«

»Na, da würde ich sofort zuschlagen. Das ist doch der Export-Lada. Den kriegste hier bei uns noch nicht mal unter der Hand.«

Am Abend erzählte er Christa davon.

»Sag mal, Bodo, dein Vater geht auf die 80 und da redest du ihm zu, ein Auto zu kaufen?«

»Du sagst es. So ein West-Lada hält schon ein paar Jahre und den kriegt man bestimmt problemlos in den Osten.«

»Von der Seite kenne ich dich ja noch gar nicht. Da tun sich mir ja Abgründe auf.«, lachte Christa.

Das war das letzte Mal, dass er seine Eltern abholen musste, denn sie kamen jetzt immer mit ihrem grünen Lada 2107.

An Katrins 18. Geburtstag, hatte Bodo noch mehrmals ihren Cognacschwenker nachgefüllt, aber einige Wochen später, fing Christas Mutter an zu kränkeln.

Der Zustand verschlimmerte sich schleichend weiter und im Februar 1987 wurde sie in das Klinikum Buch eingewiesen.

Nach einem kurzen Aufenthalt im Bereich Allgemeinmedizin, wurde sie dann in die Geriatrie verlegt. Dort lag Martha in einem Sechsbettzimmer.

Als sie, wie jeden Sonntag, das Zimmer betraten, war der Platz, wo sonst ihr Bett gestanden hatte, leer. Christa fing an zu weinen und Bodo suchte nach jemandem vom Personal. Eine Krankenschwester nannte ihm eine Zimmernummer.

Der Raum, in dem Martha mit geschlossenen Augen lag, sah aus als wäre es der Abstellraum für die Hausreinigung. Es war entwürdigend.

Christa war wütend und wollte sich beschweren, aber nun konnten sie im ganzen Haus niemanden mehr vom Pflegepersonal finden.

Zwei Tage später, am 7. April, wurde Christa benachrichtigt, dass ihre Mutter verstorben war.

Zur Beisetzungsfeier, im Krematorium auf dem Friedhof Baumschulenweg, war von den Verwandten aus Westberlin nur Mathas Schwester, Ite, gekommen.

Als sie sich in Marthas Wohnung umsahen, kam Bodo die Erleuchtung.

»Weißt du was Kleene, ich versuche die Wohnung für Katrin zu bekommen. Das wäre doch was. Zum Abi in der eigenen Wohnung.«

»Wie willst du denn das anstellen, das klappt doch nie.«

»Lass' Papa mal machen.«

Die Abteilung Wohnungsverwaltung beim Rat des Stadtbezirks befand sich auf einem Hof in der Bornholmer Straße. Dorthin ging Bodo, um Martha als Mieterin der Wohnung ab-, und Katrin als neue Mieterin, anzumelden.

Bodo hatte zu diesem Zweck bewusst ein Sakko mit Parteiabzeichen angezogen. Auf die Sachbearbeiterin machte das keinen großen Eindruck und wie nicht anders zu erwarten, wurde sein Anliegen mit dem Hinweis darauf, dass die Wohnungen in der Schönhauser Allee 116, nur an Rentner vermietet werden dürfen, zurückgewiesen.

»Da bin ich jetzt aber erstaunt, denn mir ist bekannt, dass in dem Haus mehrere Parteien wohnen, die nicht berentet sind. Darum bitte ich Sie, das kurzfristig zu überprüfen. Wenn es recht ist, komme ich am Dienstag noch einmal vorbei und werde mich dann gegebenenfalls an die "Arbeiter und Bauern-Inspektion" wenden müssen, um etwaige Missverständnisse auszuräumen.«, antwortete Bodo sehr bestimmt und verabschiedete sich von der überraschten Bearbeiterin.

Am Dienstag bekam er dann den Zuweisungsbescheid, mit dem Bemerken: »Der Vorgang ist überprüft worden und Sie haben Glück. Es gibt ein Kontingent für Nichtrentner und das ist nicht ganz ausgeschöpft.«

Nun war Kietzmann gefragt. Der baute nach den Wünschen von Katrin, Schrankwandmöbel ein. Noch vor Abschluss ihres Abiturs bezog Katrin ihr kleines hübsches Appartement.

»Nun haben wir die Wohnung ganz für uns alleine.«, sagte Bodo.

Christa schien darüber aber nicht allzu froh zu sein. Sie hätte ihre Kinder lieber um sich, aber auch nicht immer, wie sie meinte.

Weil Christa und er nicht zur Arbeiterklasse gehörten, sondern Angestellte waren, war es schwierig, für Katrin einen Studienplatz an der Hochschule für Ökonomie in Friedrichsfelde zu sichern.

Bodo hatte jedes Jahr von dort Praktikanten zu betreuen. Daher hatte er auch guten Kontakt zu dem Genossen Rehbuck von der dortigen Studentenbetreuung.

Gegen die Übernahme von zwei zusätzlichen Praktikanten gab es keine Probleme mit einem Studienplatz für Katrin. Das obligatorische berufspraktische Jahr, vor ihrer Immatrikulation, absolvierte Katrin im BGW.

Ab Mitte der 80er Jahre wurden die Regelungen zum Besuch Westberlins für Ostberliner, auf Grund besonderer Anlässe, schrittweise immer weiter gelockert.

So bekam Christa, anlässlich des 75. Geburtstages ihrer Tante Ite, ein Visum für vier Tage. Der Ausreisetermin 6. Oktober,. hatte allerdings den Nachteil, dass Bodo nicht zum Geburtstag seines Vaters konnte, denn Ite hatte am 7. Oktober, dem Nationalfeiertag der DDR, ihren Geburtstag und das war einen Tag vor Theo's.

Die durch die Staatsorgane genehmigte Freiheit ging zu dem Zeitpunkt noch nicht so weit, dass man sie beide gemeinsam ausreisen ließ. Das passierte überraschenderweise erst ein Jahr später.

Früh am Morgen brachte er Christa zum Übergang Chausseestraße. Auf der anderen Seite wollte sie ihr Cousin Klaus abholen, so war es verabredet. Kurz vor 18 Uhr rief Christa an und teilte ihm mit, dass alles problemlos geklappt hätte.

Bodo wollte sich gerade das Abendbrot machen, als es an der Tür klingelte. Vor ihm stand ein großer, schlanker Mann, der freundlich lächelte, als er sich als Kramer vorstellte und flüchtig einen Klappausweis vorzeigte.

»Genosse Klann, ich hätte gerne etwas mit dir besprochen. Kann ich reinkommen?«

»Ja, natürlich.«

Kramer kam umgehend zur Sache und erklärte Bodo die Notwendigkeit der Abwehr feindlicher Infiltration jeder Art, zur Aufrechterhaltung von Sicherheit, als Garant für den Fortbestand der DDR und des gesamten sozialistischen Lagers.

»Also, Genosse Klann, wir brauchen aufrechte und klassenbewusste Mitarbeiter, wie dich.«

»Um was geht es denn speziell? Ich bin im Moment etwas überrascht und überfordert.«

»Ich melde mich in der nächsten Woche wieder und wenn deine Entscheidung positiv ist, wovon ich ausgehe, informiere ich dich detailliert.«

Als Kramer wieder gegangen war, wollte Bodo spontan Christa in Westberlin anrufen, aber er besann sich, denn es war bekannt, dass man abgehört wurde. Also rief er Günter Geister an.

»Können wir uns morgen, nach der Kundgebung treffen und aus Anlass des Nationalfeiertages einen nehmen? Ich bin Solo. Christa ist beim Klassenfeind, in Westberlin.«

Bodo erzählte Geister von dem Besuch.

»Ach, du Scheiße, die wollen dich als IM werben.«

»Das habe ich mir auch gedacht, aber was mache ich denn nun? Wie komme ich aus der Bredouille raus. Wenn ich ablehne, dann lassen die mich nicht mehr rüber, diese Penner.«

»Jetzt sage ich dir mal was im Vertrauen. Bei mir haben sie das vor Jahren auch probiert. Da hat mir ein guter Mensch einen Tipp gegeben. Du musst die Regeln der Konspiration verletzen, aber so, dass es nicht auffällt.«

Geister erklärte ihm nun die Einzelheiten.

Am nächsten Tag bat Bodo um einen Termin bei der Betriebsparteisekretärin, Annelise Kimmel.

»Annelise, ich weiß gar nicht wie ich beginnen soll....« und Bodo fragte sie, ob es üblich sei, dass jemand zu ihm nach Hause kommt, unter dem Vorwand, den Klassenfeind zu bekämpfen.

»Kannst du dich mal erkundigen, wer dieser Kramer ist und ob das alles seine Richtigkeit hat? Ich will ja nichts falsch machen und vielleicht Schaden anrichten.« Bodo gab sich alle Mühe aufrichtig besorgt zu wirken.

Parteisekretärin Kimmel betrachtete ihn sehr aufmerksam während seiner Ausführungen

»Bodo deine Wachsamkeit ist zu begrüßen und ich werde mich erkundigen. Wenn dieser Kramer oder ein anderer, wieder auftauchen sollte, dann sagst du mir sofort Bescheid.«

»Mache ich.«

Als Christa wieder zu Hause war, unterhielten sie sich erst über ihre Eindrücke in Westberlin.

»Ich dachte immer du übertreibst etwas, aber das hat mich einfach umgehauen. Wo und wie, leben wir hier eigentlich?«, war ihr Abschlusskommentar.

Dann berichtete Bodo über den Besuch von Kramer und was er unternommen hatte.

»Bodo, das hast du clever gemacht. Da kannst du dich bei Günter gar nicht oft genug bedanken, denn ohne ihn hättest du jetzt ein großes Problem und ich wahrscheinlich auch. Hoffentlich war das nun nicht das letzte Mal, dass sie mich rüberlassen.«

»Die Sorge habe ich auch. Aber warum hättest du auch ein Problem?«

»Na denkst du, die hätten dich beruflich ungeschoren gelassen, wenn du abgelehnt hättest? Und ein IM in der Wohnung hätte mich auch nicht sehr glücklich gemacht. Jetzt können wir nur hoffen, dass die nicht rachsüchtig sind.«

Kapitel 70

Auf Grund zentraler Weisungen wurde die betriebliche Zivilverteidigung (ZV) weiter aus- und aufgebaut.

Eines Tages wurde Bodo zum Direktor für Technik, Hans Metzner, bestellt. Anwesend war auch der Sicherheitsbeauftragte des Betriebes, Genosse Rudi Wischnewski. Man erklärte Bodo die Situation und machte ihm klar, dass man weitere Einsatzskräfte für die Besetzung der Führungsstrukturen benötigen würde.

Und noch ehe Bodo auf seinen Gesundheitszustand hinweisen konnte, sagte Metzner: »Bodo, wir sind über deine gesundheitlichen Probleme informiert und nehmen darauf natürlich Rücksicht. Darum hat Rudi vorgeschlagen, dass du das Kommando "Rückwärtige Dienste" übernimmst.«

So kam es, dass Bodo bei Übungen und im Einsatz, eine Kampfgruppenuniform tragen musste, die er so hasste. Es machte es auch nicht besser, dass auf dem Ärmel über seinem Rangabzeichen das ZV-Emblem befestigt war.

Aber alles ließ sich lockerer an, als er befürchtet hatte. Sein Stellvertreter war Horst Gerlich, ein Abteilungsleiter aus dem Bereich Versorgung und der sorgte als Erstes dafür, dass ihr Kommandoraum aufs Beste ausgestattet wurde und auch für das leibliche Wohl war, in jeder Hinsicht, hinreichend gesorgt.

Die Aufgabe seiner Einheit bestand unter anderem auch darin, ungenutzte Kellerräume für den Luft- und Katastrophenschutz herzurichten.

Bodo bekam bei der Besichtigung einen Eindruck von der riesigen "Unterwelt" des Betriebes. In nassen, nur schwach beleuchteten Gewölben, standen Regale mit alten Personalakten. An den Decken und Wänden verliefen farbig unterschiedlich gekennzeichnete Rohrleitungen von beträchtlichem Durchmesser, die am Ende des Kellers hinter einer Betonwand verschwanden.

»Wo gehen die Rohre denn hin?«, fragte Bodo einen Mitarbeiter aus dem Bereich Technik, der ihn begleitete.

»Du kannst ja mal raten. Aber da kommste sowieso nicht drauf. Über uns ist die Stralauer Allee und hinter der Mauer da, beginnt das Gelände des Osthafens.«

»Dann führen die Rohre mit dem ganzen Giftzeug hier, direkt bis an die Spree?«

»Na, was dachtest du denn, wo wir mit diesem Scheiß sonst hin sollen? Eimerweise in den Gully kippen?«

Es war Anfang März und Bodo bereitete sich auf das Frühjahrsseminar der Betriebsakademie vor. Dort hielt er vor Meistern, Abteilungsleitern und ausgewählten Führungskräften, regelmäßig Vorträge über Arbeitsrecht und Methoden der sozialistischen Wettbewerbsführung
»Gut, dass du hier bist.« In der Tür stand, schon im Mantel, seine Sekretärin Ilse Hornig. »Eben hat die Van Oel angerufen, du sollst umgehend zum Mayer kommen.«
»Um was geht's denn, hat sie was gesagt?«
»Nein, nur dass du sofort kommen sollst.«
Nachdem Horst Ries auf einer Dienstfahrt mit dem Auto tödlich verunglückt war, hatte man den Kaufmännischen Direktor Mayer zum neuen Kombinatsdirektor bestimmt.
Sekretärin Van Oel öffnete Bodo die Tür zum Büro des Kombinatsdirektors. Da saßen in der Sesselecke, außer Mayer, noch Bodos Chefin, Hannelore Lehmann, die Parteisekretärin Annelise Kimmel, sowie der BGL-Vorsitzende Hans Keil, und schauten mit ernsten Mienen auf ihn.
»Setz' dich Bodo und lies.« Werner Mayer schob ihm ein Schreiben über den Tisch. Es war der Kopfbogen vom Minister des MEE, Steger. In kurzen Worten wurde der Auftrag erteilt, umgehend zu klären, warum es an den Fließreihen, in der Abteilung Glühlampenfertigung, im vergangenen Monat zu allgemeinen Lohnkürzungen gekommen ist.
»Das kann nicht sein, das wäre im Analyseprogramm des Lohnprojektes sofort aufgefallen und mir mitgeteilt worden. Ich erstatte morgen Bericht.«
»Nein, das klärst du sofort. Wir warten hier solange auf eine Erklärung.«
Bodo begab sich in die Glühlampenfertigung zum leitenden Obermeister der Spätschicht. Als der das hörte, fing er an zu lachen.
»Davon habe ich schon gehört. Der Sohn vom Steger macht doch hier bei uns seinen Produktionseinsatz. Da haben ihm zwei Bandarbeiterinnen vorgestern ihre Lohnabrechnung vom Januar gezeigt und die vom Februar. Da gab es natürlich eine Differenz wegen der geringeren Arbeitstage im Februar. Und die beiden haben ihn gefragt, ob er das nicht mal seinem Vater erzählen könnte, dass sie weniger verdient hätten.«
Eine halbe Stunde später, klärte Bodo die Runde beim Kombinatsdirektor auf.

»Und was soll ich tun? Ein Antwortschreiben vorbereiten?«
Mayer und die anderen machten betretene Gesichter.
»Nein, ist gut, Bodo. Ich rufe den Genossen Minister an und kläre das.«
Damit war Bodo entlassen. Der Vorfall war für einige Zeit die Lachnummer im Betrieb.

Im Zusammenhang mit der weiteren Zentralisierung ausgewählter Industriekomplexe, fusionierten das Kombinat Narva BGW und das Kombinat Leuchtenbau Leipzig, zum Großkombinat für Lichtquellen Narva "Rosa Luxemburg", mit Werner Mayer als Generaldirektor.
Das Kombinat bestand aus 16 Betrieben, mit fast 6.500 Beschäftigten.
Die obere, insbesondere aber die mittlere Leitungsebene, war mit hochqualifizierten Kadern besetzt. Das galt in herausragender Weise für die Forschung und Entwicklung. Über die Verwendung der innovativen Ergebnisse entschied jedoch nicht die Kombinatsleitung, sondern das wurde mit dem Jahresplan durch die zentrale Plankommission der DDR vorgegeben.
Mit den Planvorgaben wurden die Höhe der Investitions- und Rationalisierungsmittel festgelegt. Das Wachstum von Warenproduktion und Arbeitsproduktivität spiegelte sich nur in den Erfüllungszahlen der Planziele wider.
Dabei durfte die Erfüllung die magische 100% Marke jedoch nicht allzu sehr überschreiten, denn dann folgte im nächsten Planjahr eine umso höhere Vorgabe.
Alle Versuche von Bodo und dem Haupttechnologen, Hubert Maus, die Lohn- mit der Kostenrechnung über ein Rechnerprogramm zu verbinden, waren zum Scheitern verurteilt.
Dann wäre die manuelle Manipulation der tatsächlichen Ergebnisse für eine nachzuweisende Planerfüllung unmöglich geworden. Darin war man sich in der Kombinatsleitung einig.
Somit wirkten die Gesetzmäßigkeiten der Planwirtschaft nicht nur bei Narva, sondern überall in der DDR-Volkswirtschaft, im zunehmenden Maße hemmend auf die Herstellung stabiler ökonomischer Verhältnisse.
Für die Führungskader in den Kombinaten ging es, zur Erhaltung ihrer Positionen, nur um die prozentuale Erfüllungsmeldung der staatlichen Plankennziffern.
Die Zusammenlegung der Kombinate brachte aber nicht den gewünschten Erfolg. Der Logik eines zentralistischen Systems folgend, ver-

wechselte man wieder die Ursachen mit den Wirkungen und tauschte nun die Kader aus.

Werner Mayer war wieder Kaufmännischer Direktor und für ihn wurde ein Dr. Wulf, von dem keiner wusste, woher er kam und was er vorher gemacht hatte, Generaldirektor.

Knapp ein halbes Jahr später, wurde Hannelore Lehmann, als Direktorin für Ökonomie, in den Kombinatsbetrieb "VEB Leuchtenbau Berlin", mit Sitz in der Storkower Straße, beordert.

Neuer Direktor für Ökonomie wurde Dr. Günter Heilmann. Bodo hatte ihn schon einmal erlebt, bei einer Sitzung im Ministerium, und sein Eindruck war kein guter gewesen. Heilmann war jahrelang Assistent von Staatssekretär Nendel, von dem man sagte, dass er Waffenträger wäre.

Dr. Heilmann veränderte schrittweise, durch verbindliche Weisungen, die gewohnten Arbeitsabläufe in den ihm unterstellten Bereichen.

Das führte dazu, dass Harald Pahlke, der Planungsleiter, zu Hannelore Lehmann wechselte, als der dortige Leiter für Planung berentet wurde.

Die Leitungssitzungen wurden nicht nur für Bodo zur Tortur. Er versuchte über seine Verbindungen eine andere Anstellung zu finden. Man war interessiert, aber das hätte Gehalts- und Imageverlust bedeutet und das wollte Bodo nicht hinnehmen.

Also nahm er den Kampf gegen Dr. Heilmann auf und kam auf die Verliererstraße. Bodo fühlte sich durch das Auftreten von Dr. Heilmann permanent gedemütigt. Das führte mit der Zeit wieder zur Verschlimmerung seiner psychosomatischen Probleme. Die Schlafstörungen nahmen zu. Wenn Bodo morgens in die Warschauer Straße einbog und den Lichtturm mit dem Logo "NARVA" sah, bekam er nicht nur feuchte Hände am Lenkrad, sondern sein ganzer Körper wurde schweißnass. Die Veränderungen blieben Christa nicht verborgen und sie machte sich Sorgen.

»Bodo, wie lange soll das denn noch so weiter gehen? Willst du wegen diesem Idioten Heilmann, etwa deine Gesundheit ruinieren? Schmeiß den Scheiß hin, wir kommen auch mit etwas weniger aus.«

»Vor dem krieche ich nicht zu Kreuze. Dieser bornierte Alleswisser. Ich weiß gar nicht wie das geht, aber der hat einen Beratungsraum mit drei Assistenten besetzt. Die sind im Stellenplan überhaupt nicht vorgesehen.«

Es kam, wie es kommen musste. Kurz vor dem Urlaub, fiel Bodo während einer Beratung, mit einem Kreißlaufkollaps, vom Stuhl.

Wach wurde er wieder in einem Behandlungsraum der Betriebspoliklinik.

Auf dem linken Ohr hörte er gar nichts und im rechten brummte es. Bodo hatte zusätzlich einen Hörsturz.

Er bekam Medikamente, der Hörverlust verging relativ schnell, aber der Tinnitus blieb und begleitete Bodo fortan.

Er wurde krankgeschrieben und blieb es. Man schickte ihn in die Charité zu allen möglichen Tests und Untersuchungen. Es wurde schon wieder Sommer und Bodo war immer noch arbeitsunfähig geschrieben, obwohl es ihm gut ging.

Bodo hatte in der Betriebspoliklinik einen Termin bei der HNO-Ärztin, Dr. Langer, die auch die stellvertretende Oberärztin war.

Auf seine Frage, wie es denn nun weitergehen würde, kam die Antwort: »Herr Klann, wir kennen uns ja nun schon jahrelang aus ihrer Funktion als Verantwortlicher für die strukturellen und organisatorischen Belange der Klinik. Da ich ihnen vertraue und in der nächsten Woche in den Ruhetand und danach zu meinen Kindern ins Rheinland ausreise, möchte ich mich erstens hiermit von Ihnen verabschieden und zweitens eine Indiskretion begehen. Ich bitte Sie aber, das wirklich vertraulich zu behandeln. In Ihrer Begleitakte steht der Vermerk "Berentung".«

»Berentung? Sieht es denn so schlecht aus? Ich fühle mich doch wohl.«

»Die Begleitakte hat auch nichts mit ihrem Gesundheitszustand zu tun. Mehr kann ich Ihnen dazu nun wirklich nicht sagen.«

Nach der Erkrankung von Bodo leitete Dr. Heilmann, in Personalunion, auch den Bereich Arbeitsökonomie.

Um ihm nicht zu begegnen, rief er vorher immer unten vom Pförtner aus im Sekretariat an, wenn er nach einem Arztbesuch in der Betriebspoliklinik, mit Ilse Hornig reden wollte.

»Der Heilmann ist unterwegs und gar nicht im Haus, aber gut dass du kommst.«, antwortete Ilse auf seine Frage.

Im Verlauf des Gesprächs erfuhr Bodo nun, dass ab Oktober ein kommissarischer Leiter eingesetzt werden würde.

»Deine persönlichen Sachen musste ich schon ausräumen. Die liegen in einer Kiste, dort im Schrank. Ein Glück, dass ich im März nächsten Jahres in Rente gehen kann. Ich bleibe keinen Tag länger, unter diesen Umständen...«, und Bodo war es, als wenn sie anfangen wollte zu weinen, aber sie fing sich wieder, »...und noch was. Einer von Heilmann's

Assistenten hat seine Großmutter in Westberlin besucht und ist nicht wiedergekommen. Nun hat der Heilmann schon wieder einen neuen Assistenten. Da kommt man schon ins grübeln und nicht nur ich.«

Was beide nicht wussten war, dass Dr. Heilmann ein "OibE" war, also ein Offizier im besonderen Einsatz der Stasi.

Heilmann stand im Range eines Oberstleutnants. Das erfuhr Bodo erst nach der Wende aus einer Zeitung.

Als er wieder im Auto saß und nach Hause fuhr, brach es wie ein Schock über ihn herein. Berentung hieß totale Einschränkung im Lebensstandard. Er als Frührentner? Unmöglich. Bodo konnte gar nicht erwarten, dass Christa nach Hause kam, Ein Cognacschwenker für sie stand auch schon auf dem Tisch.

»Mir kam das schon seit einiger Zeit so komisch vor. Aber daran hätte ich nie im Leben gedacht. Was machen wir denn nun?«, fragte Christa, als Bodo berichtet hatte.

»Ich weiß es auch nicht. Vorhin, als du noch nicht da warst, da ging mir durch den Kopf, ob das vielleicht die späte Rache der Stasi ist. Die Saubande kriegt doch alles fertig«

Die Zeit verging ohne Rentenbescheid. Das ungute Gefühl, das Bodo überkam, wenn er den Postkasten öffnete, wurde aber immer intensiver. Hatte ihn Dr. Langer falsch informiert? Dafür sprach nichts, denn seine Arbeitsunfähigkeit, von unterschiedlichen Ärzten bescheinigt, lief weiter.

Es musste eine Lösung für das Problem gefunden werden.

Bodo hatte bei einem Besuch, seinen Eltern davon berichtet. Die hatten einen Bekannten, Peter Gorges, der bei der Rentenversicherung beschäftigt war. Bei einem seiner nächsten Besuche in Westberlin, sagte ihm sein Vater, dass Gorges eine, nach dem Fremdrentengesetz zu erwartende, und in ihrer Höhe ausreichende, Berufsunfähigkeitsrente für Bodo errechnet hätte.

Es war nicht einfach für Bodo, Christa nun davon zu überzeugen, dass er umgehend einen Ausreiseantrag stellen müsste, wenn er denn tatsächlich einen Rentenbescheid erhalten würde. Nachdem Bodo dann entsprechenden Wohnraum in Westberlin besorgt hätte, müsste Christa einen Antrag auf Familienzusammenführung stellen. Über diesen Weg könnten sie dann auch ihr Mobiliar retten. Das war ihr Plan und Bodo versuchte sich ständig damit zu beruhigen, das er auch klappen würde.

Kapitel 71

Im Jahr 1989 fing es in der DDR an, unruhig zu werden. Die Wahlergebnisse wurden kritisch hinterfragt und Gorbatschows Politik hatte reges Interesse geweckt.

Die Zeitschrift "Sputnik" war so etwas, wie der "Reader's Digest" der Sowjetunion. Früher lag der "Sputnik" in Mengen an den Zeitungskiosken. Jetzt war die Zeitschrift, im Zusammenhang mit der Perestroika Gorbatschows, zur Mangelware geworden. Bodo wusste, dass Gründel Abonnent war. Auf die Frage, ob Wolfgang ihm die letzte Ausgabe ausleihen würde, bekam er zur Antwort, dass das Abonnement schon vor einiger Zeit aufgekündigt worden ist.

»Aber warum denn nur, Wolfgang?«

»Weil da nur noch Mist drinsteht. Und warum willst du das lesen?«

»Na, weil da nur Mist drinsteht, Genosse, das habe ich dir doch damals schon immer gesagt.«, lachte Bodo und Gründel machte keinen Hehl daraus, dass er das nicht komisch fand.

Ab November 1988 wurde der "Sputnik" dann auf Beschluss der DDR-Regierung nicht mehr im öffentlichen Handel vertrieben.

Weil immer mehr Bürger Anträge auf Verwandtenbesuche stellten, wurde es in den Räumen für "Reiseangelegenheiten" ihres zuständigen Polizeireviers, auch immer voller.

Im Oktober 1986 dann, fuhren Christa und Bodo das erste Mal gemeinsam nach Westberlin. Christa mit einem Visum aus Anlass des Geburtstages ihrer Tante Ite und Bodo für seinen Vater. Von nun an, wurde ihnen auch der gemeinsame Besuch zu anderen Gelegenheiten, wie die Hochzeit der Tochter von Christas Kusine, Gisela Schüßler, oder zu anderen Geburtstagen gestattet.

Katrin und Dirk hingegen, wurde eine Ausreiseerlaubnis jedoch bisher nicht erteilt. Das änderte sich erst anlässlich des 75. Geburtstages ihrer Großmutter im August 1989. Bodo hatte mit Katrin und Dirk die Daten abgestimmt, damit man am gleichen Tag zusammen den gleichen Übergang benutzen konnte. Zu ihrer Freude und Erstaunen hatten alle die Ausreiseerlaubnis für sieben Tage erhalten.

Am Wochenende vor diesem Ereignis, spielte Katrin, im Garten der Eltern ihres Freundes, Jürgen, Federball. Dabei knickte sie um und zog Sich eine Fußverletzung zu, die sie zwang, mit Krücken zu gehen. Die

Stimmung war nun entsprechend getrübt.

Da startete Bodo spontan einen Versuch und ging mit dem ärztlichen Attest und dem Reisepass von Katrin zur Zulassungsstelle der Polizei und beantragte die Genehmigung zur Fahrt mit dem PKW. Wider Erwarten gab es keine Probleme. In Bodos Reisepass wurde die Benutzung des Dacia vermerkt und alle vier fuhren mit dem Auto am Übergang Chausseestraße, nach Westberlin. Obwohl es früh am Sonntag war, mit wenig Verkehr auf den Straßen und Bodo die Strecke zu seinen Eltern kannte, war er schweißnass, als sie dort ankamen.

Seine Eltern hatten für die Woche zwei Gästewohnungen in ihrer Seniorenanlage gemietet.

Die Verletzung von Katrin stellte sich als nicht so hinderlich dar, wie sie Bodo bei der Beantragung des Autos dargestellt hatte. Und das war auch gut so, denn mit dem Auto ist Bodo nur zwei Mal durch Westberlin gefahren. Vom Grenzübergang zu seinen Eltern und zurück,.

Christa und Bodo merkten ihren Kindern an, dass die Eindrücke und Wahrnehmungen, die in Westberlin auf sie einwirkten, bleibend prägende Spuren hinterlassen würden. Für Dirk war die DDR von nun an, nur noch der "Scheißstaat".

Kurz nachdem sie wieder zu Hause waren, erhielten sie eine niederschmetternde Nachricht. Heike, die geschiedene Frau von Dirk, war mit der kleinen Janine, ihrer Enkeltochter, in Ungarn über die Grenze geflüchtet.

Es geschah viel Ungewohntes. Während bislang Aufmärsche nur von der Staatsmacht angeordnet wurden, versammelte sich das Volk zunehmend zu spontanen Protestmärschen. So auch am 7. Oktober 1989.

Sie standen auf dem Balkon und hörten aus Richtung der Prenzlauer Allee lautstarke Protestchöre und sie sahen auch immer mehr Menschen in diese Richtung laufen.

»Komm, wir sehen uns das mal an.«, sagte Bodo zu Christa und hielt ihr die Jacke hin.

»Aber wir wollen doch morgen rüber…«

»…das ist doch kein Argument, Puppale.«

»Hast recht.«

Beide reihten sich nun in den Protestzug ein, der Richtung Alexanderplatz und weiter bis zum Palast der Republik führte, wo die Parteiprominenz den 40. Jahrestag der DDR feierte. Das Gebäude war von einer riesigen Menschenmenge umzingelt, die Sprüche riefen, für die man bis jetzt mit Haft rechnen musste. Aber das kümmerte heute niemanden.

Auf dem Weg nach Hause, sagte Christa besorgt: »Hoffentlich lassen die uns morgen rüber.«, aber ihre Sorge war unbegründet, denn am Grenzübergang lief alles so ab, wie immer.

Die Situation spitzte sich immer mehr zu. Honecker wurde entmachtet und Krenz übernahm. Am Vormittag des 4. November, fand dann eine nicht genehmigte und noch nie dagewesene Massendemonstration auf dem Alexanderplatz statt.

Auf Grund der Ereignisse sahen sie jetzt auch öfter das DDR-Fernsehen. So auch am Abend des 9. November. Es lief gerade eine vorher angekündigte Pressekonferenz mit Günter Schabowski.

»Mensch, da sitzt ja Annelise Kimmel. Das ist ja ein Ding, wie weit die es gebracht hat.«

»Wer ist denn Annelise Kimmel und wo?«

»Na, die Blonde da, ganz links auf dem Podium. Die war auch mal Parteisekretärin bei Narva. Der hab ich doch das mit der Stasi untergejubelt. Das musst du doch noch wissen.«

»Hmmm…«

Es war das übliche Gelaber und Bodo schaltete den Kanalwähler auf ARD und sie sahen sich einen Film an.

Nach dem Film kamen dann die Nachrichten in der Tagesschau, mit den Äußerungen von Schabowski über angebliche Reiseerleichterungen mit Aufnahmen und Kommentaren von der Bornholmer Brücke, wo sich immer mehr Menschen ansammelten.

»Da sind sie wieder dran, die Westjournalisten. Sensationen und Katastrophen…na, hoffentlich geht das gut. Die Grenzer ballern doch gleich los.«, murmelte Bodo und schaltete das Gerät aus.

Am nächsten morgen wurden sie von der Meldung überrascht, dass die Grenze zu Westberlin offen ist.

»Ruf an und nimm deinen Hausarbeitstag. Wir werden versuchen, meine Eltern zu besuchen. Das glaube ich erst, wenn ich das gesehen habe.«

Es war sehr voll am Übergang Schwedter/Ecke Bernauer Straße, den sie zu Fuß erreichen konnten.

Berlin war wieder eine Stadt ohne Grenzen, obwohl die Mauer immer noch einen anderen Eindruck vermittelte.

Kapitel 72

Katrin ließ sich im Dezember exmatrikulieren. Sie begründete ihre Entscheidung mit der Konzeptlosigkeit an der Hochschule nach dem Mauerfall. In der Annahme, dass sich dieser Schritt nach Beruhigung der Lage wieder reparieren ließ, regelte Bodo, dass Katrin im Bereich Finanzen als Bürokraft eingestellt wurde. Bei dieser Gelegenheit gab er sein Parteibuch ab und erfuhr ganz ne-benbei, dass Generaldirektor Dr.Wulf und der Direktor für Ökonomie, Dr. Heilmann, verschwunden waren.

Katrins Tätigkeit im Betrieb dauerte aber nicht lange, denn sie teilte ihren völlig überraschten Eltern mit, dass sie im März heiraten, und anschließend mit Jürgen nach Hannover ziehen würde.

Ende Januar erhielt Bodo Post vom Rat des Stadtbezirks, Abteilung Gesundheitswesen, darin teilte man ihm mit, dass er seinen Schwerbehindertenausweis abholen könnte.

»Was soll das denn? Kriegt jeder, der längere Zeit krank ist, so einen Ausweis?«

»Nein, meine Mutter musste über ihren Arzt einen Antrag stellen. Das ist bestimmt ein Missverständnis.«

Am nächsten Tag holte er den Ausweis ab, der ihm eine unbefristete Schwerbehinderung von 50% bescheinigte, und zeigte ihn am Abend Christa.

»So, nun haste 'nen Krüppel zum Mann.«

»Ich verstehe das nicht. Du musst doch irgendwann das Passbild abgegeben haben. Wirst du nun auch noch vergesslich?«

»Ich habe kein Bild irgendwo abgegeben. Aber warte mal, das ist doch das gleiche Bild, wie auf meinem Betriebsausweis.«

Bodo holte den Ausweis und zeigte ihn Christa.

»Siehste hier? Damals wurden im Betrieb Fotos für die neuen Klappausweise der Führungskader gemacht, damit man einfacher ins Ministerium und andere Betriebe kommt. Langsam beginne ich zu verstehen, was mir meine Ärztin, Dr. Langer, damals sagen wollte. In mir steigt der Verdacht hoch, dass die Berentung und die Behinderung, irgendwie und von irgendwem gesteuert wird oder wurde. Aber warum? Aber das ist jetzt auch egal. Meinen Rentenbescheid brauche ich dringend, sonst können wir den Plan mit der Rente im Westen in die Tonne treten.«

»Bodo, wo lebst du denn? Das kannste sowieso vergessen.«

»Ja, ich weiß, aber es wäre doch so schön gewesen.«

Mit der Umstrukturierung der Humboldt-Universität wechselte Christa, in die Sektion Erziehungswissenschaften und arbeitete nun am August-Bebel-Platz in der "Kommode", gegenüber der "Deutschen Staatsoper".
Bodo hingegen hatte viel Zeit und da kam es ihm sehr gelegen, als sich Peter Hassinger meldete. Der betrieb jetzt auch eine kleine Handelsvertretung. Er suchte Kunden für eine Schweizer Firma, die Module für die Automatisierung von Montageprozessen herstellte.
Peter kam nach Berlin und Bodo fuhr mit ihm in der Stadt und der Umgebung die Betriebe ab, zu denen er ehemals Kontakt gehabt hatte. Als erstes stellten beide fest, dass in den meisten Betrieben eine beklemmende Ruhe herrschte, weil wenig oder gar nicht gearbeitet wurde.
Das System der Planung und Leitung der DDR, war kurz vor dem Zusammenbruch.

Bodo erkannte schnell, dass die Betriebe nichts kaufen wollten und konnten, sondern Aufträge und Investitionen zur Unterstützung brauchten.
So, wie Hassinger im Kleinen, versuchten viele andere aus Handel, Industrie und Versicherungswesen, in der DDR Geschäfte zu machen. Da wurden vorhandene Warenbestände verramscht und mit Provisionen in DM gelockt.
Er brauchte ein zweites Standbein und darum fuhr Bodo für drei Wochen zu Hassingers.
In Eltville, am Rhein, wollte ein mittelständisches Unternehmen für Automatisierungstechnik eine Kontaktstelle in der DDR aufbauen, dazu suchten sie einen geeigneten Mann.
Während der drei Wochen dort, erhielt Bodo einen kleinen Einblick in die Methoden marktwirtschaftlichen Handelns.
Mit Hinblick auf die bevorstehende Währungsunion und die Gründung der Treuhandanstalt, wurde das Vorhaben jedoch beendet, noch ehe es begonnen hatte.
Kurz nachdem er wieder zu Hause war, bekam Bodo die Mitteilung über den Beginn seiner Berentung ab 1. Mai 1990. Nun konnte er als Invalidenrentner mit Schwerbeschädigtenausweis wieder bis zur Hinzuverdienstgrenze tätig werden.
Als er den Betrieb betrat, fiel ihm auf, dass die Pförtnerloge nicht besetzt war. Das Sekretariat seines Büros war aufgeräumt aber leer.

Ilse Hornig war also in Rente gegangen.

Die Tür zu seinem Arbeitszimmer stand offen und an seinem Schreibtisch saß Bodos Nachfolger. Man stellte sich vor, ohne persönliche Fragen zu stellen. Bodo erfuhr dabei, dass der Betrieb kommissarisch von Werner Mayer geleitet wurde.

»Wird auch Zeit, dass du wieder da bist, Bodo.«, begrüßte der ihn, »Wir müssen unbedingt das Personalwesen und die Lohnabrechnung in den Griff kriegen.«

»Werner, daraus wird nichts werden, als Invalidenrentner kann ich nur im Rahmen der Hinzuverdienstgrenze tätig sein. Das bedeutet Teilzeit. Drei, maximal vier Stunden täglich.«

»Auch das noch. Wen könntest du denn vorschlagen?«

»Ich weiß ja noch nicht mal, wer überhaupt noch da ist.«

Obwohl man dann Dr. Feder, einen ehemaligen Abteilungsleiter aus dem Rechenzentrum, mit der Leitung des Personalwesens beauftragt hatte, erwartete man von Bodo die entscheidenden Vorschläge zur Lösung der anstehenden Probleme. Seine Empfehlungen wurden von den anderen Mitarbeitern, wie Weisungen befolgt.

Am 1. Juli 1990 trat dann die Währungs-, Wirtschafts- und Sozialunion in Kraft. Alle Geldkonten wurden auf DM umgestellt.

2000 Mark pro Person (Rentner mehr und Kinder weniger) im Verhältnis 1:1 und der Rest im Verhältnis 1:2.

Bodo wollte, wie andere auch, versuchen vorher noch etwas Geld bei anderen unterzubringen, aber Christa war dagegen.

Für die paar Mark Ostgeld, die sie noch zu Hause hatten, betankte Bodo das Auto.

Das Konto mit dem Restgeld von seiner Schwester, bei der Berliner Bank, hatte Bodo aufgelöst. Sie hatten nun genügend DM für die nächste Zeit und brauchten sich nicht an dem Geldumtauschtumult beteiligen.

Als er am Vormittag des besagten Tages im Betrieb ankam, hatte er Schwierigkeiten ins Gebäude zu kommen.

In einer langen Schlange standen die Menschen im Gang vor der Sparkassenfiliale im Hauptgebäude, bis auf die Straße, um sich DM zu besorgen. Dabei herrschte eine Stimmung, wie beim Fasching.

Ganz im Gegensatz zu Arno, bei dem herrschte Hektik. Arno hatte große Schwierigkeiten gehabt, sein "Schwarzgeld", das er, wie Bodo wusste, hinter Holz und Kohlen auf dem Karower Grundstück gehortet hatte, noch rechtzeitig und in Etappen, auf sein und Mariannes Konto einzuzahlen.

»So, nun haben die Penner mein Vermögen halbiert. Ich bin ja gespannt, was denen noch alles einfällt.«, ereiferte er sich.

Bodo war überrascht, als er das hörte. Arno konnte es doch bisher gar nicht erwarten, dass die DDR untergeht und er freier Unternehmer wäre.

»Zu dem Kurs wärst du früher aber nicht zu Westgeld gekommen.«

»Früher, früher, jetzt muss ich aber auch alles in DM bezahlen.«

Kietzmann handelte anders. Er nahm sein halbiertes Vermögen und ließ sich mit seiner Frau in Spanien nieder.

Norbert Heim wiederum, hatte gänzlich andere Probleme. Er konnte sich mit der neuen Situation nicht abfinden.

Bei einem Besuch schaukelte sich, mit zunehmendem Alkoholgenuss, ein Disput zwischen Christa und ihm, immer mehr hoch. Alle Bemühungen von Wietschi und Bodo, deeskalierend einzugreifen, scheiterten. Norbert sprang auf und schrie Christa an: »Wenn du ein Mann wärst, dann würde ich dir jetzt eine aufs Maul hauen.«

»Na, na, nun mal sachte…«, Bodo hatte sich aus dem Sessel erhoben.

»Das ist nicht nötig, Dicker, mit der Lusche werde ich alleine fertig.«

»Hier seht ihr mich nicht wieder.«, brüllte Norbert vor Wut zitternd und stürmte aus dem Zimmer. Wietschi folgte ihm wortlos und weinend.

»Was war denn nur los? Warum seid ihr denn so aneinander geraten?«

»Das ist eine ausgesprochene Arschgeige, ein richtiger Pfeifenheini aber auch…dieser Rückversicherer, vielleicht kommt alles wieder ins Lot, sagt er. Der Sozialismus siegt…«, Christa konnte sich gar nicht beruhigen.

Am nächsten Morgen, sie lagen noch im Bett, fragte Bodo: »Wie geht denn das nun mit Wietschi weiter? Wirst du sie anrufen?«

»Nee, die kann sich bei mir für ihren Mann entschuldigen. Wer mit so einer Flachzange verheiratet ist, muss auch die Folgen tragen.«

Bodo merkte, dass es Christa nicht leicht fiel, aber sie blieb standhaft. Und so zerbrach eine jahrzehntelange Freundschaft. Eigentlich war es noch viel mehr, denn Wietschi gehörte schon fast zur Familie.

Kapitel 73

Als Bodo damals, nach seinem Firmenbesuch in Eltville von Hassingers zurückfuhr, wählte er die Route über die Kasseler Berge.

Das war fahrtechnisch für ihn eine neue Erfahrung und Herausforderung und zeigte ihm die Leistungsgrenzen des Dacia recht deutlich. Nicht nur, dass ihn ein Truck mit Hänger am Berg überholte, als noch viel schlimmer empfand er das freundliche Winken und Grinsen des Beifahrers.

Vergeblich hatte er damals versucht, Christa davon zu überzeugen, dass sie ein neues Auto brauchten.

Zu seinem 80. Geburtstag hatte Theo in das Café der Seniorenanlage eingeladen. Noch vor der Eröffnung des Buffets hielt er eine kleine Rede, die mit seinem kargen Leben nach dem Ersten Weltkrieg begann und damit endete, dass er Bodo die Schlüssel für den Lada übergab.

Als Bodo sich wieder hinsetzte, grinste Peter Gorges, der damals seine Rente errechnet hatte und und sagte leise: »Nach der Rede muss das ja mindestens ein Mercedes sein, der Lada.«

Nun hatten sie ein anderes Auto. Einen Lada, wenn auch Modell 2107.

»Das ist der Fluch der bösen Tat. Hab ich dir das damals nicht gleich gesagt?«, war Christas Kommentar.

»Du hast gesagt, er soll sich überhaupt kein Auto kaufen. Woher sollte ich denn wissen, wie alles kommt? Mist, hätte ich ihm doch nur geraten, einen VW zu kaufen.«

Doch es gab auch einen Vorteil. Er brauchte nicht mehr zur Werkstatt von Arno, bis nach Pankow. In der Straßburger Straße, kurz hinter der Saarbrücker Straße, war früher der streng bewachte Fuhrpark des Ministeriums des Innern (MdI).

Auf dem großen Gelände hatte vor kurzem eine Peugeot-Filiale eröffnet. Das Personal hatte man wohl vom MDI übernommen, denn die ehemalige Rangordnung konnte Bodo im Umgangston der Beschäftigten untereinander unschwer feststellen. Es war ihm aber egal, denn für ihn war wichtig, dass sich die Automechaniker mit Lada auskannten. Als Bodo das erste Mal auf den Hof fuhr, wurde der Lada 2107 hinreichend bestaunt.

Bodo wartete auf den Wagen, der wieder einmal zur Reparatur war und vertrieb sich die Zeit damit, die im Verkaufsraum stehenden Peugeots anzusehen.

»Na, schicke Wagen, was?«.

Neben ihm stand der Filialleiter. »Ich wollte sowieso schon mal mit Ihnen reden. Ein alter Genos...äh Kollege von früher, der ist an Ihrem 2107 interessiert. Wenn Sie sich für einen Peugeot entscheiden, dann haben Sie einen Abnehmer für Ihren Lada und wir machen Ihnen ein gutes Angebot.«

Am Abend erzählte er Christa davon.

»Da wird dein Vater aber sauer sein, das ist dir doch wohl bewusst, oder?«

»Na und? Bin ich mit meinem Vater verheiratet oder mit dir? Wir müssen das entscheiden.«

Sie entschieden sich, und eine Woche darauf stand am Straßenrand, anstelle des Lada, nun ein Peugeot 306, den Bodo als Vorführwagen, sehr günstig erstanden hatte.

Kapitel 74

Mit dem Beitritt der DDR zur Bundesrepublik Deutschland, am 3. Oktober 1990, galten nun für die neuen Bundesländer und Ostberlin, die Rechtsvorschriften der BRD.

Das erforderte die schrittweise, aber zügige Anpassung an das neue Sozialversicherungs-, Lohnsteuer- und Rentenrecht für die Beschäftigten in den Betrieben und Einrichtungen.

Nach Rücksprache mit Dr. Feder sorgte Bodo dafür, dass die alten Personalakten, die er damals in den Kellerräumen gesehen hatte, in einem geeigneten Raum archiviert wurden.

Zur Ablage nutzte er die modernen, nun aber schon entleerten, Registrieranlagen der Kaderabteilung und des verwaisten "Sektor 1".

Dann übernahm die Treuhandanstalt den Betrieb. Die Lampenproduktion wurde gedrosselt und später eingestellt. Die meisten Beschäftigten aus den anderen Betriebsteilen und der Verwaltung wurden bei vollem Lohnausgleich nach Hause geschickt.

Dr. Feder wurde von der Treuhand durch einen Herrn Stauche ersetzt. Der war, wie Bodo später erfuhr, bis dahin im Personalwesen der Arbeiterwohlfahrt, in Westberlin, beschäftigt gewesen.

Die Kapitalanleger versprachen Maßnahmen zur Weiterbeschäftigung, vertraten aber nur ihre Immobilieninteressen.

Die Treuhand gab das BGW schließlich an sie ab und es kam, wie es kommen musste und sollte, das BGW wurde "abgewickelt", wie die Zerschlagung der DDR-Betriebe genannt wurde. Dazu gründete man die Ausgliederungsgesellschaft "Priamos". Der Geschäftsführer, Cossemania, war ein Banker aus München.

Bodo empfahl Herrn Stauche eine seiner ehemaligen Abteilungsleiterinnen, Helma Oestel, als persönliche Mitarbeiterin.

Er selber kümmerte sich um die Entlohnungsprobleme und hatte dazu mit der ehemaligen Leiterin der Gehaltsabrechnung, Jutta Krause, und vier ihrer Mitarbeiterinnen, die besten Fachkräfte an seiner Seite. Dazu holte er sich noch einen der besten Programmierer, Felix Resel.

Das war die Mannschaft, mit der Bodo die notwendige Anpassung des bestehenden Lohnprojektes, an die neuen Rechtsvorschriften, lösen wollte.

Die systemtreue Betriebsgewerkschaftsleitung war durch einen frei gewählten Betriebsrat ersetzt worden. Der Vorsitzende Müller kämpfte um einen Sozialplan für die Mitarbeiter und soweit es noch ging, um den Erhalt der Arbeitsplätze.

Die einstige Euphorie der Beschäftigten, die nun um ihren Arbeitsplatz bangten, war in Ernüchterung umgeschlagen.

Darüber hinaus stürzte viel Neues auf die Menschen ein, die über Jahrzehnte durch den Staat gelenkt wurden und sich nun um alles selber kümmern mussten.

Mit Hilfe von Betriebsrat Müller erhielt Bodo die Möglichkeit, das Osram-Werk in Spandau zu besuchen. Er nahm Jutta Krause und Resel mit, weil er in Erfahrung bringen wollte, welche Stammdaten der Beschäftigten für die rechentechnische Ermittlung der Abgaben an Lohnsteuer und Rentenbeitrag, sowie an die unterschiedlichen Krankenversicherungen neu aufbereitet werden mussten. Die vorhandenen Stammdaten bezogen sich ja auf das Steuer- und Krankenversicherungsrecht der DDR und waren deshalb auch nur für das betriebsbezogene Lohnprojekt verwendbar.

Herr Stauche versuchte indes das Problem mit den alten Stammdaten und der Software eines großen Industrieunternehmens, mit Sitz in Westberlin, zu lösen. Ob ihm dafür Provision in Aussicht gestellt wurde, konnte Bodo nur ahnen. Jedenfalls beschäftigte Herr Stauche mehrere Mitarbeiterinnen der ehemaligen Lohnrechnung mit der Auswertung von Ergebnislisten.

Nach einigen Monaten hatten die nutzlosen Listen ein Volumen von mehreren Kubikmetern angenommen, die im ehemaligen Konferenzraum des Generaldirektors lagerten.

Wegen der Unzulänglichkeiten in der Betriebsabrechnung, nahmen die Mahnungen durch die Krankenkassen und die Rentenversicherung in erschreckendem Maße zu.

Die Frist, die Geschäftsführer Cossemania zur Beseitigung dieses Missstandes gesetzt hatte, verstrich und Herr Stauche wurde ersatzlos an die Treuhand zurückgeschickt. Einen Teil der Aufgaben übertrug er Helma Oestel und dann bestellte er Bodo zu sich.

»Herr Klann, ich habe mir sagen lassen, sie haben früher mal ein Lohnprojekt eingeführt. Sie kennen ja die prekäre Situation, in der wir uns befinden.«

»Ja, das ist aber mit heute überhaupt nicht zu vergleichen.«

»Sehen Sie denn eine Lösung, aus dieser vertrackten Situation herauszukommen? Ab Januar ist meine Schonfrist abgelaufen, das ist nicht mehr lange hin.«

»Ich kann es ja versuchen, aber dazu benötige ich Ihre Zusicherung, dass ich alle Arbeitsaufträge und Genehmigungen nur von Ihnen erhalte. Ich müsste Ihnen also sozusagen direkt unterstellt sein. Dann wäre ein, mit dem Rechnungswesen abgestimmtes und revisionssicheres Abrechnungsprogramm, einschließlich aller Abrechnungen mit den Leiharbeitsfirmen möglich.«

»Wie hoch ist denn die Sicherheit, die Sie mir geben können?«

»Ich versichere Ihnen, dass Sie im kommenden Jahr keinen Ärger haben werden.«

»Na, dann machen wir das. Ich verlasse mich auf Sie.« und Cossemania reichte ihm die Hand.

Als ihm Helma Oestel einen Arbeitsauftrag erteilen wollte und er ihr mitteilte, dass er direkt dem Geschäftsführer unterstand, sagte sie nur: »Da hätte ich eigentlich selber drauf kommen müssen. Bodo, du bist und bleibst ein Schlitzohr.«

Helma Oestel regelte nun auf Grundlage eines Sozialplanes in Verhandlungen mit dem Betriebsrat, wer wann entlassen werden würde. Bodo war froh, dass er diese Aufgabe nicht zu machen hatte.

Der Testlauf verlief bestens. Mit der Januarabrechnung war das Problem gelöst und gab es zukünftig keine Mahnungen mehr.

»Herr Klann, es ist selten, dass man sich heutzutage noch auf jemanden verlassen kann. Ich stehe in Ihrer Schuld. Wie hoch ist denn ihr jetziges Gehalt? Da werden wir ordentlich was drauflegen.«

Bodo merkte, dass es Cossemania ernst war.

»Danke, das ist sehr freundlich und ehrt mich natürlich, aber ich muss ablehnen, denn ich arbeite wegen meiner Berufsunfähigkeitsrente im sogenannten Lohndrittel und das auch nur ein paar Stunden täglich. Sie werden verstehen, dass ich in der gegenwärtigen Situation die sichere Rente nicht gerne gegen ein unsicheres Arbeitsverhältnis tauschen möchte.«

»Das wusste ich ja gar nicht. Aber was kann ich denn sonst für Sie tun?«

»Da gibt es was. Aber ich weiß nicht…«

»…na, los. Raus mit der Sprache, was ist es?«

»Hier vor dem Gebäude ist doch neben Ihrem, noch ein Parkplatz frei

und draußen auf der Straße muss ich immer erst ein paar Runden fahren.«
»Gebongt, wenn es weiter nichts ist. Das ist ja zum schießen«, lachte
Cossemania, »sagen Sie meiner Sekretärin nachher Ihre Autonummer und
ab morgen stehen Sie neben mir.«

Aber damit ließ er es nicht bewenden. Kurz vor Ostern übergab ihm
Cossemania ein größeres Kuvert mit einer ansehnlichen Summe Bargeld.

In der folgenden Zeit seiner Tätigkeit, kümmerte sich Bodo dann um die
stetige Verbesserung der Nachweise über Beschäftigungszeiten und
versicherungspflichtiger Einkommen ehemaliger BGW-Mitarbeiter, zur
Sicherung ihrer Renten- und Versicherungsansprüche.

Kapitel 75

Durch die jahrzehntelange Teilung Deutschlands nach dem Zweiten Weltkrieg, sind zwei Generationen in völlig unterschiedlichen politischen Systemen aufgewachsen.

In Kombination mit den politischen Gegebenheiten des "Kalten Krieges" führte das auch bei den meisten älteren Deutschen zu einem, immer abgrenzender werdenden, nationalen Denken und Handeln.

Nach der Wiedervereinigung wurden diese Veränderungen in den Lebensauffassungen nirgendwo so deutlich sichtbar, wie in Berlin.

Der überwiegende Teil der Menschen im Westteil der Stadt, hat in der Freiheit einer demokratischen Ordnung gelebt und gearbeitet, während sich die Berliner im Ostteil, der Autorität einer "Diktatur des Proletariats" entweder unterwerfen oder anpassen mussten.

In der Bernauer Straße brauchte man nur von der einen Straßenseite auf die andere zu wechseln und man war zwar immer noch in der gleichen Stadt, aber in einem anderen Land.

Hier, in Ostberlin, das triste Grau heruntergekommener Gehwege und Häuser und auf der anderen Straßenseite, in Westberlin, eine modern ausgestaltete, funktionierende Infrastruktur.

An einem Sonntagnachmittag waren sie bei Bodos Eltern zum Kaffee.

»Ich weiß gar nicht, warum die Charlotte Sasse sich nicht meldet.«, sagte seine Mutter, in diesem leicht vorwurfsvollen Ton, den Bodo noch nie leiden konnte.

»Na, ruf sie doch an, vielleicht ist etwas mit ihr.«

»Dann hätte er ja wenigstens Bescheid sagen können.«

Bodo versuchte sachlich zu bleiben. »Habe ich das jetzt richtig verstanden, dass du erwartest, dass die Leute sich immer bei dir melden? Aber warum denn nur?«

»Damals, als die Mauer noch stand, waren sie fast jede Woche hier. Da haben sie ja auch immer etwas für bekommen. Jetzt haben sie selber ihr Geld umgetauscht gekriegt und nun haben sie es nicht mehr nötig. Ich finde das undankbar.«

»Undankbar? Die haben doch die Sachen für uns rübergebracht. Da sind wir euch und ihnen immer noch dankbar. Also, ich verstehe dich nicht.«

Nun mischte sich sein Vater ein.

»Mutti meint, dass sie dafür ja auch immer etwas bekommen haben.«

»Das habe ich schon verstanden. Sollten sie die Botengänge denn umsonst machen? Hättet ihr denn das im umgekehrten Fall gemacht?«

»Was soll denn das nun? Waren wir vielleicht für die Zustände verantwortlich?«

»In gewisser Weise schon, denn eure Generation hat doch damals die Nazis gewählt und so diesem Psychopathen den Weg für den Krieg geebnet. Wenn das nicht passiert wäre, dann hätte es dieses ganze Elend und die Teilung Deutschlands nicht gegeben.«, erregte sich Bodo.

Sein Vater guckte ihn nur fassungslos an. Christa stand auf und half Herta das Kaffeegeschirr in die Küche zu tragen.

Von nun an verlief das Gespräch einsilbig und es lag eine gewisse Spannung in der Luft. Als Bodo sagte, dass es wohl Zeit wäre zu gehen, hielt ihn seine Mutter diesmal nicht mit der Bemerkung zurück, dass sie doch noch zum Abendbrot bleiben könnten, wie sie es sonst immer tat.

»Mensch, Dicker, so kenne ich dich ja gar nicht. Das hätte ich niemals erwartet, dass du den Mumm hast, deinen Eltern so den Marsch zu blasen.«, sagte Christa auf dem Weg zum Parkplatz und streichelte ihm die Wange.

»Mich kotzt einfach diese Borniertheit der Westberliner an. Wobei meine Eltern ja erst etwas über zehn Jahre hier sind. Die müssten doch noch einen Funken Erinnerung haben, an die Zeit im Osten.«

»Da bin ich ja froh, dass du diesen Gerechtigkeitsanfall nicht vorige Woche bei Lilo gekriegt hast.«

Nur ungern war Bodo der Bitte Christas gefolgt, wieder einmal Lilo und Jürgen zu besuchen. In der Nähe vom Hohenzollerndamm verwalteten sie die Anlagen eines großen Sportklubs.

Jürgen war Platzwart und Hausmeister. Lilo war für die Vergabe der Gästezimmer und die Gastronomie verantwortlich. Im Gästehaus hatten sie eine gemütliche Hauswartwohnung. Das Getue von Lilo, als wenn sie die Direktorin eines Hotels wäre, ging Bodo jedes Mal, wenn sie da waren, auf die Nerven. Als Lilo ihre spitzen Bemerkungen diesmal über das neue Auto von Bodo losließ, guckte ihn Christa flehentlich an und Bodo machte, als wenn er nichts gehört hätte.

»Die Lilo ist mir wirklich viel zu primitiv und ihr Sklave, Jürgen, mit dem kann man ja kein vernünftiges Wort mehr reden. Ich bin immer froh, wenn wir wieder nach Hause fahren.«

»Danke, mein Süßer.«

Nach seinem Herzinfarkt war Siegfried Burri zur Erholung in der Schorfheide, bei Berlin. Der ehemalige Jagdsitz von Stasi-Chef Mielke war in eine Rehaklinik umgewandelt und für die Patienten war ein Bettenhaus angebaut worden.

Uschi rief an und fragte Christa, wie sie denn da am besten hinkommen würde.

»Ich spreche mit Bodo. Wir bringen dich mit dem Auto hin. Schließlich wollen wir doch auch wissen, wie es Siegfried geht.«

Bodo musste sich anhand des Kartenmaterials "Berlin und Umgebung" eine Fahrtskizze machen, denn die Schorfheide war zwar sehr schön, aber zu DDR-Zeiten nicht gerade ein Ausflugsziel, weil sich dort einige Jagdanwesen der Spitzen von Partei und Regierung befanden.

»Bist du privatversichert?«, fragte Bodo, nachdem Siegfried ihnen sein Zimmer gezeigt hatte.

»Nee, AOK. Warum?«

»Einzelzimmer, mit Dusche und WC. Meine Schwiegermutter war damals in Buch in der Geriatrie, in einem Sechsbettzimmer untergebracht und…«

»Bodo, hör auf!« unterbrach ihn Christa schroff.

Siegfried sah erholt aus und man verbrachte den Nachmittag bei Kaffee und Kuchen.

Zwei Tage später erhielten sie von Uschi die Nachricht, dass Siegfried plötzlich verstorben war.

Kapitel 76

Am Mittwoch nach den Osterfeiertagen 1992, hatte Christa, wegen einer Zyste an der Gebärmutter, einen Termin in der Charité.

Als sie ging, witzelte Bodo noch, dass es hoffentlich nicht wieder eine Schwangerschaft ist, so wie bei Katrin damals.

»Das ist sehr unwahrscheinlich, du Angeber. Von was denn?«, war ihre Antwort und gab ihm einen Abschiedskuss.

Bodo war gerade dabei das Frühstücksgeschirr abzuwaschen, als das Telefon klingelte. Es war Christa und sie klang sehr erregt.

»Bodo, du musst sofort herkommen. In die Mamma-Onkologie. Wo das ist, erfährst du unten in der Anmeldung. Bitte, beeile dich.«

Bodos Blutdruck schnellte in die Höhe. Was gab es denn nun schon wieder? Er ließ alles stehen und liegen und fuhr los.

Im Warteraum saß eine verweint aussehende Christa.

»Was ist denn passiert, Puppale?«, fragte er besorgt und nahm sie in den Arm.

»Ich habe Brustkrebs.«, sagte sie in einem merkwürdig ruhigen Ton.

»Quatsch. Brustkrebs? Und was ist denn nun?«, Bodo war völlig durcheinander.

Beim anschließenden Arztgespräch wurde ihnen mit brutaler Offenheit mitgeteilt, was in der Folge passieren würde, wie die Chancen allgemein, und für eine brusterhaltende OP im Besonderen, standen. Christa blieb gleich in der Charité.

Die Operation verlief problemlos und brusterhaltend. Mit Beendigung der Nachbehandlung durch Bestrahlung und Chemotherapie, schien nach einer Rehakur alles überwunden zu sein und Christa nahm ihre Tätigkeit an der Uni, Anfang 1993, wieder auf.

Bodo war in der Küche und hörte plötzlich Christas laute und erregte Stimme. In der Annahme, dass etwas passiert wäre, lief er ins Wohnzimmer und sah Christa, mit froher Miene im Sessel sitzend, telefonieren. Noch ehe er fragen konnte, wer der Anrufer war, winkte ihn Christa mit einer hastigen Handbewegung aus dem Zimmer.

»Du glaubst nicht, wer sich da vorhin gemeldet hat. Helga Lerm. Meine alte Freundin Helga. Die wohnen jetzt in Bayern. Mensch, Bodo, das ist ein Ding, nach so vielen Jahren.«

»Ja, das finde ich auch alles sehr spannend, aber wer ist Helga Lerm?«

»Da kann man mal wieder sehen, wie du immer hinhörst und überhaupt, du musst dich doch an sie erinnern. Die waren doch nach dem Mauerbau mal bei uns hier zu Besuch, sie und ihr Mann, Rolf.« .

»Aber natürlich, das ist ja auch bloß erst 30 Jahre her.«

Kurze Zeit später meldete sich eine Helga Schölzel und lud Christa zu einem Klassentreffen ein.

»Mit solch alten Schrippen, bin ich also früher mal in eine Klasse gegangen? Unglaublich. Das war das erste und letzte Mal…«, war Christas Kurzkommentar danach, als sie wieder zu Hause war.

Lerms kamen nach Berlin und die beiden Helgas und Christa trafen sich in Schölzels Wohnung in Reinickendorf. Derweil besuchten Rolf und Bodo ein Lokal in der nicht weit entfernten Residenzstraße.

»Der Rolf hat mich gefragt, ob ich in der Partei war. Das war mir richtig peinlich«, sagte Bodo auf der Rückfahrt zu Christa.

»Und was haste gesagt?«

»Natürlich nicht…«

»…und warum? Du hast doch nichts Ehrenrühriges getan. Du hast dich doch nur beruflich weiter entwickelt, damit wir gut leben konnten und die Kinder was geworden sind.«

»Trotzdem, es war mir unangenehm. Aber jetzt, wo du das so sagst, was ist eigentlich Schlimmes daran? Wenn ich das nächste Mal in diese Situation komme, dann schildere ich kurz die Möglichkeiten, die man in diesem totalitären System hatte und stelle die Gegenfrage, wie sie sich entschieden hätten, an meiner Stelle. Ja, so mache ich das.«

Später besuchten sie Lerms des Öfteren in ihrem schönen Haus in Bayern und verbrachten mit ihnen gemeinsam, mehrere Urlaube an der Algarve.

Das Ergebnis der obligatorischen Nachuntersuchung veränderte dann alles. Man diagnostizierte ein Rezidiv. Der Krebs hatte Metastasen gebildet. Auf Grund der neuen Sachlage endete Christas Arbeitsverhältnis mit der Humboldt-Universität im September 1994 und einer Abfindung für ihre jahrzehntelange Beschäftigung.

Von nun an bezog auch Christa eine Rente. Nachdem er seinen Tarifurlaub genommen hatte, gab Bodo seine Tätigkeit bei "Priamos" auf, aber ohne Abfindung. Der "Abwicklungsbetrieb" beschäftigte noch weniger als 40 Mitarbeiter.

Nach den quälenden Phasen der nun anstehenden Chemotherapien, folgten Rehakuren, zu denen Bodo immer mitfuhr. Später dann, als offiziell anerkannte Begleitperson, sowieso. In den Zeiten relativen Wohlbefindens von Christa, machten sie Reisen und besuchten auf Rundfahrten in Deutschland, sowohl Horst Rex in Oberweißbach, Lerms in Bayern und auch immer wieder Hassingers im schönen Rhein-Main-Gebiet.

Durch ihre Aufenthalte in Büsum und Husum, sowie die Rehakuren in der Klinik Schloss Schönhagen bei Damp, lernten sie die Ost- und Nordseeküste kennen, wo sie früher nicht hin konnten.

Sie besuchten die "Kieler Woche" und Bodo staunte über die großen Viermaster-Segelschiffe und in Laboe über die geringe Größe eines deutschen U-Bootes aus dem Zweiten Weltkrieg, das man besichtigen konnte. Zum zollfreien Einkauf auf einer Fähre, fuhren sie nach Dänemark und zurück.

Es war, trotz allem, eine schöne Zeit

Vielleicht war es "Kieztreue" oder die Verbundenheit mit der Wohnung nach über 30 Jahren, denn in eine rekonstruierte DDR-Plattenbauwohnung wollten sie ebenso wenig, wie einen Umzug in den Westteil der Stadt, wo es gut ausgestattete Mietwohnungen gab.

Also modernisierten sie ihre Wohnung kostenaufwendig, mit einer neuen Küche und durch den Einbau einer neuen Heizungsanlage.

Dirk hatte einen PC angeschlossen und einige Programme installiert.

Mit einem dieser Programme führte Christa ein "Krebstagebuch" und dokumentierte die Wirkungen der Chemotherapien, wie Haarausfall, das zweimalige Nachwachsen und dann die Perücke mit der Qual des Tragens im Sommer, aber hilfreich im Winter. Das dokumentierte sie über Jahre ebenso, wie Folge-OP's, Schmerzen und Fehlbehandlungen.

»Der Geburtstermin steht unmittelbar bevor, hat mir Katrin vorhin am Telefon gesagt. Ich bin heilfroh, dass die letzte Nachuntersuchung bei mir nichts Negatives gebracht hat. Ich will unbedingt mein Enkelkind sehen.«

Am Tag darauf teilte Jürgen telefonisch mit, dass er Katrin in die Klinik gebracht hätte. Als sie am 1. November 1997 in Hannover ankamen, war Katrin gerade entbunden worden.

Sie hatten nun noch eine Enkeltochter, Johanna, und waren von nun an sehr oft in Hannover.

Kapitel 77

Die Metastasierung war nicht zu stoppen. Christa fiel das Treppensteigen immer schwerer.

Bodo besorgte eine Wohnung mit Fahrstuhl in der Nähe der Charité. Das war auf Grund der Gegebenheiten nur im Westteil möglich und zwar in der Nähe vom Humboldthain.

Ab Mai 1998 lautete die Adresse für ihre große Zweizimmerwohnung in der achten Etage, Neue Hochstraße 30.

Sie wussten beide, was die Zukunft bringen würde, aber bis dahin wollten sie es sich so schön, wie nur irgend möglich gestalten. Sie ließen das Bad anforderungsgemäß umbauen und richteten das Wohnzimmer neu ein.

Bodo holte von der Wohnungsverwaltung GESOBAU, die Genehmigung zum Einbau ihrer Küche, aus der alten Wohnung und sie fühlten sich wohl in ihrem neuen Heim.

Gewöhnungsbedürftig war nur die Vielzahl unterschiedlicher Nationalitäten in dem großen Haus, denn das kannten sie so nicht.

Als Gerhard Voß im Herbst 1999 von seinem langen Blasenkrebsleiden erlöst wurde, ging Bodo allein zur Beisetzung, weil Christa weder physisch noch mental dazu fähig war.

Obwohl sie offensichtlich vorhanden waren, bemerkte Bodo die Veränderungen an Christa nicht. Ursel Czensny, eine Freundin von Christa, hatte sie besucht. Als Bodo sie wieder zum S-Bahnhof bringen wollte, fing sie im Fahrstuhl plötzlich an zu weinen.

»Was ist denn los?«, fragte Bodo.

»Mein Gott, die arme Christa.«, schluchzte sie.

»Ja, sie hat schon zu knabbern, aber heute war sie doch gut drauf.«, antwortete Bodo tröstend.

Ähnliches erlebte er nach den Besuchen von Uschi Burri und Marianne Wendlandt

Weitere Kontakte mit Christa beschränkten sich dann nur noch aufs telefonieren.

Bislang hatte Bodo sie immer zu den Therapien in die Charité gebracht.

Nun kam es immer häufiger vor, dass Christa den Weg nach unten, in die Garage, nicht mehr schaffte.

Bodo besorgte dann einen Krankentransport und fuhr hinterher.

Hassingers waren wieder einmal in Berlin und besuchten sie in der neuen Wohnung ansehen.

»Mann, hier hat man ja einen tollen Ausblick, von eurem Balkon.«, bemerkte Peter und fasste sich stöhnend an den Rücken.

»Haste dich verhoben oder hat dir Gitti eine gegebt?«, lästerte Bodo.

»Nein, diese Schmerzen plagen mich schon eine ganze Weile.«

Christa gab ihm aus ihrem Medikamentenfundus eine Packung Schmerzpflaster.

»Die Dinger helfen, mach dir mal gleich eins rauf.«

»Danke, aber etwa hier, vor allen Leuten?« fragte Peter grinsend.

»Nun mach schon Willi, was ist bei dir schon zu sehen«, ging Gitti darauf ein.

Das Millennium war noch keine 14 Tage alt, da rief Brigitte an und teilte ihnen weinend mit, dass die Rückenschmerzen von Peter eine andere Ursache hatten.

Er war ins Krankenhaus eingeliefert worden und man hatte Bauchspeicheldrüsenkrebs, in fortgeschrittenem Stadium diagnostiziert. Sie bat Christa flehentlich, dass sie mal mit ihm reden sollte, denn er hatte eine Chemotherapie abgelehnt.

Sie nannte Christa die Telefonnummer von Peter, der in der Mainzer Uni-Klinik lag. Nach einem langen Gespräch mit Christa, stimmte er dann einer Therapie zu.

Brigitte bedankte sich am nächsten Tag bei Christa und sagte ihr, dass sie ihr das nie vergessen würde.

Doch noch ehe mit der Therapie begonnen werden konnte, verstarb ihr Freund, Peter Hassinger, Anfang Februar 2000.

Bodo konnte Christa nicht allein lassen und nahm deshalb auch nicht an der Trauerfeier teil. Brigitte verstand das.

Bei seinem Vater hatte sich der Magenkrebs verschlimmert.

»Der Professor hat gesagt, man könnte den Magen operativ entfernen.«

»Sag mal, du hast vor ein paar Monaten deinen 90. Geburtstag gefeiert. Bis auf ein Völlegefühl, geht es dir doch gut. Wenn du dich operieren lässt, dann geht deine jetzige Lebensqualität gegen Null. Willst du das wirklich?«

»Du hast ja recht, ich hätte das sowieso nicht mehr machen lassen.«

Bodos Mutter hatte wegen der Pflegebelastungen einen Kreislaufzusammenbruch erlitten und kam ins Krankenhaus.

Bodo ließ seinen Vater nun ebenfalls einweisen, weil niemand mehr da war, der ihn pflegen konnte.

Zur gleichen Zeit wurde Christa in der Charité ein künstliches Gelenk im rechten Oberarm eingesetzt, weil der Krebs dort die Knochen zerstört hatte.

Manchmal war Bodo nun täglich zu drei Krankenhäusern unterwegs.

Am 13. Mai 2001 ist sein Vater verstorben.

Danach hatte Bodo den Eindruck, dass seine 86-Jährige Mutter, trotz ihrer Trauer über den Verlust, irgendwie befreit wirkte, befreit von der Last der Pflege, in den Monaten davor.

Kapitel 78

Es wurden keine klinischen Therapien mehr durchgeführt. Christa erhielt über ihren Port eine Dauerinfusion. Dazu trug sie am Körper einen Behälter mit einer Pumpe.

Die leeren Infusionsflaschen tauschte Bodo, in regelmäßigen Abständen, gegen volle aus.

Zu Weihnachten und an ihrem kurz darauf folgenden 66. Geburtstag, war Christa noch in einem relativ stabilen physischen Zustand. Danach verschlechterte sich dieser Zustand aber rapide.

Alle Versuche Bodos, sie in die Onkologie einweisen zu lassen, scheiterten an angeblich fehlender Bettenkapazität. Am Abend des 31. Januar, einem Donnerstag, bestellte Bodo über die Feuerwehr einen Rettungswagen und fuhr mit ihr in die Charité.

Danach benachrichtigte er Katrin und Dirk. Am Sonnabend standen sie zu dritt am Krankenbett von Christa. Sie machte einmal die Augen auf und lächelte. Dann schloss sie die Augen wieder und das Lächeln blieb noch kurze Zeit auf ihren Lippen.

Mit diesem letzten Eindruck von ihrer Mutter, fuhr Katrin am nächsten Tag wieder nach Hannover zurück. Bodo musste sie dazu aber eindringlich überzeugen.

Christa wurde in ein Einzelzimmer verlegt, das auch für die ständige Anwesenheit von Angehörigen eingerichtet war. Bodo blieb den ganzen Tag über an ihrem Bett. Dirk, der in der Nähe arbeitete, kam am Montag auch vorbei. Am Nachmittag schickte ihn Bodo dann nach Hause.

Bodo hielt Christas Hand und plötzlich fing sie an zu stöhnen. Er ging auf den Gang und traf dort auf den Stationsarzt, Dr. Graffe. Bodo kannte ihn von früher, als er noch Assistenzarzt war.

»Dr. Graffe, meine Frau stöhnt vor Schmerzen.«

»Das kann nicht sein, Herr Klann, sie bekommt genügend Infusion.«

»Bitte lesen Sie ihre Patientenverfügung. Sie will keine Schmerzen und ich soll dafür Sorge tragen. Das musste ich ihr feierlich, beim Leben unserer Kinder, schwören.«

»Wir tun doch alles, was wir im Rahmen unserer Möglichkeiten tun können. Was verlangen Sie denn da von mir noch?«

»Ich verlange ja nur, dass der Wille der Patientin respektiert wird. Ich möchte mich bei Ihnen und den anderen Mitarbeitern für die fürsorgliche medizinische Behandlung meiner Frau, über all die Jahre, bedanken. Ich werde jetzt die Sachen zusammenpacken und in der Hoffnung nach Hause gehen, dass meine Frau keine Schmerzen mehr erleiden muss. Danke, Dr. Graffe.«, sagte Bodo, dem die Tränen in die Augen stiegen und reichte ihm die Hand zum Abschied.

Er war noch nicht lange zu Hause, als ihm die diensthabende Schwester telefonisch mitteilte, dass Christa friedlich eingeschlafen ist.

Nach der Trauerfeier, am Ende des Monats, drückte man Bodo die Hand oder drückte ihn an sich und versicherte, dass man immer für ihn da sein würde. Bis auf die Einlösung der Versicherungen durch einige wenige und Brigitte Hassinger, die es sich nicht nehmen ließ anzureisen, waren die der anderen, nur hohle Phrasen.

In den letzten Jahren hatte Bodo gelernt, wie man einen Haushalt führt. Er wusste, wann die Wäsche zu wechseln war und wie das mit der Waschmaschine ging, was und wie man bügelte und wie die einzelnen Wäschestücke hinterher zusammenlegt werden mussten. Die allgemeinen Regeln und Termine für das Putzen der Wohnung und die Besonderheiten für den Sanitärbereich, waren ihm bekannt und er befolgte sie intensiv und routiniert.

Bodo hatte schon immer ein stark ausgeprägtes Gefühl für Ordnung. Christa hatte ihn einmal als "Wegräumpsychopath" bezeichnet, weil er, während sie das Essen zubereitete, das Küchenmesser und andere Gegenstände, die sie dazu in Gebrauch hatte und die deshalb auf dem Küchentisch lagen, abgewaschen und weggelegt hatte. Das tat er auch mit anderen Gebrauchsgegenständen, Zeitschriften oder Büchern, die nicht an ihrem dafür bestimmten Platz lagen.

Nun war er allein und Christa würde nie mehr zu ihm sagen, "*Bodo, manchmal glaube ich, du bist bekloppt. Kannst du denn nicht begreifen, dass das hier eine Wohnung ist? Und in einer Wohnung wohnt man und räumt nicht nur alles weg.*", wenn er für "Ordnung" gesorgt hatte.

Bodo lächelte als er daran dachte und die Tränen liefen ihm über die Wangen.

Kapitel 79

In den ersten Wochen des Alleinseins, war ihm das nicht aufgefallen, aber nun nahm Bodo in zunehmendem Maße wahr, dass seine Mutter versuchte, ihn an sich zu binden.

Darum fasste er den Entschluss wegzufahren. Er wollte einige Orte besuchen, die ihm aus seiner beruflichen Tätigkeit noch in guter Erinnerung waren.

Danach fuhr er nach Hannover, zu Katrin und Jürgen und staunte, wie Johanna gewachsen war. Er nahm Katrins Vorschlag an und verbrachte dann eine Woche in einer Kureinrichtung in Bad Nenndorf.

Bodo war schon im Begriff nach Hause zu fahren, als es ihn wie eine Eingebung traf. Er orientierte sich anhand seines Kartenmaterials und fuhr in Richtung Mainz. Er hatte den Entschluss gefasst, Brigitte in Alzey zu besuchen. Dort angekommen, folgte er dem Wegweiser zum "Hotel am Schloss". Ein Hotel mit sehr rustikalem Charme, wie er feststellte, aber er wollte ja auch nicht lange bleiben. Es gab ein Problem. Bodo hatte nur die neue Telefonnummer, aber nicht die neue Adresse von Brigitte. Die hatte sie ihm nach ihrem Umzug zwar telefonisch mitgeteilt, aber Bodo hatte sie sich nicht aufgeschrieben. Wozu auch?

Also rief er sie an.

»Hallo Gitti, Bodo hier. Ich wollte mich nur mal melden. Wie geht's?«

»Ist ja nett, dass du anrufst. Ich dachte schon, es ist etwas passiert, weil dein AB immer rangeht und du nicht reagierst.«

»Ja, ich war jetzt ein paar Tage zu 'ner Kur, aber kein Schatten, nur Sonne.«, ulkte Bodo.

Brigitte lachte. »Das liegt bestimmt an deiner schüchternen Art.«

»Und was machst du jetzt so? Immer noch über Land, den Bäuerinnen die Locken drehen? «

»Na, klar, so lange wie es geht, verdiene ich noch dazu. Aber es wird immer anstrengender. Ich bin erst vor einer Stunde zurück und ruhe mich aus, von der Schufterei.«

»Da kommt Trübsal bei mir auf. Ich wollte dich nämlich zum Essen einladen, aber wenn du so malade bist, dann wird das wohl nichts.«

»Das ist typisch Bodo. 500 km entfernt und solche Angebote machen. Du weißt ganz genau, dass ich dafür nie zu müde bin.«

»Auch wenn ich nur 500 Meter entfernt wäre, ich wüsste ja noch nicht mal wo du wohnst, in Alzey. So heißt doch der Ort, oder? Mach schon, ich habe den Stift schon in der Hand…«

»…wie bitte, was hast du in der Hand?«, fragte sie anspielend. Bodo grinste. Das war Gitti, wie er sie kannte. »Was dachtest du denn schon wieder? Den Kugelschreiber natürlich. Nun mach schon.«

Bodo schrieb sich die Adresse auf. Nach Beendigung des Gespräches, fragte Bodo an der Rezeption nach der Ostdeutschen Straße. Die war keine fünf Minuten entfernt, wie man ihm, zu seiner Freude über den kurzen Weg, erklärte.

Die Hausnummer 13 war ein zweistöckiges Haus. Bodo klingelte und als sich Brigitte meldete, radebrechte Bodo in die Gegensprechanlage:

»Zörvissdiinst von die Paakeetammt. Bittä Tür aufmaachen.« Der Summer ging an, Bodo öffnete die Tür ging nach oben. Als er die letzten Stufen nahm, guckte Gitti um die Ecke und ihr überraschter Schrei gellte durchs Haus: »Boodoo !! Mensch, das kannst du doch nicht machen, da kann man ja wegbleiben, als alte Frau.« und dann umarmten sie sich, wie früher.

Von nun an war er öfter in Alzey. Brigitte zeigte ihm die schönsten Gegenden an beiden Seiten des Rheins. Mit der Zeit wurde sich Bodo darüber klar, wie sehr er sich zu Brigitte hingezogen fühlte. Es war ein anderes Gefühl von Liebe, als das, wie er es von früher kannte. Wenn er zurückdachte, dann konnte er sich erinnern, dass ihm Brigittes Nähe aber schon damals immer sehr angenehm war.

Zu ihrem 68. Geburtstag hatte Bodo in Bad Kreuznach eine Ferienwohnung gemietet.

»Sag mal, Bodo, wie lange willst du denn noch alle 14-Tage hin und her fahren.«, fragte ihn Brigitte, als sie in der Sole-Therme lagen.

»Wie meinst du denn das?«

»Na, du könntest zum Beispiel nach Alzey ziehen.«

»Nee, bei allem, was ich für dich empfinde, aber aus Berlin ziehe ich nicht weg.«

Und so kam es, dass man sich darauf einigte, dass Brigitte nach Berlin kommen würde, wenn Bodo eine geeignete Wohnung gefunden hätte. Seine jetzige, wollten beide aus naheliegenden Gründen, nicht gemeinsam bewohnen.

Bodo suchte intensiv und wurde fündig. Es war eine Drei-Zimmer-Wohnung am Rummelsburger See. Brigitte kam nach Berlin und als sie die Wohnung gesehen hatte, gab es für sie keine Vorbehalte mehr.

Ab Januar 2003 hatten sie beide eine neue, gemeinsame Adresse.

Die Reserviertheit seiner Kinder, wegen der Partnerschaft mit Brigitte, fiel Bodo schon auf, aber er tat so, als würde er das nicht bemerken. Im Grunde genommen, war es ihm auch egal. Er hatte sich auch nie in die Entscheidungen seiner Kinder eingemischt, es sei denn, er wurde um Rat gefragt. Beide Kinder kannten Brigitte und es würde sich schon alles fügen. So war es dann auch.

Obwohl sie zwei Jahre älter war, sorgte Brigitte ständig für Abwechslung. Sie besuchten Konzerte und Ausstellungen. Der Weihnachtsmarkt an der Gedächtniskirche am Zoo, war ebenso Pflicht, wie die "Grüne Woche" am Funkturm. Sie verreisten oft. Abwechselnd nach Heviz am Plattensee, wegen des dortigen Thermalsees und nach Fuerteventura, weil ihnen diese Insel der Kanaren am besten gefiel.

Gitti hatte ihr Fahrrad mitgebracht und machte ihre Touren. Bodo konnte sich nicht lange verweigern und kaufte sich auch ein Fahrrad. Zu seinem Erstaunen machte es ihm auch Spaß, vor allem aber die Pausen in den Gartenlokalen.

Kapitel 80

In der Nähe der Galopprennbahn Hoppegarten lag der kleine Ort Hönow. Dort wohnte Dirk mit seiner Partnerin Carolin in einem Reihenhaus zur Miete. Doch die beiden wollten ein eigenes Haus und suchten ein Grundstück.

Es war Bodos letzter Ausflug mit Christa gewesen, als sie gemeinsam mit den Beiden und Carolins Eltern, Gisela und Siegfried, nach einem Grundstück suchten. In Neuenhagen bei Berlin, einige Kilometer von Hönow entfernt, wurde etwas Passendes gefunden.

Nachdem sie ihr neuerbautes Haus bezogen hatten, heirateten Carolin und Dirk im Juni 2003. Es hatte sich ein neuer, kleiner Familienverband gebildet, in den auch Bodos Mutter integriert war.

Vielleicht lag es am Beruf von Brigitte, dass sie als Friseuse, die Redereien ihrer Kundinnen zwar hörte und darauf antwortete, aber sich nie hintergründig mit dem Gehörten auseinandersetzte. So nahm sie all das Gerede von Bodos Mutter auch als gegeben hin.

Ganz im Gegensatz zu Christa, die ihrer Schwiegermutter oft widersprochen hatte. Bei Bodos Mutter kam die kritiklose Art von Brigitte gut an. Einmal sagte sie zu ihm, dass er einen guten Griff gemacht hätte, mit Brigitte.

Zur Einschulung von Johanna trafen sich die Familien von Katrin und Jürgen zu einer kleinen Feier. Bei der Gelegenheit fragte Bodo Katrin, ob es in der Nähe ein nettes Hotel geben würde, denn er wollte seiner Mutter eine Freude machen und ihren 90. Geburtstag im engsten Familienkreis begehen.

Bodo erzählte danach seiner Mutter, wie er ihren Geburtstag gestalten wollte und dass das Hotel in Osterode, nicht weit von Hannover entfernt war. Schon am nächsten Tag rief sie ihn an und fragte, ob Henny nicht auch kommen könnte, denn Barsinghausen, wo sie wohnte, war auch nicht weit entfernt. Henny war die Nachbarstochter von früher, die zu Bodos Eltern immer Mutti und Vati gesagt hatte, und seine Mutter heute immer noch so anredete. Bodo fiel kein Grund ein, dem Wunsch seiner Mutter nicht nachzukommen.

Am Geburtstagsabend saß man gemütlich beim Umtrunk zusammen. In einer Gesprächspause, so das es alle hören konnten, sagte Henny zu Bodo:

»Mutti hat mir schon erzählt, dass du nun endlich, nach so vielen Jahren, die richtige Frau gefunden hast. Und ich finde dich auch sehr nett, Brigitte. Ich darf doch "DU" sagen, oder?«

Betretenes Schweigen. Als erste reagierte Katrin:»Das ist ja unglaublich. Komm, Hannchen, wir gehen nach oben.«

»So früh schon?«, maulte sie.

»Wir spielen einen Runde "Mau-Mau"…«

»…au ja, prima, Mama.«

Katrin hörte nicht mehr, als Henny fragte.»Habe ich jetzt was falsches gesagt?«

»Henny, immer erst Gehirn einschalten und dann reden.«, antwortete Bodo und nahm einen großen Schluck aus seinem Glas.

Ein flüssiges Gespräch kam nicht mehr zustande. Die Stimmung war dahin. Es dauerte nicht lange und Bodos Mutter verließ mit Henny die Runde. Auf ihren "Gute-Nacht-Gruß" reagierte kaum jemand.

Das Vorkommnis war Anlass für erhöhten Alkoholkonsum. Unter diesem Einfluss stehend, erzählte Brigitte nun in der Runde, was ihr Bodos Mutter erst kürzlich gesagt hatte, dass zu Dirk bestimmt eine andere Frau besser gepasst hätte, als Carolin.

Diese Information kränkte Carolin natürlich und sie nahm das als eine bleibende Ehrverletzung zur Kenntnis.

»Hätte ich doch bloß mein loses Maulwerk gehalten.«, sagte Brigitte später zu Bodo

»Daran hast du doch keine Schuld. Das hat sich meine Mutter alles selbst eingebrockt.«, hatte er ihr geantwortet.

Am nächsten Morgen war Henny zum Frühstück schon nicht mehr da, sie hatte den Frühzug zurück nach Barsinghausen genommen.

Dirk brachte seine etwas kleinlaute, aber beleidigt wirkende, Oma im Auto zurück nach Berlin.

Brigitte und Bodo fuhren nach Alzey, wo sie zwei Tage bei Brigittes Tochter Katja verbringen wollten, denn das Ferienhaus an der Mosel, dass Bodo zu Brigittes 70. Geburtstag gemietet hatte, konnten sie erst ab 1. September belegen. Zu diesem Termin hatten sie auch Brigittes Bruder Harry und dessen Frau Moni eingeladen. Bodo hatte sie seit Jahren nicht mehr gesehen. In den Tagen vor und nach der Geburtstagsfeier lernte man sich wieder näher kennen und zwischen Harry und Bodo entwickelte sich so etwas, wie eine Freundschaft.

Katja wohnte mit ihrem Mann, Volker, ihrem Sohn Tim und der gemeinsamen Tochter Alina, in einem Haus auf einem relativ großen Grundstück am Rande von Alzey, in Nähe der Weinberge.

Bei Katja war immer Party angesagt.

Ehe das alles, nach ihrer Ankunft, aber so richtig in Schwung kam, riefen hintereinander Katrin und Dirk an. Beide teilten Bodo mit, dass sie auf Grund der Vorkommnisse, keinen Kontakt mehr zu ihrer Großmutter haben wollten. Es half alles nichts, auch nicht der Hinweis auf das Alter seiner Mutter. Auf die Frage, warum sie ihm das erzählten und nicht ihrer Großmutter selber, wurde ihm, neben anderen Argumenten geantwortet, dass sie noch nicht einmal mehr mit ihr reden wollten. Obwohl zeitlich verschoben, hörten sich die Antworten wie synchronisiert an. Als Bodo später einmal den Verdacht eines koalierten Vorgehens äußerte, wiesen das Katrin und Dirk strikt zurück.

Nach diesen Telefonaten glaubte Bodo nun Grund genug zu haben, Umtrunksieger zu werden. Ob er das geschafft hatte, daran konnte er sich nicht mehr erinnern, aber der Kater am nächsten Tag, der war jedoch meisterlich.

Bodos Problem war Katja. Er kannte sie ja schon als Baby und hatte sich oft mit Christa nach einem Besuch bei Hassingers darüber unterhalten, dass und wie sich das aufmüpfige und bestimmende Gebaren des Mädchens, durch das Verhalten der Eltern, weiter negativ entwickeln würde. Wenn Peter etwas verbot, dann lief Katja schreiend zu Brigitte, die das dann erlaubte und umgekehrt war es genauso.

Durch die nun häufigeren Kontakte mit Katja, vertiefte sich bei Bodo die Erkenntnis, dass Christas und seine Prognose von damals, weit von der heutigen Realität entfernt waren.

Katja hatte sich zu einer respektlosen Egomanin mit parasitärem Lebensstil entwickelt.

An der Mosel, zu Brigittes Geburtstag, gab es dann auch die erste Konfrontation mit Katja. Bodo wies sie darauf hin, dass er es für überaus respektlos hielt, wenn Katja ihre Mutter mit "Else" anredete. Als sich Brigitte einmischte und meinte, dass das doch alles nur Spaß sei, konterte Bodo: »Du bist ihre Mutter und nicht ihre "Else". Denke mal darüber nach.«

Wegen Katja versuchte Bodo auch alles, um ein gemeinsames Familientreffen, auf das Brigitte immer wieder anspielte, herauszuzögern.

Zu seinem 70. Geburtstag gab er aber nach.

Als er vor zwei Jahren seiner Mutter die Entscheidung seiner Kinder so schonend wie möglich nahebringen musste, begriff die 90-Jährige nicht, warum ihre Enkel so handelten. Bodo konnte das verstehen und sie tat ihm leid.

Bis dahin war seine Mutter noch sehr rüstig gewesen, aber von nun an bemerkte Bodo, wie dieser Schicksalsschlag sie veränderte und ihr physischer Verfall stetig zunahm.

Bodo fühlte sich schlecht, als er seine Mutter zu seinem Geburtstag belog. Mit Brigitte saßen sie beim "Italiener", am Rummelsburger See. Auf die Frage seiner Mutter, ob sich denn die Kinder gemeldet hätten und ob er seinen 70. nicht mit ihnen feiern würde, antwortete er: »Nein, das kommt unter den gegebenen Umständen überhaupt nicht in Frage. Das hier ist die Feier.«

Die Feier fand aber am Wochenende mit den anderen im Hotel am Müggelsee statt, wo Bodo Zimmer und alles andere bestellt hatte.

Es waren drei anstrengende Tage, an denen sich die, die sich bis jetzt noch nicht kannten, bekannt machten.

Kapitel 81

Obwohl seine Mutter eine wöchentliche Haushaltshilfe hatte, Brigitte und Bodo mit ihr und später für sie, die Einkäufe erledigten und in der Wohnanlage für das Mittagessen gesorgt war, merkte Bodo, dass es nicht mehr lange so weiter gehen würde. Nach einem längeren Krankenhausaufenthalt seiner Mutter, ließ er die Pflegestufe feststellen. Nun musste er noch einen geeigneten Heimplatz für sie finden.

Bei den Spaziergängen mit Gitti, fiel Bodo auf der Stralauer Halbinsel eine Baustelle auf. Hier entstand das "Seniorenzentrum an der Spree".

Er nahm Kontakt zu der Leiterin der Einrichtung auf und ließ ein, noch im Rohbau befindliches, Zimmer reservieren. Vom Balkon des Zimmers, hatte man einen direkten Blick auf den See und zu ihrer Wohnung, drüben auf der anderen Uferseite.

Für die Zeit bis zum Einzug, besorgte man für seine Mutter, einen Platz in einem Heim in der Möllendorfstraße. Das war auch in der Nähe. Der Widerstand seiner Mutter, war nur noch gering. Im Herbst 2007 löste Bodo die Wohnung seiner Eltern auf. Das Mobiliar, für das Zimmer in dem neuen Heim, ließ er bis zum Einzug einlagern.

Als er einmal flüchtig daran dachte, dass ihre jetzige Wohnung eines Tages auch auf diese Weise ausgeräumt werden würde, wie die seiner Eltern jetzt, überkam ihn ein seltsames Gefühl und er sagte das Brigitte.

»Bodo hör auf sentimental zu werden. Wir leben noch und hoffentlich auch noch recht lange. Aber ich will nicht ins Heim. Also besorge eine Waffe.«, antwortete sie darauf.

Mitte Januar 2008 konnte seine Mutter, als erste Bewohnerin des Heims, ihr neues Zimmer beziehen. Nach einer kurzen Zeit, hatte sich seine Mutter eingewöhnt, so schien es Bodo jedenfalls, als sie dort noch ihren 94. Geburtstag feierten.

Am 3.Oktober 2008 ist seine Mutter dann nachts, im Schlaf, verstorben.

Noch bevor Bodo mit dem Bestattungsinstitut die Modalitäten der Beisetzung festlegte, hatte Brigitte ihn gefragt: »Willst du denn keine Benachrichtigungen über den Tod deiner Mutter verschicken? Kennst du keinen oder hast du ihre Adressen nicht?«,

»Doch, doch, ein paar sind ja noch da, aber was soll ich denen denn sagen, wenn sie bei der Trauerfeier fragen, wo die Enkelkinder sind?«, und nach einer Weile fuhr er fort, »Du siehst ja, wie schnell das geht, dass man im

Alter ganz allein ist.«

Auf dem Friedhof in der Seestraße lagen auf der "Grünen Wiese" alle anderen Verstorbenen aus der Familie, auch Christa.

Ihrem Wunsch gemäß, wurde die Urne von Bodos Mutter auch dort beigesetzt. Zugegen waren nur er und Brigitte.

Diese einfache Bestattung war Anlass für Bodo, jetzt Vorkehrungen für die Absicherung nach dem eigenen Ableben zu treffen. Er besprach sich mit Brigitte und sie legten für jeden eine Kapitalversicherung für den Todesfall an.

Sie wollten keine "Grüne Wiese" auf einem Friedhof, sondern etwas wirklich Anonymes. Sie suchten im Internet, entschieden sich für den Ruheforst Hümmel in der Eiffel und kauften ihre nebeneinander liegenden Beisetzungsstellen an einem Baum im Wald, inklusive biologisch abbaubarer Urnen.

Kapitel 82

Es kam, wie es zu erwarten war. Nach über zwei Jahren einer dicken Freundschaft, kam es zwischen Katja und Carolin zum Zerwürfnis mit gegenseitigen Schuldzuweisungen.

Katja benutzte ihre Mutter als Verbündete und Brigitte ergriff Partei für ihre Tochter. Bodo versuchte alles, sie davon abzuhalten. Er sah nämlich die Argumente beider Seiten in einem ganz anderen Zusammenhang, als er dargestellt wurde. In der Folge der Ereignisse, musste sich Bodo aber nun entscheiden. Wollte er seine Beziehung aufs Spiel setzen?

Warum sollte er aber anders handeln als Dirk, der völlig zu recht, zu seiner Frau hielt? Er schrieb seinem Sohn einen Brief, in dem er seine Beweggründe darlegte und brach den Kontakt zu ihm ab.

Ob das mit seiner Entscheidung zu tun hatte, oder ob andere, private Gründe, zwischen seinen Kindern eine Rolle spielten, wusste Bodo nicht. Jedenfalls beendete auch Katrin den Kontakt zu Carolin und Dirk.

Er hielt sich bis dahin immer für einen rational denkenden und handelnden Menschen, aber dieser Zustand ließ Bodo erkennen, dass er emotionaler empfand, als er immer gedacht hatte. Die Situation mit seinen Kindern machte ihm doch sehr zu schaffen.

Bodo trat nun, gegen seine Überzeugung, für Katja ein. So wurde er das zweite Mal in seinem Leben ganz bewusst zum Opportunisten. Als er später darüber nachdachte, fand er das auch richtig, denn wofür sollte er in seinem Alter sein "spätes Glück" mit Brigitte opfern? Andere verdrehten die Tatsachen ja auch zu ihrem Vorteil.

Dann kam das Schicksalsjahr 2009.

Im Mai erlitt Brigittes Bruder, Harry, zwei Schlaganfälle. Ursache war ein metastasierter Lungenkrebs ohne eine Chance auf Therapie.

Sie besuchten Harry in Freiberg. Trotz der aufopferungsvollen häuslichen Pflege durch seine Frau, Moni, befand er sich in einem erbärmlichen Zustand. Kurz darauf wurde er aber von seinen Leiden erlöst. Moni hätte ihn auch nicht länger pflegen können, denn sie war am Ende ihrer physischen und psychischen Kräfte.

Im Dezember dann, trat ein Ereignis ein, dass wohl für jeden und überall nur sehr schwer zu verkraften ist. Brigittes elfjährige Enkelin, Alina, verstarb kurz vor Weihnachten plötzlich an einer Sepsis, ausgelöst durch einen seltenen, schwer nachweisbaren Bakterienstamm.

Durch diese Tragödie wurden auch die tiefen Risse in der ehelichen Beziehung zwischen Katja und Volker sichtbar.

An der folgenden Scheidung der Ehe, traf die alleinige Schuld Volker. Jedenfalls nach der einhelligen Auffassung von Katja und Brigitte. Bodo sah das zwar alles anders, aber er half Katja dabei, gegenüber Volker einen erheblichen Teil ihrer hohen Ansprüche durchzusetzen.

Der weitere Absturz Katjas, war dadurch jedoch nicht mehr aufzuhalten oder zu verhindern, denn Alkohol, Arbeitsunlust und der Verlust des gewohnten Lebensstils, hatten sie für ein sozial geregeltes Leben völlig unbrauchbar gemacht.

Durch Bodos vorsichtiges taktieren und die stetig zunehmenden Forderungen Katjas, nach materieller Unterstützung, bekam Brigitte langsam, für Bodo viel zu langsam, eine andere Einstellung zum Verhalten ihrer Tochter. Wenn es nicht schnell genug ging, mit der Überweisung des Geldes aus dem Verkauf ihres Goldschmuckes, bekam sie von Katja per Email beleidigende, und selbst Brigitte kränkende Texte, zugestellt.

Was er früher für unmöglich gehalten hätte, machte Gitti nun, sie zeigte diese E-Mails Bodo, und bat um Rat, den er ihr auch gab. Nach Bodos Wahrnehmungen, setzte sie diese aber nur halbherzig oder gar nicht um.

Katjas Verhalten änderte sich auch nicht, als Brigitte ihrer Tochter mitteilte, dass bei ihr Gebärmutterkrebs in fortgeschrittenem Stadium diagnostiziert worden war und sie operiert werden würde.

Auch Bodo dachte, dass das für Katja nun ein hinreichender Grund wäre, ihre Mutter zu besuchen. Weit gefehlt.

Brigitte erzählte Bodo von einem Telefongespräch, in dem sie Katja gefragt hatte, warum sie denn nicht mal zu ihr kommen würde, weil sie im Hinblick auf ihre Krebsdiagnose große Sehnsucht hätte, sie zu sehen. Als Antwort hatte Katja ins Telefon geschrien, Brigitte solle aufhören zu jammern und nicht ihren Krebs vorschieben, ihr ginge es auch nicht gut.

Nach der Operation sprach Bodo mit dem behandelnden Onkologen. Die Zeit war begrenzt und was nun kam, kannte er.

Chemotherapie, Haarverlust, Perücke, REHA, kurze Besserung, Rezidiv. Bodo suchte Rat in der onkologischen Nachsorge, zu der er Gitti immer begleitet hatte.

Die leitende Ärztin der Einrichtung informierte ihn in einem persönlichen Gespräch über die Möglichkeit der Palliativmedizin und anschließender Hospizversorgung.

Bodo verstand, dass das zurzeit die einzige Möglichkeit für Gitti war, schmerzfrei und in Würde zu sterben.

Kurz nach ihrer Scheidung kam Katrin mit Johanna nach Berlin, um Gitti zu besuchen. Bodo nahm sie mit in die Palliativstation.

Katrin konnte, insbesondere wegen Johanna, nicht lange im Zimmer bleiben, denn die Schläuche, über die Gitti versorgt wurde, hinterließen keinen angenehmen Eindruck.

Danach wurde Gitti in das Lazarus-Hospiz, in der Bernauer Straße, verlegt.

Zwei Wochen nach ihrem 77. Geburtstag, ist sie dann am 25. September 2011 verstorben.

Bodo rief am folgenden Tag Katja an und informierte sie mit den Worten: »Deine Mutter ist gestern verstorben.« und brach das Telefonat ab.

Auf die Rückrufe von Katja reagierte er nicht

Die Benachrichtigungen an Freunde und Bekannte, gestaltete Bodo selber am Computer. Er wählte die Form eines persönlichen Abschiedsbriefes. Darin brachte sie auch ihren besonderen Wunsch zum Ausdruck, ohne Trauerfeier in den Ruheforst Hümmel überführt zu werden.

Nach der Einäscherung saß Bodo dann allein, in dem dafür eingerichteten Raum im Bestattungsinstitut in der Weitlingstraße. Er hatte ein Bild von Gitti neben die Urne gestellt und hörte sich über Kopfhörer ihre drei Lieblingslieder von "Il Divo" an. Dann trocknete er die Tränen und fuhr nach Hause.

Die Sachen von Brigitte, die er Katja zustellen sollte, hatte er schon gepackt und verschickte sie am nächsten Tag.

Er war wieder allein.

Es gab jetzt keine Gründe mehr, den Kontaktbruch mit Dirk aufrecht zu erhalten. Er sprach mit Katrin, und sie sah das genauso. Die Familie war wieder geeint.

Weihnachten verbrachte Bodo bei seinem Sohn und Carolin, wo er auch ihre Eltern, Gisela und Siegfried, wiedersah. Man tat, als wäre nichts geschehen und das war auch gut so.

Die Wohnung war viel zu groß für eine Person. Bodo bemühte sich bei der Wohnungsverwaltung um eine kleinere, eine Zwei-Raum-Wohnung.

Er hatte Glück. An der Uferpromenade war zum 1. Februar 2012 eine Wohnung frei. Der Umzug in die kleinere Wohnung zwang Bodo dazu, einen Teil des Mobiliars und anderer Sachen des Hausrats auszuwählen und einem Altwarenhändler zu überlassen, der dafür die Wohnung malermäßig instand setzte.

Dabei trat genau das Gefühl von Wehmut auf, wie er es Gitti damals, bei der Auflösung der Wohnung seiner Eltern, beschrieben hatte.

In ein paar Tagen würde er seinen 80. Geburtstag begehen.

Die Familie war doch recht klein geworden und es reichte ein Tisch für sieben Personen, den er beim "Italiener" zum Wochenende reservieren lassen würde. Für Katrin mit ihrem Partner, Dirk, Carolin und ihre Eltern, und er selber. Seiner Enkelin Johanna, auf die er nicht nur wegen ihres guten Abi-Abschlusses stolz war, wollte er den Aufwand nicht zumuten, das Wochenende mit Erwachsenen zu verbringen, nur weil er für ein paar Stunden zum Essen eingeladen hatte.

Zu seiner anderen Enkeltochter Janine, hatte er keinen Kontakt mehr.

Obwohl sein physisches Befinden keinen Anlass zur Sorge gab, guckte Bodo jetzt doch immer öfter auf das rote Backsteingebäude des Seniorenzentrums auf der gegenüberliegenden Uferseite, wenn er bei schönem Wetter auf dem Balkon saß.

Wie hatte Gitti ihm damals sinngemäß geantwortet?

"Bodo werde nicht sentimental. Du lebst noch. Aber nicht ins Heim. Mache einen Plan B."

Epilog

In der Stasi-Gedenkstätte in Hohenschönhausen bekam man einen Eindruck davon, welche Torturen Andersdenkende erleiden mussten, die in die Fänge der Stasi geraten waren

Bei der "Gauck-Behörde", die ihren Sitz lange im ehemaligen Haus der Statistik der DDR am Alexanderplatz hatte, konnte man Einsicht in eine gegebenenfalls vorhandene Akte beantragen. Für viele endete das mit einer Enttäuschung, weil alle interessanten Textteile geschwärzt waren. Personennamen, auf die man gehofft hatte, waren nicht erkennbar. Nun hatten sie das Problem, dass sie Leute verdächtigten, an die sie vorher gar nicht gedacht hatten.

Opportunismus ist insbesondere in totalitären Regimen ein unabdingbarer Bestandteil des persönlichen Lebens und Überlebens, wenn man denn nicht ein bekennender Parteigänger ist. Dabei ist eine unauffällige und vor allem fehlerfreie Anpassung erforderlich, um nicht zum Denunzianten zu verkommen.

Ein wenig Opportunismus braucht man wohl auch in einer Demokratie, wenn man beruflich weiterkommen oder sogar, wie in der Politik, Karriere machen will.

Nach dem wohl einmaligen gesellschaftlichen Prozess einer friedlichen Revolution und der folgenden nationalen Wiedervereinigung, wurden die Deutschen der ehemaligen DDR in die demokratische Staatsform der BRD aufgenommen.

Wie ist ein solch einmaliger Prozess der Zuführung zu verstehen und zu behandeln? Ist es Integration, Assimilation oder Inklusion?

Trotz gleicher Sprache und gleichen kulturellen Wurzeln, gab und gibt es bei diesem Prozess nämlich noch immer Probleme, vor allem bei den älteren Generationen auf beiden Seiten. Das trifft insbesondere auf Berlin zu, denn hier wurden die Gegensätze der beiden politischen Systeme, nach dem Wegfall der Mauer, direkt spürbar.

Noch immer gibt es in den Medien statistische Erhebungen und politische Beurteilungen mit Ost-West-Vergleichen, obwohl nach 25 Jahren eine neue Generation herangewachsen ist.

Durch staatlich sanktionierte sogenannte "gerechte Kriege", verlieren viele junge Staatsbürger unfreiwillig ihr Leben, von den unschuldigen Zivilisten in den Kriegsgebieten, einmal abgesehen.

Da stellt sich doch die Frage, warum muss sich ein "mündiger Bürger", unter dem Deckmantel von Humanität und rechtsstaatlicher Vorschriften, zu Tode pflegen lassen, wenn er das gar nicht will?

Warum lässt man einen unheilbar Kranken nicht selber darüber entscheiden, wann er die Form organisierter Materie verlassen und in den natürlichen Kreislauf der Natur zurückkehren will, um sich ein qualvolles, unwürdiges Weiterleben zu ersparen?

Selbstbestimmt hat man nur die Möglichkeit Selbstmord zu begehen, mit all seinen Risiken für sich und andere. Ob das humaner ist, als professionelle Hilfe, wage ich ernsthaft zu bezweifeln.

Sinn des Lebens: etwas, das keiner genau weiß. Jedenfalls hat es wenig Sinn, der reichste Mann auf dem Friedhof zu sein

Peter Ustinov